dtv

Deutschland Ende April 1945: Während mancherorts noch der Krieg tobt, bricht der junge amerikanische Offizier Michael Hansen nach Bayern auf. In einem Münchner Antiquariat trifft er auf den Dissidenten Wagner, einen frühen Weggefährten des Eugenikers Alfred Ploetz. Wagner erzählt die Geschichte seiner Freundschaft mit Ploetz, die Ende des 19. Jahrhunderts in Breslau begann und bis nach Amerika führte – und mitten hinein in das Ringen um die beste gesellschaftliche Ordnung. Hansen kommt durch die Lebensbeichte Wagners dem faustischen Pakt auf die Spur, den der Rassenhygieniker Ploetz mit den Nazis einging, und dem ganz anderen Schicksal, das den Antiquar wegen seiner widerständigen Haltung ereilte.
Eine beeindruckende Zeitreise durch die deutsche Geschichte, eine ganz eigene Sicht auf die »Stunde Null« – ebenso erschreckend wie berührend.

Uwe Timm wurde 1940 in Hamburg geboren. Er studierte Philosophie und Germanistik in München und Paris. Seit 1971 lebt er als freier Schriftsteller in München. Für sein umfangreiches Werk wurde er vielfach ausgezeichnet, u. a. mit dem Heinrich-Böll-Preis, der Carl-Zuckmayer-Medaille, dem Premio Napoli, dem Premio Mondello, dem Kulturellen Ehrenpreis der Stadt München, dem Schillerpreis der Stadt Mannheim und dem Bundesverdienstkreuz. Zuletzt erschienen ›Halbschatten‹, ›Freitisch‹, ›Vogelweide‹, ›Montaignes Turm‹ und ›Ikarien‹.

Uwe Timm

Ikarien

Roman

dtv

Nicht alles ist frei erfunden, aber alles frei gestaltet.

Ausführliche Informationen über unsere Autoren und Bücher
www.dtv.de

MIX
Papier aus verantwortungsvollen Quellen
FSC® C019821
FSC www.fsc.org

2019, dtv Verlagsgesellschaft mbH & Co. KG, München
Lizenzausgabe mit Genehmigung des
Verlages Kiepenheuer & Witsch

Umschlaggestaltung: dtv nach einem Entwurf von
Rudolf Linn unter Verwendung eines Fotos von
ullstein bild – Westend61/Ulrich Hagemann
Satz: C.H.Beck.Media.Solutions, Nördlingen
(Satz nach einer Vorlage des Verlages Kiepenheuer & Witsch)
Druck und Bindung: Druckerei C.H.Beck, Nördlingen
Gedruckt auf säurefreiem, chlorfrei gebleichtem Papier
Printed in Germany · ISBN 978-3-423-14696-8

für Dagmar

Ein wissenschaftlicher Mann sollte keine Wünsche haben, keine Gefühle – nichts als ein Herz aus Stein.

CHARLES DARWIN

Es ist tödlich, an die Stelle des alten Gottes eine löbliche und erfreulich immer vorwärtswachsende Welt zu setzen.

GUSTAV LANDAUER

Eritis sicut Deus, scientes bonum et malum.

Er lebt.
Ich bin Zeuge.
Er hat überlebt.

Er lief durch die Straße und lachte und rief etwas und tanzte, ein wenig tapsig, aber es war ein Tanz, und er klatschte in die Hände. Niemand hatte ihn je zuvor gesehen. Wie vom Himmel gefallen. Gedrungen war er und lallte, ging die Straße hinunter, vorbei an den Trümmern des Eckhauses, entlang der tarngrauen Fassade, aus der weiße Betttücher hingen, vorbei an dem Milchladen, am Schuhgeschäft, am Fischladen Grün, ihm entgegen kam Adolf Andersen, an diesem Frühlingstag nicht in brauner Uniform und glänzenden Schaftstiefeln, sondern in unauffälligem Grün, grün, grün, grün sind alle meine Kleider, auch hob er nicht, wie gestern noch, den Arm, rief nicht Heil, nein, er zog den Hut, grüßte übertrieben freundlich nach rechts und links, stutzte, blieb stehen, als dieser tapsende Junge ihm grinsend entgegenkam und seine kurzfingrige Hand ausstreckte, die Andersen

nahm, überrascht und verlegen, und schon tappte der Junge weiter, stieß eigentümlich gurgelnde Rufe aus, Schreie, kein Schmerz, wohl eher Lust, vielleicht beides, Schmerzlustschreie – aus dem Mund, der zu klein schien für die Zunge, quollen Worte: Wolken meinte wohl eins, ein anderes Baum und eins Himmel. Oder Himmler?
Nein, Himmel.
Der Junge klatschte wieder in die Hände, tatsächlich, er tanzte, ein ungelenker Tanz, deutlich zu sehen, wie er einen langsamen Rhythmus mit den Händen klatschte, wie er zum Baum ging, dem einzigen hier stehen gebliebenen, der Bomben, Brand und die Sägen im Winter überstanden hatte, eine Kastanie mit Blättern wie kleine grüne Tatzen. Der Junge drängte sich an den Stamm, befühlte die Rinde, und seinem Mund entströmte ein Gurgeln. Er lief über die Straße, schlug mit den Armen, als wolle er fliegen, stieß heisere Schreie aus und folgte den Krähen, ahmte ihren Ruf nach.

Drei, vier Monate später, inzwischen wieder eingeübt in das, was normal sein sollte, begannen die Kinder, ihn zu ärgern. Sie verstanden ihn nicht. Er drohte mit der Faust. Aber selbst wenn es ihm gelang, eines von ihnen zu ergreifen, schlug er es nicht, sondern sagte nur: Schlaf brav! Und sagte: Schön leise!
Warum schlafen?
So spricht das Kind: Ich war der Jüngste und habe am längsten zu ihm gehalten. Wie wundersam, wenn er die Wolken mit einem Besen wegschieben wollte.

Als auch ich ihn zu hänseln begann, fragte die Mutter, warum tust du das?
Weil er komisch ist.
Nein, er ist nicht komisch, nicht böse. Kinder können böse sein. Er nicht. Er tut niemandem etwas. Er wird immer ein wenig Kind bleiben.
So ungefähr war das Gespräch. Und mit ihm verbunden das Gefühl der Scham, jemanden verraten zu haben, um anderen zu gefallen.

Zwölf Jahre hatten die Eltern ihn in der Wohnung versteckt gehalten.
Ein Mietshaus, acht Parteien, vierter Stock, eine Endwohnung. Dort lebten zwei Erwachsene und ein Kind. Das Kind wurde in der Wohnung gehalten. Es galt aufzuteilen, was für zwei Erwachsene auf der Lebensmittelkarte vorgesehen war: Butter, Brot, Käse, Gemüse und Kartoffeln. Kaum, dass es für zwei reichte, wie denn für drei. Und der Junge aß viel, hatte Hunger, ständig Hunger, so die Mutter, wie ein Scheunendrescher, so der Vater, der hin und wieder von der Arbeit etwas mitbrachte, Karotten, etwas Kohl, ein Stück Seife und sehr selten Honig. Ein Kollege des Vaters in der Behörde für Wasserwirtschaft hielt in seinem Garten zwei Bienenstöcke. Er wusste von dem Jungen und seinem Versteck. Bienenhonig war ein Fest.
Wussten die Mieter im Haus etwas? Vielleicht der eine oder andere, vielleicht die darunter Wohnenden, weil sie, auch wenn die oben auf Socken gingen, doch hören mussten, dass sich da nicht nur zwei Menschen be-

wegten. Sie haben nichts verraten. Er war etwas anders.
Man hätte ihn getötet.
Sie haben geschwiegen.
Hätten sie geschwiegen, wenn es eine jüdische Familie gewesen wäre?
Der Schrecken, das Unaussprechliche.

Es muss zur Sprache kommen.

Die Trümmer. Im Sommer führten Wege über die Schutthügel. Trampelpfade. Dort ging der Trümmermörder. Dort lag die Asche. Dort lagen Knochenreste. Ziegelmehl. Humus. Fettes Grün, Lupinen und Disteln, auch der Huflattich. Kleine Wolken flogen aus den Senken auf, Kohlweißlinge. Die Alten sagten, nie habe es so viele Schmetterlinge gegeben wie im Sommer 1945. Schädlinge seien das. Sie fraßen den Kohl mit unersättlicher Gier, und auch der war knapp. Die Kinder jagten sie, schlugen mit dünnen Weidenruten nach ihnen, die Flügel zerfetzt, taumelten sie zu Boden.
Wir waren die Retter. Wir töteten die Schädlinge.

Im Traum konnte ich fliegen. Einfach war es. Ich breitete die Arme aus und schon war ich in der Luft. Unten: Häuser, Straßen, Bäume, der Lehrer Herr Blumenthal, dem die Haare aus Ohren und Nasenlöchern wuchsen, und dort ein Fahrradfahrer, der schwankte, zu kippen drohte, ja, er stürzte. Ich flog voller Lust. Ich freute mich auf das Zubettgehen. Ich freute mich auf das Einschlafen.

Meine Erinnerung: Karlchen kaute. Ein beständiges Kauen, ein langsames Mahlen der Kiefer. So, als kaute er an seiner Zunge. Sein das Gesicht in die Breite ziehendes Lachen.

Meine Erinnerung: Der Jeep, ein Auto, so einfach, so erkennbar in seinen Funktionen, die Räder unverkleidet, das Lenkrad, die Gangschaltung, das Getriebe als Metallkugel über der Hinterachse sichtbar, am Heck der Ersatzreifen, auf der anderen Seite ein Spaten, die Frontscheibe konnte umgeklappt werden, der Wagen hatte keine Türen, die Soldaten stiegen einfach ein, bei Regen wurde ein Verdeck auf zwei Bügeln hochgeklappt.

Den Jeep fuhren auch die englischen Besatzungssoldaten in Hamburg, dieser aber, der im Juli im Eppendorfer Weg stand, hatte einen Stern auf der Kühlerhaube, und vorn saß ein amerikanischer Offizier in einer gestärkten Khakiuniform, die Hosen mit scharfen Bügelfalten, das blieb im Gedächtnis. Er rauchte. Der Fahrer, kein Schwarzer, obwohl, wie sich später erweisen sollte, viele Fahrer Schwarze waren, verteilte Kaugummiplättchen. Welch ein Selbstzweck: nur Geschmack, lirum larum Löffelstiel, und das Kauen, diese mahlende Bewegung im Gesicht, die den Körper ruhigstellte. Der Wagen roch nach Gummi, nach Benzin, ein Geruch, der mich seitdem begleitet und die ferne Erinnerung des Anderen, des Neuen ist.

Das Überraschende war, der Mann in Uniform verstand uns, er sprach Deutsch. Der Mann fragte nach den Namen der Kinder. Die nannten ihre Vornamen, auch ihr

Alter. Karlchen war weit mutiger oder aber auch nur neugieriger, befühlte das Metall, die Reifen, den Spiegel, schließlich vorsichtig mit seinen etwas stumpfen Fingern auch die Uniform des Offiziers. Der fragte: Wie heißt du? Und Karlchen sagte: Karlchen. Er musste seinen Namen wiederholen, wie auch seine Frage: Kann Auto springen?

Der Offizier lachte. Nein.

Der Fahrer schenkte Karlchen ein in Silberpapier gewickeltes Plättchen, und als der Junge das in den Mund schieben wollte, ließ der Offizier es sich wiedergeben, wickelte das Kaugummi aus und gab es dem Jungen. Karlchen kaute und klatschte in die Hände.

Die Ausfahrt

Die Gischt über den Wellen. Auf dem Schiff steht ein junger Mann, er hat einen Auftrag. Er heißt Hansen, Michael, genannt nach dem Engel, den die Deutschen für sich reserviert haben. Den Vornamen hat sein Vater ausgesucht. Hansen ist ein recht normaler, unauffälliger junger Mann. Er ist groß und Frauen sagen, er sehe gut aus. So, wie er geht, aufrecht, sieht man, er treibt Sport, seine Bewegungen sind ruhig, kraftvoll. Er kann zuhören, das ist eine Tugend. Auch ist er ein Fragender. Viele gute Eigenschaften, aber nichts Hervorstechendes.
Der junge Mann steht mit einem Kameraden an der Reling und schaut über das Meer, über diesen bedeckten Atlantik, der in den Himmel übergeht. Sie blicken angestrengt, wie auch der Ausguck auf der Brücke. Sie halten Ausschau nach den grauen Wölfen. Nach einem Periskop, einem Schnorchel, nach der Blasenbahn eines Torpedos. Kein Wolf in Sicht. Die werden inzwischen gejagt, mit Radar, Flugzeugen, Wasserbomben. Das Schiff, ein dunkelgrauer Truppentransporter, der früher einmal ein weiß leuchtendes Passagierschiff gewesen war, ist schneller als jeder dieser Wölfe.

Der junge Mann ist einer der Berufenen.
Warum er?
Er spricht Deutsch und hat einen Führerschein.
Und von wem berufen?
Von der Psychological Warfare Division. PWD. Aber noch weiß er das nicht.

Vor sieben Monaten hatte er sich freiwillig zur Army gemeldet und war zur Nachrichtentruppe gekommen, erkennbar an zwei gekreuzten Fahnen auf den Uniformknöpfen. Er bekam einen A-Rucksack und einen B-Rucksack, die mit einem Riemen und Karabinerhaken verbunden und über der Schulter zu tragen waren. Er machte seine Grundausbildung, lernte das Bettenbauen und damit die Ordnungsschikanen kennen: Die Bettdecke musste derart straff gespannt werden, dass ein vom Ausbilder darauf geworfenes Fünfundzwanzig-Cent-Stück wieder hochsprang. Er lernte das Robben mit vorgehaltenem Karabiner, das Balancieren über Balken, das Kriechen unter Stacheldrahtrollen, das Hochsteigen an Bretterwänden, abermals balancieren, Waldlauf. Er konnte gut mithalten, hatte an der Washington University Basketball und Tennis gespielt. Er lernte, mit dem Karabiner zu schießen. Und wurde mit guten Bewertungen zu dem Offizierslehrgang kommandiert, lernte Taktik und das Übermitteln von Nachrichten, die schnell, genau und knapp sein mussten, wie der Colonel der Nachrichtenschule sagte, entscheidend für jede Schlacht. Selbst die tapfersten Soldaten, die ihre Befehle nicht rechtzeitig oder ungenau

erhalten, tappen nur in der Gegend herum. Die Flaggen auf den Uniformknöpfen kamen noch aus der Zeit, als die Befehle mit Signalfahnen von Berg zu Berg weitergegeben wurden. Jetzt gab es das Morsen, das Telefonieren, das Funken. Auch das Codieren. Und auch die Entschlüsselung feindlicher Funksprüche. Die Aufklärung. Einschätzung der Stärke, der Angriffspläne, der Stimmung in der feindlichen Truppe.
Sie, sagte der Oberst, sind das Gehirn und die Nervenstränge unserer Truppe. Muskeln, Sehnen, Knochen, das sind die anderen, Infanterie, Artillerie, Panzertruppe.
Oder besser, Sie sind die Engel, die alle Botschaften weiterreichen. Aber auch alles sehen. Und hören. Sie haben den Feind im Blick. Nicht nur, wo welche Truppen stehen, sondern, was denkt der Feind? Was will er? Wie ist seine Stimmung?

Nach einem halben Jahr hatte Hansen seinen Offizierseid abgelegt und war zum Second Lieutenant ernannt worden. Ein sogenanntes six month wonder. Er konnte gegen die Deutschen, die Krauts, die Nazis, eingesetzt werden. Er war Amerikaner, wenn auch in Deutschland geboren, niemand fragte ihn, was er bei der Vorstellung empfand, dort kämpfen zu müssen, einmal abgesehen von der Angst, dabei zu Schaden oder gar zu Tode zu kommen.

Zu Hause, in Ringwood bei New York, hatte es mit seinen Eltern Diskussionen gegeben. Warum musste er sich gleich nach seinem Masterabschluss melden? Zwar wäre er eingezogen worden, hätte jedoch einen Weg finden können, sich zurückstellen zu lassen. Er aber hatte es so gewollt. Die Angst der Mutter, die sagte, Krieg ist Mist. Sie sagte das auf Deutsch, und auch das: Man kümmert sich um die Kinder, zieht sie groß, mit all den Sorgen, Mühen, und dann kommen die da oben, schicken sie in den Krieg und, sie werden erschossen. Auch der Vater war dagegen gewesen, allerdings aus einem anderen Grund. Er, der schon vor Jahren die amerikanische Staatsbürgerschaft angenommen und seine deutsche aufgegeben hatte, sagte, man kämpft nicht gegen das Geburtsland, nicht gegen Blutsverwandte.

Hansen hatte sich in einem Magazin eingekleidet, eine knapp sitzende Uniform, die sich in Machart und Qualität des Stoffes von dem unterschied, was er als Gemeiner hatte tragen müssen, jetzt trug er eine dunkelgrüne Jacke mit blitzenden Knöpfen, rosafarbene Hosen, Hemd, Schlips, Schirmmütze, darauf der goldene Adler, auf der Schulterklappe ein schmaler Messingstreifen. Leicht und praktisch war die Uniform.

Drei Monate vor seiner Abreise nach Europa hatte er Catherine kennengelernt, kurz vor Weihnachten, im Zug. Ein Blizzard hatte den Verkehr in New York zum Erliegen gebracht.

Für ein verlängertes Wochenende hatte er Urlaub bekommen. Schon bei der Abfahrt fing es an zu schneien, und als der Zug in das Grand Central Terminal einlief, tobte der Schneesturm. Busse, Taxis, auch die Züge in die Vororte fuhren nicht mehr. Er stand mit der jungen Frau, die im Zug durch den Gang getrennt neben ihm gesessen und mit der er ein wenig geplaudert hatte, in der überkuppelten Halle, vor dieser zum Treffpunkt bestimmten Normaluhr. Hier sollte sie ihr Freund abholen. Hansen hatte ihr für das Münztelefon ein paar Quarters gegeben, und sie hatte von den Eltern ihres Freundes gehört, der sei zwar losgefahren, habe dann aber von unterwegs angerufen, weil er im Verkehr stecken geblieben sei.

Hansen war mit ihr in eine kleine, gegenüber dem Bahnhof gelegene Bar gegangen, wo sie noch zwei Stühle an einem wackeligen Metalltisch fanden. Eingezwängt saßen sie zwischen den anderen Gestrandeten. Die Fenster waren von den Ausdünstungen der feuchten Kleidung beschlagen. Hin und wieder sah man langsam die Scheinwerfer eines Autos vorbeiziehen. Sie tranken Bier, teilten sich, worauf sie bestand, den letzten erhältlichen Sandwich und hatten Zeit, einander zu erzählen. Zwischendurch war sie aufgestanden, hatte ihn abermals um Münzen gebeten und telefoniert. Er sah sie in der Nähe des Tresens stehen, wie sie in den Hörer sprach, wie sie den Kopf schüttelte, dieses dichte dunkelbraune, leicht rötlich schimmernde Haar. Graue weich fallende Hosen, ein dicker heller Pullover in Zopfmuster, unter dem sich schwach ihr Busen abzeichnete. Sie kam zurück, sagte, sie habe den Namen der Bar durchgegeben, falls denn Horace anriefe. Dieser Name Horace. Ihr Name? Catherine. Sie saßen in dieser überfüllten Bar näher

beieinander, als es sonst bei einer derart kurzen Bekanntschaft der Fall gewesen wäre. Er spürte, lachte sie, ihren Körper an seinem Arm. Und sie lachte oft. Die Unterhaltung wechselte vom Englischen ins Deutsche. Hansen hatte sie gefragt, was sie beruflich mache. Sie studiere Anthropologie an der Columbia, verdiene ihr Geld aber mit Sprachunterricht, Deutsch, hauptsächlich für Militärs, die nach Europa gingen. Ob sie aus einer deutschen Familie komme? Nein, sie sei Französin, aber zu Hause werde deutsch gesprochen. Sie komme aus dem Elsass. Vor vier Jahren, kurz nachdem Frankreich kapituliert hatte und von den Deutschen besetzt worden war, hatte ihr Vater sie über Spanien zu einem Onkel nach Amerika geschickt. Eine Vorsichtsmaßnahme, da nicht abzusehen war, wann der Krieg enden würde. Das Elsass war ja nach der Kapitulation vom Deutschen Reich annektiert worden. Ihre Familie hatte die deutsche Staatsangehörigkeit annehmen müssen. Aber sie war in Sicherheit gebracht worden. Bei ihrem Bruder sei das nicht geglückt, da er in der französischen Armee gekämpft hatte und nach der Niederlage in ein deutsches Gefangenenlager nach Ostpreußen gekommen war. Und später wurde er dann mit seiner neuen Staatsbürgerschaft in die deutsche Wehrmacht eingezogen.
Was für Zeiten. Welch ein Wirrwarr. Ich hoffe, er lebt. Ich hoffe, sie leben. Seit drei Monaten habe sie keine Nachrichten von den Eltern.
Er legte, einer spontanen Regung folgend, die Hand auf ihren Arm und sagte: Das Gute an den schlechten Nachrichten ist, sie erreichen uns meist schneller.

Sie sah ihn an. Und er sagte: Ich bin bei der Nachrichtentruppe. Ich muss es wissen. Er bot ihr, die, wie sie betonte, nur an Festtagen rauche, eine Zigarette an. Und so saßen sie eine Zeitlang rauchend nebeneinander, in einem einvernehmlichen Schweigen.

Nach gut zwei Stunden ging die Tür der Bar wieder einmal auf, und ein junger Mann kam herein, in einen braunen Dufflecoat gekleidet, schneebestäubt. Hello, sagte er, umarmte Catherine, gab Hansen die Hand, drückte, fest, und Hansen drückte kräftig dagegen, es war ein kurzes, ihm später ein wenig peinliches Kräftemessen. Er fragte sich, ob der andere es ebenso empfunden hatte. Das ist Horace, sagte sie, und der sagte abermals Hello und dann, leider sei keine Zeit, er könne sich nicht setzen, es sei ja auch kein Platz, aber vor allem, der Wagen stehe draußen, wo er nicht stehen dürfe, sie müssten schnell los. Sie wollte zahlen. Horace wollte zahlen. Hansen wehrte ab, der Sandwich sei teilbar, nicht der Preis, was insofern stimmte, da dieser ungerade war. Es blieb aber noch Zeit, Adressen zu tauschen. Er schrieb die Adresse des Camps und die Telefonnummer seiner Eltern auf. Als sie gegangen war, betrachtete er ihre Visitenkarte. In Stahlstich stand: Catherine Weckmann. Er roch an der Karte, ein Parfum, ein ferner Duft, und steckte sie ein, als er die Augen der Umsitzenden auf sich gerichtet sah und in diese distanziert fragenden Mienen blickte. Es war vielleicht nicht ratsam gewesen, miteinander deutsch in einer so zugewandten, ja verschworenen Weise zu reden. Man hätte sie für

deutsche Spione, vor denen in New York auf Plakaten gewarnt wurde, halten können.
Hansen und Catherine hatten sich in den folgenden drei Monaten Briefe geschrieben, auf Deutsch, so konnten sie in seinem Ausbildungscamp von Kameraden nicht mitgelesen werden, obwohl sich nichts Intimes darin fand, allenfalls der Wunsch, sich recht bald wiederzusehen. Ihr Deutsch gefiel ihm, da es mit altertümlichen Wendungen durchsetzt war wie: So gehab dich wohl.

Zwei Tage bevor er sich auf dem Truppentransporter nach Europa einschiffen sollte, hatte er sich abends mit ihr in *Keen's Steakhouse* verabredet. Sie redeten, tranken Cocktails und bestellten Essen. Sie wollte wissen, was seine Familie mache.
Die sei durch einen Affen nach Amerika gekommen.
Sie lachte und hielt es für einen Witz.
Doch. Sein Vater, von Beruf Präparator, habe in Deutschland einen Gorilla ausgestopft, der im Berliner Naturkundemuseum ausgestellt worden sei. Dort hatte der Direktor des New Yorker *American Museum of Natural History* auf einer Europareise das Tier gesehen und für seine Lebensechtheit bewundert. Der Vater habe ein Angebot des Museums erhalten und sei gefahren, habe dann 1932, also zwei Jahre später, die Familie, die Mutter, seine ältere Schwester und ihn nachgeholt. Später habe seine Mutter noch ein Kind bekommen, einen Jungen, ein Nachkömmling, sagte Hansen, ein stilles, verträumtes Kind, von dem man glauben könne, es trauere der Alten Welt, die es ja gar nicht kannte, nach.

Aber das müsse noch erwähnt werden, der Gorilla soll derart lebendig gewirkt haben, dass die Museumsbesucher, die den dämmrigen Saal ahnungslos betraten, einen Schreck bekamen. Derart tückisch muss er geblickt haben und eben sehr lebendig. Mächtig stand er an einem Ast, als wollte er sich hinaufschwingen. Kamen Mädchenschulklassen, musste dem Tier ein kleiner Schurz vor das Geschlecht gebunden werden.
Sie hatten viel gelacht. Auch über seine militärischen Ausbilder, über die brüllenden Corporals, über Kameraden, und Hansen, sonst eher ein Fragender, Zuhörender, war durch die Cocktails, vor allem aber durch ihr Lachen – ein helles Auflachen, das melodisch verstummte – in ein rasantes Erzählen gekommen. Sie lachen zu hören, war ein Glücksgefühl.
Als sie aufbrachen, war es für den Zug nach Ringwood zu spät. Er hätte sich ein Hotel suchen oder in das Wohnheim für Offiziere gehen müssen.
Sie bot ihm an, er könne in der Wohnung, die sie mit einer Freundin teile, übernachten. Sie würde mit der Freundin in einem Zimmer schlafen.

In der Wohnung kam ihnen eine junge Frau entgegen, in Pullover und Hose. Die Brille hatte sie ins Haar geschoben.
Das ist Gillian, die bereitet sich auf das Examen vor.
Sie setzten sich zu dritt an den Tisch, redeten ein wenig.
Du kannst, sagte Gillian zu Catherine, auf dem Sofa schlafen, wenn dich meine Lampe nicht stört.
Catherine bezog ihr Bett, in dem nun er liegen sollte.

Fast hätte er einem spontanen Wunsch folgend gesagt, das sei nicht nötig. Gern hätte er in ihren benutzten Laken geschlafen. Sie holte ihm zwei Handtücher. Danach hörte er sie im Bad rumoren. Das Wasser lief. Sie kam, streckte den Kopf in die Tür und sagte: Your turn. Er duschte, trocknete sich ab, roch an den Flakons, bis er ihren Geruch entdeckte. Er legte sich ins Bett, und auch hier war dieser Duft. Jasmin? Er schaltete das Licht aus und hörte vom Nachbarzimmer das leise Reden der Frauen. Dann plötzliche Stille. Er dachte, sie habe sich drüben hingelegt. Schon im Hinübergleiten zum Schlaf hörte er, wie die Tür sich in eine jähe Helligkeit öffnete und wieder schloss, wie sie auf nackten Füßen ins Zimmer und näher kam. Sie hob die Decke hoch und legte sich zu ihm. Gillian muss arbeiten, flüsterte sie, und ich kann bei Licht nicht schlafen. Sie atmete, als wäre sie eilig eine Treppe hochgestiegen. Und nach einem Moment ihre Stimme: Wir müssen aber leise sein.

Ein schmales ebenmäßiges Gesicht, blondes Haar, links gescheitelt. Ein junger Mann mit einem ruhigen Mund und nachdenklichen Augen. Auch diese Erscheinung muss berücksichtigt werden bei der überraschenden Wendung des Abends, unerwartet, doch wie dem Wünschen gehorchend. Und auch das, was weder sie noch er ausgesprochen hatten, die bevorstehende Reise zu den europäischen Schlachtfeldern, wobei sich dort, anders als im Pazifik, der Krieg schon dem Ende näherte.

Zukünftiges war nicht zur Sprache gekommen. Hingabe ersetzte Worte.

Am nächsten Morgen war ihre Mitbewohnerin schon früh gegangen. Catherine hatte kurz mit ihr geredet, war zurückgekommen. Vielleicht waren wir doch zu laut? Nein, man müsse sich um Gillian keine Gedanken machen, sagte sie. Die Freundin sei in die Bibliothek gegangen. Wir brauchen jetzt Kalorien, wir brauchen Fruchtsaft, wir brauchen Käse, Toast, Eier und Milch.
Sie fuhr im Fahrstuhl hinunter. Er blickte aus dem Fenster der 9. Etage in die 76th Street West und hoffte, sie beim Hinausgehen zu sehen. Vergeblich, sie war wohl am Haus entlanggegangen. Er betrachtete die beiden in Silber gerahmten Fotografien auf ihrem Schreibtisch, die eine zeigte eine elegant gekleidete Familie, der Mann im dunklen Anzug, die Frau in einem weiß gerüschten Kleid, wohl ihre Eltern, der Junge, ihr Bruder, im Matrosenanzug und das Mädchen, sie, im weißen Kleid.
Auf dem anderen Foto saß ein junger Mann an der Pinne eines Segelboots. Er lachte, zeigte viele weiße Zähne, das Braun seiner Haut hob sich vom Weiß des Polohemds ab. Hansen erkannte Horace nicht gleich, der eingehüllt und schneenass und auch nicht derart zahnweiß lachend in die Bar gekommen war, um sie aus dem Schneechaos zu befreien.
Die Kleidung, das große Segelboot, all das ließ auf eine wohlhabende Familie schließen.
Mit einer großen Papiertüte kam sie zurück ins Zimmer.

Er nahm sie in die Arme, sie brachte den Geruch der frischen Luft mit, Sonne, die Haare offen, durchweht, zerzaust. Sie saßen am Tisch und aßen Toast, tranken Kaffee, und als sie ihm über den Tisch die Hand reichte, zog er sie hoch – sie legte den angebissenen Toast achtlos auf den Tisch.

Catherine brachte Hansen zum Zug nach Ringwood.
Er hatte sie schließlich doch nach Horace gefragt.
Horace? Ja. Nach einem Zögern sagte sie, ihre Verlobung sei geplant. In zwei Monaten. Das war ein wenig verdruckst gesagt. Und nach einem weiteren Zögern: Ihm, Horace, müsse sie nun sagen, was geschehen sei. Das Wort Bereuen. Nein, nicht, aber allein der Gedanke an Horace, das alles stimme sie traurig, und natürlich fürchte sie das kommende Gespräch. Und was werde, wisse sie nicht. Wie auch.
Ein Gespräch über Trennungen, das war ihr Abschied. Eine lange Umarmung, bei der er sie bat, am nächsten Tag nicht zum Schiff zu kommen. Dort müsse er sich um die Mutter und seine Geschwister, auch den Vater kümmern, und überhaupt seien Abschiede auf Bahnhöfen und an Kais, die er schon als Junge erlebt habe, etwas Kompliziertes, dieses Warten, das sich Hinziehende, das immer noch eine kleine Weile Bleiben und dann endlich Losfahren, das sei alles doch immer quälend. Sie fand das nicht, es sei doch so, dass man sich und den anderen sehr deutlich spüre, da etwas von einem selbst getrennt werde.

Sie war dann doch gekommen. Am Hudson lag der Truppentransporter, grau gestrichen, mit dunkelgrauen Zacken, ein kubistischer Tarnanstrich. Oben auf den Decks drängten sich die Soldaten. Mannschaftsdienstgrade stiegen mit ihren Säcken über der Schulter die Gangway hinauf. Auf dem Kai standen Freunde und Angehörige. Es wurde von oben nach unten gerufen. Hansens Offizierskiste war von einem Matrosen hochgetragen worden. Zwei Bücher hatte sein Professor ihm für die Reise geschenkt: Ernst Blochs *Spuren* und E. T. A. Hoffmanns *Nachtstücke. Mit achtundvierzig Zeichnungen von Alfred Kubin*.

Hansen stand mit seinen Eltern, seiner Schwester und dem kleinen Bruder zusammen, und der Vater nannte ihm Verwandte, die er, wenn es zu der Kapitulation Deutschlands komme, woran ja kein Zweifel bestehe, besuchen solle, und Michael Hansen versprach es. Und schreiben, gleich, wenn du ankommst, sagte die Mutter. Ja, auch versprochen. In dem Augenblick entdeckte er sie. Catherine stand in dem geblümten Kleid am Kai. Er ging, ja lief zu ihr und sagte, Wie schön, dass du gekommen bist, aber als er sie umarmen wollte, sagte sie schroff: Fass mich nicht an! Ich wollte dir nur Lebewohl sagen. Und schreibe nicht! Sie drehte sich um und ging weg. Es war wie ein körperliches Zurückstoßen.

Verwirrt stand er, überlegte, ob er ihr nachgehen, sie fragen solle, was diese heftige Zurückweisung bedeute, da sie doch zum Abschied gekommen sei. Aber da war sie schon zwischen all den Wartenden, Winkenden verschwunden. Sein kleiner Bruder kam und zog ihn an der Hand zu den Eltern und der Schwester. Auf deren Fragen und Ratschläge gab er verworrene Antworten, bis der Vater sagte: Du bist schon ganz weit weg, du musst jetzt gehen.

In Antwerpen angekommen, bekam er seinen Marschbefehl, er sollte sich beim Stab des *XII. US Corps* in Frankfurt melden. Von Amsterdam wurde er zu einem erst vor sechs Tagen eingenommenen Feldflughafen bei Frankfurt geflogen. Ein paar zerschossene Jagdflugzeuge standen an der Behelfspiste.

- 2. April 1945 -
Fahrt nach Frankfurt. Das Umland ist von den Kämpfen verschont geblieben. Mist oder Heu wird ausgefahren, Wagen, von Rösslein gezogen, Sensen werden gedengelt, Frauen zupfen Unkraut, Kinder stehen am Straßenrand. Fachwerkhäuser mit ihren waagerechten und schrägen Balken. Muss an *Hänsel und Gretel* denken, das die Mutter vorlas. Keine Traktoren. Man kann nicht glauben, dass dieses Land Raketen und Düsenjäger gebaut hat.

- 3. April 1945 -
In Frankfurt, ein anderes Bild. Zerstörte Fabrikhallen, in denen riesige, rätselhafte Metallteile stehen, aufgeplatzte Röhren, Stellwerke, ausgebrannte Eisenbahnzüge, eine gesprengte Brücke, die schwankende Fahrt über eine *pontoon bridge*, Hausruinen, Fassaden sind stehen geblieben, dahinter der Ziegel- und Steinschutt,

an einem vierstöckigen Haus war die Fassade weggerissen, wie in ein Puppenhaus blickte man in die Zimmer, ein Klavier, ein Tisch und Sessel standen dort. Besonders seltsam der an den Tisch gelehnte Besen. In der darüberliegenden Wohnung war eine Frau damit beschäftigt, Wäsche aufzuhängen, die Sonne schien in ganzer Zimmerbreite hinein auf Schrank, Stühle und Tisch. Eine Küche, Töpfe auf dem Herd. Am Straßenrand verkohlte Balken, verbogene Eisenträger, Mauerreste, es roch nach feuchtem Mörtel, und in den Schuttbergen jener Häuser, die wohl schon im zweiten Kriegsjahr getroffen worden waren, stand Unkraut. Wahrscheinlich lag es an diesem sonnigen Frühling, das Elend wirkt nicht düster, sondern hell. Aber der Geruch ist bestialisch. Eine Mischung aus Moder, Kalk und Verwesung. Noch immer sollen Leichen in den Kellern und unter dem Schutt liegen.
Nur wenige Menschen sind auf der Straße, meist Frauen, zwei, drei alte Männer, einer zog eine mit Holz beladene Karre hinter sich her.

Im Quartier des *XII. US Corps* wurden Hansen von einem CIC-Offizier ein Jeep und ein Fahrer zugeteilt, mit dem Befehl, zu der *42nd Infantry Division* zu fahren, die weiter Richtung Würzburg vorstieß. Sein Auftrag: Verhör und Feindaufklärung.

Ein Rauch, das war die Stadt.
Die Häuser, Romanik, Barock, Rokoko, Klassik, Kirchen, viele Kirchen, berühmte Kirchen, der Dom, das

Grab Walthers von der Vogelweide, die bischöfliche Residenz mit dem weltberühmten Deckenfresko von Tiepolo, das die vier Erdteile zeigt, ein Wunderwerk. Am 16. März 21:25 Uhr waren 220 Lancaster-Bomber der *No. 5 Group Royal Air Force*, derselben Gruppe, die zuvor schon Dresden bombardiert hatte, einen Angriff auf die Stadt geflogen und hatten zuerst Sprengbomben abgeworfen. Sie zerstörten Dächer, Türen und Fenster und sorgten für einen kräftigen Durchzug. Danach wurden 315000 Stabbrandbomben abgeworfen. Die Berechnungen für eine optimale Brandbeschleunigung hatten Wissenschaftler erstellt.

Und ein Rauch ging aus von der Stadt und zog über das Land, über Täler, Hügel, Flüsse. Die Stadt war danach keine Stadt mehr. Sie war ein riesiger Meiler. Temperaturen über tausend Grad. Was sich über Jahrzehnte, Jahrhunderte als Verfall vollzieht, dauerte hier keine zwanzig Minuten. Menschen verbrannten in den Kellern. Ich habe sie gesehen, sagt der Engel der Geschichte, Menschen aufgeplatzt wie zu heiß gebratene Würste. Gedärm hing heraus. Deutsche, meist alte Männer, trugen die Leichen weg. Was an verkohltem Fleisch übrig geblieben war, kam kalküberstreut ins Massengrab. Das Schwarzwerden der Sonne, das Verbluten des Mondes, das Schreien der Menschen.

Am 3. April setzten Pioniere der *42nd Infantry Division* über den Main. Drei Tage wurde in den Ruinen Würzburgs gekämpft. Seit dem Rheinübergang hatte es

keinen derartig harten Widerstand der deutschen Truppen gegeben. Am 6. April wurde Würzburg erobert.
Einer aus dem Divisionsstab sagte, die Krauts seien wirklich Kraut gewesen, er sagte higgledy-piggledy. Zusammengewürfelte Soldaten, Hitlerjugend, alte Männer, die jedoch verbissen gekämpft hatten. Der Sohn des Kreisleiters war gefallen, der Gauleiter geflohen.
Ihn hätte Hansen verhören sollen.

- 8. April -
Würzburg. Die Kirchen und Türme in Trümmern und Trümmer die Häuser, verschüttet die Straßen und Gassen.
Fuhren über eine *pontoon bridge*, sehr schmal, die von den Pionieren über den Main geschlagen worden war. Es riecht nach Brand. Durchdringend, widerlich der Leichengeruch. Im Straßengraben ein Toter, zugedeckt mit einer Plane, die genagelten Stiefel deuten auf einen deutschen Soldaten, er liegt da wie abgelegt, zwischen Steinbrocken und Waffenschrott. Etwas weiter entfernt steht ein abgeschossener deutscher Schützenpanzer.
Quartier in einer Villa, deren Besitzer samt Familie geflohen ist. Nur das Dienstmädchen, eine Zwangsarbeiterin aus Polen, haben sie zurückgelassen, und die führte uns zum Weinlager im Keller. Aus dem Volksempfänger Tanzmusik von Beromünster. Schweizer Foxtrott und ein wenig – nun ja – Alpenswing. Das Mädchen tanzte tapfer, hatte sich die klobigen Holz-

schuhe ausgezogen, tapfer, weil sie beim Tanzen immer wieder mit einem Fuß unter einen Stiefel kam. Einmal hüpfte sie auf einem Bein, hielt sich den nackten Fuß, lachte aber.
In einer Pause hört man von fern Artillerie.
Gespräch über die Zerstörung der Stadt. Einer sagte, die Krauts haben es nicht anders verdient. Wirklich alle? Alle! Ich sagte, ja, schon, widersprach dann aber, weil es mir zu einfach erschien, dieses Alle. Gilt das für die Kinder, gilt das auch für die, die sich den Nazis widersetzt haben?
Ein Colonel sagte, die Bombardierung sei militärisch völlig sinnlos gewesen. Idiotisch. Ein Major hingegen sah darin ein gerechtes Strafgericht.
Durch die Straßen irren Menschen. Sie suchen nach Verwandten und Freunden. Bekam den Befehl, einen Priester zu befragen, der in dem Keller eines Klosters den Brand überlebt hat. Seine Haare, die Augenbrauen verbrannt, Brandblasen an den Händen, im Gesicht. Ich fragte, er schüttelte den Kopf. Ein mechanisches Kopfschütteln. Kein Wort.
Der Meister hat recht, das Schreiben macht alles etwas leichter, schiebt es in die Distanz des Erträglichen.

Professor Kuppitsch hatte Hansen beim Abschied zwei fadengebundene Leinenhefte geschenkt, um Zeugnis abzulegen: Es gibt ein Hauptbuch der Engel, in dem all die Schandtaten verzeichnet werden, aber auch die Taten der Gerechten. Die himmlische Bürokratie. Schreiben Sie nieder, was Sie sehen. Schreiben Sie auf

Deutsch, so kommen Sie sich selbst und dem Land näher und halten es doch auf Distanz.

Morgens kam der Befehl, zum Stab der *11th Armored Division* zu fahren, die weiter nach Nordosten vorstieß. Joe, ein Schwarzer, fuhr den Jeep. Von fern war hin und wieder der Abschuss eines Geschützes zu hören. Es hörte sich keineswegs gefährlich an, eher gemütlich. Bums. Hansen sollte nach vorn, zum Befehlsstand des Obersten. Am Straßenrand waren von deutschen Soldaten Schützenlöcher ausgehoben und, was man an den herumliegenden Panzerfäusten und Gasmasken sehen konnte, kampflos aufgegeben worden.

Sie fuhren in eine hügelige Landschaft hinein, weiß waren die Blüten der Kirschbäume explodiert, das leuchtende Gelb der Forsythien. What an amazing landscape, sagte Hansen zu seinem Fahrer, und der sagte trocken, Yeah, without Krauts. Niemand war auf den Feldern zu sehen. Sie fuhren durch einen kleinen, dichten Laubwald. Gegenüber ein Hügel, darauf ein hingestreckt liegendes Gebäude, ein großer Bauernhof. Plötzlich, von vorn, Schüsse. Ein Maschinengewehr. Sie waren in die Spitze des Angriffs geraten.

Vor ihnen wurde aus einem Gehöft und einem sich rechts hinziehenden Schützengraben geschossen.

Der Fahrer und Hansen sprangen aus dem Jeep, Joe nach links und Hansen nach rechts, und warfen sich, wie in der Ausbildung eingeübt, in den Straßengraben. Das deutsche Maschinengewehr schoss heftig, aber zu hoch, die Schüsse prasselten über Hansen in die Äste. Er lag im

Dreck. Der Helm war ihm vom Kopf geflogen. Er hatte seine Pistole gezogen und in Richtung des Gehöfts geschossen, wissend, dass er aus dieser Distanz niemanden treffen konnte. Immerhin, er tat etwas. Er hörte von vorn Kommandos auf Deutsch und von hinten Kommandos auf Englisch. Dort lagen die eigenen Leute und schossen zurück. Ein Captain brüllte Befehle in ein Funkgerät. Kurz darauf waren die Abschüsse der weiter hinten liegenden Artillerie zu hören. Hansen sah, wie das große Gehöft zu brennen begann, zunächst schlugen zögerlich einzelne Flammen aus den Fenstern, dann brannte der Dachstuhl lichterloh. Zwei leichte Panzer des *761st Tank Battalion* rückten vor und, hinter ihnen Deckung suchend, die Infanterie und mit ihr Hansen, der sich den Helm wieder übergestülpt hatte.
Kurz darauf wurde drüben bei den Deutschen die weiße Fahne gezeigt.
Fahne, sagte Hansen später, hört sich so heroisch an, es war ein Unterhemd, das sich einer der Deutschen ausgezogen hatte. Neben dem brennenden Gehöft lagen zwei Tote, ein alter Mann mit der Armbinde *Volkssturm* und ein Junge, vielleicht sechzehn, in HJ-Uniform. Der Junge lag mit dem Gesicht im Gras, der alte Mann gekrümmt auf der Seite, als hätte er Bauchschmerzen. Was Hansen überraschte, war die Menge des Bluts, die aus dem Körper des Volkssturmmannes geflossen war. Auch so etwas geht einem durch den Kopf, sagte er später, dass ein so alter Mann noch so viel Blut hat. Noch war es nicht getrocknet, aber das Rot hatte sich schon in ein Rotbraun verwandelt.

Abseits standen die Deutschen mit erhobenen Armen, eine buntscheckige Gruppe, einige in Uniform, andere in Zivil. Kinder in HJ-Uniform, ein paar in kurzen Hosen. Neben ihnen am Boden lagen und saßen Verletzte, stöhnten, auch ein kindliches Wimmern war zu hören. Das Überraschende für ihn war im Nachhinein, er hatte vor neugieriger Aufregung nicht einen Augenblick Angst gehabt. Kein Gedanke, dass es auch ihn hätte treffen können. Es ging zu schnell, begleitet von einer geradezu distanzierten Selbstbeobachtung, um das, was man in der Ausbildung gelernt hatte, jetzt im Ernstfall richtig zu machen. Und er ärgerte sich, weil ihm, als er sich hinwarf, der Stahlhelm vom Kopf geflogen war. Im ersten Moment dachte er, der Helm sei ihm vom Kopf geschossen worden. Aber dann merkte er, der Kinnriemen war nicht straff gezogen gewesen. Wie lächerlich.

Jemand schrie. Sanitäter wurden gerufen. Ein Corporal hatte einen Schuss ins Bein bekommen. Ein junger Texaner hatte einen Streifschuss am Kopf. Ihm war tatsächlich der Helm durchschossen worden. Auch das wusste Hansen, die Helme widerstanden keinem direkten Beschuss.

Am 11. April war Hansen mit der Division in Coburg eingerückt. Eine Kleinstadt, die zur Verteidigung gerüstet war, man hatte Barrikaden aus Pflastersteinen an den Einfallstraßen errichtet, Schützengräben am Flussufer ausgehoben – ein Fluss, die Itz, den man leicht hätte durchwaten können. Die Stadt wurde von Artillerie und Panzern beschossen. Oben auf der Veste – was für ein altertümliches Wort, dachte Hansen – wurde die weiße Fahne gehisst. Die SS schoss sie herunter. Wenig später wurde sie abermals gezeigt. Angeblich hatte sie die ehemalige Herzogin persönlich gehisst, tatsächlich war es eine resolute Flüchtlingsfrau aus Schlesien gewesen. Ein Panzer schob den mit Pflastersteinen beladenen Möbelwagen, den man auf der Brücke quer gestellt hatte, beiseite. Die Panzer fuhren die Straße der SA, die früher einmal Mohrenstraße geheißen hatte und jetzt mit weißen Laken und Bettbezügen beflaggt war, entlang zum Rathaus. Dort standen die leichten Panzer des *761st Tank Battalion*, die Besatzungen kamen aus den Luken, und die Coburger sahen staunend schwarze Soldaten.

Oberbürgermeister Greim, der die Parole ausgegeben hatte, die Stadt wird bis zur letzten Patrone und bis zum letzten Mann verteidigt, hatte sich am Tag zuvor mit Frau, Kindern und Dienstmädchen abgesetzt. Amtsleiter Sauerteig übergab die Stadt an die Amerikaner. Der amerikanische Colonel übersah die ihm entgegengestreckte Amtsleiterhand und befahl: Wasserwerk, Elektrizitätswerke, Krankenhäuser arbeiten weiter. Waffen abliefern. Werewolves will be shot. Anyone resisting will be shot. Hansen übersetzte: Werwölfe werden erschossen. Wer Widerstand leistet, wird erschossen.

Noch gab es in der Stadt keine Plakate mit den Verordnungen des amerikanischen Militärs, die eine Ausgangssperre erließen. Noch wirkte das Verbot der anderen Macht: Plünderer und Deserteure werden erschossen. Es war ein Moment, in dem eine Ordnung in eine andere, noch nicht gesicherte überging – ein Moment der Anarchie.

Am Stadtrand brannte ein großes Verpflegungslager der Wehrmacht. Flammen schlugen aus den Fenstern des rechten Gebäudeflügels. Offensichtlich war dieses Magazin von den abziehenden deutschen Soldaten entweder mit Absicht oder aus ängstlicher Hektik nicht systematisch angezündet worden. Frauen, viele Frauen, trugen Konservendosen aus dem Lagerhaus, einige hatten Kinderwagen mit Zucker- und Mehlsäcken bepackt. Die Frauen – Männer waren nicht zu sehen – ließen sich nicht beim Plündern stören, auch dann nicht, als die ersten amerikanischen Soldaten auf ihren Schützenpanzern vorbeifuhren. Da wird eingekauft, wie eine Frau zu Hansen sagte, und als er sehen wollte, was, öffnete sie den Rucksack. Darin waren Dosen, von der Hitze aufgequollen, aber noch verschlossen: Leberwurst und französische Gänseleber. Offensichtlich Bestände der Offiziersverpflegung. Sie sah Hansen an, ängstlich. Würde er sie verhaften lassen?

Er winkte ihr, weitergehen.

Am nächsten Tag waren die schon in den Staaten gedruckten Plakate in der Stadt angeschlagen worden. Fotografieren bei Todesstrafe verboten. Sperrstunde von abends 18 bis morgens 7 Uhr.

No Fraternisation.
Deutschland scheint geschlagen. Du siehst Ruinen, du siehst Blumen, du siehst schöne Landschaften. Lass dich nicht verwirren; du bist in Feindesland. Sei auf der Hut, sei misstrauisch: Jeder Deutsche kann eine Gefahr sein. Es darf keine Fraternisierung geben. Fraternisieren heißt: sich Freunde machen. Aber die Deutschen sind nicht unsere Freunde. Sie können nicht kommen und ihre Hand ausstrecken und sagen: Es tut uns leid. Es tut ihnen nicht leid, dass sie den Krieg verursacht, sondern dass sie ihn verloren haben.

– Coburg, 14. April 1945 –
Gefordert ist, sie, die Deutschen, die mir entgegenkommen, nicht freundlich anzusehen, sondern sie zu übersehen. Nicht zurückgrüßen. Aber was heißt: die Deutschen? Sicherlich gibt es welche, deren devote Haltung abstößt. Andere zeigen ganz eindeutig Distanz, keine Regung, was wohl den Stolz des Besiegten signalisieren soll. Aber was ist mit dem Jungen, der mir meine Zigarettenkippe brachte, von der er glaubte, ich hätte sie verloren?
Tatsächlich hatte ich sie einfach fallen lassen. Darf man nicht lächeln, nicht Danke sagen oder, wenn schon nicht in der Sprache des Feindes, wenigstens: Thanks?
Nachtrag: Die beiden Panzer, die uns bei Dietersdorf herausgehauen haben, gehörten zum 761. Panzerbataillon. Die einzige schwarze Kampfeinheit in der Army. *The Black Panthers.* Hochdekoriert und mit einem ausgezeichneten Kampfgeist. Wir können es bezeugen.

Hansen hatte dann die auf Deutsch vorbereiteten Flugblätter verteilen lassen, nochmals: die Zeit der Ausgangssperre, das sofortige Abliefern aller Waffen, Schieß- und Stichwaffen. Als er sich im Stab meldete, befahl ihm ein Major vom Divisionsstab, einen genauen Bericht über dieses Gefecht zu schreiben, in das er, man kann es nicht anders sagen, zufällig hineingeraten war.

Werewolves? If so, shoot them.

Die meisten hätten Uniformen getragen, darunter auch zwei Mann in Eisenbahneruniform. Die Eisenbahner und die sechs Zivilisten hätten vorschriftsmäßig Armbinden mit der Aufschrift *Volkssturm Deutsche Wehrmacht* getragen. Wahrscheinlich hatte der Captain, der das Scharmützel gemeldet hatte, die Armbinden nicht gesehen, vielleicht nicht lesen können. Die Schrift war klein. Jedenfalls hielt er diese so zivil in Jacken und Mäntel und Knickerbocker gekleideten Männer nicht für Soldaten. Auch nicht die Jungen, das letzte Aufgebot, Fünfzehn-, Sechzehnjährige in der braunen HJ-Kluft, einige noch in kurzen Hosen, einer mit Lederhose.

Dennoch, Hansen sollte sie befragen. Man wollte wissen, was treibt die Jungs an, statt hinter Mädchen her zu sein mit einem tschechischen Karabiner zu schießen – und sich erschießen zu lassen? Man sollte ihnen den Hintern versohlen.

Hansen verhörte den Fähnrich, der die versprengte Einheit kommandiert hatte. Zwanzig Jahre alt. Die linke Hand verbunden. Das Weiß vom Blut rot genässt.

Auch die Uniform zeigte getrocknete Blutspuren. Er sagte, da er den Blick von Hansen bemerkt hatte, das sei nur ein Kratzer. Nicht der Beachtung wert. Englisch könne er nicht, sagte er, und das sollte wohl dem Plutokraten gegenüber verächtlich klingen, er habe an der Schule nur Griechisch, Latein und Französisch gelernt. Er hatte schon zuvor die ihm angebotene Zigarette abgelehnt, wollte sich auch nicht auf den Stuhl setzen. Er berief sich auf internationales Kriegsrecht, nannte Rang und Einheit, eine Fahnenjunker-Kompanie, die mitten in der Ausbildung an die Front geworfen worden war. Freiwillig, sagte er, alle haben sich freiwillig gemeldet. Er wurde gesprächiger, als Hansen ihn fragte, warum er dieses aussichtslose Gefecht geführt habe, das zwei seiner Männer das Leben gekostet hat. Ein Befehl, sagte er, Pflicht, das müsse Hansen als Offizier doch verstehen.
Der Krieg ist verloren. Der Kampf sinnlos. Sinnlos sind die Toten, sinnlos ist es, die Brücken und Häuser jetzt noch zu zerstören.
Noch ist nichts verloren, sagte der junge Mann mit erhobenem Kinn: Ihr habt das Material, die Waffen, Munition, Flugzeuge, aber wir haben etwas, das stärker ist – Ideale, Tapferkeit, Treue. Und dann fragte er Hansen, wann er denn ausgewandert sei. Nach dreiunddreißig?
Die Fragen stelle ich, sagte Hansen und rief die Wache. Er bereute es, dem Mann eine Zigarette angeboten zu haben.
Get out!

Der Fähnrich salutierte, machte eine zackige Kehrtwende und wurde abgeführt. Wie verbohrt muss man sein, dachte Hansen. Und welch ein Glück, dass ich nicht wählen musste. Er hätte, wäre der Vater damals nicht in die Staaten gegangen, jetzt vielleicht ebenso hier stehen können. Er fragte sich, ob er ähnlich gedacht, ähnlich verbohrt gehandelt hätte. Und er musste sich sagen, dass er darauf keine sichere Antwort geben konnte.
Danach verhörte er einen Feldwebel, der ihm die Orden, während er sie sich von der Uniform nahm, erklärte, das EK I, hier das silberne Verwundetenabzeichen, das Infanterieabzeichen. Hier das Nahkampfabzeichen in Silber. Dreimal muss man das Weiße im Auge des Feindes gesehen haben.
Die brauchen Sie nicht mehr.
Wohin damit?
Können Sie in die Hosentasche stecken, wenn denn so viel Tapferkeit hineinpasst. Waren Sie in der Partei?
Nein.
Wie kommt man dazu? Ich meine, zu so viel Heldenmut.
Befehle, aber auch Wut, manchmal Gleichgültigkeit, schließlich Übung, Vorsicht und List, und vor allem das, sagte der Mann und tippte sich an die Nase. Witterung. Das gehört zum Beruf. Man kann auch darin zum Könner werden. Man schießt und sagt sich, sauber, wenn man getroffen hat. Und man ist zufrieden, wenn man nicht selbst getroffen wurde, weil man den richtigen Riecher hatte. Zum Krieger gehören List und

Instinkt. Natürlich gibt es auch Leute, die aus Versehen Helden werden.

Der Mann, dachte Hansen, hat etwas Philosophisches. Im zivilen Leben war er Optiker. Eine lange Ausbildung. Warum weiterkämpfen?

Die Kameraden im Stich lassen? Die sitzen doch auch in der Scheiße.

Das ist wohl wahr, sagte Hansen und ließ ihn zurück ins Gefangenenlager bringen.

Das waren die interessanten Fälle, die anderen wiederholten nur: Wir mussten. Wir konnten nicht anders. Innerlich waren wir dagegen. Pflicht. Pflicht. Gehorsam. Verweigerung bedeutete Todesurteil. Wir haben anständig gekämpft. Nachdem er vierzehn Gefangene verhört hatte, mochte er *innerlich* und *anständig* nicht mehr hören. Das Wort anständig kannte er von zu Hause, ein Wort, das sein Vater aus Deutschland mitgebracht hatte und oft benutzte: anständig bleiben. Auch in der Neuen Welt. Hier waren sie es alle gewesen. Unanständig waren die Nazis. Unanständig waren die da oben. Ein Volk der Anständigen. Nur wenige Unanständige, denen man aber gehorcht hatte. Die man auch gewählt hatte. Nicht die Mehrheit, wie Hansen wusste. Was sein Vater immer betont hatte. Die Mehrheit hatte nicht die Nazis gewählt. Aber sie waren ihnen dann gefolgt, begeistert und gehorsam.

- 15. April -

Das Vokabular, mit dem die Situationen beschrieben werden. Schuld: lange gewundene Ausreden. Angst:

meist in der Fäkalsprache. Eine Erinnerung an die Kindheit, als man sich tatsächlich die Hose vollschiss.

- 16. April -

Nach fünf Tagen hat in der Stadt ein kleines Etablissement eröffnet. Ein Hotel mit dem Namen *Zum goldenen Anker*. Ein altes Gebäude, Fachwerk, mit einer davor gemauerten klassizistischen Fassade. Um Nürnberg wird noch gekämpft. Hier treffen sich unsere Leute mit Frauen. Man sitzt im Schankraum unter den Geweihen und dem Gehörn des in den Thüringer Wäldern geschossenen Rotwilds. Ein Wildschweinkopf blickt mit grimmen Hauern auf den Stammtisch. Ein koloriertes Foto hängt an der Wand, darauf der Herzog Ernst in Uniform und daneben ein gemaltes Bild mit propagandistischer Botschaft: *Die deutsche Eiche*. An der Tapete der gegenüberliegenden Wand ein helles Rechteck. Dort hat, wie überall, wo solche hellen Stellen zutage treten, das Hitlerbild gehangen.

Ein paar derbe Frauen und Mädchen, die kreischten und tranken und mit verrutschten Röcken auf den Schößen der Soldaten saßen, obwohl doch das Fraternisierungsverbot gilt, aber dazu hätten die Jungs aus Texas und Michigan sagen können, das sei kein Fraternisieren, keine Feinderotik, die Frauen kämen aus der Ukraine und aus Polen, Zwangsarbeiterinnen, und hätten hier in den Fabriken arbeiten müssen. Das war nicht der Feind, das waren die Arbeitssklavinnen, mit denen man die Befreiung feierte. Die Balkendecke bebte, die Deckenlampe schaukelte.

Denke hin und wieder an die beiden Bücher im Gepäck. Aber es ist keine Zeit für Bücher, die Unruhe, die wechselnden und bedrängenden Eindrücke lassen nicht einmal den Wunsch zum Lesen aufkommen, sie aufzuschlagen.

Hansen studierte ein gerahmtes Bild, das Kaiser Wilhelm I. zeigte, gekleidet wie ein Gärtner mit Strohhut und einer Harke vor einer hügeligen Landschaft, ihm gegenüber der Kronprinz mit langem Bart und blauer Schürze, eine Forke in der Hand, und unter ihnen, an ein Pferd gelehnt, das in einem Gespann vor einem Pflug steht, in ländlicher Joppe und Stiefeln Bismarck, eine Pfeife rauchend. Ein mittiger Text: *Der eine hat die Harke, der andere die Forke. Der dritte lenkt den Pflug. So hätten wir genug.*

Darüber wölbt sich ein weiß, schwarz, rot geränderter Schirm mit dem Satz: *Beschirmt ist, der hier verkehrt / Sein Geld mit Lieb und Lust verzehrt / Scandal nicht, auch nicht Händel macht / Und auf Bezahlung ist bedacht. / Damit ist es abgemacht.*

Vom Stadtkommandanten hatte Hansen den Auftrag bekommen, jemanden zu finden, der kein Nazi war, wenn es denn so einen gab.

Es gab sie, die Nicht-Nazis, nicht viele, aber doch einige, die früh entlassenen Lehrer, die ins Zuchthaus verbrachten Kommunisten, Sozialdemokraten, Mitglieder der Zentrumspartei und Gewerkschaftler. Wenige. Einige, insbesondere die ehemaligen Kommunisten, waren die letzten zwölf Jahre irgendwo in Zuchthäusern oder Konzentrationslagern gewesen. Hansen wurde ein Mann genannt, ein ehemaliger Gewerkschaftler. Hansen hätte ihn sich von der Militärpolizei bringen lassen können, aber da er hörte, der Mann sei 1933 von der SA abgeholt worden und dann für zwei Jahre ins Gefängnis gekommen, entschied er sich, um den Mann nicht zu erschrecken, aber auch aus Neugier, wie so jemand wohnte, hinzufahren.

Eine kleine Seitenstraße in einer Siedlung, einstöckige Häuser, Reihenhäuser. Hansen ließ den Jeep vor dem Haus parken, ging über einen sorgfältig gelegten Plattenweg zur Haustür und klingelte. Eine junge Frau in einem blau-roten Kittel öffnete. Die Schwiegertochter. Hansen wurde hereingebeten, ihm wurde ein Sessel in dem kleinen Wohnzimmer angeboten. Das Sofa war mit zusätzlichen Kissen bedeckt. Eine Anrichte mit einer Figurengruppe aus Porzellan, zwei Schäferinnen, der einen war ihre ehemals wohl anmutig erhobene Hand abgebrochen. Ein Ölbild, das ein mittelalterliches Tor, wahrscheinlich aus dieser Stadt, zeigte. Kurz darauf erschien der Mann, Ende fünfzig. Hansen gab ihm die Hand, bot ihm eine Zigarette an, die der Mann ablehnte. Er rauche nicht.
Hansen fragte ihn, der Funktionär in der Gewerkschaft gewesen war, warum sie nach der Machtergreifung nicht gestreikt hätten, ein Generalstreik.
Kämpfen Sie gegen demokratische Ergebnisse? Der Mann war gewählt worden. Dann kamen die Verbote, erst der Kommunisten, dann der Sozialdemokraten.

Hätte man da nicht den Mund aufmachen müssen?
Hab ich, sagte der Mann, griff sich in den Mund und zog ein Gebiss heraus. Das war die Antwort, sagte er.
Wie er sich die Jahre nach seiner Gefängniszeit durchgeschlagen habe?
Als Betriebsschlosser. Bei der Reichsbahn. Meine Arbeit gemacht, aber so wenig wie nur irgend möglich, damit die Räder nicht zu schnell für den Sieg rollten. Das war nicht viel, genau genommen sehr wenig, aber immerhin ein wenig, und wenn mehrere dieses wenige getan hätten, wäre es nicht zu dem gekommen, was dann kam.
Die Frau brachte einen Kaffee, der nur von fern nach Kaffee schmeckte und wohl auch keiner war. Hansen nahm sich vor, das nächste Mal Kaffee mitzubringen.
Endlich fragte Hansen ihn, ob er bereit sei, für eine Übergangszeit in die Stadtverwaltung zu gehen.
Ja, sagte der Mann. Wann?
Sofort.
Er war zu Hansen in den von Kindern umringten Jeep gestiegen, und sie waren zum Rathaus gefahren. Auf dem Weg zu den Amtszimmern roch es nach Scheiße. Sie kamen an der Toilette vorbei, unter deren Tür floss eine braune Brühe auf den Gang.
Im Rathaus standen die Stadtverordneten, käsig, Schnapsnasen, Anzüge, deren Hosen einen weiten Schlag hatten, übergroße Jackenaufschläge, viel Platz für das Ehrenzeichen jedes Deutschen, das Hakenkreuz mit Anstecknadel, keiner der Herren trug es mehr.
Der Stadtkommandant fragte, welcher der Herren in

der Partei gewesen sei. Als der eine anfing, auszuführen, es sei nichts anderes übrig geblieben und innerlich nie, und überhaupt, und ein anderer, dem man an der hellen Stelle unter der Nase ansah, dass er sich vor zwei Tagen die Rotzbremse, diesen kleinen schwarzen Hitlerbart, abrasiert hatte, vom anständigen – Hansen übersetzte – Deutschen zu reden begann, der seine Pflicht und seinen Dienst getan habe, richtete sich der Stadtkommandant auf: Out!, sagte er und wies zur Tür. Die Herren hatten verstanden. Hansen musste nicht übersetzen. Der Betriebsschlosser wurde zum kommissarischen Bürgermeister ernannt. Alle Toiletten im Rathaus waren verstopft. Die Scheiße quoll über. Seine erste Amtshandlung war, mit einer langen Stahlbürste einen stinkenden Pfropfen aus Hakenkreuzarmbinden, einer Hitlerfotografie, zerrissenen Urkunden und Parteiabzeichen herauszuziehen. Er befahl dem Amtsleiter mit der hellen Stelle unter der Nase, die Scheiße auszuschöpfen und wegzubringen.

Hansen hatte überlegt, ob er den Onkel, bei dem sein Vater das Präparieren gelernt hatte, besuchen sollte. Als er am achten Tag nach Einnahme der Stadt einen Marschbefehl zurück nach Frankfurt bekam, machte er sich auf den Weg in die Judengasse. Die weißen Laken an den Häusern waren verschwunden. Dem früheren Kreisleiter hatte man befohlen, in seiner braunen Parteiuniform die Straße zu fegen. Ein Jeep mit einer ausgestopften Dogge auf dem Kühler fuhr durch die Straßen. Die Stadt mit dem mittelalterlichen schiefergedeckten Stadttor, der wuchtigen, auf einem Berg gelegenen Festung, war, wie Hansen später sagte, tatsächlich so pittoresk, wie er es von den zu Hause hängenden Bildern her kannte. Eine so andere Welt als die von St. Louis oder gar New York und auch als die der Stadt seiner Kindheit, Hamburg, mit den Straßenbahnen, den hohen Mietshäusern, den Fabriken, dem Hafen und, woran er sich traumhaft erinnerte, dem anhaltenden Tuten der Schiffe im Herbst und den rastlosen Niethämmern der Werften.

Er ging die Mohrenstraße entlang, die vor zwölf Jahren in die Straße der SA umbenannt worden war und jetzt, als sei nichts gewesen, wieder Mohrenstraße hieß, dann weiter in die Marktgasse, die wieder Judengasse hieß, allerdings war der Name hastig handschriftlich aufgeklebt worden.

Er hatte nach dem Präparator Schröder gefragt, ein Mann in einer Lodenjoppe mit Hirschhornknöpfen und einem grünen Hut bot sich an, ihn zu begleiten, und führte ihn, in einem beflissenen, unverständlichen Englisch auf Hansen einredend, zu einem alten zweistöckigen Haus. Im Schaufenster stand ein ausgestopfter räudiger Fuchs, Federn am Maul, vor einer erlegten Gans, die – so der Appell an die Imagination des Betrachters – wohl wie soeben gerissen wirken sollte. Diese verstaubte Arbeit war also das Werk des genialen Lehrmeisters seines Vaters. Hansen ging das Wort Fraternisierungsverbot durch den Kopf. Er wusste nicht, ob dieser Onkel, mit dem er sich durch einen Besuch gemeinmachte, ein Nazi gewesen oder immer noch war. Nach einem kurzen Zögern betrat er den Laden. Im Halbschatten hingen ein paar Vögel an der Wand, ein Mops, ein ausgestopftes Windspiel. Vermutlich hatten die Auftraggeber in ihnen nicht die erhoffte Ähnlichkeit mit ihren Lieblingen wiedergefunden, oder sie waren in der Zeit ihrer Umwandlung von tot in halbtot einfach vergessen worden.

Ein grauhaariger Alter mit Spitzbart erschien, der finster blickend sagte, er habe seine Schrotflinte schon abgegeben und in der Partei sei er auch nicht gewesen.

Hansen nannte seinen Namen und sagte, sein Vater habe hier das Präparieren gelernt und lebe jetzt in New York und lasse Grüße ausrichten.

Der Alte brummelte etwas, was sich wie Ach so und Na denn anhörte, und zeigte keine Überraschung, keine Neugier und schon gar keine Freude. Nach einiger Zeit sagte er, dein Vater war ein guter Lehrling, sah dann an Hansen vorbei aus dem Schaufenster und gab sich schließlich einen Ruck: So, er müsse wieder an die Arbeit.

- 24. April -

Die Verwandtschaft: ein brummiger Alter, der die Schrotflinte abgegeben hat und kein Nazi gewesen ist – sagt er jedenfalls. Vertraut die Sprache, das Deutsch, nur der Dialekt ist so ganz anders und weckt keine Erinnerungen an Hamburg.

Ging zurück ins Quartier, vorbei an dem Renaissance-Stadthaus mit diesen missglückten Engelsgesichtern, vorbei an dem barocken Rathaus mit all den Fenster-

schnörkeln und seitlichen Erkern und dem Dachtürmchen, auf dem der heilige Mauritius mit einem Marschallstab steht, genannt das Bratwurstmännle, denn, hat man uns erzählt, so lang wie dieser Stab sollte die Bratwurst sein, die auf dem Markt verkauft wurde. Wie konnte es sein, dass ausgerechnet diese Kleinstadt, in der doch alles intakt und friedlich scheint, die erste in Deutschland war, die sich einen braunen Bürgermeister erwählt hatte? Schon 1928. Dieses Franken, woher kommt der Hass auf die Juden? Das Wort: Die entjudete Stadt. Die judenfreie Stadt. Was trieb diese Leute an? Es sieht doch alles so nett und adrett aus. Der gelbbraune Sandstein der Häuser, Blumen vor den Fenstern, das Grau, zuweilen ins Dunkelgrün spielend, der Schieferdächer. Aber vielleicht ist es ebendas, diese Nettigkeit, der eine Geducktheit entspringt, etwas Uneingelöstes, Selbstgerechtes, den Hass Suchendes.
Die Bratwurstbude steht noch, aber Bratwürste gibt es keine mehr, das Fleisch fehlt.

Am nächsten Tag fuhr Hansen in einem Jeep Richtung Frankfurt, fuhr wieder durch die hügelige Landschaft und meldete sich nach einigem Suchen beim Medical Corps.
I studied literature and history, not medicine.
Doesn't matter, sagte der Offizier.
Hansen war überzeugt, er sei aus Versehen in diese Abteilung geraten, aber dagegen zu protestieren hatte wohl keinen Sinn.

- 27. April -

Auf der Straße Kolonnen deutscher Gefangener, die nach Norden in ein Lager marschieren. Zerlumpt sehen sie aus. Kaum vorstellbar, dass diese graue Masse einmal davorstand, Europa zu beherrschen. Und auf der anderen Seite der Straße, Richtung Süden, ebenfalls zerlumpte, abgehärmte Gestalten, zwangsverpflichtete Arbeiter aus Polen, der Ukraine, Russland, Gefangene aus den Konzentrationslagern, dann wieder belgische, französische Kriegsgefangene, dazwischen deutsche Flüchtlinge aus dem Osten, Frauen, Kinder und Alte, Pferdewagen, beladen mit Ballen, Koffern, Körben, ein Handwagen, von Frauen gezogen, am Strick eine Kuh, hochbepackte Kinderwagen, zwei Ströme bewegen sich aneinander vorbei in Gegenrichtung. Die Drangsalierten nehmen keine Rache, drohen nicht mit der Faust, keine Rufe, nichts, eine lange schweigende Kolonne. Nieselregen. Auch dieses Grau kommt hinzu. Allerdings erzählt man, dass es seitab der Straßen zu Plünderungen, Vergewaltigungen, auch Morden an der deutschen Bevölkerung komme. Bauern werde das Vieh abgeschlachtet.

- Frankfurt. 2. Mai -

Die Unterkunft – eine requirierte Villa, die bis vor vier Wochen ein Direktor der IG Farben sein Zuhause nannte. Ein aus Sand- und Backstein erbautes kleines Schloss mit gotisch anmutenden Fenstern, Erkern, Türmchen. Eine gewaltige Empfangshalle, ein pompöser Treppenaufgang, im ersten Stock eine Galerie, al-

les mit schwerer Eiche verkleidet, düstere Solidität, ein massiver Kronleuchter, auf Konsolen schwere chinesische Vasen, an den Wänden Ölbilder, bärtige Männer, Gründungsgesichter, zwei Landschaftsstücke, auf denen Kühe im Abendlicht weiden, im Gebälk eingeschnitzt: FORTES FORTUNA ADIUVAT.
Na denn.

Hansen musste sich das Zimmer mit einem First Lieutenant teilen, George, einem schlaksigen, sommersprossigen Psychiater aus Austin, der, wie Hansen fand, Schiller ähnlich sah, jedenfalls jener Abbildung nach zu urteilen, die Professor Kuppitsch über seinem Schreibtisch hängen hatte.
Das große und hohe Schlafzimmer des Besitzers hatte drei Fenster, die mit dunkelgrünen Samtvorhängen verdunkelt wurden. Das Ehebett stand zweigeteilt auf Rollen und konnte auf kleinen Schienen auseinandergezogen werden. Haben die, wenn sie sich stritten, die Betten auseinandergeschoben? Oder wurden sie nur zum Kopulieren zusammengeschoben?
I have to tell you up front that I snore – and then some. All my girlfriends have complained. I hope you can put up with it.
George war nur drei Jahre älter als Hansen und hatte in Belgien in einem Feldlazarett während der Ardennenschlacht Verwundete behandelt. Er erzählte, dass die Militärs psychische Verletzungen nicht ernst nähmen. Diese Berufsoffiziere hätten die emotionale Sensibilität von Panzernashörnern. Den Begriff seelischen

Schaden akzeptierten sie nicht. Ein General wollte ihn auf deutsche Gefangene ansetzen, die in Stalingrad gekämpft hatten, verletzt ausgeflogen und dann, nach ihrer Genesung, wieder eingesetzt worden waren. Kälte, Hunger, Hoffnungslosigkeit und doch weiter durchhalten, das sei erstaunlich, das müsse erforscht werden. Das interessierte den General, der für die Motivation der Truppe zuständig war. Was denn Trauma?, sagte ein deutscher General, meinetwegen, sollen sie nachts träumen, am nächsten Tag aber ihren Dienst tun.

Die Überwindung solcher Schocks sei für diese Militärs eine Frage des Willens. An tiefergehende psychische Störungen glaubten sie nicht. Und solange der Krieg andauere, ständen die Patienten immer unter dem Verdacht des Simulierens. Es gab ganz eigentümliche Fälle von *battle fatigue*, wie jener Private E-2, der behauptete, ihm werde bei jedem Knall schwarz vor Augen. Unmöglich zu reagieren, unmöglich, mit dem Karabiner ein Ziel zu erfassen, geschweige denn zu schießen. Dieses Schwarzsehen war von keinem Zittern der Hände begleitet.

Er habe, sagte George, der entsandt war, das Innere des Schreckens zu erkunden, aber in Ermangelung von Ärzten gleich nach der Landung in Antwerpen ab- und in das Frontlazarett an den Ardennen kommandiert worden war, bis dahin nur in der Anatomie Tote gesehen. Und plötzlich musste er operieren, zunächst Kleinigkeiten, Splitter entfernen, Platzwunden nähen. I hope people aren't mad at me when they look in the mirror.

Chirurgie habe ihn nicht interessiert, er habe nur die Pflichtübungen an der Uni gemacht: zusehen und mal eine Naht fertig nähen. Das war's. Das Hirn interessierte ihn. Und plötzlich musste er mit dem Skalpell an Beinen, Brust und Armen herumschneiden: learning by doing. Ein erfahrener Sanitäter habe ihn unterstützt. Dann wurde er hierherversetzt und konnte das Skalpell aus der Hand legen. Und bekam Fälle wie diesen Private, dem, wollte er schießen, schwarz vor Augen wurde. Der hatte bei einem Granatbeschuss in einem Straßengraben Deckung gesucht und sah dann, wie ein Shermanpanzer von einer deutschen Panzerfaust getroffen wurde und ein Mann der Besatzung sich noch aus dem Turmluk stemmen konnte, zu Boden stürzte, mit brennendem Unterleib am Boden lag, den Oberkörper hochgestemmt, schreiend, als wolle er Liegestützen machen, bis er starb. I declared him unfit for duty. And yet the war in the Pacific is still dragging on.

George schnarchte tatsächlich sehr laut und ausgiebig. Hansen hätte nicht sagen können, ob er selbst auch schnarchte. In der Kaserne war er nicht darauf angesprochen worden, und sonst fehlten die Zeugen, denn mit den vier Frauen, mit denen er bisher zusammen gewesen war, kurz, nur Tage, ein paar Wochen, hatte er nicht darüber reden können. Es fehlte eine längere zugewandte Vertrautheit, die eine solche Frage möglich gemacht hätte, ohne die romantische Stimmung zu zerstören.

Noch jetzt, wenn er an Catherine dachte – und er dachte

oft an sie –, war die Nacht eine Nähe von Atemzügen, einmal hatte sie im Schlaf gesprochen, etwas Unverständliches. Er jedenfalls hatte wach gelegen, voller Glück über jede ihrer Bewegungen und jeden Atemzug. Einmal hatte er sie sacht geweckt, und sie hatte nach einem kurzen Moment nur Ja gesagt. Noch immer war der schmale Lichtstreif unter der Zimmertür zu sehen gewesen. Erst gegen Morgen wurde das Licht gelöscht, und Hansen hörte, wie die Mitbewohnerin leise die Apartmenttür ins Schloss zog.

Zwei Mal hatte er angefangen, ihr zu schreiben, dann aber den Briefbogen wieder zerknüllt und weggeworfen. Ihr Befehl: Schreib mir nicht!

An einem Freitag fuhr Hansen mit Major Alexander im Fond eines *Horchs* von Frankfurt nach Dillenburg. Ich habe, sagte Leo Alexander, dafür gesorgt, dass wir einen bequemen Wagen bekommen und nicht im Jeep bei diesem lausigen Wetter reisen müssen. Wird eine nette Landpartie, auch wenn der Anlass nicht so nett ist. Wir machen es uns bequem. Der Mann, den wir besuchen, ist der stellvertretende Direktor des Kaiser-Wilhelm-Instituts für Hirnforschung, Entdecker des Hallervorden-Spatz-Syndroms, des HSS, also eine Koryphäe, allerdings eine seit 1933 die SS fördernde Koryphäe. Auch er war an der Euthanasieaktion beteiligt. Es sind Überzeugungstäter, sagte Alexander. Hitlers Erlass von 1939 spricht vom Ermessen der Ärzte. Und das Ermessen wurde so verstanden, dass

wir beim augenblicklichen Stand mit weit mehr als hunderttausend Getöteten in der Zeit von neununddreißig bis einundvierzig rechnen. Sechs Tötungsanstalten arbeiteten. Unheilbar Kranke sollten – so hieß es – den Gnadentod bekommen. Die Gnade war allerdings streng geheim. Die Patienten wurden vergast. Mit Kohlenmonoxyd. Hadamar habe ich gesehen. Die Anlage ist inzwischen abgebaut worden, aber das Personal, die Pfleger, Ärzte, Krankenschwestern waren noch da. Wir haben sie befragt. Die Patienten wurden in Bussen gebracht, in einem Raum entkleidet. Oberflächliche Untersuchung durch den Arzt. Todesursache: Lungenentzündung oder Blinddarm. Das Opfer wurde fotografiert, dann mit anderen Patienten in einen gekachelten Raum, der als Duschraum getarnt war, geführt. Bürokratie auch da: Nur der Tötungsarzt durfte den Gashahn aufdrehen. Er beobachtete das Sterben durch ein kleines Fenster. Zwanzig bis dreißig Minuten. Dann wurde die Tür geöffnet. Die Leichen wurden auf einem Wagen zu den beiden Öfen geschoben und verbrannt. Die SS-Männer, die dort arbeiteten, wurden Heizer genannt. Bei der zehntausendsten Tötung im Jahr 1940 gab es Freibier. Für das ganze Personal, Bürokräfte, Krankenschwestern, Pfleger, Heizer und Ärzte.
Allerdings nahmen auch die Beschwerden zu. Anwohner klagten über den Verbrennungsgestank. Und auch das: Gerüchte verbreiteten sich. Bald, hieß es, werden auch die Alten umgebracht. Alle, die nutzlos sind. Es gab Proteste. Immerhin. Auch vonseiten der katholi-

schen Kirche. Im August 1941 hat Hitler die Aktion gestoppt. Wissen Sie, warum?
Der Krieg gegen die Sowjetunion?
Ja. In der Heimat sollte keine ungute Stimmung aufkommen. Und zugleich begann eine andere, umfassendere Aktion. Die Heizer sollten ihre Erfahrungen im Osten einbringen.
Nach einer längeren Pause sagte Alexander, in den Heil- und Pflegekliniken wurde dann in Eigenverantwortung, auch ohne Hitler-Erlass, weitergemacht, mit Mangelernährung oder durch Verabreichung von Luminal, durch Veronal oder Morphium-Scopolamin-Spritzen. Als wir nach Hadamar kamen, waren am Tag zuvor gerade ein junger Mann und ein Mädchen durch Luminal umgebracht worden. Beide mongoloid. Das Personal war nicht geflohen. Ein Pfleger sagte: Wieso, wir haben doch nichts gestohlen. Und der Leiter Dr. Wahlmann sprach von dem Platz, den man für die Verwundeten und Bombenopfer habe schaffen müssen.
Danach saßen Alexander und Hansen schweigend nebeneinander, und jeder blickte aus dem Fenster in eine frühsommerliche Landschaft, die Obstbäume waren abgeblüht, aber das Laub war noch hellgrün. Darüber, weiß leuchtend, zogen Wolken.

Von Berlin war das Institut für Hirnforschung in die hessische Kleinstadt Dillenburg ausgelagert und in einem Barackenkomplex untergebracht worden.
Alles recht einfach hier, aber die Russen sind fern und die Forschung geht weiter, auch die Ahnenforschung,

die besonders, da sie sich in einem schwadronierenden Kreis bewegt, sagte Professor Hallervorden, ein rüstiger Mann um die sechzig, graue kurz geschnittene Haare, blaue Augen hinter einem Zwicker, den er während des Gesprächs immer wieder abnahm, dabei zwinkerte, dann wieder aufsetzte. War das ein Tick oder auf die Anspannung im Gespräch zurückzuführen? Kaffee wurde von einer Sekretärin gereicht. Ahnenforschung, das ist Hokuspokus. Wir haben streng wissenschaftlich geforscht. Hallervorden bot Alexander eine Zigarre an, hielt dann, nach einem kurzen Zögern, auch Hansen das Kistchen hin. Beide lehnten ab. Hallervorden nahm sich selbst eine, zündete sie bedächtig mit einem langen Streichholz an und betonte, es sei Vorkriegsware, also kein Schreberkraut. Gewusst habe er von diesem Gnadentod-Erlass, ja. Ich habe aber mit den Verfahren der Euthanasie niemals das Geringste zu tun gehabt. So direkt, sagte er rauchend, habe er als Hirnanatom mit Patienten sowieso keinen Kontakt. Seine Arbeit sei reine Forschung gewesen. Er glaube, moralisch nicht schlechter dazustehen als ein Anatom, der sich um den Körper eines Hingerichteten bemüht, weil er möglichst frisches Untersuchungsmaterial braucht.

Leo Alexander las ihm einen Bericht vor: *Die Anstalt Görden/Brandenburg, an der Prof. Hallervorden früher als Prosektor gearbeitet hatte, war 1940 nach Inbetriebnahme einer mit Kohlenmonoxyd arbeitenden Gaskammer im alten Zuchthaus Brandenburg in die direkte Nachbarschaft einer »Liquidationsanstalt« gekommen.*

Das ist richtig, sagte Hallervorden: *Außerdem konnte ich im Laufe des Sommers 500 Gehirne von Schwachsinnigen selbst hier sezieren und zur Untersuchung vorbereiten.*
Also die Tötung der Patienten war ihnen bekannt?
Ich hörte, dass sie das tun würden, und so ging ich hin und sagte ihnen: ›Schaut mal her, Jungens, wenn ihr all diese Leute doch tötet, dann nehmt wenigstens die Gehirne heraus, damit das Material verwendet werden kann.‹ Sie fragten mich: ›Wie viele können Sie untersuchen?‹ Und so sagte ich ihnen, eine unbegrenzte Anzahl – ›Je mehr, desto besser.‹ Ich gab ihnen die Fixierungsmittel, Glasbehälter und Kästen und unterrichtete sie im Entfernen und Fixieren der Gehirne, und dann kamen sie nur so und brachten sie herein wie der Lieferwagen vom Möbelgeschäft.
Wie im Lieferwagen eines Möbelgeschäfts?
Ja.

Auf der Rückfahrt nach Frankfurt saß Hansen vorn. Er hatte darum gebeten, da ihm schon als Kind im Auto, wenn er hinten saß, leicht schlecht geworden war. Alexander saß im Fond und machte sich Notizen. Einmal sagte er: Aus Sicht von Hallervorden ist alles ganz folgerichtig. Die Menschen werden sowieso umgebracht, warum dann nicht die Gelegenheit nutzen und die Hirne untersuchen. Was stört Sie an dieser Logik?
Hansen dachte nach: Dieses Je mehr, desto besser. Und dass er dabei seine Zigarre schmauchte.
Ja, sagte Alexander, genau.

- *(ohne Datum)* -
Mein neuer Vorgesetzter heißt Leo Alexander, spricht deutsch mit einem Wiener Akzent. Er hatte bis 1933 an der Frankfurter Universitätsklinik als Assistent in der Psychiatrie geforscht, ging nach Amerika, wurde Professor an der Harvard Medical School und an der Duke University. Trat 1942 ins Medical Corps ein. Tut jetzt als Major Dienst und trägt eine elegante Uniform, geschneidert, was eigentlich nur Generälen erlaubt ist. Einer der wenigen Zigarrenraucher. Alexander hat die Aufgabe, die verhafteten deutschen Ärzte, die für die Euthanasie und für Versuche an Menschen zuständig waren, zu verhören. Ihnen soll der Prozess gemacht werden.

Der Auftrag

In Frankfurt wurde Hansen in die Dienststelle der Psychological Warfare Division befohlen. Major Engel gab Hansen den Marschbefehl nach München. Der Major hatte in Freiburg bei Husserl Philosophie studiert und war 1932 mit einem Stipendium nach Amerika gegangen. Er, der mit der Dritten Internationale sympathisierte, war, nachdem die Nationalsozialisten die Regierung übernommen hatten, in den Staaten geblieben und lehrte in Harvard Classics.

Haben Sie schon mal von der Eugenik gehört?

Gehört ja.

Damit werden Sie sich in der nächsten Zeit beschäftigen.

Hansen war es, als wüssten die oben in den Stäben nicht, wohin mit ihm. So, als schöbe man ihn hin und her. Aber Major Engel sagte, ohne dass Hansen gefragt hätte, keine Angst, wir, die Gesellschaft vom Turm – Sie sind doch Literaturwissenschaftler –, behalten Sie im Auge. Sie haben die harte Wirklichkeit gesehen. Das war die Initiation. Jetzt sollen Sie zum Geistigen kommen. Sie wurden ausgewählt. So feierlich darf ich das sagen. Tut mir übrigens immer leid, sagte Engel in einem Deutsch mit Berliner Tonfall, dass an meinem Namen ein S fehlt. Verstehen Sie? Also. Sie sollen nach München. Und hier ist die Adresse. Der Mann war 1936 im Gespräch für den Friedensnobelpreis. Fachmann für die Eugenik und Begründer der Rassenhygiene.

Keine Befragung der Familie, das ist hoffnungslos. Das sind immer die herzensguten Familienväter gewesen, die zu Ostern die Eier versteckten und zu Weihnachten Tränen in den Augen hatten, wenn die Kinderlein zur Bescherung kamen und ihre Gedichte aufsagten. Unser Dienst hat einen Mann ausfindig gemacht, der einmal mit diesem Doktor in den USA war. Der Doktor ist tot, aber sein Begleiter von damals lebt. Man hat in den Listen nachgeforscht. Den Dienst interessiert, was genau die dort gemacht haben. Auch diese Geheimbünde, die er gegründet hat: Pacific, Nordischer Bogen und wie sie alle heißen. Gibt es die noch? Mitglieder? Ziele? Das sind die Interessen vom Dienst. Wir sind etwas feiner. Uns interessiert, wie sich diese Theorie der Rassenhygiene herausgebildet hat. Der Mann hat langjährige Versuchsreihen zur Vererbung gemacht. Doktor Alfred Ploetz. Den Namen schon mal gehört?

Nein. Sir.

Umso besser. Suchen Sie seinen Famulus auf. Befragen Sie ihn. Sie bekommen Vollmacht. Beschlagnahmen Sie das Archiv. Beschlagnahmen Sie das Schloss.

Beschlagnahmen?

Ja. Dazu brauchen Sie nur Ihre Uniform und zwei, drei Mann.

Auch George war nach München zu einem Team abkommandiert worden, das die medizinische Forschung an Häftlingen in den Konzentrationslagern untersuchen sollte. Hansen und George waren in einem Personenwagen der Army von Frankfurt nach München gefahren worden. Ihnen wurde in Neuhausen ein Zimmer in einem beschlagnahmten Hotel zugewiesen.

Only one room?, fragte Hansen.

You're not here on vacation.

Hansen befürchtete, diesen schnarchenden Texaner nicht mehr loszuwerden. Das Hotel lag an der Nymphenburger Straße. Wenige Gebäude waren hier zerstört, hin und wieder ein von Bomben getroffenes Haus, die Trümmer rochen noch nach Mörtel, andere waren schon mit Gras und Kräutern überwachsen.

- 10. Mai -

Kapitulation vor zwei Tagen. Jemand hat mit weißer Farbe *Frieden* an eine Hausmauer geschrieben. Die Farbe ist an der Wand heruntergelaufen, als weine das Wort. Auf den Straßen: Jeeps und Lastwagen der Army. Selten ein deutsches Auto. Meist Pferdewagen. Im Mangel greift man auf schon überholt geglaubte Techniken zurück. Lastwagen mit großen Öfen auf der Ladefläche, die mit Holzkloben beheizt werden. Auch Kurioses: ein von einem Pferd gezogenes Dreiradauto. Die Frontscheibe war herausgehoben, so konnte der Fahrer mit den Zügeln seinen mageren Gaul lenken und zum Trab antreiben. Eine Frau in einem dunkelblauen Kleid und mit einem weitkrempigen Hut auf dem Kopf

schiebt einen Kinderwagen, beladen mit einem Haufen Gras. Hält sich diese so städtisch gekleidete Frau in ihrer Wohnung Kaninchen?
Beim Vorbeifahren: Auf dem Balkon eines mehrstöckigen Hauses stand eine Ziege. Sie wurde von einem Mann gemolken. Weit mehr Frauen sind auf der Straße als Männer, und die schlurfen umher, als wüssten sie nicht, wohin. Die Frauen, auch die älteren, gehen meist schneller.
Ein junger Mann hatte einen Ärmel seines schäbigen Anzugs umgeschlagen und mit Sicherheitsnadeln festgesteckt, ging redend neben einem Mann einher, der in einem kleinen dreirädrigen Wagen saß und sich mittels seitlich angebrachter Griffe rudernd fortbewegte.
Die Innenstadt: in den Straßen rechts und links die Reste von Fassaden, sonst Schutt, Trümmer, so weit man sehen kann. Man fragt sich, ob man hier wieder aufbauen will und soll oder ob es nicht besser ist, die Innenstadt neu zu planen. Allerdings ist die Zerstörung hier, in München, bei Weitem nicht so groß wie in Würzburg.
Frauen, jüngere, streifen einen mit einem Blick, neugierig, abschätzend. Männer, oft unrasiert, blicken vorbei. Feindselige Blicke eher selten. Meist von eben aus der Gefangenschaft entlassenen Soldaten. Auf dem Rücken tragen sie ein weißes PW. Die ehemals grauen Uniformen sind in ein fleckiges Grün umgefärbt worden.

- 14. Mai -

Vorgestern. Warf meine angerauchte Zigarette weg und sah, wie ein Beinamputierter sich danach bückte. Der Mann ging, sich auf beide Krücken abstützend, auf dem einen Bein in die Hocke, legte eine Krücke auf den Boden und hob die Kippe auf.

Scham, weil ich die nur halb gerauchte Zigarette so achtlos weggeworfen hatte, zugleich schämte ich mich für diesen jungen Mann, wegen seiner Haltlosigkeit, auch wegen seiner Versehrtheit. Ich überlegte, ob ich dem Mann die angebrochene Zigarettenpackung schenken sollte. Wäre das nicht eine noch gröbere Erniedrigung? Ich war schon stehen geblieben, zögerte, dann sah ich, der Amputierte rauchte meine weggeworfene Zigarette weiter und ging, sein Bein zwischen den Krücken schwingend und von einem kleinen Rauchwölkchen begleitet, weiter.

Aber auch das. Ich beobachtete, wie einer unserer Fahrer, der im Wagen vor der Kommandantur wartete, einem den Wagen genau betrachtenden Jungen ein Kaugummiheftchen schenken wollte.

Der Junge warf es mit einem – man kann es nicht anders sagen – verächtlichen Gesichtausdruck weg.

- 17. Mai -

Gestern mit George in einem Nebenlager bei Ingolstadt.

Die Häftlinge waren inzwischen eingekleidet, aber noch an den kahlen Köpfen und ihrer Magerkeit zu er-

kennen. Sprach mit einem Mann, der aus Thorn kam, von einem Lager aus dem Osten nach Westen getrieben worden war. Selbst bei dieser körperlichen Schwäche, in dieser Not, waren Gefangene von anderen Gefangenen gestützt, sogar getragen worden, um sie vor dem Tod zu bewahren. Wer liegen blieb, wurde erschossen. Der Mann, ein Belgier, sagte, die SS wusste nicht, wohin mit den Gefangenen. Ein Todesmarsch. Seine Familie umgebracht. Asche, sagte er.
Er hat überlebt, weil er Apotheker ist. Wurde im Lager eingesetzt als Krankenhelfer.
Obwohl das Lager schon vor fünf Wochen befreit wurde, liegt ein widerlicher Geruch über den Baracken, Desinfektionsmittel, Chlor, aber immer wieder auch der Geruch von Verwesung, von Schweiß, Kot und Wundbrand.
Das Erschrecken ist jetzt, nachdem die Kämpfe zu Ende gegangen sind, weit größer geworden und es wird wahrscheinlich ganz unfasslich, wenn die Täter von der Erde verschwunden sind. Es sind keine Monster, recht normale Menschen. Und solange sie leben, haben sie tausend kleine Erklärungen, wie sie zu diesem bereitwilligen Pflichttöten gekommen sind, warum es »normal« erschien. Am Anfang vielleicht noch begleitet von einem schlechten Gewissen, das ihnen sagte, es ist nicht recht, ein Tun, das dann durch Gewöhnung selbstverständlich wurde. Natürlich gab es auch die, die es mit Lust taten, denen das Quälen, das Drangsalieren eine Freude war, die sich in der Erniedrigung anderer selbst erhoben fühlten. Denen die unbegrenzte Macht über

Leben und Tod ein Genuss war. Die Lust, die tiefe Lust der Macht, sich für die eigene Sterblichkeit durch das Töten anderer zu rächen.

- 18. Mai -

While I had had occasional doubts as to why we entered the war (Vater war strikt dagegen), they disappeared after what I've seen now.

- 20. Mai -

Das Verbot des Fraternisierens. An Wänden und Litfaßsäulen sind Plakate mit Fotos aus den Konzentrationslagern angebracht: Das ist Eure Schuld.

Darum das Verbot jeder Verbrüderung. Wobei »Verbrüdern« ja eher falsch ist, junge Frauen kommen vorbei, lachen auffordernd, da gibt es Blicke, Zurufe. Die GIs haben das Verbrüderungsverbot außer Kraft gesetzt, jedenfalls auf den Seitenstraßen. Da wird schon geredet, werden Witze gemacht. A pack of Camel for a quickie.

Ein englischer Verbindungsoffizier erzählte, dass in ihrer Besatzungszone die Deutschen, kommen ihnen englische Offiziere entgegen, beiseitetreten und den Hut oder die Mütze abnehmen müssen. Man glaubt, den Dünkel der Herrenmenschen, die eben noch das rassisch hochstehende Volk waren, mit den Methoden aus Indien und Afrika brechen zu können.

Das Haus am See

Hansen fuhr nach Herrsching. Ein nettes kleines Nest, hatte Major Engel gesagt. Aber Sie werden kaum einen überzeugten Nazi finden, und wenn, dann pflegen Sie ihn, denn er ist ein echter Zeuge, wie es zu dem kam, was wir vorfanden. Alle anderen sind Opfer, Opfer der Zeit, Opfer der SS, Opfer Hitlers und so weiter und so weiter. Ein Volk der Opfer. Es gibt die verschiedensten Abstufungen des Opferseins. Für den Neuankömmling ist das interessant, aber nach wenigen Wochen hängt es einem zum Hals heraus.

Oberhalb des Ortes lag die Reichsfinanzschule mit Turm, gebaut aus grobklotzigen Natursteinen, der Ruinenwert war wie bei vielen der anderen öffentlichen Bauten des zwölfjährigen Reichs, das ein tausendjähriges werden wollte, gleich mit eingeplant worden. Dieser Bau war unversehrt, darin war ein Notlazarett eingerichtet worden. Hier schloss sich Hansens Jeep, den ein Sergeant steuerte, ein zweiter mit drei Militärpolizisten an.

Sie fuhren am See entlang, das Verdeck heruntergeklappt, warm war es, die Sonne schien, und in der Ferne lagen die Alpen. Es ging durch einen dunklen Tannenwald, dann eine Auffahrt hinauf zum Schloss, in dem der Arzt und Eugeniker gelebt und geforscht hatte.

Grau gestrichen, wahrscheinlich zur Tarnung gegen Flieger, lag es an einem Hang: ein dreistöckiger Kasten, ohne Türme, nur seitlich ein kleines Zwiebeltürmchen, offensichtlich eine angebaute Kapelle – oder war das Schloss an diese kleine Kapelle angebaut? –, keine pompöse Auffahrt und ein recht bescheidenes Portal. So enttäuschend das Schloss war, so staunenswert die Landschaft, der alte Baumbestand, die Wiesen, die Obstbäume, die Stallungen, Verwaltungshäuser, das neben dem Schloss liegende schlichte, ebenfalls grau gestrichene Herrenhaus mit einer zum See hin abfallenden Wiese und einem weitreichenden Blick hinüber zum anderen Ufer, zu den Hügeln der Voralpen, wie der Sergeant, der schon seit drei Wochen hier stationiert war, erklärte, und dahinter, am Horizont, an diesem klaren sonnigen Tag deutlich sichtbar, die Alpen, die Zugspitze. Durch das Fernglas konnte Hansen etwas Weißes, Gleißendes sehen, den Gletscher.

Hansen war kriegerisch vorgefahren. An der Spitze der weiß bereifte Jeep mit den drei Militärpolizisten, dahinter sein Wagen. Sie hielten vor dem Schloss. Die Polizisten stiegen aus, auch Hansen, er hatte den Beschluss mit der deutschen Übersetzung in der Hand, als die Frauen aus der Schlosstür kamen, fünf oder sechs sich aneinanderklammernde Frauen, voran eine grauhaarige

Dame, energisch und sichtlich erregt ging sie Hansen entgegen, der, noch bevor er sagen konnte, das Schloss sei beschlagnahmt, von der alten Dame mit einem spanischen Satz traktiert wurde. Den Satz wiederholte sie noch zwei-, dreimal, die anderen Frauen, drei junge, zwei ältere, blickten argwöhnisch, sagten, Flüchtlinge seien im Schloss, alles voll. Hansen erklärte das Archiv des Professors für beschlagnahmt. Das Schloss müsse geräumt werden. Die Frau wiederholte ihren spanischen Satz. Der Corporal der Military Police sah Hansen an, wartete auf Befehle, und dann wurde Hansen von der alten Dame ein Pass in die Hand gedrückt. Der Pass wies die Frau als Argentinierin aus.
Als Hansen fragte, ob sie die Besitzerin des Schlosses sei, und sie das bejahte, erwies sich die Frau als resolut und entschieden und des Deutschen durchaus mächtig. Hansen zögerte, Argentinien hatte in den letzten Kriegswochen Deutschland den Krieg erklärt, war also Verbündeter geworden. Konnte man einer Argentinierin ihr Schloss beschlagnahmen? Konnte das am Ende zu diplomatischen Verwicklungen führen? Aber jetzt, nachdem er mit militärischem Geleit aufgekreuzt war, so beklommen still wieder abzuziehen erschien für seine kommende Arbeit nicht förderlich. Er fragte nach dem etwas entfernt liegenden Herrenhaus, ob ihr das auch gehöre?
Nein.
Er fuhr mit der Militärpolizei zu dem Haus, sah zwei Frauen und einen Mann in einem Gemüsegarten arbeiten. Hansen stieg aus, hinter ihm die Militärpolizis-

ten, zwei Riesen: Das Haus ist beschlagnahmt. In zwei Stunden räumen. Mitnehmen dürften Sie nur private Sachen. Einen Koffer, eine Tasche. Wohin? Ins Schloss. Die Leute klagten, und wieder einmal wurde versichert, dass man, inzwischen waren Fotos aus dem Lager Dachau in den Zeitungen veröffentlicht worden, mit all dem Fürchterlichen nichts zu tun gehabt habe.
Das Fürchterliche war überall, sagte Hansen. Also packen. Zwei Stunden.

Am nächsten Tag zog er in das elegant, noch wie neu eingerichtet wirkende Haus ein. Der Sergeant hatte eine alte Frau aus einem der Nebengebäude des Schlosses gefragt, ob sie putzen und die Wäsche machen wolle, die Frau, eine Frau Sachs, die mit zwei Töchtern aus Schlesien geflohen war, erklärte sich sogleich bereit, kam und bezog die Betten, putzte die Fenster, fing an, das Parkett zu bohnern. Sie bot an zu kochen, und wenn die Herren Kaffee mitgebracht hätten, wolle sie gern gleich einen machen. Das alles hatten sie – die kein Englisch, und der Sergeant, der kein Deutsch konnte – gestisch und ohne Hansens Hilfe geklärt.

Das geräumige Landhaus mit seinen zwei Dachgauben und einem großen, im ersten Stock gelegenen Zimmer, von dem der Blick sich über den See bis zu den Alpen weitete, hatte Hansen sogleich freundlich aufgenommen. Er quartierte sich im ersten Stock ein, und als er die doppelten Sprossenfenster aufgestoßen hatte und hinausblickte, dachte er, man müsse hier, auf diesem

See, ein Motorboot haben. Allerdings war der Strand flach und steinig. Eine kleine Einfahrt müsste für das Boot geschaffen werden.
Er fragte den Sergeant, ob er von einem Motorboot wisse, das man beschaffen könne. Der Sergeant verstand, und sie fuhren zum Segelklub, wo glänzend in der Sonne ein Motorboot lag. Das Boot gehörte dem obersten Parteirichter der Nazis, Walter Buch, dem Schwiegervater von Martin Bormann. Buch war verhaftet und in einem Lager interniert worden. Ein Mahagoniboot mit einem flachen Achterdeck, auf dem man sich sonnen konnte. We'll have to clean it.
Gleich am nächsten Tag hatte der Sergeant, ein tatkräftiger Mann, einen kleinen Bagger von einer Baufirma besorgt, und ein GI, der bei den Pionieren diente, hob für zehn Dollar einen kleinen Hafen aus. Vertäut an einer Esche lag das Boot, schaukelte sacht, rotbraun glänzend, unter dem Lack schimmerte das Holz, der Stahl der Klampen und Windhutzen blitzte. Benzin war ausreichend mit der Army gekommen, dennoch hatte es die erste Fahrt in den neuen Hafen im Schlepp eines Fischerboots machen müssen. Dem Motor des Mahagoniboots fehlte, wie der Sergeant erklärte, ein Verteilerkopf, den müsse er erst besorgen.

Nach drei Tagen zog auch George in das Haus ein. Er nahm sich im Erdgeschoss ein Zimmer, sagte, mein Schnarchen soll dich nicht stören, und setzte sich vor das Haus in den Garten. Frau Sachs brachte Kaffee. George saß im Korbstuhl, rauchte, hatte die Füße auf den Gartentisch gelegt und beobachtete ein Eichhörnchen, das so anders aussah als diese grauen hektisch nervösen Squirrels in New York. Sieh dir diese deutschen Tierchen an, braun wie ihre Machthaber, konzentriert, schnell, fleißig, man hat den Eindruck, auch gut organisiert. Er rauchte, trank den Kaffee, blickte über den See und sagte: Paradise regained.

It won't be eternal.

Neben dem Korbstuhl lag das Fernglas. Hin und wieder blickte George durch das Glas und erzählte Hansen von dem Unterschied in der Flugweise von Bachstelzen, die hier zahlreich waren, und jener der Schilfrohrsänger. Wobei Hansen einige der von George auf Englisch genannten Vogelnamen bei Frau Sachs auf Deutsch erst erfragen musste.

Der alte Mann

Wagner ging langsam, vorsichtig, Schritt für Schritt die Schellingstraße entlang. Vor neun Monaten war er gestürzt. Das rechte Bein brach, ein Splitterbruch, der geschient wurde. Nageln wollte der Chirurg den Knochen, da Deutschland sich im entscheidenden Endkampf befand, nicht. Zu viel Mühe für einen Achtzigjährigen. Die Lazarette waren überbelegt mit jungen deutschen Soldaten, die schnell wieder zusammengeflickt werden mussten, damit sie weiter für den Endsieg kämpfen konnten. Das rechte Bein des Alten wuchs zusammen und war drei Zentimeter kürzer. Auch schmerzte die Bruchstelle, insbesondere, wenn das Wetter umschlug oder der Föhn einbrach. Schmerzen, stärkere, im Kopf, keine Migräne, sondern im Schädelknochen. Eine Narbe, auch die schlecht genäht, zieht sich durch die Haare bis zur Stirn. Ein Schlag mit einem Holzknüppel. Kunstvoll vom Besitzer in den Knüppel eingeschnitzt: EIN GRUSS DER VOLKSGEMEINSCHAFT / SA-STURM 3.

Dieser Alte, der so langsam die Straße entlangtappt, zerborstenen Ziegelsteinen ausweichend, hat das Tausendjährige Reich in einem Keller überlebt. Er war im Sommer 1933 aus dem Lager Dachau entlassen worden, weil, was er nicht wusste, sein ehemaliger Meister bei der Gauleitung protestiert hatte. Er hatte sich sogar mit dem im Innenministerium für Volksgesundheit zuständigen Arthur Gütt am Telefon verbinden lassen. Hallo, Arthur. Hallo, Alfred. Gütt erzählte, dass er intensiv an dem Gesetz zur Verhütung erbkranken Nachwuchses arbeite. Das Gesetz solle am 14. Juli 1933 in Kraft treten. Ein gutes, weltweites Zeichen für die Eugenik, die damit Sache des Staates wurde und nicht mehr nur privates Gemurkse blieb. Der Meister sagte, er habe eine Bitte: Wagner, wie der Komponist Wagner, den zu erwähnen war immer gut, habe über Jahre mit ihm zusammengearbeitet und werde nun wegen seiner sozialistischen Parteinahme in der Systemzeit in Dachau festgehalten. Er wolle sich ausdrücklich für ihn verwenden, wobei dem Meister ein Versprecher unterlief, er sagte: verwinden. Gütt sagte, er werde sehen, was er tun könne. Dann wandte sich das Gespräch wieder dem in Vorbereitung befindlichen Gesetz zu. Jetzt werde es möglich, sinnvoll einzugreifen. Den Volkskörper vor schädlichen Krankheiten zu bewahren. Damit war endlich auch die Zwangssterilisation möglich. Ein Weg, der in den USA, in Dänemark und in Schweden schon beschritten worden war. Wir haben jetzt, sagte Gütt, die administrativen Instrumente in der Hand. Ja, sagte Ploetz, das ist die Erfüllung meiner Lebensarbeit.

Ploetz hatte im April eine Ergebenheitsadresse an den Führer geschrieben, in der er dem Manne, der durch seine Willenskraft die deutsche Rassenhygiene aus dem Gestrüpp ihres bisherigen Weges in das weite Feld freier Betätigung führe, in herzlicher Verehrung die Hand drückte.

Wagner wurde wenige Tage später aus dem Lager Dachau, dem man den verklärenden Namen Schutzhaftlager gegeben hatte, entlassen und bekam, ebenfalls durch die Vermittlung des Meisters, eine Anstellung im Antiquariat Axthelm in der Schellingstraße. Dort hat er fast zwölf der tausend Jahre gearbeitet. Aber zunächst galt es, eine Unterkunft zu finden, denn sein Vermieter hatte ihm, als er hörte, Wagner sei nach Dachau gebracht worden, fristlos die Wohnung gekündigt.
Bei seiner Entlassung Ende Juli wartete vor dem Tor mit der Aufschrift *Arbeit macht frei* ein Taxi. Damals, das Lager war neu, konnte man dort abgeholt werden. Das galt nur für wenige, aber immerhin gab es noch Spielräume. Er kam aus dem Tor, und der Taxifahrer nahm ihm den Pappkarton ab und sagte, er sei bestellt worden, um ihn in eine Wohnung in der Adalbertstraße zu bringen.
Das Taxi war bezahlt, auch die Miete, wie die Frau Oberhofer sagte, eine Witwe, die diese kleine Dachwohnung vermietete, und zwar für ein halbes Jahr im Voraus: ein Zimmer, eine Küche, ein Waschbecken im Gang, Toilette im Stiegenhaus.

Hansen hatte Wagners Adresse in der Dienststelle des CIC bekommen. Er hatte nachgefragt, wie sie die in

Erfahrung gebracht hätten, und der Captain hatte gesagt: I don't know everything, but still, many things I do know.
Unangemeldet war Hansen abends die ausgetretene Holztreppe in dem Haus hinaufgestiegen und hatte geklingelt. Der alte Mann wirkte, als er die Tür öffnete, keineswegs überrascht, einen amerikanischen Offizier vor sich zu sehen. Es war, als habe er auf Hansen gewartet. Hansen stellte sich vor und sagte, er habe den Auftrag, die Unterlagen des 1940 verstorbenen Rassentheoretikers und Eugenikers Doktor Alfred Ploetz zu sichten und darüber hinaus Zeugen zu befragen. Zu diesen gehöre auch er, Wagner.
Hansen sah sich in der kleinen Dachwohnung mit ihren schrägen Wänden um. Ein Bett, ein Tisch, ein Sessel, ein Stuhl. An der einzig lotrechten Wand ein hoch stehendes Bücherbord, an dessen Front beidseitig schmale schwarze Pilaster, von verblichenen goldenen Kapitellen gekrönt. Daneben zwei Bilder, das eine zeigte ein Haus, davor eine Kastanie, das Lichtspiel der Sonne im Laub, im Vordergrund ein Teich. Das andere hing ein wenig versteckt zur Dachschräge und das Motiv war nicht sogleich zu erkennen. Vom Fenster in der Dachgaube ging der Blick auf andere Dächer.
Hansen hatte betont, dass es kein Verhör sei, sondern eine Befragung, eine Erkundung, die allein der wissenschaftlichen Forschung diene. Man wolle die Aussagen von Zeugen sammeln. Auf die Frage, wie viele Male man sich treffen müsse, sagte Hansen, drei- oder

viermal vielleicht. Er hatte Wagner für den nächsten Tag in die McGraw-Kaserne bestellt. Hauptquartier der 3rd U.S.Army, Tegernseer Landstraße, Bau 10.

Die Abschriften sind nach Tagen gekennzeichnet. Es fehlen Datumsangaben. Die Befragung muss sich über einen Zeitraum von etwas mehr als drei Monaten erstreckt haben.

1. Tag

Wann haben Sie Doktor Ploetz zuletzt gesehen?
Im Jahr sechsunddreißig. Er war damals gerade für den Friedensnobelpreis vorgeschlagen worden. Nicht dass er mir, dem Gezeichneten, bis dahin aus dem Weg gegangen wäre, das nicht, aber er saß auf seinem Schloss mit dem Blick auf die verschneiten Alpen, wo Zarathustra umherstapfte, und betrieb sein Forschungslabor.
Fast alle, die Presse, die hörige, die gleichgeschaltete, vor allem seine Mitstreiter, waren überzeugt, dass er den Preis bekomme. Es gab, wie Sie vielleicht wissen, in Skandinavien und Amerika eine starke eugenische Bewegung, die im Gegensatz zu der sogenannten positiven, die auf Partnerwahl achtete, die negative genannt wurde. Man hatte 1934 die gesetzliche Zwangssterilisation in Schweden beschlossen, in Dänemark hatte man sie schon früher praktiziert. Übrigens von sozialdemokratischen Parteien gesetzlich eingeführt. Auch in einigen Staaten der USA wurde die Zwangssterilisation praktiziert. Der Meister und frühere Freund wurde weltweit als Spiritus Rector dieser, wie er es nannte,

Ausjätung des minderwertigen und kranken Erbguts gefeiert. Vorgeschlagen wurde er aber vor allem, weil er den Krieg für kontraselektorisch hielt. Ja, er war gegen den Krieg. Ein gewisser Widerspruch zu seiner Vorstellung vom Kampf ums Dasein. Denn da wird ja ständig gekämpft. Ich traf ihn in der Zeit, als alle Welt gespannt auf die Entscheidung des Osloer Komitees wartete. Damals war ich nicht so oft oben im Antiquariat, sondern meistens im Keller, einem trockenen Keller, wo die weniger gefragten Bücher – auch Triviales – in den Regalen standen. Sie, Anita, seine Frau, wusste, wo ich zu finden war, und hin und wieder besuchte sie mich, ließ mich aus dem Keller, dieser Bleigrube, rufen. Sie kam vom Land, von dem seit der Eiszeit so barock hügeligen Ammerland, von wo sie immer eine Wurst, ein Stück Schinken oder auch ein paar Eier mitbrachte. Und natürlich Fleisch vom Kaninchen, frisch geschlachtet, das ich aber, obwohl mich ein irritierendes Hungergefühl begleitete, stets gegen Brot eintauschte. Ich hatte gegen das Fleisch, es kam ja vom Schloss, einen schwer erklärbaren, aber deutlichen Widerwillen. Ich stieg die schmale Eisentreppe hoch in den Laden. Das rechteckige Loch konnte mit einer aus den Parkettbrettern ausgeschnittenen Bodenklappe verschlossen werden. Ich kann sie Ihnen, wenn Sie wollen, im Antiquariat zeigen.

- *unverständlich* -

Zweimal hat mich diese Einstiegsluke vor einer Verhaftung bewahrt. Zugeklappt und einen kleinen Tisch darübergeschoben – ein paar Bücher daraufgelegt – und niemand vermutete einen Zugang in die literarische Unterwelt. Christoph Axthelm, seiner muss hier gedacht werden, auch wenn er früh, schon in den Zwanzigerjahren, in die Nazipartei eingetreten war. Dann aber, als sie an die Macht kam, hat er die Mitgliedschaft ruhen lassen. Hatte trotz zahlreicher Mahnungen, auch persönlich vom uniformierten Blockwart überbrachter und auf Zahlung der Beiträge drängender, seine Mitgliedschaft ruhen lassen. Einfach gesagt, er war durch das Nichtzahlen wieder ausgetreten.

Axthelm hat nicht nur verschwiegen, dass ich in dem Bücherkeller saß, sondern er hat auch für mich gelogen und gesagt, ich sei krank und ins Rheinland zu Verwandten gezogen. Die Adresse? Kenne er nicht. Ich hörte ihn oben im Geschäft reden. Unten im Keller saß ich, wo ich dann fast vier weitere Monate habe hausen müssen. Nach Geschäftsschluss hob Axthelm die Bodenklappe hoch und reichte mir das Essen hinunter.

Das habe ich auch Ihrem, wie soll ich sagen, Kameraden, dem Verhöroffizier, erzählt, als man Axthelm die Lizenz für sein Antiquariat entziehen wollte. Axthelm ist ein Verehrer Stefan Georges. Sie wissen vielleicht, das geheime Deutschland und derartige Absonderlichkeiten mehr. Der Dichter als Seher. Aus seinem Dichten spricht göttlicher Sinn. Das poetische Sprechen als Offenbarung. Axthelm war nicht im Widerstand. Ihm war die Vorstellung vom Dritten Reich der Nazis einfach zu pöbelhaft. Vor allem deren Vertreter, die ihm, dem Konservativen, als stillos spießig zuwider waren. Axthelms Welt war das Antiquariat. Bis spät in die Nacht saß er und studierte die Angebote und Kataloge. Stellte auch Jahr für Jahr einen reich bebilderten, kunstvollen Katalog zusammen, an dem ich mitarbeitete. Das schöne Buch: Lyrik auf handgeschöpftem Bütten. Erstausgaben.

Im Sommer vierunddreißig, ein knappes Jahr nach meiner Entlassung aus dem Lager, wurde ich abermals von der Gestapo gesucht. Eine kleine illegale Gruppe hatte sich zusammengefunden, in der ich mitarbeitete. Wir waren nicht über das Reden und Planen hinausgekommen, Flugblätter wollten wir schreiben, wollten sie von Hand abziehen und nachts in die Hauseingänge legen. Ein Genosse hatte eine kleine, von Hand betriebene Vervielfältigungsmaschine aus dem Gewerkschaftshaus herausschaffen können und in Pasing in ein Schrebergartenhaus gebracht. Aber noch bevor das erste Flugblatt geschrieben war, flog die Gruppe auf. Ich hatte mich allerdings schon früher zurückgezogen.

– *Warum?* –

Ich stand noch unter Beobachtung. Die Geheime Staatspolizei war nicht so plump wie die Polizisten in Breslau, die mich verfolgten, zwei Männer, die sich, wenn ich mich umdrehte, wie im Gespräch vertieft gaben. Der Blockwart hatte sein Augenmerk auf mich gerichtet. Ein anderer Grund für meinen Rückzug war, dass plötzlich von außen Leute in die illegale Gruppe kamen und sich als Gegner der Nazis ausgaben, sich aber derart radikal und provozierend gebärdeten, dass es nur Spitzel sein konnten. Agents provocateurs. Was zutraf.

Bevor die Gruppe verhaftet wurde, hatte ich schon alle Kontakte abgebrochen. Ich war, wenn Sie so wollen, von da an frei. Gehörte keiner Organisation mehr an. Ich war frei, nicht aber von weiterer Beobachtung. Die galt für alle. Es gab das Überwachungssystem, das öffentliche, sofort erkennbar an den braunen und schwarzen Uniformen, und das zivile, also all jene, die als Denunzianten hofften, sich Vorteile verschaffen zu können. Die Herren hatten meine Vermieterin Oberhofer, die Witwe eines Metzgermeisters, besucht, und diese Frau, eine einfache, genau genommen ganz und gar unpolitische Frau, deren Altersbeschäftigung darin bestand, kunstvolle Decken zu häkeln, war in das Antiquariat gekommen und hatte mich gewarnt. Zwoa von dene Ledermänner warn do und haben nach Eahna gfrogt, hab gsagt, i woaß nix.

Der wohnt ja unterm Dach, hams da gsagt, da müssens doch hörn, wenn er die Treppen nauf- oder nuntergeht.

Na, nix, i bin schwerhörig.

So bin ich noch am selben Tag in den Keller gestiegen. Fast vier Monate habe ich da unten gesessen. Ich hatte viel Zeit, über mich nachzudenken. Im Halbdunkel einer Fünfundzwanzig-Watt-Birne habe ich mein Leben Revue passieren lassen. Erst später haben wir eine Sechzig-Watt-Birne eingeschraubt. Ich musste übrigens, als ich mich wieder ans Tageslicht traute, eine eingeschwärzte Brille tragen. Axthelm hatte sie besorgt. Die U-Boot-Leute tragen sie, wenn sie nach längerer Zeit wieder ans Tageslicht auftauchen.

Mein Name war genannt worden. Ich stand unter Beobachtung und, Sie verstehen, ich wollte nicht nochmals schweren Urlaub machen. So umschrieb man das damals. Ich bin also in den Keller gezogen und habe in diesem zwar trockenen, dennoch muffig riechenden, mit Tausenden von Büchern vollgestellten Raum auf einem Feldbett geschlafen. Tagsüber konnte ich über mir das Schurren der Schuhe hören und an deren Richtung erkennen, wo in welchem Regal etwas gesucht wurde. Kunstbände. Gedichte. Romane. Französische, englische oder deutsche Literatur. Immerhin hatten wir im Antiquariat auch einen Schrank mit amerikanischer Literatur, bis den USA der Krieg erklärt wurde, Dezember 1941. Dann mussten die Bücher in den Untergrund.

Die verbotene deutsche Literatur haben wir zunächst in einem Giftschrank verwahrt: Kafka, Heine, Heinrich Mann, Brecht, Feuchtwanger und Döblin. Sie kennen Döblin, Brecht?

Ja, ich habe deutsche Literatur studiert. In St. Louis. Bei einem österreichischen Emigranten. Bin also vom Fach.

Entschuldigen Sie. Im Herbst 1934 kam eine Kontrolle vom Braunen Haus, und Axthelm wurde gefragt, ob er diese volksfeindlichen Bücher etwa noch verkaufen wolle, statt sie auf den Müll zu werfen? Daraufhin mussten wir den Giftschrank ausräumen, und Axthelm sollte die Bücher, um sein Geschäft nicht zu gefährden, abliefern. Ich habe ihn überredet, sie im Keller zu verstecken.

Verstecken?

Ja. Er stimmte nach einigem Zögern zu. Ich brachte die

verbotenen Bücher in den Keller, stellte sie in die Regale, wo der Ramsch stand, schob sie zwischen Reisebücher, Kriminalromane und Liebesromane der schlichtesten Art. So kam *Der Heizer* von Kafka neben *Lieselottes Fahrt ins Glück* zu stehen. Und Döblins *Berlin Alexanderplatz* neben *Die entflohene Braut*. Wobei ich strikt darauf achtete, dass keines der von mir geschätzten Bücher neben einem der Nazibarden wie Kolbenheyer, Blunck oder Vesper zu stehen kam.

Mit den Jahren haben auch andere Bücher im Keller Asyl gefunden. Sie wurden uns ins Geschäft gebracht, für ein paar Mark waren Erstausgaben von Erich Mühsam, Bertolt Brecht, Ernst Toller und Heinrich Mann zu haben. Der Essayband *Durch die Wüste* von Ernst Bloch wurde uns von einem älteren Herrn, der in ein Altenheim umziehen wollte, geschenkt. Er kam in das Geschäft und sagte, wegwerfen mag ich den Bloch nicht und zu den frommen Frauen mitnehmen kann ich ihn auch nicht, vielleicht können Sie ihn in Obhut nehmen. Ein sehr schönes Exemplar übrigens, wenn es Sie interessiert, mit einer handschriftlichen Widmung des Autors.

Ich habe von Bloch Spuren *im Gepäck. Bin aber noch nicht zur Lektüre gekommen.*

Ein staunenswertes Buch. Lesen Sie die Geschichte von dem Rabbi, der dem reisenden Juden den Stummel einer Kerze gibt. Und wie das dem Anschein nach Nutzlose doch erhellen und das Leben retten kann. Auch die *Spuren* stehen unten. Vor allem habe ich nach und nach alle Werke von Gustav Landauer im Keller versammelt, auch ein Exemplar des so seltenen, von Landauer lediglich in einem Privatdruck – und man muss wissen, er lebte in ärmlichen Verhältnissen – veröffentlichten Berichts *Wie Hedwig Lachmann starb.* Eine ergreifende Erzählung über das Sterben seiner jungen Frau, einer Lyrikerin und Übersetzerin. Eine Rarität. Diese Bücher waren die Partisanen dort unten, unter den nichtssagenden, gefälligen, angepassten, gehässigen Ausgaben. Und dann kamen Sie. Die Sherman-Tanks fuhren über die Leopoldstraße, und als die ersten Ihrer Kameraden durch die Schellingstraße gingen, kamen all die Verborgenen, Versteckten ans Tageslicht, buchstäblich, sage ich, wir haben die Bücher von Hemingway, Faulkner, Dos Passos, Alfred Döblin, Heinrich Mann und Gustav Landauer aus dem Keller geholt und ins Schaufenster gestellt. Auch sie wurden befreit.

- unverständlich -

Wenn Sie so wollen. Ja, ich war hier im Untergrund. Gemütlich war es in dem Keller nicht, ein Feldbett, eine von einem Kunden überlassene portugiesische Kolonialkiste aus Sandelholz, von der ich hin und wieder etwas abgeschmirgelt habe, um an dem Holz den Duft der Ferne zu riechen. In der Kiste lagen ein paar Hemden und Unterwäsche zum Wechseln. Axthelm trug sie zu einer Wäscherei. Die Toilette, wo ich mich auch waschen konnte, lag oben im Geschäft und war nur nachts zu besuchen. Ein Nachttopf, den ich abdeckte, half mir über den Tag. Ging die Ladenglocke, lauschte ich auf die Schritte oben, wie beruhigend doch das feine Klacken von Damenschuhen klang. Wie beunruhigend hingegen war das feste Auftreten von Stiefeln. Ich fragte mich dann, war das der Tritt eines Ledermantel-Manns? Die Bücher in ihren Regalen gaben mir zwar kein Gefühl der Sicherheit, aber sie lenkten ab. Ich begann, die Bücher umzustellen. Wie und wo sie standen, war allein mein System. Kein schnell einsehbares: also nicht hier die Klassik, da die Moderne, nicht alphabetisch, nicht chronologisch geordnet. Auch Axthelm konnte nichts mehr finden.

Gustav Landauer hätte die Anordnung gefallen. Sein politisches Konzept der Dezentralisation war auf die Bücher übertragen worden, die ich so vor dem Zugriff und der Vernichtung retten konnte.

- *unverständlich* -

Axthelm kannte und duldete mein Tun, ohne es je angesprochen zu haben. Tags suchte ich im Schein einer Glühbirne die gefragten Titel aus den Regalen und nachts reichte ich die Bücher, die er an Liebhaber verkaufte, nach oben. Darunter sehr schöne Exemplare aus der privaten Bibliothek von Thomas Mann, die Axthelm, nach der Beschlagnahmung dessen Hauses, durch seine Kontakte zur Partei für wenig Geld kaufen konnte.

Sie wollten mir erzählen, wann Sie Ploetz zum letzten Mal gesehen haben.

Richtig. An einem Vormittag im Herbst 1936 schickte mich Axthelm in den Keller. Telefonisch war der Erstdruck von Brentanos *Des Knaben Wunderhorn* bestellt worden. Diese Ausgabe stand unten, weil der Besitzerstempel auf Bernheim lautete. Sie verstehen? Man hätte das Vorsatzblatt herausreißen müssen. Damit wären diese schönen Exemplare wegen des jüdischen Namens ruiniert worden. Also habe ich die drei Bände im Keller ein- und umgeordnet. Nach kurzem Suchen fand ich sie. Oben ging die Ladenglocke. Als ich die Treppe wieder hoch- und durch die Bodenluke in den Laden stieg, sah ich vor mir Schuhe, geputzte schwarze Lederschuhe, an dem einen war seitlich vorn ein kleines, rundes Loch aus dem Leder geschnitten, wahrscheinlich wegen eines Hühnerauges. Darüber dunkelgraue Anzughosen mit einem feinen hellgrauen Streifen, und dann hörte ich die Stimme, ich blieb auf der Leiter stehen, sah hoch und ihm ins Antlitz, so muss ich es sagen, in ein Grau, der graue Bart, weißes Haar, aus den graublauen Augen blickte er wie Gottvater auf mich herab. Ich stand, und diese Wendung, dass es einem die Sprache verschlägt, war in dem Moment wie für mich erfunden.

Lupus in fabula, hörte ich ihn sagen. Und er bückte sich, ein wenig mühsam, und sagte: Komm, ich helfe dir, spricht mich mit unserem vertraut brüderlichen Du an. Gib mir die Bücher!

Er nahm mir die Bücher ab, so konnte ich, was immer recht mühsam war, mit beiden Händen mich aufstützend aus dem Keller steigen. Er sah auf den Titel, sehr schön, sagte er und zitierte aus dem Kopf eine Strophe aus dem *Abendlied*:

Das Abendlied gesungen ist,
Das Kännchen ist geleert,
Lass sehn nun, wie du Kerl aussiehst

Mit deinem blanken Schwerdt.
Er fragte mich, der ich mit dem Oberkörper aus dem Kellerloch kam, nicht, wie es mir gehe, denn das hätte zu einer peinlichen Antwort führen können. Natürlich hatte ihm die Griechin von meiner Situation erzählt.
Griechin?
Anita, seine Frau, wir nannten sie so, weil ihre Mutter Griechin war. Er sagte: Wenn du Lust und Zeit hast, dann lass uns einen Tee oder eine Brause trinken gehen. Brauchen Sie mich, fragte ich Axthelm, der übertrieben freundlich sagte, natürlich nicht, gehen Sie und lassen Sie sich Zeit. Und zu ihm gewandt: Möchte der Herr Professor die Bücher sogleich mitnehmen, oder soll ich sie Ihnen zum Schloss schicken lassen? Ja, er war gerade von Hitler zum Professor ehrenhalber ernannt worden. Er wollte die Bücher geschickt bekommen, es habe keine Eile, nächste Woche, das reiche völlig.

Wir gingen die Schellingstraße entlang, vorbei an der Druckerei, in der dieser widerliche völkische Matsch gedruckt wurde.
Welcher Matsch?
Der *Völkische Beobachter*. Wir gingen nebeneinander, sprachen über das Wetter, das in München immer für ein Gespräch gut ist, sprachen über den Föhneinbruch. Ich sagte nichts von den bohrenden linksseitigen Kopfschmerzen, die mich seit dem Knüppelschlag bei jedem Wetterwechsel, aber insbesondere bei Föhneinfall an *Deutschland erwache* denken lassen.
Wir gingen in eines dieser einfachen Münchner Gast-

häuser. Er bestellte sich einen Tee, ich ein Bier, was er mit einem kleinen ironischen Lächeln begleitete, ein Lächeln, das mir zeigen sollte, dass er milder geworden war und nicht wie früher gleich von der verderblichen Wirkung des Alkohols zu sprechen begann. Er bat die Bedienung um etwas kalte Milch für den Tee. Auch das war also geblieben, den Tee englisch zu trinken. In die Betrachtung der sich wolkig im Teeglas ausbreitenden Milch versunken, sagte er, ich habe, das ist nun schon einige Jahre her, deinen Aufsatz über die Amana-Gemeinde gelesen. Sehr interessant, aber ein wenig fromm. Bist du eingeknickt? Bist du übergelaufen zu den Schwarzröcken oder den Frömmlern?

Ich? Ich bin, wie du weißt, der ich bin. Und ich bin es geblieben.

Ich habe ihm früher noch in der Zeit, als er mein Freund war, erwidert, mich interessiere die Theodizee nicht, wenn er, der überzeugte, ja kämpferische Atheist, wieder einmal auf den perversen Gott schimpfte. Gott war für ihn ein alter impotenter Mann, der, in einem Theatersessel sitzend, dem Treiben der Menschen zusieht. Mord und Totschlag. Kriege. Seuchen. Er vergnügt sich in seiner verlorenen Allmacht am Theater der Comédie humaine.

Ob es einen Schöpfergott gibt oder nicht, darüber nachzudenken erschien mir immer müßig, nicht müßig hingegen das Leid hier, vor Tür und Tor, zu bekämpfen. Wir saßen einander gegenüber, und ich redete gegen den grauen Prophetenbart und das Stirngestein an, seinen Atheismus fände ich zu dramatisch, seinen Mate-

rialismus zu schlicht. Das Wort schlicht irritierte, nein, traf ihn, wie ich seinen Augen ansah. Ich merkte, er war des Widerspruchs entwöhnt. Nochmals. Die Frage nach Gott interessiere mich nicht. Da wir es nicht wissen können. Es genügt die Frage: Wie soll ich leben? Wie sollen wir leben? In einem gemeinsamen Kampf gegen Leid und Tod. Für ein irdisches Glück.
Gut, gut, sagte er, immer noch der Alte. Das sind eure sozialdemokratischen Kleinreparaturen gewesen, und wohin es damit und auch mit der schönen Welt der Anarchisten gekommen ist, weißt du selbst am besten. Was wir jetzt erleben, ist ein wirklicher Aufbruch. Es ist der Beginn einer neuen Zeit. Ein Aufbruch, der ein gemeinsames Ziel hat, eine sichtbar werdende Kraft aus dem Volk, ja, eine Kraftanstrengung, da spannt sich ein Bogen und zielt auf etwas, das mehr ist als höhere Löhne, kürzere Arbeitszeiten. Hier ist die Kraft zu einer Gemeinschaft, zu einer Höher- und Weiterentwicklung von ungeahntem Ausmaß. Die Olympiade in Berlin, das war das sichtbare Zeichen, in dem diese Verbindung von Kraft und Schönheit deutlich wurde. Oder nimm den Arbeitsdienst, haben wir nicht immer davon gesprochen, wie wichtig die Arbeit ist, und zwar für alle, gleich welcher Schicht? Jetzt müssen die jungen Frauen, die jungen Männer in den Arbeitsdienst. Legen Moore trocken, errichten Deiche, gewinnen dem Meer Land ab. Ist die Dichtung nicht wahr geworden?
Ja. Und Philemon und Baucis? Das Haus wird ihnen über ihren Köpfen angezündet.
Das Alte muss fallen. Das ist ein Naturgesetz. Alles an-

dere ist soziale Sentimentalität. Wir haben endlich die Möglichkeit, unsere Erkenntnisse umzusetzen. Das war doch das Ziel all unserer Arbeit, unserer Forschungen – er sagte immer *unser,* obwohl er wusste, meine waren es nicht. Er saß da: ein mächtiger Pluralis Majestatis.
Das ließ wieder die Wucht seiner Ansichten über mich hereinbrechen. Argumente trug er mit der Selbstgewissheit und Überzeugungskraft vor, wie sie die Propheten des Alten Testaments gehabt haben müssen. Wo kein Gott ist, muss der Mensch eben seine Arbeit übernehmen, und das meint auch, die Arbeit an sich als Spezies, um über sich hinauszugehen.
Inzwischen hatte sich jedoch vieles verändert, zu oft hatte ich in den letzten Jahren entschieden Nein gesagt, aus Überzeugung Nein sagen müssen.
- *unverständlich* -
Auch darüber haben wir gesprochen, über die Machthaber. Diese plattfüßigen braunen Dickwänste sollen die starken Germanen sein? War das der nordische Mensch? Die Verheißung des Übermenschen? Himmler, mit dem Gesicht eines Buchhalters? Ja, noch konnte ich mit ihm, dank unserer langen Freundschaft, der früheren, offen reden. Bei jedem anderen wäre es höchst gefährlich gewesen, dergleichen zu sagen: Der fette Göring? Goebbels, dieser keifende Zwerg, genannt die Kaulquappe, weil – verzeihen Sie – nur Schwanz und Maul? Die Partei? Diese Ansammlung von Bier trinkenden Spießern? Das waren doch Witzfiguren, über die man nur deshalb nicht lachen durfte, weil sie Pistolen hatten.

Er war noch nicht in die Partei eingetreten, aber er, der immer gesagt hatte, als Wissenschaftler dürfe man nicht parteilich sein, keiner Organisation angehören, sagte nur, na ja.
Und der Führer, Herr Schicklgruber? Hätte man Heil Schicklgruber rufen können? Erst die Veränderung des Namens zur Alliteration mit dem Heil hat die geschichtliche Katastrophe ermöglicht.
Er lachte. Der Führer, und abermals sagte er, na ja, der brüllt etwas viel, aber immerhin, er trinkt nicht, trinkt keinen Alkohol, er lachte und zeigte auf mein Bierglas. Wenn ich das sehe, bekomme ich auch Durst. Der Führer wahrscheinlich nicht.
Wenigstens so viel Selbstironie war ihm geblieben.
Und dieser dumpfe Judenhass?
Dummheit. Dummheit. Insbesondere unter den kleinen, wütenden petits bourgeois, die Angst haben, dass ihnen die Warenhäuser Konkurrenz machen, die Pelzmäntel, Jacken und Ledertaschen billiger verkaufen, so als würde der arische Kaufhausbesitzer sie mit mehr Rücksicht behandeln. Nein, sagte er, das ist das Profitstreben, und das gehört nun einmal zu dieser Wirtschaftsform, der kapitalistischen.
So etwas konnte er immer noch sagen, weil aus den Tiefen eine Einsicht kam, die sich aber gleich wieder infrage stellte, denn andererseits, ergänzte er, sei das Vordringen der Juden, insbesondere in der Justiz und in der Finanzwelt, doch sehr problematisch gewesen. Aber diese Auswüchse, das sind Dummheiten, wahrscheinlich korrigiert sich das alles mit der Zeit. Was

man sehen müsse, diese Regierung habe, und darüber sei er glücklich, seine Arbeit, sein Lebenswerk, in die Praxis umgesetzt. Das ist die einmalige Chance, geschichtlich, für uns, er sagte, als sei ich zugehörig, uns, das sei ein Geschenk für die internationale Eugenikbewegung. Wie das angepackt wird, organisatorisch, das sei vorbildhaft. Ja, er habe sich in den Dienst der Bewegung gestellt.

Ich habe ihn auch auf den Friedensnobelpreis angesprochen, er winkte ab, sagte, ihm sei das egal, allerdings würde es der eugenischen Bewegung, sollte ihm der Preis zugesprochen werden, international eine große Hilfe sein.

Na denn, sagte ich, können wir mit Bier und Brause auf den kommenden Übermenschen anstoßen. Grüß Gott!

Wieso grüß Gott, fragte er irritiert.

Als Antwort habe ich bloß durch die Nase geschnauft. Erst langsam kam ihm die Einsicht, dass wir uns so weit voneinander entfernt hatten, dass auch das gemeinsam Erlebte uns nicht mehr binden konnte. Die Macht seiner Überzeugungskraft, die ja wohl nahe der Zeugungskraft ist, hatte sich verloren. Und auch das wurde ihm wohl klar, meine frühere Bewunderung für seine Arbeit und für seine Zukunftsvisionen war längst in eine grundsätzliche Ablehnung umgeschlagen. Rührend genug, versuchte er nochmals, die alte, vertrauliche Nähe herzustellen. Er sagte, es ist nicht leicht für dich, ich weiß. Du kannst jederzeit zu uns kommen. Die Griechin hat mir von deinen Lebensumständen erzählt. Nie nannte er sie in meiner Gegenwart bei ihrem

Vornamen, sagte immer, seit wir sie kennengelernt hatten, die Griechin.
Ich will nicht klagen. Meine Situation ist frei gewählt. Immer noch die alten Träume. Gemeinsame Träume. Wichtig auch für mich, sagte er, auch wenn neue Erkenntnisse hinzugekommen und neue Einsichten gewonnen worden sind. Und dann sagte er nach einer kurzen Pause, beeindruckt habe ihn dieser kleine – wie solle er sagen – Essay über den Schmerz und die Tränen, den er in einer Zeitschrift gelesen habe. Erst jetzt.
Ich winkte ab. Eine Gelegenheitsarbeit. Ja. Und doch hätte ich ihm am liebsten gesagt, wie sehr sein Zuspruch mich freute. Wie bestechlich man doch durch Zuspruch und Lob in der Einsamkeit wird. Die Zeitschrift war längst verboten. Der Herausgeber verhaftet.
Ich spürte, er wollte noch etwas hinzufügen, etwas bewegte ihn, aber er schwieg und sagte schließlich, es wird Zeit, der Wagen wartet, ich muss gehen.
Wir haben uns die Hand gegeben, ganz undramatisch, und Auf Wiedersehen gesagt und alles Gute. Ich sah ihn die Schellingstraße entlanggehen, breit, gewichtig, den schwarzen Hut auf dem Kopf.
Sind Sie müde. Wollen wir für heute Schluss machen?
Nein. Sie müssen wissen, auf diesen Augenblick hier habe ich gewartet, ja, ich darf das so sagen, ich habe ziemlich genau zwölf Jahre darauf gewartet. Ich wusste, irgendwann werde ich Zeugnis ablegen können. Ich habe zu mir gesagt, du musst durchhalten. Und so, wie ich es Ihnen jetzt erzähle, habe ich es mir oft vorerzählt. Habe mir auch Notizen gemacht, falls mein Ge-

dächtnis nachlassen sollte. Ich hoffe, das alles langweilt Sie nicht?

Nein. Deshalb sitze ich hier. Sie haben sich also damals getrennt?

Ja. Diesen schwarzen Hut, der verschwand, habe ich vor Augen. Ich bin ins Antiquariat zurückgegangen. Ein warmer Herbsttag. Passanten kamen mir entgegen, in Uniform und in Zivil, einer grüßte, zog den Hut, was mich erschreckte, da ich ihn nicht kannte und in diesem Grüßen ein Zeichen zu sehen glaubte, so, als hätte man mich entdeckt. Aber vielleicht war es nur die einfache Höflichkeit eines entfernten Bekannten oder Kunden, dessen Gesicht ich vergessen hatte.

Axthelm sagte, ich wusste nicht, dass Sie mit dem Professor, also … per Du sind.

Ich sagte nur, ja, und Axthelm fragte nicht weiter.

Ich bin in den Keller hinabgestiegen und habe mich in den Lederlehnstuhl gesetzt, den ich zwei Jahre zuvor hinuntergeschafft hatte, direkt unter die Glühbirne gestellt, dort reichte das Licht zum Lesen.

In diesem Keller habe ich auf das Ende gewartet. Ich wusste es seit Stalingrad. Auch aus berufenem Mund. Der Höhepunkt der braunen Epidemie war überschritten. Jede Seuche hat einen Punkt, wo sie ihren Gipfel erreicht und dann mit statistischer Sicherheit wieder abnimmt und in sich zusammenfällt. Ich habe viele Jahre für diese These Material gesammelt, wollte – ich hatte in Zürich auch Kurse in Stochastik gemacht – sogar ein Gesetz formulieren, aber all das ist beschlagnahmt und wahrscheinlich vernichtet worden. Stalingrad war ein solcher Punkt der Epidemie: die größte Ausbreitung, aber ebendiese Überspannung birgt in sich die Negation. Man musste versuchen, bis zum Ende durchzuhalten. Und das Ende wollte ich unbedingt erleben. Können Sie sich vorstellen, dass so etwas ein Lebensziel sein kann? Ein Ende des Schreckens, weil der Schrecken nicht enden will. Das war mein Wunsch: kein Verhandlungsfrieden wie in Versailles, sondern eine Niederlage, eine radikale Niederlage, die ein für alle Mal mit den großkotzigen Großmachtwünschen, mit dem völkischen Erwähltheitsglauben aufräumt.

- *unverständlich* -

Ich bedauere von ganzem Herzen, ich darf das so dramatisch sagen, dass er, der ehemalige Freund, dieses Ende nicht mehr erlebt hat: die Trümmer, die auf Socken daherkommenden gefangenen deutschen Soldaten. Und wie sind sie ausmarschiert, hinaus in den Kampf, zackig, im Stechschritt an dem Schreihals vorbei, genagelte Knobelbecher, dröhnend und mit Dschingderassa-Bumbum, und jetzt, jetzt verdrücken sich die braunen Übermenschen, ziehen ihre Uniformen aus, ziehen sich wie für einen Lumpenball abgetragenes Zivil an. Nichts mehr von Aufartung, sondern der Wunsch nach der unauffälligen Erscheinung, nach Mittelmäßigkeit. Wollen in der Menge untergehen. Sie sind, was sie immer waren: feiste, dumme Kapaune.

Es heißt, Sie seien sein Adlatus gewesen. Haben mit ihm zusammengearbeitet.

Ja, doch, ich war als junger Mann sein Adlatus. Ich bin, was mir behagt, der Beiseite-Stehende. Habe ihn bewundert. Eben neunzehn Jahre war ich alt, als ich ihn, den vier Jahre Älteren, kennenlernte. Und es war, darf ich sagen, eine Fügung, ihn zu begleiten. Mein Leben wäre sonst sicher anders verlaufen. Ich hatte die Gelegenheit, sein Leben zu verfolgen. Ja, ich kann Zeugnis ablegen. Seine Hoffart und seine Verdammnis. Groß war er in seiner Konsequenz und in seiner Hingabe, seinem Glauben, die Menschen zum Besseren und Höheren veredeln zu können. Und genannt werden muss die bedingungslose Selbstlosigkeit des Forschers, wobei nicht zu leugnen ist, dass er, um dieses Ziel seiner Forschung, die so sehr auf die Gesundheit des Volkes gerichtet war, zu erreichen, durchaus Kompromisse eingegangen ist.

Ein Satz Darwins, den er oft zitierte, lautet: Ein wissenschaftlicher Mann sollte keine Wünsche haben, keine Gefühle – nichts als ein Herz aus Stein.

Der Freund hat das, wie alles, denn das spielerisch Leichte fehlte ihm, sehr ernst genommen. Er nahm sich, was seinem Forschungsprojekt diente. Die Rechtfertigung lag in der Wissenschaft. In der Erkenntnis. Da gab es nur wahr und falsch. Es gab kein Dazwischen. Kalte Logik. Alles andere war für ihn verachtenswerte Gefühligkeit.

Natürlich war er auch Familienvater. Treu sorgend. Hatte Kinder, zwei Jungen, ein Mädchen. Kümmerte sich um Haus und Hof, man muss sagen Schloss und Hof, um das Gesinde, auch um Ohm Erich, seinen Bruder, einen Alten, der, nach Brasilien ausgewandert, dort sonderlich geworden war.

Einem Verwalter oblag die Bewirtschaftung des Guts, während Ploetz in seinem Zimmer saß, über das Mikroskop gebeugt oder die Tabellen durchgehend, rechnend und denkend, und immer wieder in das in Baracken untergebrachte Labor ging. All das war nur möglich durch diese Frau, seine Frau, die ihm den fürstlichen Schatz mit in die Ehe gebracht hatte, von dem das Gut und das Schloss gekauft worden waren. Eine begabte, starke, eine schöne Frau.

Schließen wir für heute. Ich komme am Donnerstag zu Ihnen.

Ja. Danke.

Erkundungen

George saß im Garten und sagte: We'll never leave. Er hatte seinen Aufenthalt in dem Haus am See mit der Begründung beantragt, er sei dort von München aus zu erreichen und von Landsberg, wo die wegen Kriegsverbrechen angeklagten Ärzte untergebracht werden sollten. Er hatte sich sogleich mit seinem Feldstecher in der Umgebung auf die Suche gemacht. Das Frühjahr war ungewöhnlich warm gewesen, und die Vögel brüteten schon ein zweites Mal. Bei dem gemeinsamen, von Frau Sachs zubereiteten Frühstück, das sie vor dem Haus einnahmen, erzählte er von den geschäftig auf der Wiese pickenden song thrush und mistle thrush, deutete mit dem Messer auf die Vögel, deren deutsche Namen Sing- und Misteldrossel Hansen später im Wörterbuch fand. George hatte zwei Tage nach seiner Ankunft einen Schilfrohrsänger am Ufer des Sees entdeckt, wenig später einen zweiten, ein Pärchen also. Das Schilf, das Gebüsch und überhaupt die Bäume, darunter sechs alte Eichen, teils hohl und einige Stämme mit Efeu bewachsen, das seien wunderbare Welten für Vögel. George schwärmte: A paradise for birds.

Hansen war am Morgen nach München zur Kommandantur gefahren. Der gewaltige Steinadler, an dem die GIs in den ersten Wochen ihre Schießkünste geübt hatten, war durch ein provisorisches Schild *American Military Government* mit dem daraufgemalten American Eagle abgedeckt worden. Er war von einem Captain der Militärverwaltung empfangen worden, dem er vorschlug, die Propagandasprüche der Nazis zu fotografieren. Teilweise würden sie von den Deutschen schon übermalt. Auch diese Propagandasprüche seien, argumentierte er, ein Mosaikstein, wie wirksam und in welchem Ausmaß die Propaganda des Regimes gearbeitet habe. Der hektisch in einem Stapel Aktenblätter wühlende Captain sagte, es gebe zwar Wichtigeres, wie beispielsweise die Kontrolle der Elektrizitätswerke oder die Instandsetzung der Wasserleitung, aber der Lieutenant solle mal seine Fotos machen.

Hansen war dann am Schutt zerbombter Häuser vorbei in die Innenstadt zum Dom gegangen. Auch die Frauenkirche war von Bomben getroffen worden. Das Dach war eingebrochen, aber die Mauern und die meisten Pfeiler hatten standgehalten. Er stieg in die Trümmer des Mittelschiffs. Zwischen Backsteinen und Ziegeln lagen verkohlte Balken. Die hohen, wuchtigen Säulen ragten in den grauen Himmel. Im Seitenschiff stocherten zwei alte Männer im Schutt herum. Neben einer Säule lag der Sandsteinbruch einer Plastik, erkennbar an einigen Gewandfalten, einem Stück des Unterarms und an dem, was eine Hand gewesen war. Ein Finger war ganz erhalten, wahrscheinlich war er einmal ausgestreckt gewesen, zu irgendeiner Verkündigung oder Ermahnung. Hansen dachte, er müsse dieses heile Fingerglied aufheben und als eine Reliquie der Zerstörung bewahren. Er steckte den Steinfinger in die Seitentasche seiner Uniformjacke.

Er war dann Richtung Bahnhof gegangen, wo fast alle Häuser in Trümmern lagen. Vor einer Bäckerei stand eine lange Menschenschlange. Frauen mit Einkaufsnetzen, ein paar alte Männer, einer trug einen Feuerwehrhelm. An der verschlossenen Tür hing ein Pappschild: *Kein Brot. Keine Mehllieferung.* Die Menschen standen, als warteten sie auf ein Wunder, als würde sich plötzlich die Tür zur Hochzeit von Kanaa öffnen. Hansen ging vorbei, in den Gesichtern der Wartenden war kein Hass, keine Neugierde, eher eine stumpfe Gleichgültigkeit.

Er hatte sich seinen Sold auszahlen lassen und fuhr zu einem PX, kaufte alles Notwendige ein, Waschpulver, Toilettenpapier, Zahnpasta, vor allem Brot, Nudeln, Dosenfleisch, Kaffee, Zucker und Butter.

- 3. Juni -

Dachte an den alten Mann. Mager ist er, der dünne Pullover ist gestopft und hängt an ihm wie ein Gewand. Kein Versuch, mich um etwas zu bitten. Sein Stolz. Der Weg in die Kaserne ist weit und das Gehen bereitet ihm Mühe. Auch schafft der kahle Büroraum die Atmosphäre eines Verhörs. Werde ihn in seiner Dachkammer befragen.

Habe angefangen, *Spuren* zu lesen.

Am nächsten Tag fuhr er in einem Kabriolett auf der Schnellstraße nach Garmisch-Partenkirchen. Eine Landschaft wie die Barockkirchen, wunderschön, hatte Hansen nach Hause geschrieben, und er wiederholte es jetzt: The countryside is like baroque churches.
Sarah nickte. Sie, die als First Lieutenant vom Rang her seine Vorgesetzte war – auch darum legte er demonstrativ seine Hand auf ihr Knie –, sagte: Nicely put. Die trockene, zartwarme Empfindung des Seidenstrumpfs. Sie fuhren, das Verdeck heruntergeklappt, durch den frühen Nachmittag. Sarah hatte das Radio aufgedreht, und so hörten die oberbayerischen Berge in *Radio München*, was zwölf Jahre im Reichssender verboten war, Jazz, hörten Billy Eckstines *Love Me Or Leave Me*, und als Chick Webbs *My Wild Irish Rose* angekündigt wurde, nahm Sarah die Militärmütze ab, beugte sich ein wenig aus dem Auto und ließ ihr rotblondes Haar vom Fahrtwind durchwühlen. Sie nahm seine Hand und führte sie auf die Innenseite ihres Oberschenkels, zog dabei den wadenlangen Rock ein wenig höher und sang den Schlagertext mit: *I take you by the hand and I will lead you to heaven …*

Hansen hatte Sarah vor vier Tagen in dem Hotel, das die Army in München requiriert hatte, kennengelernt. Sie, die Juristin, war in der Militärgerichtsbarkeit eingesetzt worden. Auch sie hatte sich freiwillig gemeldet, raus aus Montana, raus aus dem Kaff Billings. Der Krieg war die Gelegenheit, die Welt kennenzulernen,

und man durfte dabei auch noch ein gutes Gewissen haben, man kämpfte für Freiheit und Demokratie.
Er hatte sich zu ihr an die Bar gestellt, und alles war sehr schnell gegangen. Sie erzählte von ihrem Studium, und Hansen konnte wieder einmal die Geschichte seines Vaters zum Besten geben, wie der von Hamburg nach New York gekommen war. Durch einen Affen. Sie lachte oft und lang.
Sie hatte ihm, was eigentlich verboten war, von den Gerichtsverhandlungen gegen GIs erzählt. Die meisten Fälle: unrechtmäßige Aneignung deutschen Guts. Zu schnelles Fahren, das zu Personenschäden geführt hatte. Und auch das hatte es gegeben, Vergewaltigungen. Anklage. Urteil. Gefängnis. Inzwischen verlaufe alles in recht normalen Bahnen.

Das Kabriolett, ein *Adler Trumpf* mit dem seltenen Luxus eines Radios, hatte Hansen in Gilching requiriert, durchaus in dem Gefühl, etwas nicht ganz Legales zu tun. Aber was hieß das schon bei diesem Übergang von der einen in die andere Ordnung? Die alte hatte kapituliert, hörte aber, da von Personen in Funktionen getragen, noch nicht ganz auf, deren Ordnung zu sein. Hansen hatte die Berechtigung zur Beschlagnahme eines deutschen Autos bekommen. Die Scheine wurden ohne Nachfrage ausgestellt. Allerdings gab es kaum noch private Autos. Die meisten waren von der Wehrmacht requiriert worden oder wegen fehlender Ersatzteile nicht fahrbereit. Der Sergeant kannte in Gilching jemanden, der einen Wagen hatte, ein Kabriolett. Der Besitzer, ein Apotheker und Leiter der Bezirkskammer der Apotheker, hatte, als Hansen mit einem Berechtigungsschein kam, gejammert, er benötige den Wagen von Berufs wegen, aber Hansen hatte gesagt, es gebe Fahrräder. Das Radfahren sei gesund und ertüchtige, dafür habe er doch immer gesorgt. Oder? Dabei hatte er auf seine Pistolentasche geklopft. Er hatte das Schreiben der Militärbehörde gezeigt, das auf Beschlagnahme eines *basic motor-driven vehicle* ausgestellt worden war. Aber galt das auch für ein recht großes Kabriolett? Hansen ließ sich die Autoschlüssel geben und sah im Rückspiegel, wie der Mann, die schwarz gefärbten Haare glänzten in der Sonne, ihm nachblickte.

In der Dienststelle gab es Stimmen, die, tauchte Hansen auf, von *our tourist in uniform* sprachen. Eine ferne Dienststelle und der wolkige Auftrag, das Denken eines Rassenhygienikers zu erforschen, erlaubten ihm viele Freiheiten. Benzin gab es für Dienstfahrten reichlich.

Die Rollfilmkamera, eine *Voigtländer Bessa*, hatte er für zehn Dollar und eine Stange Zigaretten von einem Forstbeamten erstanden. Hansen hatte einige Tage später auch noch mehrere Filme bei ihm eingetauscht. Genau genommen war das Schwarzmarkthandel und verboten. Der sonst eher korrekte Hansen wunderte sich über sich selbst: Es war ihm egal. Es herrschte der Ausnahmezustand, und er fand, der habe auch für ihn zu gelten.

Nun wollte er, sah er eine Parole, nicht jedes Mal aussteigen und schoss seine Fotos aus dem Wagen. Die vom

Propagandaministerium ausgearbeiteten Sprüche hatte die Partei an alle in den Blick fallenden Wände und Brücken malen lassen, mal in Weiß, mal in Schwarz, je nach Farbe des Hintergrunds. Auf Eisenbahnwaggons sah man noch immer den Spruch *Räder müssen rollen für den Sieg.* Kein schlechter Slogan, sowohl vom Rhythmus, diese dunkle Alliteration Rä-Ro mit dem hellen Ausklang im Sieg, als auch von der Botschaft her.
Hansen behauptete, seine Untersuchungen würden zu Hause nicht nur auf ihre sprachlich-politische Einprägsamkeit hin – und die war bei diesem Satz gelungen – geprüft, sondern auch unter dem Aspekt einer möglichen Übertragung auf Zigaretten-, Auto- oder Whiskeyreklame. Warum nicht das? Ein weiß hingemalter Satz: Pleasure for every sand-creeper: a Camel.
Nonsense. Stupid slogans, sagte Sarah und lachte.
Perhaps, sagte Hansen: Kilroy was here and had a good Jim Beam. I'd order one right away.
Just don't go into advertising.
Kilroy was here hatte Hansen mit der Truppe durch jede eroberte deutsche Stadt begleitet: Würzburg, Augsburg, München, sogar in Coburg, wo die Spitze der Truppe einmarschiert war, fanden die GIs den Spruch schon, an einem Denkmal, einer Mauer, einem Klosett, so als eilte eine geheime Special Force der Army mit Kreide voraus.

Am nächsten Wochenende hatte Sarah frei und kam von München mit der Eisenbahn herüber. Er saß im offenen Kabriolett und wartete am Bahnhof Starnberg.

Der Zug war eingelaufen, und sie trat aus der von gusseisernen Säulen getragenen Vorhalle, rothaarig, mit einem die Knopfleiste der Uniform aufdrängenden Busen und von einer munteren Offenheit, viel lachend, Tochter eines Landarztes in Montana. Nach ihrem ersten Treffen im Casino und nach drei doppelten Whiskeys waren sie in das von ihr und vier Kameradinnen bewohnte Zimmer gegangen. Sie hatte sich den Uniformrock ausgezogen, Strümpfe und Schlüpfer heruntergezerrt, jedoch die Uniformjacke anbehalten und gesagt, solange sie die trage, sei sie seine Vorgesetzte, er solle sich auf den Rücken legen, und sie begann, sich von den Knien an aufwärts küssend, küssend hochzuarbeiten, die Uniformknöpfe rutschten kühl über seinen Bauch, die Brust hinauf, relax, befahl sie, don't move when I come up. So einfach war das gewesen. Keine Liebesschwüre. Keine Beteuerungen. Auch als eine ihrer Kameradinnen ins Zimmer kam, ließ sie sich nicht stören, sagte: If it bothers you, stay outside. If it doesn't, come in and be quiet.
Die Kameradin blieb.
Ach, wenn ihr Vater in Montana sie so hätte reiten sehen, der Arzt und Quäker, würde er von Versuchung reden, von der Schuld der gottlosen Umstände, oder nur sagen, das Böse ist hier und überall?

Hansen fuhr mit Sarah in das Haus am See. George hatte Besuch von einer jungen Frau, die er vor einer Woche in München aufgegabelt hatte. Ihr Mann war in Gefangenschaft, fällte in Sibirien Bäume.

Hansen und Sarah guckten nur kurz in das große Gartenzimmer, wo die beiden nebeneinandersaßen, die junge Frau im Sessel, die Beine verknotet, sie zupfte, als Sarah ins Zimmer kam, mit der einen Hand an dem hochgerutschten Rock, während sie in der anderen eine Zigarette mit abgespreiztem kleinem Finger hielt. Die lernte gerade das Rauchen. Die Frau sprach kein Englisch, und George konnte zwar Deutsch lesen, verstand es auch recht gut, vor allem, was medizinische Themen anging, aber sprechen konnte er es kaum.

They don't need to talk, sagte Sarah, als sie die Treppe hinaufgingen, but we do.

George fraternisiert, sagte Sarah später, come on, don't stop. Go ahead. Und als er sie vor Augen hatte, nackt, redete sie weiter, thank God, küsste ihm die Schultern, fuck the district court, und leckte ihm das Gesicht, time is up.

Später hörten sie von unten das Hecheln der Frau. Was er hier erlebte, war so ganz anders als das, was mit den Mädchen im College oder mit Catherine in New York gewesen war.

So dachte er, neben Sarah liegend, dieser schlafenden, hin und wieder schmatzenden Frau, an Catherine, wie er mit ihr am nächsten Morgen hinuntergegangen war in den überraschenden Vorfrühling.

Sie hatte sich zunächst ein rosa geblümtes und dann ein blau gepunktetes Kleid über den Kopf gezogen und hatte ihn gefragt: Das oder das? Er hatte auf das gepunktete gezeigt: Genau das.

Nach dem Frühstück waren sie mit dem Fahrstuhl hinuntergefahren und in den Central Park gegangen, beide übernächtigt, aber sich gegenseitig versichernd, sie seien nicht müde, im Gegenteil hellwach. Du leuchtest, sagte er. Sie gingen in den Park, er in Uniform und sie in diesem sommerlichen, viel zu leichten Kleid. Er bemerkte ihr Frösteln und schlug vor, in ein Café zu gehen. Sie unterhielten sich im Wechsel auf Deutsch und auf Englisch. Im Deutschen sprachen sie zwischen den Umsitzenden über ihr Innigstes, auch über das Glück, das ihnen der Schneesturm beschert hatte.

Verglich er? Ja. Was dachte er von sich selbst? Gott, was ist alles möglich. Wunderte er sich über sich? Ja, vieles hätte er sich selbst nicht zugetraut. Oder war die Erinnerung an sie so fern wie die an ein früheres Leben mit anderen Gewohnheiten, anderer Kleidung, anderen Freuden? Das jedenfalls hatte er etwas feierlich notiert:
Die Alte Welt ist für mich die neue. Hic sunt leones.

- 6. Juni -
Auf der Autobahn zum Chiemsee. Noch sieht man an den Brücken in weißer Farbe die Durchhalteparolen: *Schützt die deutschen Frauen vor den Negern. Führer befiehl, wir folgen.* Jemand hat nachträglich das Komma mit roter Farbe hineingemalt. Oder solche Sprüche, die wahrscheinlich erst nach der Kapitulation in einer anderen (schwarzen) Farbe ergänzt worden waren: *Führer befiel, wir (tragen die) Folgen.*

Hinweisschilder der amerikanischen Besatzungsbehörde geben sich pädagogisch: *Langsam fahren, ihr europäischen Verkehrssünder.*
Die Autobahn führt durch die hügelige Landschaft, auf einem Berg ein einzelner Baum, wahrscheinlich ein Birnbaum. Tannen, Wiesen und, im Hintergrund, noch verschneit und mächtig näher kommend, die Alpen.
Die Alte Welt ist für mich die neue. Hic sunt leones.

- 7. Juni -

Sonne. Bayerischer Himmel, wie ich gelernt habe. Kleine weiße Wölkchen am wunderbar blauen Himmel. Militär und Liebe: Die Hierarchie zeigt sich in der einheitlichen (uniformen) Kleidung bei gleichzeitiger Abstufung in der Zahl der Winkel oder Metallstreifen. Ein übersichtliches System von Macht und Geltung. Wo gibt es das, außer in der Tierwelt, wo die Enden eines Hirschgeweihs Zeugungskraft signalisieren? Hinzu kommt – und da entfernt sich die Konstellation von der Auslese – die feine psychische Disposition. Soldaten kommen und gehen. Der innerlich erlaubte Seitensprung. Die beschützenden Männer haben versagt. Der Sieger kommt. Die Geschenke nimmt man mit gutem Gewissen. Von unten ist das Hecheln zu hören – das deutsche Fräulein, das eine gestandene deutsche Frau ist. Danach: keine jammernden Liebhaber. Keine komplizierten Auflösungen, Abschiede. Das Wissen von der zeitlichen Begrenztheit ist stimulierender als der Gedanke an eine Liebschaft, die immer auf Hoffnung und Dauer baut. Die Liebe der Soldaten:

Man sieht sich und danach nicht mehr. Die Reduktion der Peinlichkeit. Der erotische Ausnahmezustand.

- 8. Juni -

Lernte ein deutsches Wort für das Naturereignis: rammeln. Englisch: Screwing.

Beim Rammeln höre ich das Bett.

Heute kam sie wieder, eine schwarz-weiß gefleckte Katze. Ich stellte ihr etwas Milch in einer Untertasse hin, die sie mit der erstaunlich beweglichen Zunge ausschleckte. Leckte sich den Bart, kam zu mir und sprang wie gestern und vorgestern auf meinen Schoß. George verscheuchte sie, hatte Angst um seine Singdrosseln.

Sonderbar, was dieser Major Engel mir sagte: Die Tiere erkennen uns, aber erkennen sie sich in uns? Sie sind die unerlöst um Verständnis Bittenden.

2. Tag

Sie haben sie gesehen? Sie waren auf dem Schloss?
- *unverständlich* -
Ach. Das ist eine etwas verwickelte Geschichte, nicht so eindeutig, wie sie auf den ersten Blick erscheint. Und es war gewiss nicht so, wie manche munkelten, das Geld der Griechin sei der Grund für die Scheidung von seiner ersten Frau Pauline gewesen. Nein. Die bekam keine Kinder. Und das Kinderkriegen war für ihn, den Vererbungsforscher, außerordentlich wichtig. Anita, die wir die Griechin nannten, war eine wunderschöne Frau.
Ja. Die alte Dame ist immer noch eine gute Erscheinung.
Ploetz war ein Habenichts. Sein Vater war in Konkurs gegangen. Anitas Vater war ein Bremer Kaufmann, der in Argentinien durch Getreidehandel reich geworden war und eine große Estancia erworben hatte. Geschätzte zwanzigtausend schwer wandelnde Rinder grasten auf der argentinischen Pampa, nur um sich zu vermehren und ihr Fleisch für das hungrige England wachsen zu lassen. Anitas Mutter hingegen kam aus einer alten griechischen Familie in Konstantino-

pel. Nein, man mag die Geschichte nicht erzählen, derart trivial klingt sie. Jedenfalls war Anita das, was man eine gute Partie nennt. Aber die Gerüchte, Ploetz habe sie nur wegen ihres Geldes geheiratet, übersehen ihre staunenswerte Erscheinung, auch ihr künstlerisches Talent, ihr Temperament, ihre kindliche Freude und die exzentrische Fantasie, mit der sie die Welt sah. Auch das: ihre Lust am Feiern, am Einkehren, wie sie das nannte. Sie brachte etwas mit, was ihm, dem Wissenschaftler, abging, das Künstlerische und die Leichtigkeit der Bohème. Sie verkehrte in Berlin mit Malern, Bildhauern, Dichtern und Schauspielern. Sie malte, sie bildhauerte. Wenn Sie ihre Amazone in Bronze sehen, bekommen Sie eine Vorstellung von ihrer Begabung. Die zeigt sich aber vor allem in den Ölbildern. Sehen Sie dort das Bild. Ein Geschenk. Eine Wassermühle in Schreiberhau. Der mit breitblättrigen Wasserpflanzen bewachsene Teich mit dem Haus. Im graugrünen Wasser spiegelt sich der blaue Himmel. Ein Himmel, wie man ihn im Hochsommer erlebt, wenn in der Ferne weiß getürmtes Gewölk ein kommendes abendliches Gewitter andeutet. Im Laub des Baumes dieses belebende Spiel von Licht und Schatten. Manchmal, wenn ich aus dem Dachfenster in den grauen Winterhimmel sah, holte mich dieses Bild wieder zurück. Die Ahnung eines möglichen Glücks.

Sehr schön, das Bild. Wie ein Fenster in den Sommer.

Wobei Sie wissen sollten, dass für mich die russischen Konstruktivisten die wichtigsten Künstler sind, dort hinten, dieses kleine Bild, das nur Formen und Farben zeigt, ein Wladimir Lebedew, habe ich von einem russischen Emigranten erworben, damals in Berlin, in den Zwanzigerjahren.

- *unverständlich* -

Ja, natürlich. Der ehemalige Freund.

- *unverständlich* -

Ich verstehe. Ja. Sie wäre, ich bin sicher, eine so bedeutende Malerin wie die Gabriele Münter geworden, hätte sie nicht ihr Talent diesem Mann geopfert. Zwar hat sie später noch gemalt, hin und wieder, auch aquarelliert, und es sind einige hübsche Dinge entstanden, aber sie wurde vom Alltag, von den Kindern und dem Schloss absorbiert. Wobei gesagt sein muss, dass sie keineswegs mit Kochen und Putzen beschäftigt war, denn sie verfügte dank ihres Erbes über Personal, Hausmädchen, Köchinnen, Kutscher, Gärtner, aber eben die galt es zu beaufsichtigen, ihnen die Arbeit im Schloss und Park zuzuweisen, vor allem galt alles zu tun, um den Meister forschen zu lassen, ihm die Ruhe zu gewähren, die er einforderte. Nicht verbal, das war einfach durch sein verschlossenes Tun bestimmt. Bei einem ihrer Besuche im Antiquariat sagte sie, als Künstlerin darf man nicht heiraten. Kann man den Kindern auf die Finger schlagen, wenn sie mit den Farbtuben spielen? Wenn sie an der eben in Ton geformten Plastik herumkneten?

Nie jedoch war es ein Vorwurf gegen ihn, als sei sie anderen Sinnes geworden, habe es bereut, ihn gewählt zu haben. Ich war mir sofort sicher, sagte sie: Er ist der Mann, dem ich gut sein wollte. Mir zog sich das Herz zusammen, denn das hieß ja, nicht mir konnte sie gut sein. Und das war ein Schmerz, der mich lange heftig begleitet hat. Nicht der Erwählte zu sein. Bei ihm hingegen war es kein langes Werben und bei ihr kein Hinhalten, Überlegen, Zögern. Der erste Augenblick, wie immer bei den starken erotischen Attraktionen, war entscheidend.

Anders als er habe ich um sie geworben. Habe sie oft gesehen, habe ihre Nähe gesucht, mich aber nie erklärt. Daran hat mich meine mir eigene Schüchternheit gehindert. Umso leichter war es für mich, über ihre Bilder, übers Malen zu reden. Meine Bewunderung für ihre Arbeit war möglicherweise ein Hindernis, mich ihr körperlich zu nähern, mich zu erklären. Es gab einen Augenblick, in dem es möglich gewesen wäre. Ich hatte sie, diese junge Frau, in ihrem Atelier in Berlin-Steglitz besucht. Einem nach Norden gerichteten Raum mit bis zur Zimmerdecke reichenden Fenstern. Der Blick fiel in einen mit Buchen bestandenen Garten.

- *unverständlich* -

Auf einem Fest. Einem Geburtstagsfest, zu dem ich, damals war ich Referent in der sozialdemokratischen Reichstagsfraktion, eingeladen worden war. Diese Frau, bei deren Anblick man an mediterrane Gestade, an Pinien und Zypressen dachte, fiel sogleich im Kreis all der anderen aus Berlin, Brandenburg und Pommern kommenden Frauen auf, ihr volles dunkelbraunes, leicht rötlich schimmerndes Haar, hochgesteckt, dunkle glanzvolle Augen, Lippen, die von Natur aus so rot waren, man dachte, sie hätte sie, der neuen Mode folgend, stark geschminkt. Später allerdings habe ich sie bei einer dieser kleinen, ihre Eitelkeit verratenden Übungen beobachten können, wie sie die Lippen mit den Zähnen regelrecht durchwalkte, danach zurück in den Salon ging. Aber da war sie schon die Frau des Freundes und repräsentierte.

Wie gesagt, auf dem Geburtstagsfest eines Freundes, eines Malers, leider kein begabter, aber von Hause aus vermögend, habe ich sie getroffen und mir ein Herz gefasst und gefragt, ob ich ihre Bilder einmal sehen dürfe. Sie hat mich in ihr Atelier eingeladen. Danach habe ich sie dort öfter besucht und durfte stiller Zeuge ihrer Arbeit sein, wenn sie an diesem Bild malte, ein Kahn im Teich, wie sie vor der Staffelei stand, die Palette in der Linken, den Pinsel in der Rechten, wie sie blickte, zögerte, dann ein, zwei vorsichtige Pinselstriche, so habe ich, auf einem wackeligen Stuhl sitzend, ihr Malen miterleben dürfen. Es war ein Vertrauensbeweis, denn ich wusste, normalerweise mochte sie keine Gesellschaft bei der Arbeit. Allein der Geruch von Terpentin, von dem Öl ihrer Farben ist mir bis heute, wo immer er mir zufällig begegnet, ein Glück verheißender Duft, der mir die Brust weitet und dann der Trauer weicht. Welche Gunst, dachte ich, welch Versprechen. Sie hängte ein weißes Tuch über das unfertige Bild auf der Staffelei und setzte sich in ihrem weißen, mit Farbe bekleckSten Kittel zu mir. Ich bot ihr eine Zigarette an, eine *Salem Gold*, und wir redeten über Menzel, den wir beide bewunderten, weniger die historischen Stücke als vielmehr die fast beiläufigen Interieurs. Sie schwärmte von seinen Naturbildern und dem lichten *Ballsouper*, ich von dem Bild *Das Eisenwalzwerk*. Ich beschrieb ihr, die das Bild noch nicht gesehen hatte, durch ihre Nähe, durch ihre ganz auf mich gerichtete Aufmerksamkeit befeuert, wie Menzel das Innere einer Fabrik gemalt hatte, eine andere, für die meisten unbekannte Welt, nicht die ewigen Birken, Kastanienbäume, Teiche – was ich nicht sagte, da sie ja an dem Bild mit Teich und Kahn arbeitete –, sondern Maschinen. Erstmals war das Innere der technischen Produktion in Öl gemalt worden, aber wie, diese Atmosphäre, das Braun der Halle, durchwölkt von einem Blau, nein, einem ins Grau übergleitenden Blau, der Rauch der Maschinen, die Hitze, die von dem Walzwerk ausgeht, wo eben auf einem Wagen ein glühender Eisenblock an die Walze gefahren wird, wie zwei Arbeiter in schweren Schürzen, wie in Rüstungen, die vor der Hitze ein wenig schützen sollen, mit großen Greifzangen den glühenden Block drehen, darüber ein Gewirr von Rohren, Leitungen, Rädern, Transmissionsriemen, am Bildrand Arbeiter mit bloßem Oberkörper, ihre Schicht ist eben zu Ende gegangen, sie waschen sich, und im rechten Eck, nur durch ein zerbeultes Blech von dem glühenden Eisenblock getrennt, sitzt ein Arbeiter und schlingt aus einem Blechnapf sein Essen hinunter, eine kurze Pause, auch für die anderen, neben ihm Sitzenden; eine junge Frau, die das Essen gebracht hat, blickt den Betrachter an, hält ihm den leeren Korb entgegen. Ja, in dieser Szene liegt all das, was Marx mit der Entäußerung des Arbeiters meint, wie er zum Anhängsel der Maschinen, die er nicht besitzt, wird, wie er …

Aber da hatte sie mich schon unterbrochen. Sie fragte nach dem Verhältnis von Braun und Blau der Halle. Marx interessierte sie nicht, nicht das Gesellschaftliche, nicht die Gewerkschaft, nicht der Klassenkampf, nicht die Sozialdemokraten. Und die Farbnuancen? Man kann sie nicht beschreiben, man muss sie sehen. Ich wäre glücklich gewesen, das Bild mit ihr gemeinsam zu betrachten. Vielleicht war es der Wunsch, ja die Hoffnung, auch sie dahin zu bringen, etwas von dieser Fabrikarbeit, dieser der heilen Natur entgegengesetzten Welt der Technik, zu malen.

Und dann hatte sie mir wieder einmal eine Karte geschickt und mich in ihr Atelier eingeladen. Eine Postkarte, die sie meist mit kleinen kuriosen Details bemalte, zerquetschten Zylindern, Tortenstücken, zerschlagenen Tassen, abgebrochenen Messern.

Sie schrieb, sie brauche meinen Rat.

Ich jubelte. Ja, laut. Entschuldigen Sie bitte diese Intimitäten.

Nein, gar nicht. Erzählen Sie. Ich kann mir durchaus vorstellen, wie Ihnen zumute war.

Danke. Also – Sie können sich vorstellen, in welcher Stimmung ich zu ihr fuhr. Ich war entschlossen, sie zu fragen, ob sie meine Frau werden wolle. Meine Erbschaft, mein Verdienst, der nicht hoch war, die Sozialdemokraten bauten zu Recht auf Idealismus und nicht auf die Erwartung des Wohllebens, all das machte eine Familiengründung nicht eben leicht. Darf ich betonen, dass ich zu der Zeit nichts von ihrem Reichtum, dem Erbe, das auf sie wartete, wusste? Sie öffnete in ihrem

Malkittel die Tür, fasste mich mit einer vertraulichen Geste am Arm, führte mich in das große Zimmer mit den hohen Fenstern und schob mich vor die wieder mit einem weißen Tuch verhängte Staffelei. Vorsichtig zog sie das Tuch herunter. Das Bild war fertig, abgesehen von einer kleinen dunkelgrau grundierten Fläche, die sie, wie ich wusste, immer bis ganz zum Schluss übrig ließ. Ein hölzerner Kahn lag in einem mit Ried bedeckten Teich, darüber ein Himmel, weiß bewölkt mit einem knappen blauen Streifen, am Ufer Bäume, Büsche, ein flirrendes Lichtgrün, eine hingetupfte hochsommerliche Stille, ich stand und staunte.

Ihr Urteil bedeutet mir viel, dabei sah sie mich an, mein Herz schlug, als wäre ich die Treppe hinaufgelaufen. Ruhig, mein Herz, sagte ich mir, sei ruhig.

Das ist wunderbar. Darf ich …

Die Frage, jetzt, eine Frage, die einer Tat gleichkam, ich musste mir einen, ja, einen körperlichen Stoß geben, als ich sagte: Sehr Verehrte, wenn ich Ihnen zusehe bei der Arbeit, wie Sie sich der Staffelei, der Leinwand zuwenden, vertieft im Schauen sind, Ihren Blick, wie sie zart den Pinsel führen, tupfen, ja die Leinwand streicheln, wie daraus diese neue Schönheit eines Sees leuchtet, eine wunderbare Farbströmung, wie sodann das Rostbraun des Kahns sich vom Grüngraublau des Wassers abhebt, darf ich, muss ich, darf ich Sie etwas fragen …

Ja, sagte sie, ich weiß, das Rostbraun will so noch nicht recht zu dem Kahn passen, nicht zu dem Ufer und dem Weg, dem sandigen Graubraun. Es muss noch lichter werden, sie trat ein paar Schritte von der Staffelei zurück, betrachtete das Bild und sagte, ja, Sie haben recht, griff zum Pinsel und wusch ihn in Terpentin aus.

Wie hätte ich in dieser Situation, während sie mit dem Auswaschen des Pinsels beschäftigt war, um ihre Hand anhalten können? Später kam mir der Verdacht, dass sie das Gespräch in diese Bahn gelenkt hatte, da sie, wie soll ich sagen, schon innerlich besetzt war, denn zu der Zeit hatte ich ihn, den Freund, schon mit ihr bekannt gemacht. Und aus meiner Schüchternheit habe ich ihn, den Freund, gebeten, für mich zu erforschen, inwieweit sie eine Neigung zu mir hege. Ich weiß, es ist ein mittelalterliches Motiv, das meine Geschichte erträglich macht – der ausgeschickte Brautwerber, der dann selbst die Braut nach Hause führt.

Jedoch als ich ihn bat, war daran kein Gedanke, denn der Freund war damals ja verheiratet. Seine erste Ehe war eine Vernunftehe, auf sachliche Erwägungen gegründet. Die Ehe ist, wie Kant sagt, ein Vertrag zweier Personen verschiedenen Geschlechts zum lebenswierigen wechselseitigen Besitz ihrer Geschlechtseigenschaften.

Sicherlich war es nicht nur eine zweckmäßige Entscheidung gewesen, sondern von Sympathie, von Zuneigung und Achtung getragen, denn diese seine Ehefrau, Pauline, Schwester des Ploetz'schen Freundes Ernst Rüdin, ein Psychiater und Eugeniker, war eine erstaunliche Person, klug, zierlich, aber von einer großen Energie. Eine der ersten Ärztinnen in Deutschland und der Schweiz. Sie sollte einen so ganz anderen Weg gehen als der Freund. Im hohen Alter hat sie sich das Leben genommen.

Was war das für eine Frau?

Das mag eine Szene verdeutlichen, in Zürich 1889. Vielleicht war es neunzig? Wir, ein junges Völkchen, Studenten, Dichter, Sozialisten, Anarchisten, Revolutionäre und Träumer, saßen vor einem Restaurant, hieß es *Kropf*? Ein Tag im Sommer, heiß, später Nachmittag, und wir feierten das eben von Pauline und Ploetz bestandene Examen, ohne Alkohol, denn da hatte er, der früher so viel Bier trinken konnte, schon dem Alkohol entsagt und uns durch seine Geschichten aus der Klinik, wo die vom Alkohol Zerrütteten, die geistig Kranken dahinvegetierten, mit verpflichtet. Wir saßen also draußen, stießen mit Apfelsaft und Brause an, als ein Mann auftauchte, ein vierschrötiger, bärtiger Mann, betrunken, er pöbelte, ein Pöbeln, das sich gegen alle richtete, gegen Gott und die Welt, gewalttätig wirkte er, wie er auf die Tische zukam, groß und von brutaler Breite. Frauen, auch Männer standen auf, flohen, ja flohen in das Innere des Restaurants. Den Kellner, einen schmächtigen Italiener, der ihn vertreiben wollte, schob er beiseite, stieß einen Tisch mit Teller und Brotkorb um, stierte den Gast an, der entsetzt dasaß, Messer und Gabel in den Händen. Und in dem Augenblick stand Pauline auf, ging zu dem Wütenden und fragte etwas, er stockte, blieb stehen, wurde ruhig, sie setzte sich mit ihm an einen der freien Tische, die Gäste kehrten zu ihren Stühlen zurück. Man sah sie reden, so als habe es den Auftritt, das Gepöbel, nicht gegeben. Eine

Zeit lang saß sie mit dem Mann da, dann standen sie auf, sie gab ihm die Hand, er wischte sich die Augen und ging. Wir waren Zeugen einer wundersamen Wandlung geworden.

Was sie ihn gefragt habe, wollten wir wissen.

Kann ich Ihnen helfen? Nur diese eine Frage. Er war ein unglücklicher Mensch. Seine Frau war gestorben, und er hatte getrunken. Auch das kennzeichnet den damaligen Freund, dass er in dem Moment nicht rechthaberisch auf die Verwüstungen des Alkohols zu sprechen kam, sondern zu ihr sagte: Pauline, das war wunderbar. Willst du meine Frau werden?

Entschuldigung, ich schweife ab. Ich wollte von der Griechin erzählen, wie der verheiratete Freund, der Meister, der damals aber schon nicht mehr der Meister für mich war und auch nicht mehr der bewunderte Freund – wobei das Empfinden der Nähe durch gemeinsam Erlebtes nur sehr langsam eine vertraute Person, deren Ansichten man nicht mehr teilt, in die Ferne rücken lässt –, wie also Alfred die Griechin gewann. Er war auf mein Bitten in ihr Atelier gegangen, und ich kann, was sich dann ereignete, erzählen, als sei ich dabei gewesen. Er hat mir – vor allem aber sie hat mir, und das in aller Unschuld – von dieser Begegnung erzählt. Und ich musste mir später eingestehen, dass ich, als er noch auf dem Weg zu ihr war, schon eine bange Vorahnung gehabt hatte.

Sie wird ihm die Tür geöffnet und ihn ins Atelier geführt haben. Sie bot ihm einen Stuhl an, denselben wackeligen Stuhl, auf dem ich so oft gesessen habe.

Wahrscheinlich wird er angefangen haben, von den rachitischen Kindern zu erzählen, denen er auf dem Weg durch Moabit begegnet war. Malen Sie, sagte er zwischendurch, bitte lassen Sie sich in Ihrer Arbeit nicht stören, und redete vom fehlenden Licht in den Hinterhöfen, erwähnte die krummen Beine, die missgebildeten Rippen, die sogenannte Gänsebrust, und kam, während sie mit dem Pinsel gedankenverloren ein wenig Grün in den Vordergrund tupfte, übergangslos auf die Wichtigkeit des Stillens zu sprechen, das bei Arbeiterinnen wegen des langen Arbeitstages ebenso nachgelassen habe wie, sie deckte ein weißes Tuch über Bild und Staffelei, bei Frauen aus dem Bürgertum aus Gründen der Figur. Ja, ich sehe es, als wäre ich zugegen gewesen, vor mir, wie er energisch redend von dem wackeligen Stuhl aufsteht, wie sie in ihrem weißen Kittel, der, wären da nicht zwischen den roten ein paar blaue und grüne Flecken gewesen, auch der Kittel einer Ärztin hätte sein können, ihn überrascht ansieht, diesen kräftigen, in einen dunklen Anzug, ein weißes Hemd mit einer – damals höchst ungewöhnlichen – roten Krawatte gekleideten Mann, das volle mittelblonde Haar, das aus einer ernsten Stirn eine Welle nach oben warf, sie sieht ihm in die Augen, deren Iris sie mir später als gletscherblau beschrieb, und sagt, Sie haben recht. Ich muß erwähnen, wenn er sich so ereiferte, war daran so gar nichts Pedantisches, Rechthaberisches, was sich durchaus bei anderen Gelegenheiten zeigen konnte, sondern es war, was er sagte, von Empörung getragen, verbunden mit diesem energischen Anspruch: Das muss geändert werden. Wahrscheinlich wird ihm in dem Moment eingefallen sein, warum er gekommen war, und so fragt er unvermittelt, ob er das, was sie male, sehen dürfe, ein work in progress, wie er sagt, und als sie nickt, da geht er, wohlgemerkt er, was ich mich nie getraut hätte, zur Staffelei und hebt vorsichtig das Tuch von dem Bild.

Ein See. Das Ufer bebuscht, im Schilf ein altes Ruderboot, nicht für vergnügliche Fahrten gebaut, eher für den Gebrauch, wohl zum Fischen. Er, und so hat sie es mir, dem leider nur Vertrauten, später erzählt, und ich, obwohl gequält, fragte, um ihr meine Anteilnahme zu erweisen, auch noch nach –; er also betrachtet das Bild, und nach einem langen Nachdenken, und ich wusste, wenn er nachdenkt, ist etwas Imposantes an ihm, ein angespanntes Schweigen, das alles infrage stellen konnte, das einen warten ließ auf das, was er zu sagen hatte. Und er sagt: Das Sujet ist recht bedeutend, aber etwas ist in diesem Bild, was noch nicht im Blick ist.

Was?

Etwas Wesentliches fehlt.

Und was?

Der Kahn schwimmt.

Ein etwas ratloses Wie? kam aus ihrem Mund.

Dass Kähne schwimmen, erwartet man, sagte er. Aber was das Wesen des Kahns ist, wird erst deutlich im Mangel. Lassen Sie ihn mit Wasser volllaufen. Noch schwimmt er, aber er ist nicht mehr in Gebrauch. Ein Kahn und Nicht-mehr-Kahn. Und das Graugrün des Wassers wäre dann auch das des Kahns. Es trägt ihn noch, aber nicht mehr als Kahn. Es verweist farblich auf sein ihm zugehöriges Element.

Und da, wo ich sie bestärkt hatte, ihr sagte: Wunderbar, diese Farbkomposition, sagte er, das würde ich, wenn ich Ihnen den Rat geben darf, noch verändern.

Dann wird er das Gespräch auf mich gebracht haben, um sein Versprechen zu erfüllen. Er wird von meiner politischen Arbeit in Zürich erzählt haben, von meiner jetzigen, in der sozialdemokratischen Fraktion des Reichstags nicht ganz unbedeutenden Stellung als Referent, immerhin August Bebel zugeordnet, er wird von unserer Reise erzählt haben, wie verlässlich ich sei, und sie wird ja, ja gesagt haben, das finde sie auch, interessiert, aufrecht und – dann dieses Vernichtungswort – nett. Er wird nicht direkt angesprochen, sondern taktvoll vorsichtig erwähnt haben, wie sehr ich sie bewundere. Und je mehr er redete, desto mehr wird sie auf ihn, den Werbenden, Fragenden, aufmerksam geworden sein, es kam ihr wahrscheinlich zum ersten Mal in den Sinn, dass der, der da sprach, auf eine Möglichkeit zielte, die zwar einen anderen meinte, aber ja auch für ihn galt, so wie er sich in diesem Gespräch dessen selbst bewusst wurde, dass all dies auch für ihn gelten könnte. Er und sie, sie werden sich von diesem Moment an mit anderen Augen gesehen haben.

Als er mich traf, sagte er rücksichtsvoll, wie sympathisch sie mich finde, aber er glaube nicht an ein weiter gehendes Gefühl.

Und du?, fragte ich ihn.

Recht hübsch. Recht bedeutend. Ja, so etwas konnte er sagen.

Sie begann, das Bild zu übermalen, und ließ es schließlich liegen. Sie hat dieses Bild nicht fertig gemalt. Einige Monate später hat sie ihn geheiratet. Und auch das muss ich erwähnen, sie erzählte von ihm, und so wie sie es tat, lobend, schwärmerisch, krampfte sich mir jedes Mal mein Innerstes zusammen. Entschuldigen Sie, dass ich Ihnen derart mein Herz ausschütte.

Das ist okay. Ich habe Fotos gesehen. Auf einem ist die Familie. Wahrscheinlich eine Aufnahme in einem Fotoatelier. Ploetz steht da an einen Tisch gelehnt. Im Anzug. Elegant, würde ich sagen. Sie, die Sie die Griechin nennen, sitzt davor. Eine gut, eine sehr gut aussehende Frau. Auf dem Schoß ein kleines Mädchen. Auf dem Tisch kniet ein Junge im Matrosenanzug. Ein hübscher blonder Junge. Eine harmonische Familie. Wohlhabend. Vielleicht sogar reich.

Ja, ein stattlicher Mann, breitschultrig, streng forschend blickende blaue Augen, und er war zu der Zeit, als er sie heiratete, längst approbierter Arzt, hatte durch Vorträge und Veröffentlichungen zu Problemen der Vererbung, der Hygiene einen nicht unbedeutenden Ruf erlangt. War Redakteur einer Zeitschrift, in der er seine Ansichten über eine Auslese auch in der menschlichen Gesellschaft veröffentlichte. Er war umstritten, aber welcher Wissenschaftler, der etwas Neues finden will, ist das nicht, vor allem dann, wenn es sich um eine erst in der Profilierung befindliche Wissenschaft handelt wie damals die Eugenik. Geldsorgen hatte er nicht, hin und wieder half er mir in Berlin auf eine selbstverständliche Weise mit Einladungen zu einem Abendessen aus, denn mein Gehalt war nicht hoch, ich musste es mit Honoraren aus Veröffentlichungen und Vorträgen aufbessern. Das für mich angelegte Erbe habe ich nie für das alltägliche Leben angebrochen, und als ich es hätte tun müssen, war es durch den Bankrott der kleinen, angeblich so soliden Privatbank verschwunden. Ich hielt in der Gewerkschaft Vorträge, keine Reden, ich war kein Agitator. Das freie Reden vor Publikum war mir, anders als ihm, nicht gegeben. Ich bin ein Mann des Gesprächs. Und in den letzten Jahren gab es auch das nicht. Es war eine Zeit des Schweigens. Mit Axthelm habe ich gesprochen und mit meiner Wirtin, ihr schönes Bairisch. Sagen Sie bitte, wenn ich zu ausführlich werde. Ich habe das alles lange nur mir erzählt. Wem hätte ich es erzählen können?

Die Kaulbach-Villa

Er stand im Bad und hatte sich eben das Gesicht eingeseift, als George ihn ans Telefon rief. Hansen ging die Treppe hinunter und dachte, wie erstaunlich es doch sei, dass man noch telefonieren kann, dass immer noch gestöpselt, geschaltet wird und Impulse weitergeleitet werden, Wasser läuft aus den Hähnen, Züge kommen und gehen, wenn auch mit Verspätungen und Unterbrechungen, aber immerhin werden Signale und Weichen gestellt. Die komplizierte, ausdifferenzierte Organisation von Stadt und Land funktionierte nach wie vor. Es gab – anders als man befürchtet hatte – keine Sabotage. In Behörden, Fabriken, Krankenhäusern wurde gearbeitet.

Am Telefon sagte eine Stimme, General Patton tobe. Hansen müsse in die Kommandantur kommen. Den Grund für das Toben wollte die Stimme nicht am Telefon sagen. Man traute dem Feind noch immer alles zu, auch das Mithören.

Hansen rasierte sich weiter, schnitt sich, fluchte, betupfte die Stelle mit Höllenstein. Hatte er General Patton einen Anlass für einen Wutanfall geliefert? Womöglich die Beschlagnahmung dieses Hauses? Oder hatte sich die Besitzerin des Schlosses beschwert? Patton wurde ein gewisses Verständnis für die Nazis nachgesagt, auch hatte er seine militärische Bewunderung der Waffen-SS öffentlich gemacht. Hansen hatte General Patton nie zu Gesicht bekommen, kannte aber all die Erzählungen über diesen aus der Kavallerie kommenden Offizier. Patton hatte zuletzt die 3rd U.S.Army geführt. Seine Devise: Angreifen und durchbrechen. Erfolgreich in Sizilien, in der Normandie, beim Rheinübergang, in Thüringen. Weil er 1943 im Lazarett zwei traumatisierte Soldaten geohrfeigt hatte – cowards, lazy bums –, war der General abgesetzt, wenig später von Eisenhower wieder eingesetzt worden und war nun nach der Kapitulation Militärgouverneur von Bayern geworden. Er residierte im Haus des ehemaligen Reichspresseleiters Amann am Tegernsee. Legendär war sein vernickelter Single Action Army Revolver, ein Colt, mit dem er 1916 angeblich einen berühmten mexikanischen Revolutionär erschossen hatte.

Am Eingang der McGraw-Kaserne in der Tegernseer Landstraße, Block 10, prangte das Schild *AMG American Military Government.* Hansen fragte sich zum Büro des Generals durch, hörte, in einem kahlen Durchgangszimmer sitzend, Pattons Gebrüll. Die militärischen Chargen schlichen wie geprügelt durch den Raum.

Was war passiert? Hansen wurde zugeraunt, der General sei außer sich, weil das *American Forces Network,* das gestern, am 10. Juni, erstmals auf Sendung gegangen war, folgende Ankündigung gemacht hatte: »Good morning! This is AFN Munich, the voice of the 7th Army.« In der Nacht zuvor aber hatte Pattons 3rd Army die Kontrolle übernommen. Die verantwortlichen Redakteure wolle er vor ein Kriegsgericht stellen. Hansen dachte zunächst, das sei ein Witz, aber ein Ordonnanzoffizier sagte, No he was deadly serious. Hansen wollte wissen, warum man ihn herbeordert habe. Niemand wusste es. Er wartete, schließlich wurde er von einem Lieutenant-Colonel kurzerhand zur AFN-Redaktion befohlen. Verstanden? Yes, Sir. Kaulbachstraße. Falls Patton auf die Idee kommen sollte, dort aufzutauchen, habe er sich als Übersetzer bereitzuhalten.

Hansen bestieg seinen entfernt geparkten *Adler* und fuhr zur Kaulbachstraße, am Englischen Garten stellte er das Kabriolett ab. In der Villa, die Eingangstür von zwei dorischen Säulen gerahmt, waren die Redakteure des neu installierten Senders versammelt: zwei Sergeants, zwei Corporals und ein Mann in Uniform, aber ohne Rangabzeichen. Staff Sergeant Stefan, ein *Ritchie Boy*, legte in einem durch Glas abgetrennten Raum Platten auf. Die Männer saßen in dem holzgetäfelten Zimmer und die Stimmung war, im Gegensatz zum Hauptquartier, sehr fidel, es wurde geraucht und getrunken, eine leere Flasche Bourbon stand auf dem Redaktionstisch, eine zweite wurde eben von einem Corporal geöffnet. Hansen war über die Sorglosigkeit dieser vom Kriegsgericht bedrohten Mannschaft erstaunt. Allerdings hatte man vorsichtshalber einen Posten aufgestellt, der, falls Patton käme, dessen Ankunft signalisieren sollte. Stefan legte Countrymusik auf, die Patton angeblich liebte, und natürlich Marschmusik. *Stars and Stripes Forever* wurde gerade zum fünften Mal abgenudelt.

Hansen wurde zu einem Bourbon eingeladen. Das Kriegsgericht? Allenfalls eine Degradierung. Oder zurück nach Amerika in den Zivilberuf. Die Corporals waren Techniker, die anderen Journalisten. Sergeant Chris hatte in New York beim Rundfunk gearbeitet, der Staff Sergeant Stefan bei Zeitungen. Länger im Feindesland bleiben? Das, da waren sie sich alle einig, auch der verheiratete Corporal, wäre marvellous. Hier ließ es sich gut sein.

Nachmittags kam ein Anruf aus dem Hauptquartier, der General sei zu seinem Quartier am Tegernsee abgefahren. Willie, seinen Bullterrier, habe er mitgenommen, ein sicheres Zeichen, dass er direkt zurückfahren werde. Willie ließ er manchmal, musste er das Büro verlassen, neben dem Schreibtisch mit den Akten sitzen. My best counter-intelligence officer.

Stefan legte am Abend keine Märsche mehr auf, auch keine Countrymusik, sondern Benny Goodman, Big Bands. Sie fragten nach Hansens Wünschen, und er sagte, Duke Ellington *Black, Brown And Beige.*

Bravo, sagten sie, und er musste ihnen über seine Besuche von Jazz-Clubs in St. Louis erzählen, Eddie Randles *Blue Devils,* in dessen Band ein sehr junger Mann Trompete spiele, terrific, aber den Namen des Jungen habe er vergessen.

Nach 21 Uhr drängten fünf finnische Krankenschwestern, Lottas genannt, in die Villa. Die Finninen hatten sich vor zwei Jahren freiwillig nach Deutschland verpflichtet. Sie kamen aus dem nahe gelegenen Krankenhaus in einer Duftwolke von Kölnisch Wasser und Lysol hereingeweht. Das *Josephinum* war noch im Februar durch Brandbomben beschädigt worden. Die Mannschaft des AFN hatte beim Einbau des Studios Bretter und Wellblech abgezweigt, mit denen das Krankenhausdach abgedeckt werden sollte, was zu der innigen Verbindung führte. Es wurde getanzt. Die Schwestern hatten Wodka mitgebracht, der nach komplizierten Tauschaktionen in ihre Hände gelangt war.
Ist das gut? Wodka auf Bourbon?
Aber da wurde er ausgelacht. Who gives a damn?
Der Start von AFN München wurde gefeiert, egal, ob es der Sender der 7. oder 3. Armee war. Die Lottas waren, wie sich beim Tanzen erwies, weit trinkfester als die Soldaten, die sich bald setzten. Die Lottas tanzten miteinander weiter. Im Treppenhaus saß ein verknotetes Paar. Hansen versuchte sich vorzustellen, was passieren würde, wenn jetzt Patton mit seinem Willie auftauchte, denn der Posten war längst abgezogen worden und saß mit einem Glas Wodka im Redaktionsraum, rauchend, die Füße auf dem Tisch.

Spätnachts fuhr Hansen zum See zurück und hörte im Radio Cab Calloway und *The Jungle Band*, danach Sidney Bechet, mit schwerer Zunge angesagt von Chris, dem Sergeant, und einem Gruß an den Lieutenant Hansen. Im Hintergrund war das Kichern der Lottas zu hören. Die Landstraße war leer, hin und wieder hupte Hansen im Rhythmus der Musik, hupte laut ohne Unterbrechung, als er durch ein dunkles Dorf fuhr. Nirgendwo ging ein Licht an. Schade, dachte Hansen, wieder Stromsperre.

- 12. Juni -

Der AFN ist in der pompösen Villa des verstorbenen Gauleiters Wagner untergebracht. Ein besonders wüster Antisemit, sagte Stefan und erzählte die Geschichte der Villa. Der Maler Friedrich August Kaulbach hat sie Ende des neunzehnten Jahrhunderts bauen lassen, Decke und Wände der Loggia sind mit Grotesken bemalt. Im Vorraum hängt eine grimmig blickende Germania, eine Brunhild vor einer Feuerwand. Die Witwe des Malers hatte das Haus einer Studentenverbindung verkauft, die sie an die Stadt München abgetreten hat. Die schmucke Villa wurde der Dienstsitz des Gauleiters Wagner. Auf seine Initiative war 1933 in Dachau das KZ errichtet worden.
Stefan sagte, wenn der Gauleiter und SA-Obergruppenführer erleben könnte, wie ein deutscher Jude in seinem Arbeitszimmer Louis Armstrong auflegt – zu gern würde ich sein Gesicht sehen. Aber er, der Herrenmensch, ist 1944 gestorben, Bier, Schnaps, Zigarren, Hass und Jähzorn.

- 13. Juni -

Fuhr morgens durch Schondorf und hielt vor dem Garten eines Bauernhauses. Salat, Wurzeln, Bohnen und Lauch waren säuberlich gesetzt, aber was mich anhalten und aussteigen ließ, waren die Pfingstrosen, die Akeleien, die Tränenden Herzen und im Schatten des Holzschuppens die Feuerlilien. Ich stand an dem Zaun aus Holzlatten und sagte der Bäuerin, wie schön dieser Garten sei. Sie sagte, obwohl ich deutsch sprach, i versteh ka Englisch, ging zu einem Tisch, kam mit einer Handvoll Kirschen zurück und hielt sie mir wie eine Gabe in beiden Händen entgegen. Die ersten Kirschen in diesem Jahr. Tiefschwarze Kirschen. Ich bedankte mich, und sie sagte: Gern g'schehn.

Die Erinnerung an Bad Oldesloe, wo wir im Sommer Ferien machten. Der Kirschbaum, der mit Holzklappern vor den Staren geschützt wurde. Und doch kamen sie, schlau, fraßen und ließen es klappern.

3. Tag

Ich habe von den Geheimbünden gehört, die Ploetz gegründet hat. Wenn Sie darüber etwas sagen könnten. Ploetz hat viele Geheimbünde gegründet. Sie meinen die kommunistische Pacific-Gesellschaft? Carl und Gerhart Hauptmann, Steinmetz, Lux, Simon, Otto Pringsheim, die Breslauer Sieben. Sie alle sollten sich später einen Namen machen. Kennengelernt habe ich sie in dem Hinterzimmer der Gastwirtschaft *Goldener Karpfen* in Breslau. Zwanzig, dreißig Leute saßen da, alle jung, Studenten meist und Schüler. Er fiel sogleich auf, er zog die Aufmerksamkeit auf sich. Sein Reden brach wie nach einem inneren Stau aus ihm, die Kraft der Worte, eine Stimme, die, höchst sonderbar, beim Zuhörer Bedenken geradezu verhinderte, da sich alle Aufmerksamkeit auf den nächsten Moment richtete, wie wird diese Stimme das Gesagte erhellen, also betonen? Ich glaube, das Melos war Einsicht und Erkenntnis genug – nein –, bei meinem Vortrag wartete man auf das, was gesagt wurde, meine Sache waren Vorträge in den Bildungsvereinen der Gewerkschaft: Lohn und Profit, Fragen der Unfallversicherung, deutsche Kolonien und Arbeiterklasse, aber auch dies, mein Gebiet, über das ich geschrieben und immer wieder vorgetragen habe: sozialutopische Ideen und die Gründungen solcher Kommunen, wie sie in der Neuen Welt von Étienne Cabet und Robert Owen errichtet worden waren. Orte, die ich durch Anschauung kannte, die ich angeregt durch ihn und auch mit ihm besucht hatte.

- *unverständlich* -

Richtig. Das Kennenlernen. In Breslau hatte der Freund als Primaner oder im ersten Semester die *Reise nach Ikarien* von Étienne Cabet gelesen. Der Roman war 1840 in Frankreich erschienen und hatte eine erstaunliche Verbreitung gefunden. Auch ins Deutsche übersetzt fand er Beachtung, ja weckte Begeisterung. Es ist, das muss man betonen, wahrlich kein literarisches Kunstwerk. Endlose Wiederholungen, und die Beschreibungen von Landschaft und Menschen sind von trockener Unbeholfenheit, alles brav und anständig und vernünftig, keine Exzesse, keine großen Gefühle, aber – und das verzauberte uns – es geht darin um eine utopische Gemeinschaft, einen Zukunftsentwurf, ein neues Zusammenleben, und daran entzündete sich unsere Fantasie. Der Freund trug diese langweilige Romanhandlung mit einem Feuer vor, die alle Zuhörer, auch mich, in Bann schlug. Er war das Haupt dieser kleinen, höchst elitären Gesellschaft. Eine juvenile Begeisterung ging von ihnen allen aus. Aber anders als Gerhart Hauptmann oder, noch auffallender, dessen Bruder Carl wirkte er nie naiv oder großsprecherisch. Carl Hauptmann, Gründungsmitglied der Gesellschaft

Pacific, konnte sich in ellenlangen Monologen ergehen, erklärte einem, traf man ihn, jedes Mal von Neuem die Welt. Zuhören war ihm fremd. Das Fragen auch. Ein Rechthaber. Ein Wichtigtuer, mit einer Moquerie über alles und jedes, nur nicht über sich selbst. Aufmerksam wurde er erst dann, wenn er jungen Frauen mit erwartbarer Erbschaft gegenübersaß. Ich bin ihm gegenüber mit meinem scharfen Urteil ein wenig ungerecht, vielleicht spielt auch eine frühe Eifersucht mit hinein, denn Carl Hauptmann war der älteste Freund von Alfred Ploetz. Er war sein Gegenteil. Carl hatte nicht den Ernst, nicht dessen uneitles Auftreten, nicht diese zündende Begeisterung und vor allem nicht diese durch gedankliche Arbeit gewonnene Glaubwürdigkeit, mit der Ploetz seine Botschaften verkündete.

Sie wollten von Cabets Plan erzählen.

Ja, von der Gründung einer kommunistischen Gemeinschaft, in der Gleichheit, Freiheit und Brüderlichkeit herrschen, und zwar nicht irgendwann, sondern sofort, im Hier und Jetzt. Am Schluss der *Reise nach Ikarien* steht ein Aufruf zur Auswanderung nach Amerika. Es ist die Aufforderung, die Reise sofort anzutreten. Diese ikarische Gesellschaft war christlich grundiert. Eine Art Ursozialismus. Allerdings kam er nicht von Herzen. Cabet war ein Verehrer Descartes', die ideale Gesellschaft war rational entworfen und gegliedert. Der junge Ploetz, der kämpferischer Atheist war, hauchte dieser trockenen Utopie jedoch etwas Messianisches ein, ja – er predigte. Ich war neunzehn Jahre alt, als ich ihn zum ersten Mal in einer Versammlung reden hörte.

So muss Ezechiel geredet haben: Wenn Gott nicht ist – und Gott ist nicht –, so sind wir Gott. Dergleichen konnte er mit großem Ernst und voller Inbrunst sagen. Es werde Gerechtigkeit. So lernte ich ihn kennen. Bis heute habe ich diesen Revolutionär vor Augen. Es war für mich eine Erweckung. Ich hörte ihn und folgte ihm. Ich bin Kommunist, sagte der junge Mann dort vorn in dem kleinen Saal, in dem ungefähr dreißig Studenten und Schüler saßen. Er fuhr sich mit der Rechten durch das widerborstige blonde Haar: Gleich geboren wird der Mensch, wir jedoch sind ungleich in der Gesellschaft mit anderen. Dieser wird mit einem goldenen Löffel im Mund geboren, jener im Dunkel eines feuchten Kellers. Jener isst Pasteten, dieser verschimmeltes Brot. Warum müssen die einen für die anderen arbeiten? Der eine sitzt am gedeckten Tisch und lässt sich Speis und Trank auftragen. Der andere steht frühmorgens auf, macht Feuer, kocht Kaffee, trägt Brot und Gebäck aus und wird selbst nicht satt. Isst heimlich die Reste des üppigen Mahls. Kann das sein unter Schwestern und Brüdern der Natur? Man sagt, dieser hat es verdient, weil er mehr Verstand hat als jener, aber hat jener seinen Verstand je schulen können? Dieser hat das Hirn eines Kalbs, aber ihm kommt ein Erbe zu. Wer hat den Reichtum erarbeitet? Und wer erbt ihn? Ist es brüderlich, den anderen für sich arbeiten zu lassen, um selbst dem Nichtstun zu frönen? Jeder, der sich die Schuhe putzen lässt, verletzt das Gesetz der Brüderlichkeit, du bist mein Bruder und du meine Schwester, denn auch das ist gewiss, dass Mann und Frau gleich sind, gleichgestellt sein sollen, gleiche Rechte haben müssen. Und wie erst diejenigen, die ihr Leben lang arbeiten, die Weber, hier in Schlesien, die zu Hause sitzen an den Webstühlen, bei schlechtem Licht, und weben, die Frauen, die Kinder, sie sitzen mit krummen Rücken und weben, stehen morgens auf, eine Brotsuppe, die erwärmt wird auf dem gesammelten Holz, erwärmt, damit man etwas in den Magen bekommt, die Kinder, barfuß, auch im Winter, reißen die Wolle, sitzen mit sieben Jahren am Webstuhl. Wie die Väter. Sie sind frei, sagt der Fabrikherr. Sie müssen ja nicht dieser Arbeit nachgehen. Aber welche Freiheit bliebe ihnen?, frage ich. Sie sind frei zum Verhungern. Und dann wird der Stoff abgeliefert und der Fabrikherr steht da im pelzgefütterten Mantel und beobachtet, wie sein Verwalter das Tuch prüft.

Ploetz konnte kleine Dialoge wie im Theater einflechten, durchaus mit unterschiedlichem Timbre und mit dialektalen Anklängen.

Da sind Ziehfäden, sagt der Verwalter. Das ist Pfusch.

Gestatten Sie, das ist …

Ich gestatte nicht. Da sind Ziehfäden.

Doch bitte – nur wenige, die …

Wenige? Minderwertige Arbeit. Wenn Sie nicht wollen, können Sie ja gehen. Und der Mann sagt, Nein, nicht, nicht. Frau und Kinder zu Hause.

Uns interessiert Ihre Arbeit, nicht Ihre Kinder.

Der Fabrikherr steht daneben und sagt Ja und Nein, und der vereinbarte Preis wird gekürzt. Und der Weber geht heim, hungrig und verzweifelt, und sie gehen in die Wirtschaft und trinken und trinken. Und kommen nach Hause, ich habe sie gesehen, kommen in den dunklen Gang, stehen da, Augen blutunterlaufen, finster, zum Fürchten finster, das Gesicht zur Maske erstarrt, und die Frau fragt voller Angst nach Geld, weil Brot gekauft werden muss und Milch und etwas Fett, und weint, und da überkommen ihn die Wut und der Hass, Hass auf sich selbst, weil er zurückgesetzt worden ist, weil er hat bitten müssen, ja betteln, und als die Frau sagt, nur noch ein Brotkanten, die Kinder haben Hunger, und weil sie das schreit, schlägt er die weinende Frau, schlägt die weinenden Kinder, will sich aber selbst schlagen, brüllt, wankt und torkelt und legt sich hin und schnarcht. In Angst leben sie, in Schrecken, in der Ungewissheit, ob der Fabrikherr sagt: Deine Arbeit will ich nicht, du bist zu nichts nütze. Du bist überflüssig.

Das ist das Fürchterlichste – überflüssig zu sein.

Und den Kranken sagt der Fabrikherr, wer nicht arbeitet, wer nicht abliefert, der ist selbst schuld. Ich nehme den Nächsten und der Nächste ist der Beste, denn es gibt immer wieder einen anderen Nächsten. Sie arbeiten und hungern. Kinder sterben, und dreihundert Schritt weiter tafelt der Fabrikherr, isst Goldfasanenbrüstchen, getrüffelte Gänseleber, trinkt Champagner, schlürft die Fasanenbouillon. Und tut es ohne Scham. Es ist eine Schande. Not und Überfluss, Habgier und Ehrgeiz, Eifersucht sowie Hass, Zwietracht und Streit sind das Elend, unter dem nicht nur die Einzelnen leiden, sondern ganze Nationen. Ich bin Kommunist aus

Überzeugung und durch das Studium von Étienne Cabet, und ich bin bereit, mein Leben dafür hinzugeben, für meine soziale und politische Überzeugung.

- *unverständlich* -

Er hätte ein bedeutender Arbeiterführer werden können, wäre nicht die Unrast gewesen, die ihn umtrieb, und vor allem dieser Drang, zu forschen, die Welt zu erkennen und vor allem sie zu verändern, denn …

Die Leute auf dem Schloss sagen, er war kein Kommunist …

Unsinn. Er war Kommunist, damals, auch wenn er das später in Abrede stellte, umdeutete, als eine Jugendsünde hinstellen wollte. Nein, er war ein entschiedener Verfechter eines Kommunismus, der nicht darauf warten wollte, bis die neue Gesellschaft nach den Gesetzen der Ökonomie und des Klassenkampfes käme, wie es Marx sah, wie es Bebel sah, sondern sie sollte jetzt und hier erreicht werden. Sofort. Er zitierte Étienne Cabet, man komme nicht umhin, die Klassen abzuschaffen. Seit Beginn der Menschengeschichte gebe es zwei Klassen, sagt Cabet, die eine bestehe aus den Fleißigen, Mäßigen, die andere aus den Trägen, Unmäßigen. Hier, ich habe Ihnen das Zitat herausgesucht: *Jene hat die Erfindungen gemacht, diese hat sie genossen; jene hat produziert, diese hat konsumiert. Der Müßiggänger hat den Arbeitsamen geplündert und plündert ihn täglich, der Vergeuder quetscht den Sparsamen aus.*

Und wie ist es erst, wenn sich durch die Industrie die Produktivität steigert, wenn wenigen Besitzenden viele Nichtbesitzende gegenüberstehen, hier die Besitzbür-

ger, dort die Arbeiter? Die einen vor den anderen durch Militär und Polizei geschützt. Und nur wer gleichgültig ist, wer ohne Gewissen, wer selbstsüchtig ist, kann das ungerührt dulden. Solidarität. Alle für einen und einer für alle.
Entschuldigung, sagt das nicht auch Hitler?
Nein, nein, der sagt, der Einzelne ist nichts, das Volk ist alles. Cabet also sagt: Alle für einen und einer für alle, denn alle sind gleich. Das sagt Cabet. Engels hält Cabet für einen Träumer. Auch Marx machte sich über ihn lustig. Einer dieser luftigen Utopisten. Nett und freundlich, aber allzu gläubig. Falsch. Nein, Cabet ist viel radikaler.
Radikaler?
Ja. Eine Gesellschaft muss gebildet werden, die den Menschen, der ein so Besonderes unter den Lebewesen ist, neu denkt. Auch wenn diese neue Gesellschaft klein sein mag, so ist sie doch vorbildlich in ihrem Zusammenleben, ohne Neid und Missgunst, sie kann ausstrahlen, kann der Kern eines anderen, gemeinsamen, gleichen Lebens werden. Kann zu einer Bewegung werden, die mehr und mehr Menschen ergreift. So redete Ploetz. Auch darum kämpfen wir, das Tierische hinter uns zu lassen, uns nach oben zu entwickeln, der Wille, dass wir größer, reicher, entschiedener werden. Auch in der Erscheinung. Dieses griechische Bild von uns, die blaue Iris, die in sich trägt die Farbe des Himmels, nicht wie die erdbraunen Augen, mit denen uns auch die Tiere ansehen. Gerechtigkeit und Schönheit.

Das war sein Vortrag in Breslau, ich hörte ihn und folgte ihm. Auch wenn mich dieser Vergleich mit den Tieraugen störte, da, wie Sie sehen, meine Iris braun ist. Ja, ich fühlte mich von diesem Vergleich irritiert. Es war aus heutiger Sicht wahrscheinlich die erste winzige Irritation. Ich achtete ihrer nicht und sprach ihn am selben Abend an. Freundlich wandte er sich mir zu. Fragte, was ich tue. Eben das Abitur gemacht und an der Universität für Medizin eingeschrieben. Die Medizin fehlt in unserem Kreis, sagte er, wir brauchen Sie. Und dann wiederholte er den Satz in einer kleinen, aber mich ergreifenden Abwandlung: Wir brauchen dich.

Ich fühlte mich erhört und erwählt. Wie Matthäus stand ich auf und folgte ihm. Bewundernswert, wie er, der Ökonomie studierte, arbeitete, diskutierte und in interessierten Kreisen redete. Ich wurde, so kann ich es sagen, sein Schüler. Es ist ein Alter, in dem man sich für jede über das Gewöhnliche hinausführende Idee begeistert, zumal wenn sie nach Gerechtigkeit verlangt, denn nichts ist so schnell offenkundig wie die Ungleichheit. Die Jugend, Gerechtigkeit einklagend, findet damit ihre Würde in sich selbst.

Etwas Radikales war an diesem jungen Revolutionär, das sich auf alle Bereiche erstreckte, auf Erkenntnis wie auch auf Alltägliches. Er stellte das Gewöhnliche infrage – die Normalität. Auch selbstverständliche Bedürfnisse. Er ging so weit, sich den Schlaf abgewöhnen zu wollen. Der Schlaf war für ihn etwas Animalisches. Er hielt von der geistigen Arbeit ab. Keineswegs wirkte er wie ein Stubenhocker. Wie andere, die schon in der

Jugend Philister waren, zu Hause saßen und lasen und studierten und sich nie herausgewagt haben. Im Gegenteil, dieser athletische junge Mann schaufelte zwar das Wissen in sich hinein, Ökonomie, Zoologie, Biologie, auch Chemie, zugleich aber wanderte er, schwamm, fuhr auf dem Hochrad ein Rennen in Breslau. Bewundernswert, wie er auf dieses Rad stieg und losfuhr und das Rennen gewann. Er hatte sich an der Universität für Stochastik eingeschrieben. Was ihn schon als Student beschäftigte, war die Wahrscheinlichkeitsdichte und die Verteilungsfunktion. Andere, die bösen Zungen der Neider, die sich bei ungewöhnlichen Menschen stets regen, sprachen schon damals von seiner Fortpflanzungsmarotte. Ihn, der Darwin, der Haeckel, der die Materialisten gelesen hatte, interessierte die Vererbung. Wahrscheinlich hat die Kaninchenzucht des Hausmeisters in der kleinen Fabrik, der sein Vater vorstand, bei dem Jungen das Interesse geweckt. Der Vater betrieb in Swinemünde eine Seifensiederei, in der auch Duftseifen nach einer französischen Rezeptur hergestellt wurden. Wobei die »Swinemünder Fliederseife« in Pommern einen guten Klang hatte, auch wenn das Wort Swin nicht so recht zum Flieder passen mag. Der Vater bürgte für einen Freund, der dann aber fallierte, und so musste die Fabrik, die man sich nicht sehr groß vorstellen darf, verkauft werden, um die Gläubiger des Freundes zu bedienen.

Wenn ich recht verstehe, war der Vater durch einen Zufall, also wegen, sagen wir, Gutgläubigkeit, mittellos geworden?

Richtig. Ich wollte sagen, dass ihn der Zufall beschäftigte. Was ist Zufall, was notwendig, oder worin liegt das, was man notwendig nennt? Wie stellt sich das in der Natur dar? Gibt es zum Beispiel ein Gesetz, das die Vererbung steuert, weshalb in Kriegszeiten, wenn junge Männer weit häufiger sterben, mehr Knaben geboren werden als in Friedenszeiten, in denen mehr Mädchen zur Welt kommen? Sind solche Naturgesetze erkennbar und dann auch anwendbar? Er saß in einer kleinen Kammer, ähnlich der meinen hier, ein Bett, ein Stuhl vor dem schmalen Fenster, dort saß er mit dem Blick in einen Hinterhof, in dem ein Birnbaum stand, alt, ein mächtiger Stamm, aber im Frühjahr immer noch überschäumend blühend. Ich saß auf seinem Bett und hörte ihn von der Natur reden, die rechnet, auf eine noch nicht geklärte Weise, man muss nur sehen, wie geschickt sich die Arten anpassen. Damals hatte er gerade mit dem Versuch begonnen, sich den Schlaf abzugewöhnen. Hatte sein Schlafpensum nach fünf, vier schließlich auf zwei Stunden reduziert. Er hatte eine wahrhaft robuste Konstitution. Dann, nach zwei Wochen, war es seiner Zimmerwirtin nicht mehr gelungen, ihn, wie aufgetragen, aus dem Schlaf zu schütteln. Sein Schlaf war totenähnlich. Und die erschrockene Frau rief nach mir. Auch mir gelang es nicht, ihn aus Morpheus' Armen zu befreien. Einmal bewegte sich kurz das rechte Lid, und man sah etwas Blau. Ich war im ersten Semester Medizin, also ahnungslos, aber der gesunde Menschenverstand sagte mir, dass sich sein Körper den verweigerten Schlaf einfach zurückholte. Er schlief zwanzig lange Stunden durch. Danach erreichte er immer noch ein heroisches Maß des Wachseins, das ihm die Möglichkeit gab, diese Masse an Stoff aufzusaugen und umzusetzen, und ich würde sagen aus heutiger Sicht, es war ein Verhängnis, dass er als Junge, in diesem so sensiblen Alter, *Kampf um Rom* gelesen hatte, dieser nach Erkenntnis Strebende war zugleich erfüllt von dem Wunsch nach Stärke, Lebendigkeit, nach strotzender Gesundheit, mit der er selbst gesegnet war, einer, der trank und kotzte und sagte, das nächste Bier bitte, der dann, bezeichnend genug, später ins andere Extrem fiel, in Zürich zum strengen Antialkoholiker wurde. Aber in Breslau trank er in einer Studentenverbindung wie ein Berserker. Während ich, zu einem Abend gebeten, an dem neue Füchse geworben werden sollten, mir einen Kaffee bestellte und daraufhin nicht wieder eingeladen wurde. Und er geriet auch sogleich in Händel. Ein Student in Couleur hatte ihn angerempelt, versehentlich, vielleicht auch nicht. Bei den schlagenden Verbindungen gab es genug Aspiranten, die auf eine scharfe Mensur drängten. Er hatte, durchaus gutwillig, hoppla gesagt, woraufhin der Mann, vom Wuchs ihm ebenbürtig, ein Mann von kräftiger Statur mit auffallend groben, großen Zähnen, sich ihm in den Weg stellte: Was haben Sie da gesagt?

Und er, der Freund, wiederholte gutmütig: hoppla.

Hoppla? Sind wir hier im Zirkus?

Was haben Sie gegen den Zirkus? Wobei er das Sie sehr scharf betonte und damit hervorhob.

Ich fordere Genugtuung, sagte der Corporierte, der

schon zwei Schmisse im Gesicht hatte, offensichtlich ein Schläger war.

Schläger?

Einer, der viele Mensuren geschlagen hat. Genugtuung? Können Sie haben, sagte der Freund.

Nicht gleich, aber am nächsten Tag, als er wieder nüchtern war, bedrängte ich den Freund, diesen doch lächerlichen Vorfall mit einer förmlichen Erklärung aus der Welt zu schaffen. Er könne einfach erklären, dass dieses Hoppla nicht aus der Sprache des Hippodroms oder Zirkus stamme. Sag einfach, es sei in Pommern gewöhnlicher Sprachgebrauch.

Nein, sagte er, der Mann hat ein Pferdegebiss, und Pferden gibt man keine Erklärungen.

Tatsächlich entsprang dieses Störrische, dieses Sich-Stellen, das Nicht-kneifen-Wollen, seinem Charakter, aber sicherlich auch der erwähnten Lektüre aus Schülertagen: *Ein Kampf um Rom.* Ja, Romanlektüre kann bilden, aber auch ziemlich Exaltiertes in die Welt bringen. Er wollte sich stellen. Ich schlage mich. Eine Woche lang nahm er Unterricht bei einem Fechtlehrer. Sein Gegner war, wie ich in Erfahrung gebracht hatte, tatsächlich ein geübter Schläger, also Fechter.

An einem Freitagabend traten sie an. Auf dem Paukboden der Marcomannia. Mit dem Wahlspruch: Honestis honorem, fidelibus fidem, violentis vim.

Ich war als Katholik, damals noch nicht aus der Kirche ausgetreten, und aus republikanischer und später sozialistischer Gesinnung ein entschiedener Gegner der Mensur. Auch das stumpfsinnige Biertrinken widerstrebte mir. Vor allem aber fürchtete ich um den Freund. Und von diesem Schläger wurde erzählt, dass er seinen Gegnern in den ungeschützten Mensuren sogar Ohren, Nasen abgeschlagen habe. Blut würde fließen. Ich mag kein Blut sehen. Ein Grund übrigens – wenn auch nicht der entscheidende –, warum ich später im ersten klinischen Semester die Medizin aufgegeben habe und zur Ökonomie gewechselt bin. Und schon gar nicht mag ich Blut sehen, das unnötig vergossen wird.

Ich bin nicht zu dem Duell gegangen. Ich habe mir von dieser Mensur erzählen lassen und dann doch ein wenig bereut, nicht mitgekommen zu sein, denn er hat diesem Schläger gleich in der zweiten Runde mit einer Steilen Quart ein Ohr, ich glaube das linke, abgeschlagen. Die Sekundanten krochen, das Stückchen Fleisch suchend, auf dem Boden umher. Es wurde nicht gefunden. Später behauptete ein Sekundant, eine Katze sei im Raum gewesen. Nun ja, das sind so Verbindungsgeschichten.

Jedenfalls soll der Freund nach dem zur Abfuhr führenden Schlag hoppla gesagt haben. Sein Kontrahent war ob des fehlenden Ohrs derart benommen, dass er die Unverschämtheit nicht wahrnahm. Die Sekundanten einigten sich schnell darauf, es sei kein Hoppla, sondern ein Weg da gewesen. Sonst hätte der Freund den nächsten Gang mit einem der anwesenden Corpsbrüder schlagen müssen.

Du hattest recht, hat er später gesagt, es war eine Dummheit. Aber man muss bestimmte Dummheiten einmal gemacht haben, um sie dann als bodenlose Dummheiten zu erkennen.

Können wir nochmals zu diesem Geheimbund kommen. Was war der genaue Plan dieser Pacific-Gesellschaft? Was hatte es mit dem Pazifik zu tun?

Pacific schrieb sich mit c. Es sollte Frieden bedeuten. Weltfrieden. Menschheitsfrieden. Der Garten Eden. Verstehen Sie? Die Sieben waren nicht eben bescheiden. Ein Aufbruch, ja, staunenswert. Sie, die einen Bund gründeten, einen Bund für eine neue Gesellschaft, eine Gesellschaft, die auf Gleichheit beruhen sollte, auf sozialem Frieden, auf Wissenschaft und einer neuen höheren Kultur. *Voyage en Icarie.* Cabet hatte 1848 mit Gefolgsleuten in den USA Land erworben und eine Kommune gründen lassen. Was erstaunlich ist, wie früh Cabet die Bedeutung der Industrialisierung erkannt hat. Wie sie durch Maschinen zu einer Reduktion der physischen Arbeit führt, zugleich die Produktivität steigert und damit die Wertschöpfung erhöht. All das, was auch Marx untersucht hat. Nur dass bei ihm, Marx, der entscheidende Faktor der Wertschöpfung die menschliche Arbeitskraft ist. Während bei Cabet die Maschinen zum Wohlstand beitragen, nicht nur, indem sie die Last der Arbeit erleichtern, sondern durch Zeitersparnis eine Erweiterung der Produktion und damit einen Zuwachs an Produkten ermöglichen, also Reichtum schaffen, gleichzeitig die arbeitsfreie Zeit erhöhen.

- unverständlich -

Entschuldigen Sie, ich habe mich ein wenig in der Theorie verloren. Ich wollte nur sagen: Die tägliche Arbeitszeit ist in Ikarien – und das ist der utopische Gedanke, der ja zur Wirklichkeit drängt – nur noch sechs

Stunden lang. Dieses Versprechen, die überflüssige, blinde, allein dem Profit geschuldete Produktion auf das notwendige Maß der Bedürfnisse auszurichten und durch eine gerechte und vernünftigere Arbeitsverteilung ein Mehr an selbstbestimmter freier Zeit zu erlangen, ist das Agens der Ikarischen Theorie. Agens in der Bedeutung …

Danke. Ich weiß, das Handelnde, Bewegende. Auch in Amerika kann man sein Latinum machen.

Entschuldigung.

Okay. Aber wer waren noch mal diese Sieben?

Ja. Alfred Ploetz war in dieser auf sieben Mitglieder angewachsenen Gesellschaft zum Präsidenten ernannt worden. Man sieht allein daran, dass er die treibende Kraft war. Gerhart Hauptmann fungierte als Minister für Kultur und Carl Hauptmann als Minister für Wissenschaft. Ganz wichtig: Charles Steinmetz als Minister für Elektrizität und Mechanik, also Technik. Die anderen Mitglieder, nämlich Heinrich Lux, der spätere Sozialdemokrat, und Ferdinand Simon, der spätere Schwiegersohn von Bebel, waren Minister ohne Geschäftsbereich. Und ich war das einzige einfache Mitglied. Sie haben Posten verteilt, die Idee war groß, diese Idee, dass es eine Gesellschaft geben müsse, die beides vereint, die soziale Gerechtigkeit und die Weiter- und Höherentwicklung der Menschen. Es wäre ein pueriles Unternehmen geblieben, eine Art Rasselbande des Größenwahns, wenn die Mitglieder später nicht ihre Bedeutung in der Geschichte bekommen hätten, mit guten wie mit höchst problematischen, ja katastrophalen Folgen.

Diese Ikarier sind Kommunisten? Räuspern. Dann Unverständliches.

Die Ikarische Gemeinschaft ist egalitär. Privater Besitz ist abgeschafft. Der Grundriss der Hauptstadt Ikar, den Cabet entwickelt hat, ist nach strikt geometrischer Maßgabe entworfen worden. Errichtet nach einem *Superplan*, der nicht nur ihre Fläche auf einen fast vollkommenen Kreis festlegt, sondern auch den Lauf des Flusses zu einer geraden Linie verändert und ihn zwischen zwei Wälle einbettet. Im Zentrum der Stadt verzweigt sich der Fluss in zwei Arme, zwischen denen eine runde Insel liegt. Ikarien ist symmetrisch angeordnet. Alle Straßen sind gerade und breit. Fünfzig Hauptstraßen durchqueren die Stadt parallel zum Fluss und fünfzig im rechten Winkel dazu. Zwischen den Straßen sind Plätze und hinter den Häusern Gärten, die von den Familien, denen sie zugeordnet sind, kultiviert werden. Auch die Kreatur hat in diesem Idealstaat ihren Platz, schmückend laufen Pfaue umher – das ist die exotische Beimischung, die Cabet gewährt – und es gibt Nutztiere. Wobei, und das ist das Schöne dieser Vorstellung Cabets, diese nicht gequält und möglichst frei gehalten werden sollen. Auch sollen sie nicht unnötig ausgebeutet oder getötet werden.

Ist das nicht alles etwas sehr, wie soll ich sagen, clean? Ich komme ja aus einem Land der Karrees und großen geraden Straßen und finde hier, wie beispielsweise in Coburg, das Verwinkelte, Verbaute, auch Krumme, sehr belebend. Dagegen die Symmetrie. Die hat doch immer etwas Langweiliges.

Sicherlich. Aber damals war es eine Befreiung. Diese Weite, der Anspruch auf Licht und Luft, waren ein Gegenentwurf zu den noch mittelalterlich verwinkelten Städten, deren quetschende lichtlose Enge voller Schmutz und Ratten war. Cabets Plan versprach Offenheit, Licht, Gesundheit. Klarheit im Geist wie im Leben. Allen utopischen Gesellschaften ist das eigen, sie sind dem Rationalen, Konstruierten, der Mathematik verpflichtet. Sie versuchen, das Chaotische der individuellen Neigungen, Lüste, der unberechenbaren Affekte zu regulieren. Das Kleinmütige, Gehässige, Geizige, all das siedelt in den Emotionen, behindert ein vernünftiges Leben, fördert ein Zusammenleben, das immer wieder zu Hass, Gewalt führt, zwischen Einzelnen wie unter Völkern. Die Gleichheit, die wir messen können, wird durch die Ungleichheit der Eigenschaften infrage gestellt, in der Gesellschaft durch Eitelkeit, Geltungssucht, Eigennutz gestört. Entschuldigen Sie, jetzt falle ich in alte Zeiten zurück und fange an zu agitieren. Ich will nur sagen: Cabet hatte sich von Campanella inspirieren lassen, wenn er schreibt, die Ikarier wollen durch Züchtung nicht nur das Tier- und Pflanzenreich, sondern auch die biologische Substanz des Menschen ›veredeln‹. Ja, Cabet hatte, wie der Freund, Thomas Morus und Tommaso Campanella gelesen.

Ich darf sagen, hinsichtlich dieser Idee der Veredelung war ich schon damals ein wenig skeptisch. Man mag den Menschen durch Bildung, Herzens- wie Geistesbildung, bessern. Aber durch Züchtung? In der Züchtung steckt das Wort Züchtigung. Das Schwache, Abweichende muss bekämpft, muss ausgemerzt werden. Die Sieben – es waren später an die zwanzig Pacificer – waren begeisterte Anhänger Darwins. Der Mensch nicht mehr als Schöpfung Gottes, sondern das Resultat eines Naturgesetzes: der Evolution. The struggle for life. Die natürliche Selektion als Mechanismus der Evolution. Diese Theorie pustete allen metaphysischen Qualm weg. Man ist nicht der aus göttlicher Hand geformte Lehmkloß, sondern Ergebnis der Natur. Waren nicht deren Gesetze auch auf uns und von uns, dem selbstbewussten Homo sapiens, anwendbar? Waren Korrekturen möglich? Auch Verbesserungen? Das hat damals so viele begeistert und eben auch die Pacificer, ja, ja, auch mich. Und er, der Freund, glaubte später den Schlüssel gefunden zu haben, um das Gesellschaftsgeschehen nach Naturgesetzen zu regeln. Wir haben den Schlüssel für die Naturgesetze in der Hand, rief er aus. Die Weltformel. Alles ist machbar. Der Mensch konnte sich selbst bestimmen durch die Naturwissenschaft. In Zürich, als er Medizin bei August Forel, dem Arzt und Ameisenforscher, studierte, kam er oft in mein Zimmer gestürzt und berichtete von den märchenhaften Fortschritten in der Chirurgie oder Bakteriologie. Überhaupt werde man bald von den Geißeln der Menschheit, den Seuchen, befreit sein, sie nur noch aus Sagen und von muhmenhaften Erzählungen kennen. Diphtherie, Blattern, Cholera, Lues würden binnen Kurzem ausgestorben sein, ebenso die Tuberkulose, die damals so schrecklich weit verbreitet war. Man sei den Erregern all dieser Übel auf der Spur, weshalb ihre Schreckens-

tage gezählt seien. Nur eben über die Schizophrenie, darüber wusste man nichts. Nichts von den Geisteskrankheiten. Das war empörend.
Diese berserkerhafte Begeisterung, deren Beglaubigung in seinem Wissen, in seinem geradezu übermenschlichen Arbeitspensum lag. Man muss den Menschen zum Höheren bilden! Er trug als Student stets *Die neue Sittenverbesserung durch die ikarische Gemeinschaft* in der Tasche seines dunklen Rocks. Ein schmales, etwas zerfleddertes Heftchen, in dem Cabets *Zwölf Briefe* – man beachte die Zahl zwölf – versammelt waren, die er zur Bildung und Erziehung des Menschengeschlechts geschrieben hatte. Eine Gemeinschaft, die in sich die ideale Gesellschaft sein würde. Ein anderes, ein wahres Leben, in dem Brüderlichkeit und Gleichheit das Glück aller sein sollten. Eine Gemeinschaft mit einem feinen Empfinden für Benachteiligung, Ausbeutung, Zurücksetzung und Unterdrückung. Was Wunder, dass sich diese Begeisterung auf junge Menschen übertrug, auch auf mich, nicht nur der Freund, sondern auch das Fach Medizin versprach, helfen zu können, die blinde Allgewalt der Natur in den Griff zu bekommen. Auch darum, aber auch auf Wunsch des Vaters habe ich nach dem Abeundi vom Breslauer Magdalenäum das Medizinstudium aufgenommen. Ja, es war auch der Wunsch des Vaters, der eine kleine Fabrik zur Herstellung von Dörrgemüse aufgebaut hatte. Diese Begeisterung für die Naturwissenschaft und Technik fand sich überdies bei Charles Proteus Steinmetz, Student der Elektrotech-

nik, er gehörte ebenso zu den sieben Pacificern. Das Geheimbündlerische lag dem Freund, all den anderen, und ich will gestehen, auch mir. Es war allerdings nicht nur eine Marotte, sondern die Gruppe musste sich geheim treffen, da Bismarcks Sozialistengesetze staatskritische Versammlungen verboten. Der Freund, Magister genannt, war damals natürlich noch kein Magister oder gar Doktor, sondern Student der Ökonomie. Sie alle verstanden sich als Sozialisten, aber insbesondere Steinmetz hatte Marx und Engels gelesen. Er war wie sein Vater von minderem Wuchs, hatte einen Buckel, bewegte sich aber behände, ein wenig mit den Armen rudernd, in der Hand eine Aktentasche, die links getragen, so schien es, ihn allmählich so schief zu Boden gezogen und den Buckel gebildet hatte. Ja, er war verwachsen. Dieser Steinmetz war ein Genie der Technik und davon überzeugt, die Menschheit könne mittels des Fortschritts in den Wissenschaften, vor allem in der Technik, gerechter, gleicher, friedlicher werden, ein Besessener, auch er ein besessener Arbeiter, der sich später mit Theorien zum Wechselstrom beschäftigen und eine Schaltung erfinden sollte, die für immer seinen Namen trägt, die Steinmetz-Schaltung. Allein seine Erscheinung hätte dem Freund, diesem Gesundheitsfanatiker mit seinem bärtig-grimmigen Germanenfaible, zu denken geben müssen. Dieser Unsinn vom mens sana in corpore sano, den auch mein Geschichtslehrer Schaper uns Primanern gepredigt hatte, Schaper war übrigens wegen seiner Extremplattfüße von der preußischen Armee ausgemustert worden. Diesen Gesundheitswahn widerlegte Steinmetz mit seiner Existenz. Auch durch seine Erscheinung, durch sein schönes, gedankenschweres Haupt, das auf den Schultern zu ruhen schien. Heydrich hingegen, gestatten Sie mir diesen Sprung, Heydrich, den ich einmal in München erlebt habe, in einer Fechtschule, nicht etwa, weil ich gefochten hätte, sondern weil ich dorthin während meines schweren Urlaubs als Putzkraft unter Bewachung ausgeliehen worden war und den Schweiß der Tüchtigen, Starken, vom Boden, genannt die Planche, aufwischen musste, dieser Heydrich, damals stellvertretender Polizeipräsident Bayerns, war ein extrem gesunder, sportlicher Mann, hochgewachsen, aber will man seinen Geist gesund nennen? Sicherlich war er gesund, wenn man damit meint, dass er gut organisieren und rechnen konnte, aber ist nicht vom Verstand mehr zu verlangen als nur das Rechnerische und Organisatorische? Ist nicht dieses Zerstörerische, dieses Grundböse, dieser Superioritätswahn – die Zunge bleibt daran hängen – Ausdruck einer Geisteskrankheit? Ist nicht die Empathie gefordert, das, was dem Menschen dienlich ist, ihm Erleichterung und Erweiterung bringt? Und zwar allen gleichermaßen. Ebendas leistete dieser seelenvoll technische Mann, Steinmetz, mit seinen wissenschaftlichen Erfindungen als Ingenieur und als Sozialist in seiner politischen Arbeit in der Gemeinschaft, ein wahrhaft gesunder Mensch, weil Menschenfreund, ein zärtlicher, hilfsbereiter Mann, aufgewachsen in der mosaischen Gemeinde. Er ist, noch bevor die Braunen an die Macht kamen, nach Amerika ausgewandert.

Übrigens hatte Ploetz zu Beginn seiner Arbeiten keineswegs etwas gegen Juden. Im Gegenteil, er glaubte, sie gehörten zur arischen Rasse, sie seien ein auf der arischen Völkerwanderung verloren gegangener Zweig, und er hielt die Israeliten für besonders begabt. Er versuchte das aus der darwinschen Umweltlehre zu erklären: Durch ihre langen Wanderungen hätten sie ein erstaunliches Anpassungsvermögen entwickelt, das beweise schon ihre Fähigkeit, Sprachen schnell zu erlernen und sie auch geschickt zu gebrauchen. Dies wiederum habe ihre Imaginationskraft befördert, denn natürlich bildet sich in dieser wechselvollen Erfahrung mit unterschiedlichen Völkern auch das Erzählen heraus, die Wanderungen beleben und differenzieren es, das Übertreiben, das Schwindeln, auch das Notlügen. Die Bauern und Pfahlbürger brauchen keine Fantasie. Sie müssen keine Geschichten erfinden, um sich die Welt zu erklären. Der Vielfalt im Denken der Juden entspricht die Einfalt der Sesshaften. Und erstaunlich ist, wie es ihnen gelang, über Jahrtausende ihren Zusammenhalt zu bewahren. So etwas kam aus seinem Mund, später allerdings nicht mehr, eine Veränderung, die auch unsere Freundschaft betraf. Damals sah er in der Kreuzung verschiedener Völker einen wichtigen Beitrag zum Fortschritt der menschlichen Gattung. Auch das sollte sich zu einer mir immer rätselhaft gebliebenen Vorstellung von Eigenheit und Homogenität wandeln. Das Nordische. Ein Begriff des Arischen, der sich aus der romantischen Sprachforschung herleitete. Ein Leitbild des Aussehens, das wiederum aus der klassischen Ästhetik entliehen wurde: das Ebenmaß. Johann Joachim Winckelmann, der das Antlitz der griechischen Götter zur Norm erhöht. Eine hohe senkrechte Stirn, die gerade Nase. Die blauen Augen, die den Himmel spiegeln.

Sie, die schöne Griechin, hatte weder blaue Augen noch blondes Haar, passte nicht in die Vorstellung von der nordischen Rasse, von Wikingern und Germanenweibern, diesen Riesentrampeln mit den zu strohblonden Tauen geflochtenen Haaren.

Sie haben sie ja kennengelernt, allerdings nun als alte Frau, sie ist ein wenig geschrumpft, hat etwas an Leibesfülle gewonnen, auch wenn sie schon früher stattlich war in ihren selbst entworfenen Reformkleidern, aber sie wird immer noch die erstaunlich zierlichen Füße haben, früher war ihr Haar voll und dunkel, tiefbraun und spielte ein wenig ins Rötliche. Sehen Sie hier ihr Foto, die ausdrucksstarke wohlgeformte Nase, aber vor allem ihre Augen, dunkelbraun, bis ins Schwarz glänzend, ein still betrachtender Blick, so stand sie vor der Staffelei oder vor dem Arbeitstisch, wenn sie mit Ton modellierte, etwa den Löwen, den Sie dort auf dem Schrank sehen, auf dem Sprung, genauer, eben zum Sprung ansetzend, diese Kraft, die in der äußersten Anspannung sich gleich lösen und die uns niederziehende Schwerkraft überwinden wird. Sie hat ihn in Bronze gießen lassen. Kommen Sie da ran? Vorsichtig, er ist schwer. Ja, er ist ein wenig eingestaubt. Ein Geschenk, zu meinem vierzigsten Geburtstag.

Molly

Hansen war zu einer Dienststelle in die Arcisstraße gefahren. In dem ehemaligen *Führerbau* befand sich auch der *Central Collecting Point* für die geraubten Kunstwerke. Schon während des Krieges hatte die Gauleitung im Luftschutzkeller – in allen Neubauten war der Krieg mit eingeplant worden – requirierte Kunstwerke aus den besetzten Gebieten einlagern lassen. In der Nacht vor dem Einmarsch der Amerikaner war die Sammlung von Deutschen geplündert worden. Wahrscheinlich von hohen Parteifunktionären. Sechshundert Bilder, meist Niederländer des Goldenen Zeitalters, waren buchstäblich über Nacht verschwunden.
Leo Alexander, der ihn sprechen wollte, wurde noch erwartet. Hansen ging über den Königsplatz, der dieser Stadt den Namen Isar-Athen gegeben hatte, mit seinen drei klassizistischen Bauten. Einer davon die Glyptothek, die er, das hatte ihm sein Professor in St. Louis geraten, unbedingt besuchen solle, wenn das Gebäude denn noch stehe.

- 13. Juni. -

Die Glyptothek zerstört. Die antiken Statuen, die Sarkophage waren ausgelagert worden. Ich kletterte über den Schutt, ging durch die Räume, die Mauern, an den Wänden Fresken, darüber der Himmel. So kann man sich die Ruinen des antiken Roms vorstellen. Die Domus aurea.

In einem nahe gelegenen kleinen Park fütterte eine alte Frau Tauben. Sie brach sorgfältig kleine Brocken von einer Brotkante ab und warf die Stücke den Vögeln zu. Hin und wieder steckte sie sich selbst ein Stückchen in den Mund.

Der Hunger kann nicht groß sein, dachte ich. Aber der Gedanke ist klein. Ist es nicht groß, wenn man wenig hat, das mit der Kreatur zu teilen? Das Wort Kreatur ist wie neu. Habe es nie gebraucht und es kommt wohl aus einer kindlichen Zeit.

Ernst Bloch. *Spuren*: *Denn auch die Säge liefert von dem Baum keine genaueren Ansichten, nur möblierte.*

Hansen ging zurück zum *Führerbau* und wurde ins Zimmer von Professor Alexander gerufen. Alexander saß eingehüllt in Zigarrenrauch an einem massiven Schreibtisch, Willkommen, rief er Hansen zu, was Sie hier sehen, ist der Schreibtisch des Führers und sein Schreibtischstuhl, höchst unbequem, sag ich Ihnen, kein Wunder, dass der Mann nie Akten gelesen hat. Das sei wohl diese den Führer des Deutschen Reichs begleitende Wiener Bohemien-Faulheit gewesen. Alexander bot Hansen eine Zigarre an. Hansen sagte, ihm, dem

Zigarettenraucher, sei schon damals im Wagen von der Zigarre schwindelig geworden. Noch bevor er diesen Hallervorden gehört habe.
Lieber Michael, Sie sind zu höflich. Sie hätten schon damals einfach Nein sagen sollen. Leo Alexander begann, die Zigarre, sie sorgfältig drehend, über einem Gasfeuerzeug anzuzünden. Auch Freud hat sich seine Zigarren schmecken lassen. Ohne jeden Hintergedanken. In dem Wort Hintergedanken haben Sie die ganze Theorie der Verdrängung. Hitler war, wie wir wissen, bekennender Nichtraucher. Trank nicht, rauchte nicht, ein Spießer, intelligent, willensstark und von einer unfasslichen Zerstörungskraft. So saßen sie einen Augenblick beisammen, und das Schweigen mit dem noch jung und nachdenklich wirkenden Professor hatte nichts Peinliches. Alexander fragte nach diesem Rassenhygieniker und welche Bewandtnis es mit dem Archiv für Rassenhygiene habe. Und wie weit Hansen mit seinen Befragungen gekommen sei?
Das Archiv, sagte Hansen, habe er versiegeln lassen. Mit dem Zeugen Wagner habe er erst drei Sitzungen gehabt, der Mann sei einundachtzig, die Haft im Lager Dachau habe ihm zugesetzt, auch sei er davor misshandelt worden. Man könne ihn nur eine begrenzte Zeit befragen. Aber er ist im Kopf klar und hat ein gutes Gedächtnis. Es ist ein ganz erstaunliches Leben.
Lassen Sie sich Zeit, sagte Leo Alexander, nichts treibt Sie.
Hansen betonte wieder einmal, er sei nicht vom Fach.
Ich weiß. Wissen wir alle. Sie sollen nicht seine wis-

senschaftlichen Ergebnisse beurteilen. Das tun andere. Wir wollen wissen, wie dieser Ploetz vom Kommunisten zum Begründer der Rassenhygiene wurde. Für Ihre Fragen benötigen Sie kein medizinisches Fachwissen. Was die Leute antreibt, diesen wissenschaftlichen Furor der Verbesserung, gleichzeitig der Normierung, das Aussondern des Abweichenden, dessen, was als nicht normal gilt, nicht effektiv ist, das haben Sie auch bei uns, aber wie ist es hier zu dieser mörderischen Perfektion gekommen? Diese Verbindung von mittelalterlich Wahnhaftem und dem rational Technischen. Wie in diesem Fall von Professorenangst, sagte Alexander, lachte, schickte einen wunderbaren Rauchkringel in die Luft, schaute ihm kopfschüttelnd nach, Professor Loeffler, den er mit verhört hatte, gab zu Protokoll, dass es keineswegs ungefährlich gewesen sei, die wissenschaftliche Wahrheit zu verteidigen. Ich lese Ihnen mal vor, was Julius Streicher, der Gauleiter von Franken und Herausgeber des *Stürmers,* in *Deutsche Volksgesundheit aus Blut und Boden* geschrieben hat: *Für den Wissenden steht ewig fest: 1. »Artfremdes Eiweiß« ist der Same eines Mannes von anderer Rasse. Der männliche Same wird bei der Begattung ganz oder teilweise von dem weiblichen Mutterboden aufgesaugt und geht so in das Blut über. Ein einziger Beischlaf eines Juden bei einer arischen Frau genügt, um deren Blut für immer zu vergiften. Sie hat mit dem »artfremden Eiweiß« auch die fremde Seele in sich aufgenommen. Sie kann nie mehr, auch wenn sie einen arischen Mann heiratet, rein arische Kinder bekommen, sondern nur Bastarde, in*

deren Blut zwei Seelen wohnen und denen man körperlich die Mischrasse ansieht. Der Urheber und Begünstiger dieses Handelns und Verschweigens ist der Jude! Er kennt die Geheimnisse der Rassenfrage seit Jahrhunderten und betreibt planmäßig die Vernichtung der ihm überlegenen Völker. Die Wissenschaft und die »Autoritäten« sind seine Instrumente, um ein Scheinwissen aufzuzwingen und die Wahrheit zu verschweigen …
Diese Definition schließe, sagte Loeffler, jeglichen wissenschaftlichen Widerspruch aus, da Widerspruch als jüdisch galt, das heißt, Unsinn konnte nicht als Unsinn bezeichnet werden. Er habe es dennoch getan, anlässlich eines Vaterschaftsgutachtens, in dem die Frau von einem Juden zwei Kinder hatte, dann auch mit einem arischen Mann verkehrte, verstehen Sie, sagte Loeffler, und ein Kind bekam, das nach der streicherschen Definition ebenfalls jüdisch sein müsste. Er, Loeffler, habe in einem Gutachten ausführlich nachgewiesen, dass Streichers Argumentation nicht haltbar sei.
Streicher wurde das Gutachten zugespielt. Er begann zu toben: *Wenn dieser junge Schnösel hier wäre, würde ich ihn mit der Hundepeitsche erschlagen.*
Die Lage wurde, sagte Professor Loeffler, für mich bedrohlich, Parteimitglieder der NSDAP und SS-Leute zogen sich zurück, Freunde ließen sich verleugnen, Kollegen wechselten, sahen sie mich kommen, auf die andere Straßenseite. Keine Einladungen mehr. Anfeindungen. Ein Bekannter, der nicht genannt werden will, nahm mich beiseite, sagte, im Rassenamt werde geforscht, ob unter meinen Vorfahren jüdisches Blut sei. Der Name

Loeffler, dieser kerndeutsche Name, wurde plötzlich auf seine oe-Schreibung hin untersucht. Der Verdacht, er sei Judenstämmling. Gerüchte. Vermutungen, was diese Veränderung vom ö zum oe gekostet haben könnte. Kirchenbücher wurden gewälzt. Ein ungedeihliches Arbeiten war das an der Universität. Doktoranden ließen sich entschuldigen. Andererseits gab es einige wenige Kollegen, die der wissenschaftlichen Wahrheit insofern dienten, als sie sagten, die These der Eiweißinfiltration sei nicht haltbar. Schließlich hatte Dr. Groß, der Leiter des Rassenpolitischen Amtes, ein Einsehen, da die gesamte Rassentheorie plötzlich zur Disposition stand, und lud zu einem Streitgespräch ein.
Das fand in der Villa von Gauleiter Streicher und in Anwesenheit seiner Leibgarde, seiner Deutschen Doggen und zweier bleicher Professoren statt. Loeffler sagte, er habe sich gut vorbereitet und das Gespräch gleich zu Anfang auf das Problem des Impfens gelenkt, das Streicher wie Himmler strikt ablehnten, und er habe sodann den SS-Arzt Doktor Grawitz zitiert, der vor Hitler gesagt hatte: Wenn einer nach Kriegsausbruch gegen das Impfen redet, würde ich ihn erschießen lassen.
Streicher fuchtelte mit der Hundepeitsche und wünschte, dieser Grawitz wäre hier.
Weiß man, was aus Doktor Grawitz geworden ist?
Loeffler wusste es nicht. Aber ich weiß es, sagte Alexander, Selbstmord, im April hat sich der Reichsarzt erschossen.
Wie kam dieser Irrsinn, alles und jedes auf Vererbung zu schieben, in die Welt?

Vor dem *Führerbau* stand ein Jeep, in den Major Alexander einstieg. Hansen wartete, bis der Wagen mit einem Rauchwölkchen außer Sichtweite war, erst dann setzte er sich in sein appropriiertes dunkelblaues Kabriolett, fuhr, das Verdeck heruntergeklappt, die Barerstraße entlang, kaum schneller als im Schritttempo, beobachtete die Menschen, meist Frauen, auf der Straße, ein paar Kinder, alte Männer, Versehrte, an Krücken gehende Männer, ein armamputierter junger Mann, grau sahen sie aus, grau und schäbig, das normale Bild, auch darum fiel ihm die junge Frau in ihrem geblümten, klatschmohnrot leuchtenden Kleid auf, sie ging, die weißen Socken runtergerollt, in jeder Hand eine Tasche und auf dem Rücken einen Rucksack, in ihren derben Schuhen zügig dahin. Schwer musste die Last sein, sie ging weit nach vorn gebeugt, in das wie vom Wind zerzauste hellblonde Haar hatte sie ein blaues Tuch gebunden. Ungewöhnlich war, dass sie eine Sonnenbrille trug. Das Fraternisierungsverbot war offiziell nicht aufgehoben worden, aber man durfte inzwischen mit Kindern sprechen und neuerdings auch mit Frauen, sich allerdings nicht eingehakt oder in Umarmung mit ihnen zeigen. Aber auch das wird sich bald ändern, dachte Hansen, als er langsam vorbeifuhr und dann, nach einem kurzen Zögern, anhielt. Er sah sie im Rückspiegel herankommen. Als sie neben dem Wagen ging, rief er ihr zu: Kann ich Sie ein Stück mitnehmen. Sie blickte ihn, der in Uniform am Steuer saß, über ihre Sonnenbrille mit kreisrunden blickundurchlässigen Gläsern hinweg an.

Sie stellte die Taschen auf die Rückbank, nahm den Rucksack ab, sagte, darin seien Briketts, ob sie die nicht besser nach hinten in den Kofferraum stellen solle. Er stieg aus, öffnete den Kofferraum, nahm ihr den Rucksack ab und war erstaunt, wie schwer der war.
Man merkt Ihnen gar nicht an, was Sie da geschleppt haben. Wohin?
To the Feilitzschstraße, please. Sie wollte wohl zeigen, dass sie Englisch beherrschte, ein langsames, korrektes Schulenglisch mit einem übertriebenen Th. Dann wechselte sie ins Deutsche und erzählte, sie komme aus Berlin, sei noch rechtzeitig vor den Russen geflohen. Das Kind und ein Koffer, das sei ihr geblieben. Das Haus in Berlin zerstört. Sie dirigierte ihn durch Schwabing zu einem Wohnhaus, wahrscheinlich Ende des neunzehnten Jahrhunderts erbaut, vierstöckig, das neben den Trümmern eines getroffenen Gebäudes stand. Treppen, die in den Himmel führten, eine Brandmauer mit den Kaminen. Kein Baum, kein Busch.
In welchem Stockwerk wohnen Sie?
Im zweiten.
Er bot ihr an, die Briketts hochzutragen. Nach einem kurzen Zögern nickte sie.
Eine Wohnung mit drei Zimmern, ein Gang, eine Küche. Sieben Erwachsene und drei Kinder wohnten hier. Sie war in eine Kammer, vermutlich das ehemalige Dienstbotenzimmer, einquartiert worden. Darin stand ein kleiner Kanonenofen, dessen Abzugsrohr durch ein in das Fenster geschnittenes Loch nach außen führte. Ein Kleiderschrank, ein Bett in einem Mes-

singgestell, ein Stuhl. Sie fragte, ob er einen Tee haben wolle, Kaffee habe sie nicht. Er setzte sich, obwohl es verboten war, Deutsche in ihren Wohnungen zu besuchen, und hörte sie in der Küche rumoren, hörte Stimmen, Frauenstimmen, Kinderstimmen. Dann kam sie zurück mit der Teekanne, ausgeliehen, sagte sie. Zucker gab es nicht, aber Süßstoff. Sie setzte sich auf das Bett, und er sah ihre braunen Beine in den weißen aufgerollten Socken, ihre Arme unter den kurzen Ärmeln, den mit Klatschmohn bedeckten Busen, aber vor allem dieses wilde blonde halblange Haar. Er dachte nicht an Catherine, dachte einen Augenblick an Sarah, aber nur einen Augenblick, und dann fragte er sie nach ihrem Namen. Maria. Aber alle, auch wenn es nicht treudeutsch klingt, nennen mich Molly. Der Name war bei den Braunen nicht beliebt, darum gefiel er ihr. Man kann sich seinen Namen nicht aussuchen, aber man kann ihn korrigieren. Sie saß ihm gegenüber und sah ihn kühl distanziert an. Ihr Beruf? Sie hatte Kunstgeschichte studiert. Damit kann man nichts anfangen. Ich werde etwas suchen, ein Geschäft aufmachen. Als er nachfragte, sagte sie, darüber wolle sie nicht sprechen.
Und Ihr Kind?
Der Sohn ist in Braunschweig, bei den Schwiegereltern.
Ob sie Lust habe, einmal mit ihm zu einer dieser barocken Kirchen aufs Land zu fahren?
Warum nicht?
Das war kühl gesagt, sehr sachlich. Und in dem schwang auch das mögliche Nein mit.

Er war dann gegangen, aber mit dem Vorsatz, wiederzukommen.

Im Haus am See sah er George im Gebüsch stehen. Hansen dachte, er pinkle, und wollte vorbeigehen, aber George winkte ihn heran, er solle kommen, aber leise, George zeigte in das Laub eines Baums. Hansen konnte nichts Bemerkenswertes entdecken. There, sagte George, look, there it flies, a penduline tit. Er reichte Hansen das Fernglas, zeigte auf eine Weide, fantastic, its nest is over there. Und er erzählte von dem komplizierten beutelartigen Nest, das in mühevoller Arbeit in ungefähr dreißig Tagen gebaut wird, und ließ Hansen durch das Fernglas gucken, etwas Graubraunes, Sackförmiges hing an der Weide, und erzählte, wie diese kleinen Vögel Streifen von Schilfblättern abreißen, wie Seile verspannen und mit den Samen von Pappeln und Weiden ausstopfen, kleine Wunderwerke, und zwischendurch sagte er: Can you hear it? Diese Tonfolge. Aber Hansen musste das Hören erst lernen. Er nahm nur ein Zwitschern wahr und blätterte später im Wörterbuch: grey penduline tit – Weißstirn-Beutelmeise f. Anthoscopus caroli.
George wollte ihm noch den *wren* zeigen, dort hinten an einem versumpften, kleinen Teich. Der kleinste Vogel, erzählte George, hellbraunes Obergefieder, Überaugenstrich und ein aufrechtstehender Schwanz, übrigens hält er sich in der Brutzeit mehrere Weibchen, also sollte er unser Wappentier sein. Mit seiner enthusiastischen Beschreibung des Tiers zwang er Hansen mitzugehen zu dem verschilften Teich, in dem wohl

früher Karpfen gehalten wurden, look, dieser kleine Vogel. The wren. Er hielt Hansen das Fernglas hin. Der kleine Vogel kletterte durch einen zusammengebrochenen hölzernen Zaun und am daran hängenden verrosteten Maschendraht hin und her. The king of the fences.

Hansen war beeindruckt.

Es waren die Vogelnamen, die Hansen immer wieder in seinem Dictionary nachschlagen musste, da er die deutschen Namen nicht kannte. Beutelmeise und penduline tit. Natürlich kannte er die Nachtigall, das waren die bekannten Namen, die Amsel, den blackbird, von der Beutelmeise war zu Hause nie die Rede gewesen, doch der Zaunkönig, der kam wie ein Schatten aus seiner Kindheit, vielleicht aus den grimmschen Märchen, die seine Mutter ihm vorgelesen hatte. Ein Vogel so wundersam wie der Lockruf des Männchens, das Weibchen hört man selten und dann auch nur leise, aber das Männchen: dieses Zick, Zick, Zick, dann ein Trillern und dann von hoch oben, dem Ansitz, sein Gesang. Wren für Zaunkönig, da fand Hansen den deutschen Namen weit sprechender.

Hansen hatte sich, angeregt durch Georges ornithologische Begeisterung, ein wenig in die Vogellaute und die Bezeichnungen eingearbeitet. Allein der Gesang, dieses real wonder of creation, when Jenny Wren was young – ein wie eine kleine Symphonie aufgebauter Gesang, Einleitung – Schmettertour – Zwischentöne – Schmettertour – Roller, das alles entströmte diesem Winzling, wurde sogar variiert.

Darin liege das ganze Wunder der Schöpfung. Darwin möge ja recht haben, aber die Möglichkeit dieser Entfaltung, die dann auch das sie genießende Ohr finde, das sei genau das, was es zu bewahren gelte.
Tell it to your eugenics idiot.
He's dead.
I know, but tell him anyway.

- 15. Juni. -
Der Antiquar. Sein ruhiges Erzählen. Nach genauem Hinsehen: die Narbe, die aus dem immer noch dichten grauen Haar kommt und in eine Stirnfalte führt. Ein grauer Bart, der ein wenig gestutzt ist. Ein zerfurchtes Gesicht. Schmerz liegt darin und Eigensinn. Die Stirn: Falten wellenförmig und drei steile senkrechte Falten zwischen den Augen. Ich kann ihn betrachten, denn oft hält er beim Erzählen die Augen geschlossen, zuweilen zusammengekniffen, aber unter den Lidern bewegen sie sich, so als suche er etwas oder als lese er von einem Blatt ab. Erstaunlich sein Gedächtnis.

4. Tag

Darf ich Sie fragen, woher Sie dieses perfekte Deutsch sprechen?
Wir haben es zu Haus gesprochen, Deutsch. Und später habe ich Deutsch studiert. In St. Louis bei einem Emigranten, einem Professor aus Wien, der 1938 geflohen ist.
Ja, für die jüdischen Menschen kam die Katastrophe dort über Nacht. Hier in Deutschland hatte man sie an ihre Entrechtung gewöhnt. Wenn man das so zynisch sagen darf. Hier ging sie allmählich, aber kontinuierlich, die Machtübernahme, nannten sie das, oder dramatischer: nationale Erhebung. Zuerst wurden Kommunisten und Sozialdemokraten eingesperrt, Schutzhaftlager, eines dieser Lügenwörter, ich kann davon ein Lied singen, dann ging es weiter, richtete sich gegen alle, die kritischen Geistes waren, und schließlich systematisch gegen die Juden und Zigeuner. In Österreich aber wurden sie nach dem Einmarsch der deutschen Truppen von heute auf morgen zu Menschen zweiter Klasse.
Er wurde nach dem Anschluss, so hieß es wohl, sofort aus dem Schuldienst entlassen, die Wohnung wurde ihm gekündigt, der Trafikant, der ihn immer mit Herr Dok-

tor gegrüßt hatte, wollte ihm die Zeitung nicht mehr verkaufen. Er hat seinen Koffer gepackt und sein Verwundetenabzeichen aus der Isonzo-Schlacht angesteckt und ist in die Tschechoslowakei und von dort über Paris nach Amerika geflohen.

Wie alt waren Sie, als Sie nach New York kamen?

Zwölf.

Hatten Sie Heimweh?

Nein, genau genommen nicht. Es war ein Abenteuer. Schon die Fahrt mit dem Schiff. Wir, meine Mutter, meine zwei Jahre ältere Schwester und ich, hatten eine Kabine. Vom Vater bezahlt. Nein, ich stand an der Reling und sah über die Wellen, sah Fische, zweimal Wale, die ihre Fontäne ausbliesen. Delfine. Ich war gespannt auf Amerika, wo der Vater wartete. Ich trieb mich, soweit es erlaubt war, auf dem Dampfer herum. Es gebe so viel zu schauen, zu bestaunen. Und nachts, ich durfte aufbleiben, kamen wir in New York an. Ein Lichtgebirge, wunderbar, wie ein Versprechen auf das Kommende. Nein, kein Heimweh. Wir hatten die Sprache, das blieb Heimat. Aber meine Schwester, sie hat gelitten. Sehr sogar. Sie vermisste ihre Freundinnen. Ja.

Aber Sie wollten von dem Löwen erzählen.

Richtig. Dieser Bronzelöwe. Ein Geschenk von ihr, als ich an der Rede für Bebel arbeitete. Sie war nicht an Politik interessiert. Hatte aber ein feines Empfinden für die Zurücksetzung von Menschen. Die Rede für Bebel war ein Entwurf, der den Erwerb von Kolonien grundsätzlich wegen der Unterdrückung der dortigen Völker ablehnte. Mein Vorschlag wurde zunächst nicht

berücksichtigt, sondern ein anderer, der darauf zielte, dass die Sozialdemokraten die zivilisatorische Arbeit in den Kolonien unterstützen sollten.
Sie hatte diese Aufregung, meinen Ärger, meine Verstimmung, meine Empörung bei ihren gelegentlichen Besuchen mitverfolgen können. Diese unfassliche Brutalität der deutschen Schutztruppe, die sich 1904 bei der Niederschlagung des Aufstandes in der Kolonie Südwest gezeigt hatte. Die Deutschen, die angeblich Zivilisation und Kultur bringen wollten, waren in Wirklichkeit die Wilden, nicht die Hereros, nicht die Namas. Die verteidigten ihre Freiheit, ihr Menschsein gegen die wild gewordenen Weißen. Und die waren durch ihre unkontrollierte Herrschaft völlig verroht. Eine solche Verrohung fanden Sie überall in den Kolonien der Europäer. Die Hereros und Namas hatten sich erhoben, weil sie hungerten, weil man ihre Frauen missbrauchte, weil sie beim Landverkauf von den ehrbaren Kaufleuten wie Lüderitz übers Ohr gehauen worden waren.
Bebel hatte schon 1889 im Reichstag gesagt: *Im Grunde genommen ist das Wesen aller Kolonialpolitik die Ausbeutung einer fremden Bevölkerung in der höchsten Potenz.* Ich hatte für seine geplante Rede im Reichstag eine scharfe, die wahren Verhältnisse der Ausbeutung und Misshandlungen benennende Vorlage geschrieben, aber dann kamen die Genossen vom rechten Flügel und sagten, das sei unverantwortlich, weil es die deutsche Arbeiterschaft im weltweiten Konkurrenzkampf benachteilige. Auch die Deutschen bräuchten Kolonien. Und sie redeten von der Kulturaufgabe der deutschen Ar-

beiterschaft. Man müsse den Menschen, die noch nackt umherliefen, die nicht schreiben und lesen könnten, die Zivilisation bringen: also Ordnung, Pflicht, Pünktlichkeit. Und wer nicht arbeitet, der bekommt einen genau festgelegten Satz an Schlägen.
Ich habe die Aufständischen verteidigt und mich mit den Genossen vom rechten Flügel angelegt. Die dachten an die national gesinnten Arbeiter, an die Wähler. Die Bürgerlichen sprachen von einem Rassenkrieg, bei dem die eine oder andere Nation untergehen müsse. Die Afrikaner, hieß es, waren in der Herausbildung des Homo sapiens ein unterentwickelter Ast, waren zum Untergang in dem natürlichen Kampf ums Dasein verurteilt. Zu wenig anpassungsfähig, von minderer Intelligenz, dafür aber geschmeidig in den Bewegungen, also beim Tanzen, ja, und das vor allem, ein hemmungsloser Fortpflanzungstrieb, dem Tierreich nah. So hat es auch Ploetz gesehen. Daher konnte man diesen Ausleseprozess – sozusagen im Interesse der Betroffenen – ein wenig beschleunigen. Letztendlich war es doch nur im Interesse der Eingeborenen, nicht langsam, womöglich über Generationen hinweg auszusterben, sondern schnell, also – sie erschießen und verhungern zu lassen. Sehen Sie sich an, was im Kongo geschehen ist, wo Hunderttausende ermordet wurden. Oder in Deutsch-Südwestafrika in der Wüste Omaheke. Es war der Hass des weißen Mannes, des Deutschen, des Belgiers, des Franzosen, der bei diesen Menschen fand, was seine Zivilisation ihm aberzogen hatte, Freundlichkeit, Hilfsbereitschaft, Geduld und gegenseitige Hilfe, eine der

Tugenden dieser Kultur, die der Natur so nahe waren, sie nicht missbrauchten …

- unverständlich -

Ja, natürlich gab es auch bei diesen Völkern Viehraub und Kämpfe, auch Mord und Totschlag. Aber nicht diesen Hass, diese Verachtung, diesen systematischen Tötungswillen. Sie kennen das doch bei sich, in Amerika. Die Schwarzen sind doch nicht Ihre Brüder und Schwestern. Sie sind nicht gleich. Darum die scharfe Trennung in der Gesellschaft, die ich damals beobachten konnte. Oder hat sich das geändert?

Nein, im Norden, bei uns, ist es nicht so ausgeprägt wie in den Südstaaten. Es ändert sich, glaube ich, ein wenig. Langsam. Man hat den Eindruck, die Schwarzen sind selbst nicht so recht an Verantwortung interessiert.

Nein, man hält sie fern. Man unterdrückt sie. Kropotkin hat eine so ganz andere Vorstellung von den Menschen und den Tieren in der Entwicklungsgeschichte ausgearbeitet: *Gegenseitige Hilfe in der Entwicklung*. Landauer hat das Buch übersetzt. Kropotkin und Landauer waren die Antipoden zu all diesen Darwinisten, den Eugenikern, den Züchtern des Übermenschen, die allein den Kampf ums Überleben in das Zentrum ihres Denkens stellen.

Ich hatte dank Landauer …

Wer war das?

Landauer. Sie kennen ihn nicht. Das ist nicht verwunderlich. Landauer wurde vergessen. Er wurde umgebracht. Auch die Erinnerung an ihn. Er wurde ermordet. Ein so erstaunlicher Mensch. Kennengelernt habe ich ihn auf dem Sozialistenkongress in Zürich, 1893, zu dem er als Vertreter der Unabhängigen Sozialisten angereist war, dann aber, wie die anderen anarchistischen Mandataren, nicht teilnehmen durfte. Ein zierlicher Mann, langes Haupthaar, ein durchgeistigtes Gesicht, kluge graugrüne Augen. Die Unabhängigen Sozialisten waren in ein kleines Vereinslokal ausgewichen. Ich tauchte in dichten blauen Dunst ein, Pfeifen- und Zigarrenrauch, keineswegs die guten kubanischen Marken, sondern billiger Schreberverschnitt, der sich mit Bier- und Schnapsgeruch vermischte. Bemerkenswert, denn die Versammelten waren mehrheitlich Abstinenzler. Wie müssen die gelitten haben, auch die überzeugten Nichtraucher, natürlich auch Vegetarier, auch solche, die das aßen, was Tiere und die Pflanzen freiwillig hergeben. Etwas skurril diese Leute, sicherlich, aber mich haben immer extrem friedliche Positionen angezogen, wahrscheinlich, weil ich aus einem tiefen, mir mitgegebenen Selbstzweifel nie selbst derart radikale Positionen hätte einnehmen können. Ich hatte nicht die Energie, die solche Leute, diese Zeloten, in ihre Überzeugungen stecken, dieses Rücksichtlose gegen sich selbst und gegenüber der Meinung anderer. Ich war zwar in die Sozialdemokratische Partei eingetreten, aber mir fehlte stets dieses Zweifelsfreie. Ich weiß nicht, ob Sie solche Zweifel kennen.

- unverständlich -

Das freut mich. Danke. Ja, auch das muss gesagt werden, ich war damals bei dem Kongress neunundzwanzig Jahre alt, und in dieser Versammlung der Anarchisten saßen viele junge Frauen. Viele ausländische Studentinnen, die meisten waren Russinnen. Aristokratinnen. Wunderschöne junge Frauen. Nicht im Sinne der Mode, sondern in ihrer Eigenwilligkeit. Ich weiß, ich bin ein Schwärmer, und zum Schwärmer gehört die Verhinderung der Tat, jedenfalls in meinem Fall.

Sie wollten von Landauer erzählen.

In diesem Züricher Vereinslokal, dessen Name mir entfallen ist, hielt er einen Vortrag, in dem er sich gegen jegliche Autorität, gegen den Staat und gegen die politischen Parteien aussprach. Er trug seine Theorie von der bedingungslosen Freiheit des Einzelnen vor, die durch eine Absonderung von den Organisationen erreicht würde. Also das ziemliche Gegenteil von dem, was die Sozialdemokraten wollten. Dem: Nur gemeinsam sind wir stark. Organisation. Gehorsam gegenüber der Parteilinie.

Wie der damalige Freund hatte Landauer eine prophetische Ausstrahlung. Seine Reden hatten etwas Suggestives. Nur war Landauers Rede leiser, freundlicher, auch fragender. Ja, hinter vielen seiner Sätze klang ein Fragezeichen mit, das gleichermaßen Redner und Zuhörer einschloss. Es war nicht rhetorisch gemeint, sondern sehr eindringlich, sodass sich Redner und Zuhörer infrage gestellt sahen. Das war bei Ploetz nicht der Fall. Er verkündete Gesetze. Die Gesetze der Naturwissenschaft. Landauers Rede hatte etwas von einer Girlande, sie war weit poetischer, bildhafter, spiritueller, nicht derart der naturwissenschaftlichen Rationalität unterworfen wie die des Freundes. Dieses: Daraus folgt, das ergibt notwendig, das schließt aus. Eben gegen die einengende wissenschaftliche Methode, gegen ihre notwendige Begrenzung auf die Sache und die sich daraus ergebenden Folgerungen, gegen das reine Zweckdenken war Landauers Rede gerichtet. Darf ich Ihnen einen Satz vorlesen, denn in seinem Schreiben hört man immer noch seine Stimme: *Darum ist mit dem Christentum als Volksreligion untrennbar verbunden die Erzählung von dem einen und besonderen Menschensohn, der Gottessohn war und Mensch und Gott in sich verkörperte und vergeistigte, und dazu noch war der Himmel voll von den Scharen der Engel und die Erde voll von Helfern und Heiligen, Asketen und Einsiedlern, die schon im Leben wie die indischen Erweckten die Stofflosigkeit und Dinglosigkeit und so die Wunschlosigkeit und so über die größte Leere die größte Fülle des Unsagbaren und die Einigung mit Gott erreichten. Esoterisch ging die Lehre in ihrer Reinheit, eingehüllt und geborgen in dem Märchenmantel, durch die Zeiten, dass die Menschen Gott werden und raumlos, zeitlos in den Abgrund der Erstheit versinken, wenn sie Geistige werden.*

Eine messianische Sprache. Das Zitat stammt aus seinem Werk *Die Revolution*. Nach dem Vortrag über die gewaltlose Veränderung der Gesellschaft habe ich ihn angesprochen. Ich musste, er war von jungen Frauen umgeben, recht lange warten. Die Frauen, russische Studentinnen, bei einigen hätte man wohl Mädchen gesagt, umringten ihn. Eine dieser Frauen, Olga, eine vor der zaristischen Polizei geflohene Volksrevolutionärin, bestürmte ihn mit Fragen: Wie kann es, bei der Gewalt der Polizei, des Militärs, zu einer Revolution kommen, wenn man selbst auf Gewalt verzichtet, aber die Polizei und das Militär rücksichtslose Gewalt ausüben und jede freie Rede unterdrücken? Wenn Menschen wegen kritischer Fragen in den Kerker geworfen werden? Wie sind die Bauern und Arbeiter aufzuklären? Wie können sie sich gegen die Unterdrücker wehren? Gibt es das Recht auf Gewalt, wenn die Genossen gefoltert und eingekerkert sind? Muss man nicht versuchen, die Mächtigen in die Schranken zu weisen, wie damals bei Zar Alexander II., den die erste von einem Studenten geworfene Bombe verfehlte? Der Zar stieg aus dem Schlitten, besah sich den Schaden an dem Gefährt, sagte: Dank. Das war Gottes Schutz. Worauf der junge Attentäter, der sich sogleich freiwillig hatte festnehmen lassen, rief: Freuen Sie sich nicht zu früh! Der Zar bestieg den Schlitten, fuhr weiter und wurde an der nächsten Kreuzung von einer zweiten Bombe getötet.

Landauer hörte ihr mit einem ständigen leichten Kopfnicken zu, einem Nicken, das sagen sollte, weiter, fragen Sie weiter, keine Scheu, fragen Sie. Und antwortete, es müsse ein friedlicher Weg sein. Es gelte, die Menschen zu überzeugen, ihnen die Einsicht zu bringen, dass sie selbst es sind, die Gewalt und Herrschaft hervorbringen. Wenn man sich im Kleinen verweigert, bricht jede Macht wie ein Koloss unter seinem eigenen, übermäßigen Gewicht zusammen. So stand er nach einiger Zeit auch mir gegenüber, und ich erzählte von meiner Erfahrung in der Ikarier-Gemeinde.

Wann haben Sie die Gemeinde der Ikarier besucht? Wann waren Sie in den Staaten?

Ja. Richtig. Ich habe etwas vorgegriffen. Die Reise nach Ikarien.

1884, im März, sind wir, der Freund und ich, in die Neue Welt aufgebrochen. Zuvor hatte er Briefe geschrieben, hatte Freunde und die Freunde von Freunden und Bekannte besucht und mit dieser ihm eigenen Gabe der Überredungskunst von dem Plan einer kommunistischen Gründung in der Neuen Welt erzählt. Er hatte Pläne ausgearbeitet, Atlanten gewälzt, sein Englisch durch intensive Lektüre und das Lernen von Vokabeln verbessert, hatte Landagenturen angeschrieben. Das Land sollte – so sein Plan – von der *Northern Pacific Railway* gekauft werden. Diese Gesellschaft gewährte Kolonisten langfristige Kredite zur Erschließung. Zur Kapitaldeckung würden pro Siedler rund 1500 Mark benötigt. Wer über mehr Geld verfügte, sollte, als Einübung in das gemeinschaftliche Teilen, es denjenigen, denen es fehlte, vorstrecken. Die Gesellschaft Pacific wurde gegründet. Der Beitrittsbetrag: immerhin 200 Mark, eine Menge Geld, davon sollten die Planung und die Vorbereitungen bezahlt werden. Das Geld hatte, einmal abgesehen von Steinmetz und mir, niemand. Also mussten wieder die Frauen der Hauptmann-Brüder einspringen. Sie schossen das Geld gegen einen Revers vor. Falls das Projekt misslang, wäre es nach zwölf Jahren von den einzelnen Mitgliedern zurückzuzahlen.

Falls das Projekt gelang, sollte die Genossenschaft die Rückzahlung übernehmen.
- unverständlich -
Ja, das Geld kam aus diesem Heiratsschatz der drei Brüder Hauptmann. Ich wiederhole mich, es ist wie im Märchen: Es waren einmal drei Brüder, Georg, Carl und Gerhart, die lernten drei Schwestern kennen, deren Vater, ein reicher Kaufmann, soeben gestorben war und den Töchtern, fünf waren es insgesamt, ein bedeutendes Vermögen hinterlassen hatte, über das sie frei verfügen konnten. Der Vater hatte zu Lebzeiten festgesetzt, dass nur ein Mann mit einem Mindesteinkommen von 6000 Mark eine der Töchter freien dürfe. Das war sehr viel Geld. Dann aber starb der Vater plötzlich, und die Töchter erbten, sie waren frei, und die drei Hauptmann-Habenichtse freiten sie, lebten munter drauflos, kauften Häuser, schmiedeten Pläne, fuhren nach Rom, nach Málaga, nach Capri. Sie sagten: Liebesheiraten. Vielleicht waren sie das, jedenfalls am Anfang. Es waren einmal drei junge Männer mit großen Zielen: Der erste, Georg, wollte als Kaufmann im Überseegeschäft mit Tee, Kaffee und Gewürzen ein Handelsimperium aufbauen, dem der Fugger, mindestens, vergleichbar; der zweite, Carl, wollte als Philosoph und Schriftsteller ein literatur-naturwissenschaftliches Werk begründen; der dritte, Gerhart, wollte erst Bildhauer werden, dann Dichter und Dramatiker, Goethe vergleichbar, dem er sich dann durch das Ausrasieren der Stirnhaare, durch lange, altertümliche Gehröcke, Halsbinden, durch ein gravitätisches Auftreten anzunähern versuchte, bis er ihm,

das war Jahrzehnte später, tatsächlich ähnelte. Damals waren sie nichts weiter als jung und hatten, wie meine Mutter, die alle drei in Breslau kennengelernt und eine gute Menschenkenntnis hatte, sagte, große Rosinen im Sack. Ein vielleicht nur auf den Ältesten zutreffendes Bild, denn der wollte ja Kolonialkaufmann werden. Jedenfalls waren es lebenslustige junge Leute, ich habe sie erlebt, die Frauen, die jungen, mit den drei hoffnungsvoll in die Welt drängenden Männern. Für die Brüder war es das Lebensglück. Nicht für die drei Schwestern. Alle drei Brüder wollten sich an diesem Projekt Ikarien beteiligen. Gewinnstreben war bei Carl und Gerhart nicht im Spiel. Obwohl man das bei Carl nie wissen konnte. Sie merken, dass ich eine gewisse Distanz zu ihm habe. Ein faunischer Mensch, dieser kleine Spitzbart, die von der Nase zum Mund führenden Falten mit zwei Doppelwarzen besetzt und die Augen eines Ziegenbocks. Er hatte, kam man ihm näher, einen Bocksgeruch. Auch Georg, der Kaufmann, hatte wohl Gelder in Aussicht gestellt. Er sicherlich mit der ganz unverbrämten Absicht, daraus ein großes Geschäft zu machen. Auch ihm, wie seinen Brüdern, war ein solider Größenwahn nicht abzusprechen. Georg trug sich mit dem Gedanken, ein Kaffeeimperium aufzubauen. Kaffee in Brasilien einzukaufen, vor Ort, ausgewählte Sorten, den Kaffee nach Deutschland, nach Hamburg, zu importieren, ihn dort rösten und mahlen zu lassen, Hauptmann-Caffée, eine Anspielung auf den Militärfimmel der Deutschen, also Hauptmann-Caffée, er bestand auf zwei e, um ihn dann in eigenen, großen Caffée-Häusern, Hauptmann-Caffées, frisch gebrüht verkaufen zu lassen. Ein Stich ins Gigantomanische, was dem Kaffeegenuss, der doch nach kleinen, gemütlichen Räumen des Zusammenseins verlangt, zuwiderläuft. Georg fallierte dann ja auch.

Ikarien sollte also ein Handelsposten werden?

Auch das. Holz und Getreide. Aber das Entscheidende war die Form des Zusammenlebens. Bei Cabet heißt es: Niemand wird glücklicher sein als ein anderer, aber auch niemand wird jemanden sehen, der glücklicher ist als er selbst.

Das ist ganz schön viel.

Ja. Wahrlich. Der Freund wollte, wie er sagte, das Gebiet rekognoszieren, und schon das Wort wies auf seinen generalstabsmäßigen Plan. Erst einmal die Verhältnisse vor Ort studieren und dann den Kaufmann, Schammel hieß er, nachreisen lassen – die Bräute zahlten –, um die Voraussetzungen für den Getreide- und Holzhandel zu prüfen. Inzwischen sollten die übrigen Mitglieder des Pacific-Bundes Kolonisten anwerben, junge Menschen, Bauern, Zimmerleute, Maurer, Müller, Schmiede. Ungefähr 300 bis 500, einschließlich Frauen und Kindern, sollten im Frühjahr 1885 nach Amerika ausfahren, und wenn die Häuser, die Schule, die Versammlungshalle, die Bibliothek, errichtet waren, sollten weitere Kolonisten nachkommen. Das war der Plan.

Wir hatten zwei Passagen auf einem Dampfer der Hamburg-Amerika-Linie gebucht. Das Billet für Ploetz war aus dem Erbe der Frau Hauptmann gekauft und als Dienstreise der Gruppe Pacific abgerechnet worden. Mein Billet konnte ich aus dem väterlichen Budget selbst zahlen.

Wir hatten die Überfahrt im Zwischendeck gebucht. Immerhin ging der Freund mit dem geliehenen Brautschatz sehr sparsam um. Er neigte, anders als die drei Brüder, nicht zur Verschwendung. Der Dampfer war erst vor ein paar Jahren in Hamburg vom Stapel gelaufen. Allerdings war das Zwischendeck schon recht heruntergekommen. Rechts und links und in der Mitte standen grob gezimmerte Holzgestelle mit jeweils zwei übereinanderliegenden Betten mit Strohmatratzen. Zwischen den Stellagen waren Seile geknüpft, darüber hingen Hosen, Hemden und Socken. Der Abort war rechts für Frauen und Kinder, links für Männer, eine lange Bohle mit kreisförmigen Löchern. Man saß nebeneinander. Alte Zeitungen lagen bereit, die man sich in rechteckige Stücke reißen und fügsam knautschen musste. Wohin die Notdurft floss, darüber gab es unter den Passagieren unterschiedliche Vermutungen.

Schon in der Elbmündung kam ein kräftiger Wind auf. Am Abend, auf der Nordsee, wuchs er sich zum Sturm aus. Im Zwischendeck, wo Frauen und Männer, Alte, Junge, Kleinkinder und Greise zusammengepfercht lagen, war schon bald das Würgen der Seekranken zu hören, ein infernalischer Gestank breitete sich aus. Es war ein Wimmern, Schreien, Wehklagen. Ich bin vor Seekrankheit gefeit. Der Freund aber war bleich, ja weiß im Gesicht, durfte allerdings, was den Passagieren im Zwischendeck sonst nicht erlaubt war, auf das Promenadendeck gehen. Ich habe ihn begleitet, ja, ich habe ihn untergehakt und so die Treppe hinaufgeführt, wie Betrunkene torkelten wir hin und her, klammerten uns aneinander, stürmten an Deck zur Reling. Dort übergab er sich vorschriftsmäßig nach Lee. Die Spritzer seiner Kotze auf den Schuhen wusch der Regen ab. Er war in den drei Tagen, die der Sturm anhielt, nicht ansprechbar, und es war das einzige Mal, dass ich ihn, der sich sonst keine Schwäche zu zeigen erlaubte, schwach erlebte. Ich brachte ihm Tee, einen Kräutertee, etwas bitter schmeckend, den eine ukrainische Bauersfrau aufgekocht hatte und der wunderbarerweise den Magen beruhigte. Er trank den Tee, schüttelte den Kopf und sagte, wie kann der kranke Magen jeden großen Gedanken bedeutungslos … Und dann würgte er wieder.

- unverständlich -

Ja. Richtig. New York. Welch ein Anblick. Welch ein Erlebnis, in den Hafen einzulaufen. Diese Stadt. Auch die Menschen, denen man begegnete. Die Freundlichkeit. Das wollte ich Ihnen noch sagen, wie sehr ich Ihre Haltung bewundere. Ich meine damit die Offiziere …

Na ja …

… die Mannschaften, wunderbar, dass sie die Hände in die Taschen stecken …

Na ja, nicht in der Kaserne …

… denn wohin mit den Händen, wenn man einfach nur dasteht? Ihre Haltung ist das genaue Gegenteil zu unserer: Hände an die Hosennaht. Strammstehen. Allein der Klangunterschied zwischen unserem Jawoll und

Ihrem gedehnten Okay. Unsere Ehre heißt Treue. Wir sehen, wohin das geführt hat. Bei uns sollte der Landser das Kinn an die Kragenbinde nehmen. Bei Ihnen ist es diese Kaubewegung. Das habe ich damals, als ich das erste Mal in Ihrem Land reiste, nicht beobachten können. Sicherlich hat sich auch bei Ihnen viel verändert. Mich überwältigte die Gastfreundschaft, die uns entgegengebracht wurde, die Offenheit. Und diese Zukunftsfreude. Eine Positivitätsorgie. Auch die Ruhe. Nicht in New York, da war viel Armut, da herrschte eine große Hektik, auch Rücksichtslosigkeit. In den Straßen stank es nach Pferdemist und Pferdepisse. Aber auf dem Lande, im Westen, war es ein großartiges Reisen, ja ein wunderbares Reisen. Ein Willkommensreisen. Allenthalben traf man auf Hilfsbereitschaft. Als wir in New York ankamen, stand die Freiheitsstatue noch nicht, es war, glaube ich, eben erst der Grundstein für den Bau gelegt worden.

Die Kommune der Ikarier, wo haben Sie die besucht, ich meine, wo in Amerika?

In Iowa, in der Nähe der kleinen Stadt Corning. Die Kommune war nach Streitigkeiten aus Nauvoo dorthin gezogen. Sie hatte sich, als wir ankamen, schon wieder zerstritten und in ein Neu-Ikarien und ein Jung-Ikarien geteilt. Die Jungen hatten eine Anzahl von Reformen in den landwirtschaftlichen Betriebsweisen verlangt, das Stimmrecht für Frauen gefordert und die unterschiedslose Aufnahme von neuen Mitgliedern verlangt. So kam es zur Trennung. Die Partei der Jungen sollte nicht lange bestehen. Wir waren in der Kommune der

alten Partei, bei den Traditionalisten, der New Ikarian Community. Sie umfasste fast dreißig Häuser, eine Halle für die Versammlungen, ein kleines Haus mit einer Bibliothek, ein Haus, in dem gemeinsam gegessen wurde. Die Ikarier bestätigten auf den ersten Blick nicht das Bild, das Étienne Cabet von den Kommunarden ausgemalt hatte. Durch die Kreuzung verschiedener Rassen sollte es in Ikarien so viele kräftige, schöne und anmutige Menschen wie sonst nirgendwo geben. Die ikarischen Kolonisten, die uns entgegentraten, waren eher klein, abgearbeitet, auch missmutig, und begegneten uns recht reserviert.
Ich war enttäuscht. Der Freund versuchte, den Eindruck sogleich ins Hoffnungsvolle zu wenden, und sagte, es ist später Nachmittag, die Kommunarden sind abgearbeitet, ihre Zurückhaltung spricht doch für eine große Ernsthaftigkeit und eine damit verbundene Verlässlichkeit, schließlich könne der neue Phänotyp nach vierzig Jahren noch nicht sichtbar werden. Eine große Veränderung war aber auch nicht mehr zu erwarten, denn das vorherrschende Grau ließ nur noch auf wenige kommende Geburten schließen. Die Männer saßen auf den Bänken vor dem Versammlungshaus und rauchten und redeten. Sie beobachteten uns voller Misstrauen. Hatten wir eine Frage, kamen ihre Antworten wie Steine aus dem Mund gerollt. Wenn man etwas wissen wollte, was über die nächste Handreichung hinausging, verstummten sie ganz, sahen grimmig vor sich hin. Es war, als hätten viele von ihnen das Sprechen verlernt. Nun sind auch unsere Bauern in Norddeutschland nicht gerade

redefroh. Man übt sich, wenn man hinter einem Pferd den Pflug durch die Erde zieht, nicht im Disputieren. Bücher, Theater, Konzertsäle sind fern. Aber diese hier hatten doch eine Bibliothek, ein Versammlungshaus, Tanz und Musik sollten, hatten wir bei Cabet gelesen, besonders gepflegt werden. Und auch das trübte, jedenfalls bei mir, den ersten Eindruck: Die meisten, insbesondere die Männer, rochen, kam man ihnen im Gespräch näher, recht streng. Auch dafür hatte der Freund in seiner so entschiedenen Begeisterung eine Erklärung, dieser Geruch sei ein Zeichen der intensiven Arbeit der Mitglieder und wahrscheinlich auch der Sparsamkeit. Vor allem aber sei er ein Zeichen, dass man sich gut riechen könne, sich also mochte.
Uns wurde eine Kammer in einem kleinen Gästehaus zugewiesen. Ein sauberer, schmuckloser Raum. Die Wände waren aus breiten, rötlich braunen Brettern gefügt. Der teppichlose Plankenboden war mit einem nach Lindenblüten duftenden Öl eingelassen. Zwei einfache Betten standen darin, zu unserer Freude nicht mit Kopf- und Fußteilen versehen. Wir konnten uns endlich im Schlaf ausstrecken. In der Ecke stand ein runder gusseiserner Ofen, daneben ein kleiner, ein wenig wackeliger Tisch, dessen Platte die Spuren der vorangegangenen Gäste trug: eingeritzte Zahlen und Namen, sehr kunstvoll der Name Rebecca. Zwei einfache Stühle aus Nussbaum. An der Wand hingen, von Hand geschrieben in schnörkellosen Majuskeln, die zwölf Gebote der ikarischen Gemeinde, auf Französisch, auf Englisch und auf Deutsch.

Wie Sie merken, all das ist im Gedächtnis gut aufgehoben, denn wir fühlten uns in diesem Raum nach der langen und umständlichen Reise über Meer und Land sogleich wohl.

Am nächsten Morgen bei Tageslicht, und es war ein sonniger Tag, sah alles weit freundlicher aus. Gegessen wurde im Gemeindehaus. Über der Eingangstür stand in großen Buchstaben *Égalité* und auf der Wand gegenüber *Fraternité*. Frauen und Männer saßen zu unserer Überraschung getrennt an den langen Holztischen. Der Tisch war mit einfachen emaillierten Tellern und Bechern gedeckt. Die frisch gebackenen, köstlich duftenden, an die französische Tradition der Kommune erinnernden Baguettes wurden von zwei in Kittelschürzen gekleideten Mädchen hereingetragen. In der Kolonie hergestellte Himbeer- und Brombeermarmelade stand in Töpfen auf dem Tisch wie auch ein wohlschmeckender Käse, der an den holländischen Gouda erinnerte, und frisch gestampfte, salzige Butter. Kaffee wurde in einer großen Kanne von den beiden Mädchen herumgetragen, frische Sahne in kleinen Porzellankännchen gereicht. Zwar gab es auch hier statt Gespräch meist nur ein Grunzen oder einen Fingerzeig, um die Butter herübergereicht oder Kaffee nachgeschenkt zu bekommen. Aber es lag etwas freundlich Feierliches über diesem Frühstückstisch. Und natürlich trugen die beiden Mädchen dazu bei, insbesondere die mich so freundlich auf Niederdeutsch fragende Blondzöpfige: Naa, noch ’n Slug Kaffee mit beeten Milk?

Eine Glocke wurde geläutet. Und langsam, sehr langsam, standen die am Tisch Sitzenden auf und schlenderten hinaus zur Arbeit. Alles geschah ohne Hast. Einer blieb sitzen und kaute, ließ sich noch Kaffee nachschenken.

Die Glocke wurde abermals geläutet. Wir, der Freund und ich, standen draußen, die Sonne schien, und der Freund sagte: Wunderbar.

Die Kinder, es waren nur fünf, gingen in die Schule, die Männer aufs Feld, die Frauen in die Wäscherei, die Käserei und in die Weberei, langsam verteilten sich alle auf ihre Tätigkeiten.

Ploetz ließ sich gleich zur Feldarbeit einteilen. Wenig später sah ich ihn wie einen Berserker mit einer Hacke im Feld das Unkraut jäten. Abends schwärmte er von der körperlichen Arbeit, schwärmte auch am vierten Tag, sogar dann noch, als ich ihm die Hände verbinden musste, denn die Blasen waren aufgesprungen. Mich hatte man zum Milchausfahren eingesetzt.

Haben Sie einmal einen Pferdewagen gelenkt?

Nein.

Es gehört einige Übung dazu, auch mit gutmütigen Pferden. Zunächst war ich nur Gehilfe, musste die Kannen abheben, eine Strichliste führen, dann aber, nachdem ich die Zügel immer öfter in die Hand bekommen hatte und von meinem Kommunarden korrigiert worden war, konnte ich die Milch allein zur Molkerei fahren. Der Freund arbeitete inzwischen beim Holzschlagen. Nach drei Tagen sagte er, er habe im Wald einen Bären gesehen. Ein großes Tier, das sich rasch durch das Gebüsch entfernt habe. Einige sagten, der letzte Bär, den man hier gesehen habe, sei in einem Wanderzirkus auf einem kleinen Fahrrad herumgefahren. Aber ältere Mitglieder meinten, es sei nicht ausgeschlossen. Immer wieder gebe es solche Einzelgänger, die dann auch recht gefährlich seien. Der Freund bekam ein Gewehr ausgehändigt. Es ist eines der Bilder, die mich seitdem begleiten, wie er mit einer braunen Jacke aus Büffelleder und dem von ihm selbst ausgewählten Lederfransen an den Ärmeln losritt, über der Schulter eine Winchester 76. Er hatte als Einjähriger ein paar Monate im preußischen Militär gedient. Jedenfalls konnte er recht gut reiten und schießen.

Spätabends kam er zurück. Es war nicht nur dem Glück, sondern auch seiner Zähigkeit zu verdanken – er hatte zwar keinen Bären, aber einen Truthahn geschossen. Ein mächtiges Tier. Am nächsten Tag gab es diesen in einem Ofen gebackenen Truthahn. Jeder bekam ein Stück des hellen, köstlich schmeckenden Fleisches. Es war ein kleines Fest. Reichlich wurde das in der Kommune gebraute Bier ausgeschenkt. Die Zungen lösten sich und es wurde gelacht. Ein junger Mann spielte auf der Maultrommel, ein anderer die Gitarre. Es wurde gesungen. *Am Brunnen vor dem Tore* und *Sur le pont d'Avignon.*

Zwei Tage darauf kam ein ziemlich ruppiger Reiter, bärtig und mit einer gewaltigen Flinte auf dem Rücken, stieg vom Pferd und brüllte herum. Ein merkwürdiges, schwer verständliches Englisch. Später erzählte man mir, es sei der etliche Meilen entfernt lebende Farmer gewesen, dem der Truthahn entlaufen war. Er verdächtigte die Community, gewusst zu haben, wem das Tier gehörte. When did you last see wild turkeys? Damn it, brüllte er. Darum habe man das Tier sogleich geschlachtet und gegessen. Der Freund musste den Braten aus eigener Tasche, das heißt von Frau Hauptmanns Erbe zahlen.

So, wie der Freund sich hier bewegte, vom Pferd sprang und mit seinen hohen Stiefeln, der Büffellederjacke und dem breitkrempigen Hut auf dem Kopf herumlief, konnte man sagen, er passte besser in diese Landschaft als viele der aus Frankreich, der Schweiz, England und Deutschland kommenden Ikarier. Er bewegte sich schneller als all die anderen, die ein wenig gemächlich ihrem Tun nachgingen. Für ihre Arbeit passte der Grundsatz: Take it easy.

Für mich war es, anders als für den Freund, der dieses Zusammenleben bald kritisch sah, höchst lustvoll zu beobachten, wie die Menschen miteinander umgingen, ohne Hast, ohne einen durch Besitz erwachsenden Neid, da ja alles allen gehörte. Wie man auch, durch das Englische bedingt, einander duzte. Es war eine große Gelassenheit unter den Menschen. Kein Befehlston, ja, das vor allem fiel mir sogleich auf, dieses Fehlen von: Jawoll und zack, zack. Nicht diese gehetzten, ärgerlichen Blicke. Auch fehlte das Unterwürfige gänzlich. Jedoch zeigte sich auch für mich nach zwei, drei Wochen mit nun geschärftem Blick, wie unterschiedlich die Mitglieder ihren Pflichten nachgingen, wie unterschiedlich genau und geschwind gearbeitet wurde. Wir hatten uns zu einer Arbeit, die offensichtlich nicht beliebt war, freiwillig gemeldet. Vierhundert Meter voneinander getrennt, arbeiteten zwei Gruppen von je fünf Männern. In der einen arbeiteten wir, der Freund und ich. Pfähle wurden angespitzt, die Spitzen, damit sie nicht so schnell im Erdreich faulten, in einem Feuer angesengt, dann in den Boden geklopft. Der Maschendraht wurde mit Eisenkrampen an den Pfählen festgenagelt. Der Freund und ich arbeiteten konzentriert und zügig mit der Pfahlramme. Ja, es machte Spaß. Auch unsere anderen drei Kombattanten wurden mitgerissen von unserem Ho und Feste-drauf. Am Abend hatten wir die Arbeit beendet. Wir sahen mit Genugtuung, wie sich der Zaun den leichten Hügel hinaufzog. Well done, sagte der für die Agrarwirtschaft gewählte Organisator. Er hatte Bier in der Kutsche mitgebracht. Die andere Gruppe hatte nicht einmal die Hälfte des Zauns errichtet. Und nicht etwa, weil man sorgfältiger gearbeitet hatte, im Gegenteil, es musste nachgebessert werden, wobei ein grundsätzlicher Fehler nicht mehr behoben werden konnte. Man hatte versäumt, die Spitzen der Holzpfähle im Feuer anzusengen. Aus Schlamperei oder Faulheit, wobei das Letztere ja meist das Erste bedingt. Darüber hinaus waren die Pfähle nicht ausreichend tief in den Boden gerammt worden. Durch den daran hängenden Maschendraht wurden sie in die eine oder andere Richtung gezogen. Wie betrunken wankte der Zaun den Hang hinauf.

- *unverständlich* -

Das gemeinsame Treffen wurde im Versammlungshaus einberufen. Ich habe schon von meiner Enttäuschung

beim ersten Anblick der Koloniebewohner erzählt. Cabet hatte sich in seinen Schriften von Campanella inspirieren lassen. Er wollte durch Züchtung nicht nur Tier- und Pflanzenwelt, sondern auch die biologische Substanz der Menschen veredeln.
Ein Gedanke, der Ploetz sogleich entflammt hatte, diese Vorstellung einer gerechten und gleichen Gesellschaft, die auch in ihrem Erscheinungsbild harmonisch, also schön war. Die Ungerechtigkeit in der Natur des Einzelnen sei zu korrigieren, also das Gleichmaß der Stellung in der Gesellschaft müsse auch im Antlitz und im Körper zu erreichen sein. Eine Gleichheit in Schönheit. Die hier Versammelten entsprachen, wie ich schon erwähnte, diesem Bild gar nicht, sie schienen zusammengewürfelt, klein, krumm, breite Gesichter, Köpfe, die erstaunliche Ohren trugen, einige dieser Ohren waren am Rand mit einer Wolle bewachsen, die an Schafe denken ließ. Gut, man hätte diesen Haarwuchs mit Scheren zurückstutzen können, aber was hätte man mit den Nasen machen sollen, deren Großkolbigkeit ins Auge stach, was mit denjenigen, entschuldigen Sie den kalten Blick auf das Äußere dieser Menschen, die ja durch und durch redlich, bescheiden und gutwillig waren, deren Unterlippe wie bei Kühen herabhing? Ich gebe Ihnen nur den Blick des hoffnungsvollen Betrachters wieder, der ja auch der meine war.
Der Freund hatte recht, es war nicht zu erwarten, dass sich in dem Erscheinungsbild der Menschen in einer, in zwei Generationen etwas Grundlegendes habe verändern können, aber der Anblick der hier Versammel-

ten war einfach ernüchternd. Desto mehr fiel mir diese junge Frau mit dem zum festen Zopf geflochtenen blonden Haar, den Sommersprossen und der kleinen Nase, einer Stupsnase, ich muss es so sagen, ins Auge. Sie sah mich inmitten der in düsterem Schweigen Dasitzenden mit einem so offenen, unschuldigen Lächeln an, dass es mir, der in jeder Form der Liebe unerfahren war, durch und durch ging. Ja, ich spürte ihn körperlich in mich hineinfahren, in den Nacken, in die Glieder, einen Wärmeschub. Dieser freundliche Blick traf mich mit einer kleinen Unregelmäßigkeit. Ihr linkes Auge wich ein wenig nach außen von der Sichtachse ab, eine winzige Irritation. Etwas Verletzliches lag darin.

Bei dieser Versammlung ging es um recht einfache Fragen, um die Einteilung der alltäglichen Arbeiten. Was in der nächsten Woche getan werden musste. Weitere Zäune sollten errichtet werden, damit das Milchvieh sich nicht zu weit verlief. Gesprochen wurde über den Reifegrad des Käses. Für die Käserei, die ein Schweizer beaufsichtigte, sollte eine größere, von Hand betriebene Zentrifuge angeschafft werden. Verhandelt wurde über das bereitzustellende Geld. Bedächtig wurde geredet, ruhig wurde das Thema hin und her gewendet, bis man sich für einen bestimmten Dollarbetrag entschieden hatte. Es wurde abgestimmt. Auffallend war, dass die Frauen, die in der Käserei arbeiteten, nicht die Hand hoben. Und wir hörten, dass sie bei Gelddingen nicht mitstimmen durften. Danach war von den Frauen in der Küche die Rede, wer für die Wäscherei, wer für die Weberei einzuteilen war. Die Lingua franca war ein

schlichtes Englisch. Die Mitglieder kamen aus verschiedenen Nationen, die meisten aus Frankreich, sodann aus Deutschland, Schweden, England, eine internationale Gemeinschaft. In ihr schienen alle in Europa umlaufenden Debatten über den Volkscharakter und über die Zwänge und Streitigkeiten der Nationen aufgehoben zu sein. Die Diskussionen waren vom Alltag bestimmt, von der Notwendigkeit der gemeinsamen Arbeit. Leider sind alle meine Aufsätze und Berichte, die nur in sehr kleinen Auflagen erschienen sind, beschlagnahmt worden. Als ich nach meiner Entlassung bei der Geheimen Staatspolizei vorstellig wurde mit der Bitte, mir meine Unterlagen, Manuskripte, Notizen zurückzugeben, sah mich der Mann am Schreibtisch mit seinen Ärmelschonern entgeistert an. Sind Sie betrunken?, fragte er mich, und dann kam ein gebrülltes: Raus.
- *unverständlich* -
Ja, lassen Sie uns hier Schluss machen.

PX

Eine Woche nachdem er Molly nach Hause gebracht hatte, fuhr Hansen zu ihr in der Hoffnung, sie anzutreffen, klingelte dreimal, wie es die drei Kreuze vor ihrem Namen verlangten.
Sie öffnete und war keineswegs überrascht, sondern begrüßte ihn so, als hätte sie auf ihn gewartet. Sie trug einen zu weiten, offensichtlich für Männer bestimmten schwarzen Trainingsanzug.
Er fragte, ob sie Lust habe, mit an den See zu fahren. Sie könnten eine Bootsfahrt machen. Das war eine Lüge. Denn an eine Bootsfahrt war nicht zu denken, noch immer fehlte der Verteilerkopf, und ein Ersatz war bisher nicht aufzutreiben gewesen. Sie hätten sich ins Boot setzen können. Jedoch kamen abends die Mücken und Bremsen aus dem Schilf.
Was Hansen wollte, aber natürlich nicht sagte: mit ihr zu Abend essen und dann ins Bett gehen.
Eine Bootsfahrt?
Kein Überlegen, kein Zieren, sie sagte: Ja. Sie müsse sich umziehen. Sie bat ihn in ihr Zimmer, holte Wäsche und ein Kleid aus dem schäbig schiefen Schrank, ging

hinaus auf den Gang und zum Bad, vor dem sie offensichtlich warten musste, denn er hörte, ohne etwas zu verstehen, wie es dort an der Badezimmertür zu einem Wortwechsel mit einer anderen Frau kam. Er hörte ihre sehr bestimmte Stimme, kein Bitten, eher ein Befehlston.

Anders als beim ersten Besuch konnte er sich ungestört im Zimmer umsehen, auch die drei Fotografien auf dem Tisch genau betrachten. Eine zeigte sie, Molly, und einen kleinen Jungen, die andere eine Familie, mehrere Männer, Frauen, Kinder unterschiedlichen Alters, alle festlich gekleidet, einige Männer trugen Uniform. Wahrscheinlich war es die Aufnahme von einer goldenen Hochzeit, denn in der Mitte saßen ein grauhaariger distinguiert blickender Mann und neben ihm, sehr aufrecht, eine in Schwarz gekleidete Frau, das volle graue Haar hochgesteckt. Und dann stand da noch ein Foto in einem silbernen Rahmen mit einem schwarzen Band. Ein junger deutscher Offizier. Luftwaffe, drei Schwingen auf dem Kragenspiegel, ein Hauptmann. Ein ernstes Gesicht, nicht unsympathisch, etwas Nachdenkliches lag darin, dieser ist, dachte Hansen, mein Feind. Und auch das ging ihm durch den Kopf, dass dieser Mann, wie Horace bei Catherine, ihm in Silber gerahmt unter die Augen kam.

Sie hatte sich geschminkt, die Lippen, die Augenbrauen nachgezogen, das blonde Haar in ein stürmisches Gewühl hochgebürstet. Sie trug wieder das geblümte Klatschmohn-Kleid. Wahrscheinlich besaß sie nur dieses eine. Allerdings trug sie nicht die weißen gerollten

Socken, sondern Seidenstrümpfe, dazu die Schuhe mit den hohen Korkabsätzen.

Nicht gerade die Aufmachung für eine Bootsfahrt, dachte er, sagte aber nichts. Vielleicht hatte sie aber auch diese Bootstour als nur vorgeschoben durchschaut.

Sie deutete, als habe sie ihn beim Betrachten der Bilder beobachtet, auf die Fotos, das ist mein Sohn, das ist meine Familie und das ist mein Mann. Ist, sagte sie betont, und dann sachlich, er ist gefallen. Vor zwei Jahren über Russland abgeschossen worden. Eine kurze Ehe, gemessen an den Tagen, die wir zusammen verbracht haben, wenn er Urlaub, wenn er Fronturlaub hatte, zusammengerechnet keine drei Monate. Aber der Junge ist da. Jetzt lebt er bei den Großeltern in Braunschweig. Und wenn ich erst einmal mein Geschäft habe, hole ich ihn her.

Was für ein Geschäft?

Erzähle ich Ihnen später.

Sie waren zu dem PX, einem Armyladen, gefahren, vor dem viele Deutsche herumlungerten. Sie bettelten um Zigaretten. Deutschen war der Zutritt nicht gestattet. Er hatte Molly gefragt, ob er, da sie draußen warten musste, wegen der Gaffer das Verdeck schließen solle.

Ist mir egal.

Daraufhin hatte er das Verdeck zugeklappt. Offensichtlich war es ihm nicht egal.

Noch konnte er Molly zu keiner der Geselligkeiten, bei denen sich seine Vorgesetzten und Kameraden trafen, mitnehmen. Der eine oder andere hatte schon eine deutsche Freundin. Die Mannschaftsdienstgrade hatten längst ihre Fräuleins, wie es hieß. Die Boys waren gefragt. Sie durften in den PX-Läden einkaufen. In den USA galten noch Rationierungen und nicht alles war zu haben, aber für deutsche Verhältnisse war es ein Schlaraffenland, das war die Neue Welt: *Lucky Strike, Camel* und *Chesterfield*; Rye und Bourbon: *Old Fitzgerald, Harper's, Jack Daniels*; Bier: *Pabst, Schlitz, Blatz;* Dosenfleisch: *Spam*; Mehl: *Pillsbury, Farina, Kitchen Craft*; Schokolade: *Hershey Bars* und *Bommel*; Cookies: *Oreos, Graham Crackers, Cracker Jack*; Thunfisch und Lachs von *John West,* Sardinen von *Moosabec;* Candy: *Baby Ruth, Butterfingers, Snickers, Mars Bars*; Waschpulver: *Omo, Ivory Snow.*

Allein der Name *Ivory Snow*.

Hansen kaufte ein: Gin, Lachs, Thunfisch, Kekse, Butter, Kaffee und zwei Stangen *Camel.*

Vor dem Eingang lungerten Jugendliche, bettelten die Kinder. Gab es einen besseren Beweis für den verdienten Sieg Amerikas, für dessen Überlegenheit, als den Geschmack der Zigaretten? Den Duft des Kaffees? All das war sonst nur auf dem verbotenen Schwarzmarkt zu haben, wo Uhren, Pelze, Fotoapparate für Zigaretten den Besitzer wechselten.

Sie betrat das Haus, ohne zu zögern, als gehöre es ihr. Sie ging durch den weiten Wohnraum, der sich hell zur Wiese und zum See öffnete, und blickte über den See.

Das haben Sie sich nett ausgesucht.

George war auf Dienstreise nach Nürnberg gefahren

und Hansen hatte nicht Frau Sachs kochen lassen, sondern sie nach Hause geschickt. Er holte den Gin, das Eis, das Haus war gut eingerichtet, mit einem großen Kühlschrank. Die Besitzer wussten zu leben.
Sie setzte sich in einen Korbsessel, schlug die Beine übereinander, ohne an ihrem Kleid herumzuzupfen. Er schüttete die gesalzenen Erdnüsse in eine Schale. Geröstete Nüsse, die sie wohl zum ersten Mal schmeckte. Sie sagte nichts, nahm sich aber schnell und ein wenig unbeherrscht mehrmals davon.
Der Sundowner, Gin Tonic. Er sagte: Prost, sie: Cheers. Er legte in dem großen Wohnzimmer eine Platte auf. Johnny Hodge: *Things Ain't What They Used To Be.* Und als er ihr den Titel nannte, sagte sie: But they used to be.
Die Fenster, die Türen standen offen, sie saßen auf der Terrasse in der Wärme, die sich an der Westfront des Hauses noch staute, hin und wieder kündigte sich mit einem leichten Windstoß die Kühle der kommenden Nacht an. Er ging hinein, wechselte die Platte, legte die eben aus den Staaten gekommene Scheibe auf, Leadbellys *The House Of The Rising Sun*. Sie ließ die Eiswürfel im Glas klirren und saß so selbstverständlich da, als gehörten Haus, Garten und See ihr. Sie tranken ein zweites und drittes Glas und blickten über den See in den Sonnenuntergang, der das Reden überflüssig machte. Plötzlich fröstelte es sie, es wird kühl, sagte sie, wir sollten hineingehen.
Er fragte, ob sie bleiben wolle.
Ja. Es hörte sich an wie: Natürlich.

Sie waren die Treppe hinauf in sein Zimmer gegangen, sie zog sich das Kleid über den Kopf, stand vor ihm in Strümpfen und Strapsen und fragte ihn, soll ich die anbehalten? Er war von dieser sachlichen Frage derart überrascht, dass er Ja sagte, obwohl er Nein meinte.

Am Morgen saßen sie einander gegenüber wie in einem Restaurant. Ihre dunkle runde, den Durchblick verwehrende Sonnenbrille, das Lackrot ihrer Lippen, dieses geordnet widerspenstige blonde Haar zeigten eine abweisende Schönheit, keine Regung, kein Gedanke, kein Gefühl war ihrem Gesicht abzulesen. Nur einmal huschte ein Lächeln darüber. Er war sich nicht sicher, ob es ironisch war. Fragen mochte er nicht.

Frau Sachs brachte auf einem Tablett das Frühstück. Molly war, so schien es, Dienstboten gewohnt, freundlich, aber bestimmt äußerte sie ihre Wünsche. Kaffee mit Sahne, nein, keinen Zucker. Marmelade, Honig und Toast. Die Verpflegung der Army war ausgezeichnet. Sie kommentierte nicht die Qualität des Kaffees, nicht den braunen Zucker, nicht die Dosenmilch, trank den Kaffee in kleinen Schlucken.

Sie lenkte das Gespräch, fragte ihn über seinen Vater aus, und er antwortete, worüber er sich selbst ärgerte, wie ein Schüler. Er bot ihr an, sie nach München zu fahren, aber sie wollte den Zug nehmen.

Warum?

Weil ich Lust habe.

Weitere Gründe nannte sie nicht. Er fuhr sie zum Bahnhof. Er wollte sie wiedersehen.

Ja. Du weißt ja, wo ich wohne.
Das Du hörte sich wie ein Sie an, und er fragte, wann er sie zu Hause antreffen könne.
Sie sei da, wenn sie nicht geschäftlich unterwegs sei.
Bis dann.
Keine Umarmung. Sie ging in den Bahnhof. Kein Winken. So verschwand sie.

Am nächsten Tag war er zur Kommandantur in die Stadt gefahren. Er ging durch Schwabing, von diesem Stadtteil hatte sein Professor in St. Louis geschwärmt. Kuppitsch hatte zwei Semester in München studiert. Hansen ging die Adalbertstraße entlang, als sich ihm ein Junge anschloss. Der Junge hinkte ein wenig, hatte ein ernstes Gesicht, hart blickende Augen. Das bei den deutschen Kindern sonst übliche Staunen über die Uniform, die Schuhe zeigte er nicht. Der Junge trug ein blau-grün kariertes Hemd, eine kurze, wahrscheinlich abgeschnittene, bis zu den Knien reichende Cordhose, einen Ledergürtel von der HJ-Uniform. Der hinkende Junge fragte auf Englisch, ob Hansen an Orden interessiert sei, er habe ein Eisernes Kreuz Erster Klasse und eins Zweiter Klasse, zwei Verwundetenabzeichen, zwei Kriegsverdienstkreuze mit Schwertern zu bieten sowie ein Pionierabzeichen, und wie zum Beweis zog er ein silbernes Verwundetenabzeichen aus der Hosentasche.
Silber?
Yes.
Hansen wusste, diese Abzeichen waren nur versilbert,

aber ein wenig Rosstäuscherei gehörte zum Schwarzhandel.
Nein, er war nicht daran interessiert. Hansen fragte den Jungen, wie alt er sei. Sechzehn. Der Junge sprach hartnäckig in seinem Schulenglisch auf Hansen ein, Where do you come from?
New York.
Do you like this city?
I like the scenery.
Hansen fragte den Jungen auf Deutsch und verlangte, dass er ebenso antworten solle, woher er komme. Ein Ort in Ostpreußen, der Hansen nichts sagte. Die Eltern? Er zuckte die Achseln. Ob er sich verletzt habe? Ja. Ein Granatsplitter. Er war im Volkssturm gewesen. Mit sechzehn? Ja. Er habe mit seiner Einheit in einem Vorort von Königsberg gekämpft. Seine Gruppe habe zwei russische Panzer mit Panzerfäusten abgeschossen. Er sagte das so betont, als müsse Hansen ihn nun bewundern. Den Splitter habe er bei einem späteren Gefecht ins rechte Bein bekommen, hat mich erwischt, sagte er, hier, er schob die abgeschnittene Cordhose etwas hoch, zeigte die Narbe am Oberschenkel, eine lange, breite, noch bläulich frisch schimmernde, grob genähte Narbe. Hansen dachte an den mit dem Gesicht im Gras liegenden Jungen in seiner HJ-Uniform.
War Königsberg nicht eingeschlossen?
Ja. Aber bis Ende März gab es einen Zugang zum Hafen Pillau. Von dort sei er mit anderen Verwundeten auf einem Minensuchboot nach Stettin und von da auf einem zum Notlazarett umgebauten Flussschiff nach

Berlin gebracht worden. Auf dem Flussschiff habe er das Ende des Krieges erlebt. Die Russen kamen. Dass er nicht gehen konnte, habe ihn davor bewahrt, von ihnen nach Russland geschickt zu werden. Dann, als sich die Wunde geschlossen hatte, sei er zu Fuß nach München gelaufen. Hin und wieder habe ihn jemand mitgenommen, mal ein Bauer auf einem Pferdewagen, mal ein Russenlaster. Die Laster stanken, aber die Russen waren freundlich, schenkten ihm Brot. Sein Ziel sei Bozen gewesen. Im Gymnasium, in Königsberg, habe er einen Fotoband gesehen, noch vor dem Krieg gedruckt. *Landschaften der deutschen Gaue*: Deiche und strohgedeckte Häuser an Nord- und Ostsee, Fachwerkhäuser in Hessen und Niedersachsen; und dann eben auch ein Foto von Südtirol. Bozen. Palmen, die im Freien wuchsen, und im Hintergrund schneebedeckte Berge, darunter stand: *Auch unter Palmen wird Deutsch gesprochen*. Die Berge, die Palmen, die seien sein Ziel gewesen. Aber jetzt, hier, gefalle es ihm gut, fast so, wie er sich das vorgestellt habe. Er erzählte das sachlich, als wäre er eben von einem Stadtteil in den anderen gegangen. Nach einer kleinen Pause fragte er Hansen, ob er an einer silbernen Anstecknadel der Albertus-Universität in Königsberg Interesse habe. Er könne sie ihm in seiner Wohnung zeigen.

Hansen zögerte. Er wohne in der Nähe. Gut. Sie gingen zwei Straßen weiter und blieben vor einem zerstörten Haus stehen, dessen Schutt bis zur ersten Etage ragte. Eine Treppe führte in den Keller. Der Junge stieg die Stufen hinab. Einen Augenblick zögerte Hansen,

dachte an all die Geschichten vom Werwolf, folgte dem Jungen dann. Unten stand eine junge Frau mit einem Säugling auf dem Arm, zwei Kinder neben ihr, barfuß. Allmählich erkannte Hansen in dem nur von einem Kellerfenster leicht erhellten Dunkel Einzelheiten. Auf dem Steinboden lagen eine große und zwei kleine Matratzen. In der Mitte des Raums stand ein Tisch, darauf eine Zinkwanne, in der Wäsche eingeweicht war. Keine Elektrizität, kein Wasser.
Kochen?
Auf offenem Feuer. Die Frau zeigte auf ein aus Ziegelsteinen geschichtetes Viereck am Boden. Der Rauch zieht durch das kaputte Kellerfenster ab.
Und im Winter?
Der Junge legte den Arm um die Frau, dann müssen wir etwas anderes finden. Das Wasser hole ich von dahinten. Von einem Löschteich. Muss abgekocht werden.
Verwandt waren sie nicht, der Junge mit den Orden in den Hosentaschen und diese junge Frau mit den drei Kindern.
Ihr Mann sei seit sieben Monaten vermisst, irgendwo im Osten. Die Familie komme aus Brixen. Südtiroler. Optanten. Für Hansen ein neues Wort. Sie sollten auf der Krim angesiedelt werden. Auf dem Weg dahin mussten sie umkehren. Die Krim war wieder von den Russen eingenommen worden.
Es hat uns hierher verschlagen, sagte die Frau und sah den Jungen, der kein Junge mehr war, an.
Die Frau zeigte Hansen die wunde Stelle am Kopf des Kindes, das barfuß neben ihr stand, die Hand ins Kleid

gekrallt. Der hinkende Junge fragte Hansen, ob er ein Medikament gegen den Schorf besorgen könne. Er ging in die Ecke des Kellerraums, wo Wolldecken lagen, Kleidungsstücke, eine Ledertasche. Er hielt Hansen einen runden silbernen Anstecker hin, der einen Ritter mit einem geschulterten Schwert zeigte. Die Umschrift: *Sigillum Academiae Regiomontanae*. Das würde er für so ein Medikament geben.

Und Bozen?

Meine Palmen sind hier, sagte der Junge, der kein Junge mehr war, ich passe auf die hier auf, und so wie er die Frau wieder umarmte, sie an sich drückte, lag darin noch etwas anderes als Hilfsbereitschaft. Hansen blickte zu der großen schmutzigen Matratze, die wohl früher einmal zu einem Ehebett gehört hatte.

Butter?, fragte die Frau, Butter für die Kinder wäre wunderbar.

Natürlich sahen sie, dass er keine Butter bei sich hatte, aber sie hofften, dass er wiederkäme. Hansen zögerte. Er hatte sich vorgenommen, kein Geld zu geben. Die Deutschen sind alles Mögliche, Verbrecher, Verbohrte, aber keine Bettler, hatte er zu George gesagt. Er zog dann aber doch einen Fünfdollarschein aus der Brieftasche.

Die Frau nahm das Geld und bedankte sich mit einem Knicks und einem: Vergelt's Gott.

Und was der Junge, der kein Junge mehr war, sich wünsche. Zigaretten?

Nein, ein Buch, einen amerikanischen Roman. Er habe sich ein deutsch-englisches Wörterbuch organisiert –

was wohl hieß, geklaut – und wolle lesen, sein Englischlehrer im fernen Königsberg habe ihm den Roman *In einem andern Land* geliehen. Den würde er jetzt gern auf Englisch lesen. Englisch richtig lernen.
Der Junge wollte ihm den silbernen Anstecker schenken, aber Hansen lehnte ab, sagte, vielleicht finde ich den Roman. Erst beim Hinausgehen bemerkte er in der Finsternis die Vase mit dem Strauß Trümmerblumen. Sie stand auf einer Holzkiste neben der großen Matratze.

5. Tag

Ich hatte gestern eine interessante Begegnung mit einem jungen Deutschen. Er würde gern A Farewell to Arms *im Original lesen. Haben Sie den Roman im Antiquariat?*
Von Hemingway haben wir lediglich eine englische Ausgabe von *Death in the Afternoon*. Aber wir haben, wenn auch nicht in Erstausgaben, Romane von Faulkner, von Dos Passos, von Steinbeck zum Beispiel *Cup of Gold …*
Danke, nein. Sie wollten noch weiter von dem Besuch bei den Ikariern erzählen.
Ja. Ich hatte ja schon gesagt, Frauen waren in der Ikarier-Gemeinschaft nicht berechtigt, mitzustimmen. Sie durften mitreden, wenn sie gefragt wurden, aber dann, beim Abstimmen, war es ihnen nicht erlaubt, die Hand zu heben.
Ploetz hatte bei der ersten Versammlung, als der Vorsitzende, der alte René, das Gespräch über die Arbeitseinteilung eröffnete, gefragt, ob er, als Gast, Anträge stellen dürfe? Die Antwort war: Ja.
Daraufhin beantragte der Freund, die Frauen müssten

mit abstimmen dürfen. Er habe Cabet jedenfalls so verstanden.

Es herrschte überraschtes Schweigen. Jedem wurde klar, dass sich damit die Mehrheitsverhältnisse ändern würden. René antwortete schließlich, das sei bei Cabet keineswegs so festgelegt. Frauen dürfen über die Aufnahme neuer Mitglieder abstimmen, nicht aber über die laufenden Fragen. Aber er wolle gern den Antrag auf der Jahresversammlung in zwei Monaten zur Diskussion stellen. Der Freund widersprach sofort. Was behandelt wurde, der Plan für die Ausweitung der gemeinsamen Wäscherei, sei doch eine Angelegenheit der Frauen. Die hätten die nötigen Kenntnisse und Erfahrungen. Genau genommen sei es ein Entgegenkommen der Frauen, wenn sie in dieser Angelegenheit die Männer mit abstimmen ließen. Ein Murren kam auf, auch wurde mit den Füßen gescharrt. Jemand sagte: Bon, bon.

Der Präsident, der alte René Marchand, ein an der Sorbonne in juristischer Kasuistik geübter Mann, sagte, das sei doch kein Grund, die Frauen über das, was sie tun, abstimmen zu lassen. Man müsse sonst ja auch die Kinder über das abstimmen lassen, was sie spielen wollen.

Die Versammelten lachten. Einige Frauen klatschten ihm Beifall, andere murrten jedoch erneut.

Warum nicht, sagte Ploetz, warum sollen Kinder nicht darüber bestimmen können, was sie gern spielen möchten? Von ihm ging ein Geist des Widerspruchs aus, der sich auf einige der Frauen übertrug, die plötzlich aufmerksam, ja gespannt erst ihn und dann wieder den alten René ansahen. Dieses Hin und Her der Köpfe.

Warum nicht das bislang als unmöglich Gedachte tun, fragte der Freund und fügte hinzu, ob es nicht überlegenswert sei, die Frauen auch über die Beschaffung der Maschinen und die Dauer der Arbeit in der Käserei, da sie es doch seien, die am genauesten über Menge und Qualität der Käseherstellung Bescheid wüssten, gleich jetzt und hier abstimmen zu lassen? Durch die Länge dieser so konziliant formulierten Frage hatte sich das Fragezeichen ein wenig verloren, und erst nach einem Augenblick ging ein Raunen wie ein Windstoß durch die Reihen der Versammelten.

René Marchand, ein Mann, der gegen das autokratische Regime Étienne Cabets opponiert hatte, schüttelte langsam den gesenkten Kopf. Weißes Haar umwölkte seine hohe Stirn. Eine scharf geschnittene Nase, mattgraue Augen, überwuchert von borstigen grauen Augenbrauen. Auffällig waren seine ebenmäßigen Zähne, allerdings waren sie gelbbraun. Beim Zuhören ständig mit dem Kopf nickend, den Mund vor der Antwort spitzend, aus dem dann ein Voilà, mit einem endlos langen A kam. We will talk next main session. Damit war es verschoben.

Dieser René, müssen Sie wissen, war als junger Mann, als Student der Jurisprudenz, mit der ersten Gruppe der Ikarier 1848 von Frankreich nach New Orleans gekommen. Wir, der Freund und ich, hatten als Vorbereitung auf unsere Erkundungsreise von dem damaligen Aufbruch gelesen. Nach dem Erscheinen der *Reise nach Ikarien* kam es zu einer Massenbewegung. Politisch Enthusiasmierte drängten nach Amerika, wollten dort den Idealstaat aufbauen. Sie verkauften ihre Häuser, Ländereien, Aktien, ließen sich ihre Erbschaften auszahlen und segelten 1848 los, in Richtung Neue Welt, nach New Orleans, fuhren den Mississippi in einem Raddampfer hoch, erwarben von einer Landgesellschaft 50 000 Quadratmeter Boden am Red River in Texas, wo sie sich niederließen, in Zelten wohnten, wo die ungeübten Advokaten, Philosophen, Theaterkritiker, Herrenschneider den Boden umgruben, Bäume fällten, Bretter sägten, Blockhäuser bauten, deren feuchtes Holz, aus dem das Harz tropfte, in der Hitze des Sommers krachend riss, sie kämpften mit Schlangen, litten unter Moskitos und Spulwürmern, starben am Fieber, einige wurden wahnsinnig, darunter der einzige Arzt, sie machten die entsetzliche Entdeckung, dass sich in die eigenen Reihen ein Polizeispion gedrängt hatte, sie spannten Reitpferde vor den Pflug, die nicht ziehen wollten, redeten ihnen erst gut zu, denn jegliche Kreatur sollte mit Achtung behandelt werden – ein Gedanke, wenn ich das hier einfügen darf, den ich wunderbar finde und für beherzigenswert halte. Als die Pferde partout nicht ziehen wollten, prügelten sie die Tiere, bis sie merkten, dass diese für die schwere Erde zu schwach waren. Sie machten Fehler, aber sie lernten, und ihr Wille hätte Berge versetzt, wären welche da gewesen.

Doch dann, erzählte der alte René eines Tages, kamen zwei-, vielleicht dreihundert Indianer auf Pferden, nicht die edlen Wilden, von denen sie in ihren Kinderbüchern gelesen hatten, sondern zornige, recht dreckige, nach Talg und Aas stinkende, mit Speeren bewaffnete Indianer, die ihre Tomahawks schwangen, einer mit mächtiger Federkrone, offensichtlich der Häuptling, fuhr sich mit dem Zeigefinger um die Stirn, was sogleich verstanden wurde, man wollte den Skalp der Utopisten. Der Häuptling ließ einen ihn begleitenden irischen Büffeljäger übersetzen: Das Land gehöre ihnen. Gehöre seinem Volk. Der Vertreter Cabets, ein an der Sorbonne geprüfter Advokat, zeigte den Vertrag, beglaubigt von einem Notar in New Orleans, mit Stempel und Unterschrift versehen, erklärte, welche Summe man der Landgesellschaft in New Orleans gezahlt hatte, und zwar in bar, solide, von Cabets Anhängern in Frankreich gesammelte Goldfrancs. Der irische Büffeljäger übersetzte, der Häuptling schüttelte seine Federkrone. Es stellte sich heraus, die Ikarier waren von der Landgesellschaft übers Ohr gehauen worden. Das Land gehörte tatsächlich den Indianern. Die Ikarier mussten weiterziehen. Das Land war weit, es war sehr weit, aber dennoch gehörte es irgendjemandem, manchmal, selten, noch den ursprünglichen Besitzern, den Indianern. In Nauvoo im Staat Illinois gründeten sie eine neue Kommune, baten um Unterstützung aus Frankreich, vor allem um den Zuzug von Frauen, es war eine Gesellschaft vieler junger hoffnungsfroher Männer geworden. Aber seit der Februarrevolution achtundvierzig richtete sich in Frankreich die Veränderungsenergie auf das Nahe, das Nächste, das Mutterland Frankreich. Gelder aus der Heimat blieben aus, auch keine neuen

Mitglieder, und vor allem und ganz entscheidend – es kamen keine Frauen. Diskussionen. Die Arbeit in der Landwirtschaft litt unter den Diskussionen. Morgens wachten die Disputanten benommen auf, andere fanden keinen Schlaf, es wurde über Schlaflosigkeit geklagt, das Wort nervosité häuft sich in den Briefen, die in die Heimat gingen. Zwei Fraktionen bildeten sich, die eine plädierte dafür, das Experiment zur Gründung einer neuen menschlichen Gesellschaft in der Wildnis abzubrechen und nach Frankreich zurückzukehren, die andere bestand darauf, es fortzuführen. Erst durch die Probleme werde sich ein neuer Wert in den Beziehungen herausbilden. Jetzt nur nicht aufgeben. Mit den letzten verbliebenen Goldfrancs wurde neues Land gekauft. Dann, endlich, kam auch Cabet in die Neue Welt, er kam mit der Hoffnung, das zu verwirklichen, was Platon in Syrakus nicht gelungen war, einen perfekten Staat, wenn auch nur im Kleinen. Ein Modell. Und mit Cabet kam neuer Streit, weit heftiger, gehässiger als der frühere. Ihm wurde undemokratisches, autoritäres Verhalten vorgeworfen. Durften einige silberne Taschenuhren tragen, während andere keine besaßen? Entweder alle oder keiner. Das war die Gleichheit. Der Mensch kommt ohne silberne Taschenuhr zur Welt. Nicht nur zwei, sondern drei Gruppen standen einander feindlich gegenüber. Verdächtigungen. Üble Nachreden. Gerüchte. Ungerechtigkeiten. Verletzungen. Beleidigungen. Es wurde weder gegraben noch gepflügt noch gemolken, es wurde diskutiert. Fremde kamen, die glaubten, hier werde die freie Liebe praktiziert. Das Gerücht hatte sich verbreitet, in der Kommune gehöre alles allen, auch die Frauen – was angesichts der wenigen vorhandenen Frauen eine gewisse Logik gehabt hätte. Jedoch hatte Cabet nie etwas über freie Liebe geschrieben. Im Gegenteil, er war katholisch. Ihm war die Ehe heilig. Die Ikarier sollten streng monogam leben und die eheliche Treue sollte eingehalten werden. Auch wenn Scheidung erlaubt war. Aber Treue war in der ikarischen Gesellschaft zentral. Und jetzt schlugen Eindringlinge vor, dass sich eine Frau der Gerechtigkeit wegen nicht einfach ihren Liebhaber aussuchen dürfe, sondern jedem ihre Neigung schenken müsse. Denn in der freien sexuellen Wahl stecke die größte Ungerechtigkeit. Warum der und nicht ich? Die wenigen tapferen Französinnen, die mit nach Amerika gekommen waren, klammerten sich an ihre Kinder. Immerhin durften sie mitdiskutieren, aber nicht abstimmen. Die Anhänger der offenen Beziehungen wurden überstimmt und verließen unter Protest die Kommune. Das war das Muster. Nach langen, erbitterten Diskussionen zogen die bei einer Abstimmung Unterlegenen weiter, um sich nach kurzer Zeit abermals zu teilen. Streit über die Besitzverhältnisse, Advokaten wurden beschäftigt – viele der Ikarier waren Advokaten –, Gerichte bemüht, Manifeste und Gegenmanifeste gedruckt, Beleidigungsklagen im fernen Paris eingereicht, Freundschaften wurden zu Feindschaften, jede Gemeinheit, jede Unterstellung bekam eine rationale Rechtfertigung durch die genau begründeten Interessen der jeweiligen

Gruppe oder Untergruppe. Cabet brach Diskussionen, die nicht enden wollten, ab. Man warf ihm erneut vor, eine Diktatur errichten zu wollen. Man brüllte sich an und nieder. Später konnte niemand mehr genau sagen, worin exakt der entscheidende Grund für die Unversöhnlichkeit lag.

Darf ich Ihnen vorlesen, was mein Pacific-Genosse Heinrich Lux geschrieben hat. Warten Sie. Hier: *Die Minderheit hatte sich in Gegensatz zu der Verfassung gesetzt, und die Mehrheit sollte ihr nachgeben! Das Verlangen war zu absurd, als daß es hätte erfüllt werden können. Aber eine Versöhnung war nicht mehr möglich. Flugschriften flogen hinüber und herüber, in welchen jede Partei an die ganze Menschheit appellierte – die sich übrigens herzlich wenig um diesen Sturm im Glase Wasser bekümmerte – und der Bruch wurde vollständig, als am 4. August anläßlich der Ergänzungswahlen zum geschäftsführenden Ausschuß Cabet und die Minorität eine empfindliche Niederlage erlitten. Drei Mitglieder der Opposition wurden neu gewählt. Die Minorität und Cabet erkannten die nicht an, und die alten Mitglieder der Gérance weigerten sich, ihr Amt niederzulegen. Die Minorität besetzte die Druckerei und die Haupträume der Gérance, die Treppen und die Wohnung Cabets. Die Majorität versuchte die Räume der Gérance zu stürmen; zunächst eroberte sie nur die Küche und versuchte die Minorität, welche die Arbeit eingestellt hatte, durch knappe Rationen zu Raison zu bringen. Auch die Erstürmung der Mädchenschule hatte noch ein humoristisches Gepräge; man zwang die Lehrerin, die inmitten ihrer Kleinen schlief, zum Aufstehen, indem man ihr die Decken und die Unterlage wegzog, und setzte sie dann, etwas unsanft allerdings, an die Luft.*

Warten Sie, das ist noch wichtig:

Der Friedensrichter erschien und intervenierte zugunsten der gewohnten Schlafstelle der Lehrerin, aber umsonst. Am 22. August endlich gab die Minorität einige Werkstätten auf und zog sich in ein besonderes Haus zurück. Beide Parteien organisierten Patrouillen, um sich gegenseitig zu überwachen, und wiederholt mußten die Behörden einschreiten, um Blutvergießen zu vermeiden …

Cabet reiste nach St. Louis, um dort am Gericht Klage gegen die Abtrünnigen zu erheben. Er starb, man sagt, vor Kummer.

Also wissen Sie … Mir schwirrt der Kopf. So, wie Sie das erzählen, hört sich das alles nach einem Theaterstück an.

Ein Trauerspiel. Ich will nur andeuten, was unser René miterlebt, vor allem miterlitten hatte und wie es ihm durch Umsicht und Überzeugung gelungen war, dass seine kleine Gemeinschaft nun schon einige Jahre ein bescheidenes, aber friedliches Zusammenleben führen konnte, bis zu diesem Augenblick, als der Freund sich zu Wort meldete. Renés Kopfschütteln mit dem Blick auf die Tischplatte, als wäre dort die Lösung zu finden, war verzweifelt.

War Ihre Erwartung an diese Gesellschaft tatsächlich derart hoch gespannt? Haben Sie nicht mit Auseinandersetzungen gerechnet?

Doch, natürlich. Wir hatten schon in Deutschland von Streitigkeiten gelesen. Auch wir waren in Breslau über die Frage nach dem richtigen Weg in eine bessere Welt in langwierige Auseinandersetzungen geraten, ja wir waren geradezu darauf versessen gewesen, uns in Diskussionen über die Kommune wie in Drachenblut zu baden, um – alles sollte zu Ende diskutiert werden – daraus zu lernen. Wort und Widerwort waren wichtig. Keine körperliche Gewalt. Der Weltfriede konnte nur im Wortwechsel erreicht werden. Nichts jedoch wussten wir von den verletzten Gefühlen, den Beleidigungen, den infamen Unterstellungen, die all das begleitet hatten.

Aber es gab eben auch eine ganz andere Erfahrung. Darin schien auf, was uns, dem Freund und mir, und den anderen Träumern von einer friedlichen Gesellschaft vorschwebte. Die Arbeit war getan, und in dem hereinbrechenden noch warmen Abend versammelten sich alle unten am kleinen Fluss. For pleasure, wie es hieß. Die Sinne sind, sagt Cabet, von Natur aus im Menschen verankert, daher ist es eine öffentliche Pflicht, sie zu verfeinern und zu bereichern. Die fünf Kinder planschten im Wasser. Ein alter Mann, ein Franzose, spielte auf der Gitarre Volkslieder. Die Frauen sangen dazu, auch sie, die Nichtgleichäugige. Sie saß mit ihrer Mutter und ihrer Schwester auf einer Decke und stickte. Die Frauen luden mich ein, als ich zögernd bei ihnen stehen blieb, mich zu ihnen zu setzen. Sie waren vor drei Jahren aus Hinterpommern ausgewandert. Der Vater arbeitete in der Kommune als Tischler.

Die Mutter und die beiden Töchter – Lena hatte noch eine zwölfjährige Schwester – arbeiteten in der Schneiderei, in der Patchworkdecken genäht wurden, deren Verkauf zu den Einkünften der Kommune beitrug. Ich hatte diese Decken schon bei unserer Ankunft bewundert, und eine, ein Geschenk und handgenäht von ihr, habe ich durch alle Fährnisse retten können. Vielleicht ist sie Ihnen aufgefallen, dort auf meinem Bett. Sie ist, wenn auch ausgebleicht und ein wenig dünn geworden, ein Kunstwerk, das die Erinnerung wärmt.

Diese Lena war einem jungen Mann, der für die Kommune gerade eine Geschäftsreise unternahm, versprochen. Friedrich, ebenfalls aus Pommern stammend. Die Hochzeit sollte im September stattfinden. Ihre Eltern, insbesondere der kreuzbrave Tischlervater, taten alles, um unseren zueinander treibenden Gefühlen eine geschwisterliche Richtung zu geben. In dieser Gemeinde galt eine genaue Beobachtung der Mitglieder als selbstverständlich und erwünscht, um jederzeit helfen zu können, aber auch konfliktreiche Situationen im Ansatz zu unterbinden. Also trafen wir uns heimlich. Wir hatten einen Baum im nahen Waldstück, dort heftete ich Zettel an, schrieb die Uhrzeit für die Treffen auf. War der Zettel weg, wusste ich, sie wird kommen. Wir trafen uns am Haag, trafen uns im Wald, trafen uns auf einer kleinen Flussinsel, die wir durch das schnell fließende Wasser watend erreichen konnten. Wir lagen im Gras und kamen über diese Nähe nicht weiter hinaus, weiter ging es nicht, und doch weit genug, dass wir überlegten, was zu tun sei, um beieinanderzubleiben. Ja, ich habe sie gefragt, ob sie mit mir gehen wolle. Alles werde sich finden.

Entschuldigen Sie diese doch sehr intimen Erzählungen, nehmen Sie es bitte als ein Sie ehrendes Zutrauen.

- *unverständlich* -

Ich war minderjährig, eben zwanzig geworden, hatte aber einen einsichtigen Vater, von dem ich glaubte, er würde mir auch weiterhin meinen Wechsel ausstellen, wenn ich mit dieser Frau nach Breslau käme. Der Gedanke jedoch, aus der Kommune zu scheiden, erschien ihr ganz unmöglich. Hier war, nachdem sie ihre pommersche Heimat verlassen hatten, Schutz und Geborgenheit. Sie wollte in der Nähe von Vater, Mutter und Schwester bleiben.

Sollte, wollte ich bleiben?

Ich glaubte, den anderen seien unsere Treffen, es waren nur fünf, verborgen geblieben. Sie waren jeweils mit einer Tätigkeit verbunden, die uns zusammenführte. An einem Nachmittag, wir waren wie jedes Mal getrennt in die Siedlung zurückgegangen, kam mir der Advokat entgegen. Ein mir zutiefst unsympathischer Mann, auch er ein Deutscher. Mit einem verschwörerischen Grinsen und einem Augenzwinkern deutete er auf meine vom Durchwaten des Baches nassen Hosenbeine und sagte: Es war heiß, nicht?

Auch dem Freund war diese geheime und, ich muss betonen, unschuldige Liebe nicht entgangen. Nie haben wir, was in dem Alter doch sonst recht üblich ist, über intime Dinge geredet, nie über unsere Wünsche, die ja auch Frauen einschlossen, all das fand sich ins abstrakt Soziale, so will ich es nennen, gewendet wieder. Dieser Utopie einer gleichen, freundlichen Gesellschaft. Darum war es eine überraschende Wendung, als er, der Zupackende, eines Abends, ich hatte mich eben in unsere gemeinsame Kammer zurückgeschlichen, im schwachen Lichtschein der heruntergedrehten Petroleumlampe sagte: Mach Schluss. Du bist zu jung, zwanzig Jahre, du verbaust dir dein Leben. Deine Berufung. Mit zwanzig bindet man sich nicht fürs Leben. Es sei denn, man ist Bauer.

Aber vielleicht will ich Bauer sein.

Unsinn. Du bist berufen. Du wirst als Revolutionär die Welt verändern.

Ein großes Wort. Ja, ich war berufen, von ihm, aber zugleich wusste ich, dass mir diese Rücksichtslosigkeit, auch Gewissenlosigkeit des Revolutionärs fehlte. Ich lag die Nacht mit offenen Augen im Bett. Und dachte an dieses große Wort. Und dachte an seine Erwartungen, die ich an mich selbst und an mein Leben so nicht hatte. Nicht in dieser Zukunftsgröße. Ich wollte ein guter Arzt werden. Vielleicht in die Forschung gehen, aber wenn ich meine Wünsche bedachte, wäre mir eine Praxis in einer Kleinstadt recht gewesen, freundlich gegrüßt werden, wegen der achtsam helfenden Arbeit.

Die Dunkelheit war tief. Dieses: Unsinn. Ich hörte ihn kaum atmen. Wenn er schlief, war es immer ein wenig unheimlich, so still, als sei er tot.

Tatsächlich löste sich diese, ja, ich will es so dramatisch sagen, erste Liebe, auch zu meinem Leid, schnell auf.

Wie hat die Kommune auf Ihre – ja, wie soll ich sagen – Liebe reagiert?
Mit Unruhe. Mit verdeckter Feindseligkeit. Und dann kam der Tag der Rückkunft des Verlobten. Friedrich war ein junger, auf eine sympathische Weise schüchterner Mann. Groß gewachsen. In einen robusten, von den Frauen der Kommune gewebten grauen Anzug gekleidet. Mit einer altmodisch steifen Höflichkeit begrüßte er mich. Mit ihm kam die Wirklichkeit zurück. Einmal sah ich Lena in der Ferne. Sie trat eben aus der Tür, grüßte mich kurz und verschwand wieder im Haus. Wobei man sagen muss, die Häuser lagen weit auseinander, nicht zu vergleichen mit der hiesigen dörflichen Nachbarschaft. Und wenn wir uns begegneten, war sie stets in Gesellschaft ihrer Eltern, Geschwister, Freundinnen oder gar in seiner. So mied sie jedes Gespräch. Sie sah mich so freundlich, verletzlich mit ihren ungleichen Augen an. Zettel, die ich an unserem geheimen Ort hinterließ, blieben hängen, der Regen oder Tau verwischte die Tinte, das Papier weichte wie unsere Liebe auf.
Entschuldigen Sie die Ausführungen eines alten Mannes. Bislang geschah das alles nur im Selbstgespräch, in einem stummen, über Jahre sich hinziehenden Selbstgespräch. Ich hoffe, dass es stumm war. Jedenfalls hat Axthelm mir nie ein Zeichen gegeben, dass ich laut vor mich hin redete. Allerdings würde er mir das, taktvoll, wie er ist, wohl auch nicht gesagt haben, es sei denn, es hätte der Seriosität des Antiquariats zum Schaden gereicht. Was es wohl auch nicht getan hätte, so ein Vor-

sichhinbrummeln hätte jeder Bibliophile einem alten Antiquariatsgehilfen nachgesehen.
In der Hauptversammlung ging es um das Wahlrecht der Frau. Ich muss Ihnen nicht die ganze Diskussion wiedergeben, die sich in Rede und Gegenrede zur Geschäftsordnung verknotete. Schnell hatte sie sich von der Frage des Stimmrechts entfernt und nahm eine ganz andere Richtung, als der Advokat dem Freund und mir unterstellte, wir seien im Dienste einer Landgesellschaft gekommen, mit der Absicht, die ikarische Kommune zu zerstören. Das Land solle sodann aufgekauft werden. Eine intrigante Unterstellung. Die Macht des Advokaten speiste sich nicht nur aus seinen juristischen und rhetorischen Kniffen, sondern er war der einzige unter den Deutschen, der gut englisch sprechen und vor allem lesen und schreiben konnte. Die anderen besuchten noch Lese- und Schreibkurse. Durch seine Kenntnisse war er der Kleinusurpator, wie man ihn in jeder, auch der kleinsten politischen Gruppe finden kann. Keine der politischen Richtungen ist vor diesem Typus gefeit, egal ob konservativ, liberal oder revolutionär, er tritt in den Parteien auf und besetzt durch seine forcierten Diskussionsbeiträge bestimmte Positionen, oft austauschbar, aber immer eine entschiedene Richtung vorgebend. Er hat ein untrügliches Gespür für die Gewichte der Macht, für Stimmungen in der Partei, in der Gruppe, im Verein. Man könnte ihn den Machtempathiker nennen. Jetzt stand der Advokat in der Versammlung neben mir, zeigte auf mich und sagte: Dieser hier hat den Unfrieden in unsere Gemeinschaft

getragen. Er hat die Unschuld unserer Schwester missbraucht und die Abwesenheit des Bürgers Fred, der für uns alle die Reise angetreten hat, um Dachpappe, Schrauben und Nägel für die beiden neuen Scheunen einzukaufen, genutzt, die diesem schon Versprochene von ihrem Weg abzubringen.

Fred hob langsam den Kopf und wischte sich mit den Handrücken die Tränen aus den Augen. Es war schön, dass die Menschen in dieser Gemeinschaft ihre Gefühle zeigen konnten, auch die Männer, sie waren, woran ich mich gern erinnere, weich, keineswegs wie bei uns die durch Schule und Militär Abgehärteten, denen man schon im Kleinkindalter, jedenfalls den Knaben, das Weinen verbietet. Eine nur konsequente Erziehung, wenn man nicht mit Rede und Gegenrede, mit Verhandlungen die Probleme lösen will, sondern durch Eisen und Blut.

- *unverständlich* -

Hier, sagte der Advokat und zeigte auf Fred, sitzt er in seinem Leid. Und da sitzt der Unhold. Und dort sitzt der, von dem wir vermuten dürfen, dass er den Auftrag gegeben hat.

Der Finger zeigte in Richtung des Freundes, dann, während der Advokat weiterredete, wieder auf mich und den Freund – diese da, sagte er, sind gekommen, um Zwietracht zu säen, und er las mit seiner Elsterstimme aus Cabets *Briefen zur Sittenverbesserung* vor, hier – ich habe Ihnen die Stelle herausgesucht: *Ja, die Gemeinschaft, unsere Gemeinschaft, wird das Paradies der Frauen sein, während es gegenwärtig wenige gibt, denen die Gesellschaft nicht zur Hölle wird. Ja, zur Hölle. Aber in einer Gesellschaft, welche sie ohne Erziehung lässt, welche sie verlässt* – und wieder blickte er zu mir, und auf seiner Stirn standen zwei steile Falten – *oder gar ins Elend stürzt, welche sie zu einer Galeerenarbeit verurteilt, welche ihnen die Heirat verbietet; in der Mitte eines Volkes von Hagestolzen, die sie anfallen* – was denn, wie denn, dachte ich, die Hagestolze sind doch eher ausgetrocknet – *sie verführen, sie betrügen* – und abermals wies er mit dem Zeigefinger auf mich –, *und sie hernach verachten und verleugnen; wenn die Unglückliche zur Unordnung, Ausschweifung, Entbehrung, Liederlichkeit fortgerissen wird, muss man sie nicht beklagen, dass ihr Dasein in wilde Leidenschaften, Demütigungen und in Martern vergraben ist?*

Wieder zeigte er auf mich und rief: *In unserer ikarischen Gemeinschaft* hingegen gibt es *keine Unordnung, keine Streitigkeiten in den Haushaltungen, keine Untreue* – er brüllte: *Es gibt keinen Ehebruch, keine ärgerlichen Prozesse, keine Vergiftungen, keine jungen Mädchen werden verführt, verraten, verlassen, keine Ausschweifungen, keine Schändung … keine Ränke, Eifersucht, Neid … keine Gefallsucht, keine trügerischen Artigkeiten mehr. Überall Reinheit, Unschuld, Keuschheit, Aufrichtigkeit … das Paradies.*

Mon Dieu, please, stop!, stöhnte der Freund, woraufhin der Zeigefinger des Advokaten von mir mit einer langsamen Handbewegung zu Lena wanderte, die dasaß, das Gesicht rot, und auf ihre Hände in ihrem

Schoß blickte. Stille. Alle Blicke waren auf mich gerichtet, wanderten dann zu Lena und wieder zu mir. In der jetzt entstandenen Stille hörten wir, wie René die Rede übersetzt wurde, ein an- und abschwellendes Flüstern, das von einem donnernden – *das Paradies* – unterbrochen wurde.

Der Freund versuchte, diese alberne, für das Mädchen und seine Familie so peinliche Anklage abzuwenden, sagte, zur Gleichberechtigung gehöre auch, dass Frau und Mann gleich seien, und zur Freiheit, die doch im Zentrum des Denkens von Cabet stehe, gehöre notwendig auch die Freiheit der Gefühle.

In diesem Moment stand Lena auf und ging zu Fred, der sich wieder gefangen hatte, und sagte: Verzeih mir. Sie stand und hielt seine Hand, und jetzt weinte sie, woraufhin auch er wieder anfing zu weinen. Ja, es flossen viele Tränen. Und es ist kein Zufall, dass ich viele Jahre später einen kleinen Aufsatz über die Tränen geschrieben habe. Auch er ging verloren. Diese innige Szene der beiden Weinenden schnitt mir tief ins Herz. Ich darf das so dramatisch sagen. In dem feisten Gesicht des Advokaten hatte sich das hämische Grinsen in ein triumphales Lachen verwandelt. Und er rief: So ist es gut.

Ich war über ihre erzwungene öffentliche Selbstentblößung von tiefer Scham erfüllt. Begleitet von einem Nicht-sagen-Können. Erst später, als wir weiterreisten, der Freund und ich, hätte ich zu erklären vermocht: Für die Gefühle gelten nicht die vom Verstand gemachten Vorschriften. Die Logik lässt uns in unseren

Wünschen nicht wählen. Sie ist der Terror des Verstandes gegen unsere Empfindungen, denn sie sind unsere gelebte Wahrheit. Sie sind die Boten unserer Freiheit. Durch sie wissen wir, dass wir wählen können.

Einer der Alten war am Vorstandstisch über dem in Deutsch gehaltenen Vortrag eingeschlafen. Die beiden anderen sahen verständnislos auf René, dem aus dem Deutschen die Diskussion weiter flüsternd übersetzt wurde und der dadurch in seinem Verstehen notwendigerweise immer ein wenig hintenan war. Er konnte einem leidtun, wie er dasaß, mit dem Kopf wackelte, wie er sich, aus einem nicht nachvollziehbaren Grund, die so ebenmäßig gelben Zähne aus dem Mund nahm und das Gebiss vor sich auf den Tisch legte, als solle es an seiner statt in die Diskussion eingreifen.

Plötzlich, wie eine Furie, ging eine ältere Frau auf den Vorstandstisch zu und schrie: Die Frauen müssen ebenfalls über das Bleiben oder Nichtbleiben abstimmen. Frauenarme wurden hochgereckt, Frauen zählten, und eine Mehrheit stimmte für unser Bleiben. Das sei ungültig, hieß es. Der erschöpfte René sagte, das gesamte Verfahren sei nicht ordnungsgemäß.

Der Advokat schrie: Nichtig! Alles nichtig!

René setzte sich das Gebiss wieder ein und entschied, es gebe in der Kommune keinen Streit. Es dürfe keinen geben. Da alles beredet werden könne. Auch wenn die Frauen jetzt nicht mitstimmen dürften. Wir wurden Zeugen einer kleinen Revolution.

Wir packten unsere Sachen zusammen und hörten aus dem Versammlungshaus das Geschrei. Brüderlichkeit.

Drecksack. Heuchler. Verschwindet, verschwindet doch. Das alles in unterschiedlichen Sprachen.
Wir fuhren noch am selben Abend mit der Kutsche zum nächsten Ort, schliefen dort in einer heruntergekommenen, verwanzten Herberge.
Entschuldigung. Ich muss etwas trinken.
Lassen Sie sich Zeit. Ich habe Ihnen aus dem PX einen Orangenextrakt mitgebracht. Sie können den mit Wasser verdünnen. Er schmeckt gut und ist reich an Vitaminen. Wollen wir für heute Schluss machen?
Danke. Ja. Vielleicht noch das: Am nächsten Tag fuhren wir in einem Eisenbahncoupé nach Chicago. Der Freund saß in einem finsteren Schweigen, und ich, wenn ich das meine hätte beschreiben müssen, in einem enttäuscht-traurigen. Es war nicht nur die Trauer um den Verlust der Liebe, sondern weit mehr noch Trauer, eine tiefe Trauer über die Verfassung dieser kleinen Gemeinschaft, um diesen schönen Versuch, ein so ganz anderes, gerechtes, harmonisches Zusammenleben zu verwirklichen. Und auch Scham darüber, wie ich, wie wir diese Gemeinschaft, mag sie noch so unvollkommen gewesen sein, allein durch unser Hinzutreten gestört, wenn nicht gar zerstört hatten. Tatsächlich hörten wir in dem darauffolgenden Jahr, dass einige Mitglieder die Kommune verlassen hatten und ein Teil des Landes verkauft worden war. Wobei ich mir einzureden versuchte, dass mein Anteil an dieser Störung nicht so groß gewesen sei wie der von dem Freund ausgegangene rabiate Versuch, die Gleichheit der Frauen bei den Abstimmungen so plötzlich und wie mit der Brechstange zu erzwingen.

Wir trennten uns. Der Freund blieb in Chicago, wo er in der Bibliothek die verschiedenen kommunistischen Siedlungsmodelle studieren wollte, und ich bin mit der Pacific Railway nach Homestead zu den Amana-Siedlungen gefahren.

Der Mann mit dem Gamsbart

Hansen las in den *Spuren* und wartete auf ihren Anruf. Nach drei Tagen, an einem Freitag, hielt es ihn nicht länger in dem Haus am See, er fuhr nach München und dort zur Münchner Freiheit. Er stieg die Treppe in den zweiten Stock hoch, klingelte drei Mal. Niemand kam, obwohl in der Wohnung Stimmen zu hören waren. Offenbar stritten sich die Frauen. Verstehen konnte er nichts. Er klingelte nochmals. Eine Frau erschien, ein Kind auf dem Arm, die, als sie Hansen sah, nach hinten in den Gang rief: Hier ist der Ami. Eine andere Frauenstimme brüllte von hinten. Die Stetten ist nicht da. Und wieder eine andere rief: Den Kaffee soll er mal dalassen. Tatsächlich hatte er für Molly ein Kilo Kaffee mitgebracht. Eine Gestalt kam zur Tür, eine magere, rotgesichtige Frau mittleren Alters in einem Kittel, der vorn klaffte und ein kleines Goldkreuz auf faltiger Brust zeigte.

Die Madame ist nicht da. Aber den Kaffee lassen S' mal ruhig da.

Und wie auf Befehl reichte er der Frau den Kaffee.

Wann Frau Stetten wiederkommt? Woher soll ich das

wissen? Weiß man nie. Und dann sagte diese rotgesichtige Münchnerin: Bye-bye.
Er stieg die Treppe hinunter und dachte, wie beflissen die sich im Englischen versuchen, und fragte sich, woher die wussten, dass er Kaffee bei sich hatte. Sie müssen es gerochen haben, und er wunderte sich über die Dreistigkeit, den Kaffee einzufordern, und seinen geradezu dümmlichen Gehorsam. Gut daran war, das Geschenk schien wie für alle Bewohnerinnen gedacht und war damit für Molly weniger verfänglich.
Dieser Name schien ihm, wenn auch selbst gewählt, so gar nicht zu dem Nachnamen Stetten zu passen.

Hansen fuhr zur Ludwigstraße und parkte das Kabriolett an der Universität. An dem Hauptgebäude, das von einer Bombe getroffen worden war, wurde gearbeitet. Die Männer auf dem Gerüst sahen nicht wie Bauarbeiter aus. Eher wie Studenten, von denen einige wohl eben aus der amerikanischen Gefangenschaft entlassen worden waren. Sie karrten den Schutt weg, klopften von den alten, aber noch ganzen Ziegeln den Putz ab und reichten sie weiter von Hand zu Hand zu denen hinauf, die auf dem Gerüst standen und die Ziegel vermauerten. Das beschädigte Dach wurde mit Planen abgedeckt. Hansen sah eine Zeit lang zu. Bis ihm einer der auf dem Gerüst Stehenden die Maurerkelle hinhielt mit der Aufforderung, zu helfen, lachend, wie auch die anderen jungen Männer, die von ihrer Arbeit hoch und zu ihm, dem Amerikaner in Uniform, hinuntersahen, ihn anlachten. Would you give us a hand?

Er zögerte, überlegte, ob er der spontanen Regung folgen, sich einreihen und Ziegel hochwerfen sollte. Aber dann dachte er, so, in Uniform und als Offizier mit Deutschen zu arbeiten, hätte etwas Anbiederndes. Man könnte Witze über ihn machen, erst wegbomben und dann ein bissel – er hatte den baierischen Dialekt im Ohr – wieder aufschichten. Andererseits, warum nicht, wenigstens symbolisch, er hob einen Ziegel auf und warf ihn einem oben auf dem Gerüst Stehenden zu, der den Ziegel auffing. Thanks.
Sie lachten und winkten ihm nach, und keiner hatte um eine Zigarette gebeten.
Er bog in die Schellingstraße ein. Viele der alten Häuser hier waren unversehrt, nur einige durch Splitter leicht beschädigt. Ein Dach war abgebrannt. Er ging suchend die Straße entlang, bis er in einem dreistöckigen Wohnhaus das Geschäft fand, ein durch drei gusseiserne Säulen geteiltes, großes Schaufenster, das nochmals von schmalen Eisenstreben unterteilt war. Auf dem darüberliegenden, ebenfalls gusseisernen Träger stand in großen Antiqualettern: *BÜCHER ANTIQUARIAT GRAPHIK*. Links war die Eingangstür. Vertraut sah das aus, wie die Geschäfte in Greenwich Village. Hansen betrachtete die im Fenster ausgelegten Bücher. Bildbände: Dürer, Renaissance in Oberitalien, Palladio, Venedig, Breughel, Altdorfer. Im rechten Fenster: Goethes gesammelte Werke letzter Hand, eine schöne Ausgabe, Lederrücken mit Goldschnitt, daneben Schiller, Herder, Hesse, Thomas Mann, Heinrich Mann, Döblin, André Gide, Baudelaire, auch amerikanische Literatur,

ins Deutsche übersetzt, dazu drei Bände auf Englisch: Faulkners *Absalom, Absalom!*, Hemingways *A Farewell to Arms*, und dann lag da, mit einem Schildchen als vom Autor signierte Erstausgabe ausgewiesen, *The Waste Land.*

Hansen, der sich vorgenommen hatte, Wagner nicht, jedenfalls noch nicht, im Antiquariat zu besuchen, betrat dann doch, von Neugier getrieben und vom melodischen Dreiklang einer Ladenglocke begleitet, das Geschäft. An den Wänden standen bis zur Decke reichende dunkel gebeizte Bücherborde. Eine Leiter, die an der am oberen Bord entlangführenden Stahlstange verschoben werden konnte. Zwei, drei verglaste Wandschränke, in denen, wie Hansen wusste, die wertvollen signierten Erstausgaben lagen. Ein in der Mitte des Ladens stehender, ungewöhnlich langer Holztisch, auf dem kunstvoll angeordnet Bücher lagen, einige waren aufgeschlagen, die mit kleinen schwarzen und weiß marmorierten Kieselsteinen beschwerten Seiten zeigten Signaturen oder Widmungen. Im Hintergrund saß ein Mann an einem Sekretär und schrieb, ohne aufzublicken, bis er sich nach einigen Minuten erhob und fragte, ob er helfen könne. Hansen erkannte das erbsenfarbene Jackett und eine dunkelgraue Hose. Er war sich sicher, dass es der von Wagner beschriebene Antiquar Axthelm sein musste.

Rechts, ein wenig weiter hinten und vom Tageslicht entfernt, entdeckte Hansen die hochgestellte Luke im Fußboden.

Darf ich Ihnen behilflich sein?, wiederholte der Mann

seine Frage. Hansen bat darum, das im Fenster liegende Exemplar von *The Waste Land* ansehen zu dürfen. Der Antiquar holte das Buch aus dem Schaufenster. Ein gut erhaltenes Exemplar.

Hansen blätterte darin, sah Eliots Unterschrift, darüber in Handschrift den lateinischen Satz: Hinc primum fortuna fidem mutata novavit.

Vergil, sagte der Antiquar, mit diesem handschriftlichen Zitat von Eliot sehr selten, das bedeutet – Hansen hatte die Genugtuung, ihm ins Wort fallend die Vorstellung vom ungebildeten Amerikaner korrigieren zu können: In dem Moment wendete sich Fortuna und wurde untreu.

Ja, sagte der Antiquar, richtig – auch das wieder eine Überheblichkeit, genau genommen eine Unverschämtheit –, der Band ist, von drei Bleistiftanstreichungen abgesehen, makellos. Keine Flecken, keine Einrisse im Papier. Ein exquisites Exemplar.

Er handelte nicht, kaufte für fünf Dollar *The Waste Land*. Während der Antiquar das Buch in Seidenpapier und dann in ein etwas dickeres, offensichtlich schon einmal benutztes Packpapier einwickelte, entdeckte Hansen auf dem Holztisch Ernst Tollers *Eine Jugend in Deutschland*. Eine Erstausgabe, 1933 in Amsterdam erschienen.

Über diese Biografie hatte ein Student im Seminar in St. Louis ein Referat gehalten. Hansen kaufte auch diesen Band, zahlte mit der fast wertlosen Reichsmark, was den Antiquar, der auf zwei Dollar gehofft hatte, sichtlich enttäuschte. Toller wurde dann auch nur in Pack-

papier eingewickelt. Hansen zeigte auf die hochgeklappte Luke: Der Kohlenkeller?
Nein, unser Fundus.
Hansen trat an das rechteckige Einstiegsloch heran. Ein schwacher Lichtschein erhellte die Unterwelt. Wagner war nicht zu sehen.
Er verließ, vom Dreiklang der Glocke begleitet, den Laden.

Hansen fuhr zum Odeonsplatz. An die Mauer der Feldherrnhalle hatte jemand mit weißer Farbe *Hier begann das Elend* geschrieben. Das Bronzeschild, das die sechzehn gefallenen Putschisten als Märtyrer feierte, war abgeschlagen und lag in der Gosse. Der Geruch von nassem Mauerwerk hing in der Luft. Zwei Frauen gingen eingehakt in ihren Sommerkleidern an ihm vorbei, lachten ihn an. Er nickte ihnen zu.
George hatte ihm gesagt, diese Sonnenbrillen, darauf seien die Mädchen ganz wild. Pilot's goggles. Die glauben, das Gestell sei aus Gold. Die Frauen seien unglaublich scharf. Und willig. Der Besiegte unterwirft sich eben ganz und gern. Das erleichtert das Gewissen. Die totale Niederlage räumt die Moral ab. Hansen fragte die beiden Frauen, was sie beruflich täten. Kindergärtnerinnen. Sie gurrten. Sie staunten über sein gutes Deutsch. Er spricht Deutsch wie ein Deutscher. Oder ist er Jude? Gern würden sie einen kennenlernen. Wann ist er nach Europa gekommen? War er in Kämpfe verwickelt? Die andere lachte, holte den Lippenstift und eine kleine Puderdose aus der Handtasche und zog

sich die Lippen nach. Hansen sagte, Nein, heute nicht, und setzte sich die Sonnenbrille wieder auf, er sei verabredet.

Die beiden zeigten schon einiges Können, hatten Übung, standen vielleicht gerade vor dem Übergang zur Berufsprostitution. Erstaunlich sei, hatte George gesagt, dass Geschlechtskrankheiten bislang eher selten aufgetreten seien.

Ein Mann mit einem großen, puschelartigen Gamsbart am Hut sprach Hansen auf Englisch an, ein Englisch, das er nicht verstand, der Mann wechselte ins Deutsche, sprach in einem bairischen Dialekt von der Theatinerkirche, die ebenfalls von einer Bombe getroffen worden sei. Glücklicherweise ist nicht die einundsiebzig Meter hohe Kuppel getroffen worden. Und der Gamsbart redete weiter, zeigte bei jeder Kopfbewegung ein zart braunsilbriges Spiel am Hut, erzählte von den Wittelsbachern, der Fürstengruft, in der Könige, Kurfürsten und sogar ein Kaiser ruhten. Wäre sie geblieben, die Monarchie, nie und nimmer wäre dann dieser Herr Hitler an die Macht kumma. Als die Braunen schon überall im Reich die achtzig Prozent hatten, gab es Wahlkreise, wo das Zentrum immer noch über dreißig Prozent der Stimmen bekam. Allerdings, sagte er, habe diese gut katholische Partei dann doch dem Ermächtigungsgesetz zugestimmt und damit Hitler endgültig an die Macht gebracht. Ein Sündenfall, der mit der Einweisung vieler Zentrumsmitglieder in das KZ Osthofen gesühnt worden sei. Auch die Wittelsbacher standen zu den Nazis in Opposition. Kronprinz Rupp-

recht musste nach Italien emigrieren, sollte 1944 von der SS verhaftet werden, konnte sich verstecken, dafür wurden seine Frau und seine Kinder 1944 ins KZ Dachau gebracht. Schuld an dem Krieg san die Preißn.
Hansen wollte diese monarchistische Geschichtsstunde abbrechen, fragte nach dem Gamsbart am Hut, und dessen Träger legte los, dieser sei ein Zeichen erfolgreicher Jagd. Der Prinzregent Luitpold, der anstelle des geistig kranken Neffen Otto I. die Repräsentation übernommen hatte, habe auch einen solchen Gamsbart am Hut getragen. Der Prinzregent sei ein Nimrod gewesen, ein großer Jäger, der viele Sauen, Hirsche, Auerhähne und Gamsen geschossen habe. Er, sagte der Gamsbartträger, habe die Ehre gehabt, den Prinzregenten als Treiber auf der Jagd begleiten zu dürfen, nickte, wodurch der dichte Haarpuschel in Wallung geriet. An die zwanzig Böcke müsse man für einen Bart dieser Größe geschossen haben.
Also eine Art Skalp, wie ihn die Sioux-Indianer tragen, sagte Hansen.
Der Vergleich verwirrte den Mann. Wenn Sie es so sehen, na ja. Jedenfalls sei es wichtig, dass die Gamsen von den nördlichen Hängen des Gebirges kommen, wo die Aufwinde besonders kalt sind. Die Haare werden dem Rückengrat, dem Aalstreif, der Gamsböcke entnommen. Deren Spitzen sind nur wenige Millimeter weißgrau und bilden den sogenannten Reif. Er nickte, und der Gamsbart wallte. Der Prinzregent, das war die gute Zeit. Der Kini, der Ludwig II., habe es mit seiner Bauwut und mit seinen Schlössern ein wenig arg

getrieben. Der Prinzregent habe sich hingegen um die Landwirtschaft gekümmert, um den Hopfenanbau, um die Wiesen und die Rinder und vor allem um den Wald, und dem Volk war er nahe und beliebt, trug Lederhosen und Wadenschoner. Zu seinem Geburtstag bekam jedes Kind in Oberstdorf eine Wurschtsemmel, und die Drittklässler bekamen einen Schoppen Bier. Gern würde er Hansen den Sarg des Prinzregenten in der Fürstengruft zeigen, aber die sei durch den Schutt momentan nicht zugänglich. Übrigens habe er ein Diplom als Stadtführer. Ob Hansen vielleicht etwas Tabak für ihn habe, den habe er zu Haus liegen lassen. Und damit zog er aus der Seitentasche seines Jankers eine Hängepfeife. Hansen schenkte ihm, da er seine Bitte so dramaturgisch gekonnt vorgetragen hatte, das Päckchen *Camel* mit den restlichen vier oder fünf Zigaretten und versprach, wenn er Zeit habe, sich von ihm führen zu lassen.

6. Tag

- unverständlich -

Es geht gut. Danke. Sie waren im Antiquariat. Am Freitag. Axthelm hat mir von einem amerikanischen Offizier erzählt, der fließend Deutsch sprach und sich Eliots *The Waste Land* gekauft hat. Gratulation. Und den Toller. Ich wusste sogleich, dass Sie das waren. Und es freut mich.

Mein Professor kannte Toller persönlich. Er hat ihn in New York getroffen. Kurz bevor Toller Selbstmord beging. Kuppitsch schätzt Tollers Dramen. Auch sein Erzählwerk. Für mich eine Trouvaille. Wie ist diese Jugend in Deutschland *in Ihr Antiquariat gekommen?*

Höchst merkwürdig. Eine Flaschenpost aus einer geheimnisvollen tieferen Strömung. Axthelm, der Toller übrigens auch kannte und seine Bücher schätzte, hat es gekauft, als ich im Keller saß. Tollers Bücher waren verbrannt worden. Sie waren verboten. Das Buch ist im Exil erschienen, bei Querido in Amsterdam 1933. Und dann kommt aus den Niederlanden dieses Exemplar hierher. Jemand muss es mitgebracht haben. Eine Widmung muss darin gestanden haben, denn die Widmungsseite hatte der Verkäufer herausgerissen. Zwischen mir und Axthelm galt unausgesprochen, dass man nicht nach den Verkäufern dieser verbotenen Bücher fragt. Seltsam. *Habent sua fata libelli.* Wie schön, dieses Buch jetzt in Ihrer Hand zu wissen.

- *unverständlich* -

Nein. Das heißt, doch. Den Freund habe ich in New York wiedergetroffen. Dort hatte er ein recht einfaches Hotel gebucht, in dem erstaunlich große Kakerlaken, Waterbugs, durch die Gänge liefen. Ich dachte, als auch ich mein Zimmer dort bezog, es wären Mäuse. Die waren aber hinter den Wänden zugange, ein Fiepen, Kratzen, Rascheln.

Ploetz hat doch einen Brief an die Mitglieder der Pacific-Gesellschaft geschrieben?

Der Freund schrieb im Hotel an dem Bericht. Einen langen Brief aus der Neuen Welt, den er dann aber erst in der alten aufgeben sollte, in Antwerpen. Ein eingeschriebener Brief an Gerhart Hauptmann, den der, ein Hasenfuß, später, als er wegen politischer Umtriebe von der Polizei vernommen wurde, verbrannt hat. Es war eine Abrechnung. Und eine Selbstfindung. Ich habe den Brief auf unserer Rückfahrt gelesen, abermals im Zwischendeck, wo es diesmal aber wegen der wenigen Passagiere weit kommoder war.

Ein Brief, der genau die Probleme benannte, die kleinlichen Neidereien, das Ungleiche, das unter dem Zwang des Gleichheitsanspruchs umso stärker von beiden Seiten betont wurde, dem Überlegenen wie dem Unterlegenen, dem Faulen wie dem Fleißigen, dem Begabten wie dem Unbegabten. Diese Ungleichheit war nur begrenzt durch den guten Willen zu beheben, durch den moralischen Appell, aber dort, wo gegen das Konzept verstoßen wurde, durch Drückeberger, durch Lässlichkeiten, durch Pfusch, wurde der Anspruch der Égalité unerträglich und suchte sich bei unwichtigen Problemen ein Ventil, in langwierigen Diskussionen, die der verändernden Tat im Wege standen. Die schöne Vorstellung der Gleichheit, die schönste Vorstellung, die erst die menschliche Kultur hervorbringen konnte, wird sich selbst zum Hemmnis, diagnostizierte der Freund. Ein Hemmnis für die Fort- und Höherentwicklung. Es kann keine Gleichheit geben, wo die Ungleichheit so groß ist. Wenn hier jemand mit den Gaben des Verstandes und der Willensstärke geboren wird und dort jemand, dem das Denken schwerfällt, selbst wenn er sich bemüht, dann ist das nicht gerecht. Die Natur ist nicht gerecht! Erst die Ungleichheit befördert eine bessere Anpassung an das Vorgefundene. Die Dummheit siedelt gerade darin, dass jeder glaubt, Verstand genug zu haben, und das Scheitern bei einer mathematischen Formel auf seine Unlust schiebt, sich mit der Mathematik zu beschäftigen. Diesen fliegen die Sprachen an, jener stottert noch nach Monaten in der fremden Sprache herum. Jener hat einen starken Willen, dieser ist so schwach, dass er immer wieder gerüttelt werden muss, seine Pflichten zu erfüllen. Und auch im Äußeren sehen wir die Unterschiede: Schon unter den Auswanderern auf dem Schiff erkannte man die Schwachen, die Laschen, die zur Arbeit Unfähigen. Die Gleichheit kann nur durch eine allgemeine Höherentwicklung erreicht werden. Wir müssen diesen Kern, der in Cabets Theorie steckt, herauslösen, ihn in den Mittelpunkt stellen: die Aufzucht eines starken, gesunden, vor allem auch schönen Geschlechts, das sich selbst als stark und schön versteht. Es muss eine biologische Revolution geben, sie muss die soziale ergänzen!!!

Ich entsinne mich bis heute dieser drei Ausrufezeichen, die er in seiner schwer lesbaren Schrift hinter diesen Satz gesetzt hatte. Zu ihm, diesem Willensmenschen, gehörte auch, dass er sich, nachdem er seine eigene Schrift nicht mehr entziffern konnte, eine neue, lesbare, lateinische Schreibschrift erarbeitet hat. Die deutsche Kurrentschrift lehnte er ab, da sie nur im deutschsprachigen Raum gelesen werden konnte. Als ich ihn kennenlernte, schrieb er seine Briefe, Notizen mit einem ostsibirischen Graphitbleistift der Firma Faber und bediente sich eines Anspitzers, wobei er die aufgerollten, dünnen Holzspäne in einem kleinen Napf sammelte und sie, hatte er die Arbeit beendet, aus dem Fenster seines Breslauer Zimmers in den Vorgarten warf.

Ich wollte vielmehr ausführen, dass in einer Kolonie, je größer die Ansprüche auf Gleichheit und Harmonie sind, desto stärker die eingedämmten Gefühle hervordrängen, die aus der Stammesentwicklung kommen, Eigennutz, Streitsucht, Eifersucht, die Kurzlust, will ich sie nennen, die uns immer wieder zu unüberlegten Handlungen treibt und uns an den anderen letztlich durch Faulheit, Verschlagenheit, kurzum durch den

alles bestimmenden kleinlichen, manchmal auch brutalen Egoismus schuldig werden läßt. Dort die große Utopie und hier die schäbig-banale Wirklichkeit.
Er stand an der Reling. Es stürmte, und der Wind trug immer wieder den Sprühregen über das Promenadendeck. In seinem dunkelgrünen bis zum Boden reichenden Regenmantel mit einer den Kopf verhüllenden Kapuze sah er wie ein Mönch aus. Er war anders als auf der Hinreise nicht seekrank geworden und stand den Vormittag über an der Reling. Ich hatte ihn zur Essenszeit gerufen. Er hatte nur gesagt, er müsse nachdenken. Er blieb bis zum Abend dort, ging hin und wieder auf und ab. Stand dann wieder an der Reling und blickte über das aufgewühlte Meer.
Man muss ihn von Grund auf ändern.
Wen?
Man muss den Menschen und nicht nur dem Menschen helfen. Man muss Arzt werden und nicht nur dem Einzelnen helfen.
Der Arzt hilft dem Einzelnen.
Das auch. Es muss aber der Menschheit geholfen werden.
So etwas konnte er sagen. Er trug seine Überlegungen mit einem bohrenden Finsterernst vor: Die Kleinheit ist unerträglich, die Kleinheit und Schäbigkeit der Menschen. Allein die Nichtigkeit des Streits, ob nur einer eine Uhr tragen dürfe, eine Diskussion, die sich zu hassvollen Reden entwickelt, überhaupt diese Niedrigkeit, die Missgunst, wie alles verharrt im kleinlich Kleinen. Aber vor allem das, wie sie dafür sorgten, mög-

lichst wenig zu arbeiten, wie sie sich darum drückten, die Aborte zu säubern, und auch das, wie sie sich dagegen sperrten, die Frauen als Gleichwertige zu sehen, wie unerträglich albern das Beharren auf der Überlegenheit des Bartes. Dieser Muskelvergleich, denn nichts anderes liegt dem doch zugrunde. Und wenn schon Muskeln, dann sieh dir diese Krummgewachsenen an, während hier, an Bord, die Matrosen, was für Gestalten, was für eine Kraft, welche Ruhe und welch inneres Gleichgewicht, wenn sie bei Wellengang das Schwanken ausgleichend über die Planken gehen.
Er redete gegen Sturm und Regen an, und da er sich wieder dem aufgewühlten Horizont, den mit weißen Gischtstreifen überzogenen Brechern zugewandt hatte, hörte ich nur noch Satzfetzen, und dann: *Was ist der Affe für den Menschen? Ein Gelächter oder eine schmerzliche Scham. Ebendas soll der Mensch dem Übermenschen sein: ein Gelächter.* Er zitierte aus *Also sprach Zarathustra*.
Ein heroischer Augenblick. So empfand ich es, obwohl sich ein leichtes Unbehagen einschlich. Seine anfängliche Sicht auf die Kommune war ins Gegenteil umgeschlagen. Vor allem sah er nicht oder wollte nicht sehen, unter welch schwierigen Bedingungen dieses Projekt begonnen worden war und wie sehr es von außen, von einer auf Profit und Konkurrenz ausgerichteten Gesellschaft behindert und geschädigt wurde. Und wie sehr all die um eine neue Gesellschaft Bemühten die alte in sich trugen.
Ich habe auf dieser Überfahrt viel mit ihm geredet,

wobei ich gleich sagen muss, dass ich, der eben Zwanzigjährige, ihm unterlegen war. Auch in der Entschiedenheit, mit der er seine Argumente vortrug, in seiner Schlagfertigkeit. Eine Behauptung auszusprechen, fiel mir immer schwer, da mir sogleich auch das Gegenteil durch den Kopf ging. Ein beständiger Zweifel, auch Selbstzweifel, begleitete meine Argumente. Konnte man das so sagen? Gab es nicht eine andere, sogar mehrere Möglichkeiten? War nicht auch das Gegenteil des Behaupteten denkbar? Darüber hinaus war er zusätzlich gerüstet durch das Studium der Geschichte der Kommunen in der Bibliothek in Chicago, wo er die Berichte gelesen hatte, während ich mit dem Hobeln von Brettern und dem Pflügen in der Amana-Gemeinschaft beschäftigt war. Und später mit dem Reisen, meiner Entdeckungsreise durch Amerika. Ich war in Washington und San Francisco, bin mit der Bahn die Westküste hinuntergefahren. War in St. Louis, in Chicago, an den Großen Seen, in Philadelphia und Boston. Was für ein Land, staunenswert die Vielfalt der Landschaften, des Klimas, die Flüsse. Ich bin zu der kommunistischen Amana-Gemeinde gefahren, und die Erfahrungen dort waren so ganz andere als die, die wir in der Ikarier-Kommune gemacht hatten. Die Menschen waren spirituell miteinander verbunden. Ich meine nicht nur, dass sie, im Gegensatz zu den Ikariern, dem christlichen Glauben anhingen, es war eine andere, nicht nur auf das Hier und Jetzt ausgerichtete Verbindung, es war eine Bruder- und Schwesternschaft. Ploetz versuchte mit einer Vielzahl von Beispielen meine Eindrücke zu widerlegen. Diese religiösen kommunistischen Gemeinden interessierten ihn nicht. Der liebe Gott soll sich mal um sich selbst kümmern, sagte er etwas enigmatisch.

Er hatte diese Erfahrungen nicht gemacht. Und überhaupt, kann man Erlebtes und Gesehenes widerlegen?

Die Amana-Gemeinde kann man …

Erzählen Sie doch erst von Ploetz und den Ikariern. Später von der Amana-Gemeinde, denn dann … (unverständlich)

Richtig. Der ehemalige Freund.

Wir kamen nach Breslau, und der Freund als ausgesandter Präsident, so sein feierlicher Titel, erstattete in der Pacific-Gesellschaft Bericht.

Und weil unsere Erinnerungen durch die sie begleitenden Empfindungen gestimmt sind, waren seine Eindrücke verdunkelt. Sein Bericht war tiefschwarz eingefärbt. Ein grundsätzlicher Widerspruch bestehe darin, dass die Arbeitsleistung, die in Ikarien erbracht werde, nicht zu vereinbaren sei mit jener der sie umgebenden Gesellschaft, die auf Konkurrenz und Gewinn ausgerichtet ist. Darum müsse immer wieder Land verkauft werden, um die Defizite auszugleichen. Sie arbeiten nicht rentabel. Das *take it easy*. Er sprach von den kleinlichen Streitigkeiten, dieser engstirnigen bäuerlichen Mentalität, den Gehässigkeiten, diesem Widerspruch – er versprach sich und sagte Widerspuk – zwischen dem Anspruch auf Gleichheit und dem Beharren auf den eigenen Interessen. Nein, der neue Mensch sei dort nicht zu finden gewesen und werde unter den gegebenen Bedingungen dort auch nicht heranwachsen.

Was er sagte, entsprach unseren Beobachtungen, und doch war es nach meiner Meinung nicht die richtige, die verstehende Sicht, sondern von tiefer Enttäuschung durchzogen, was zu abwertenden Vergleichen führte wie: Die Ikarier-Kommune sei nichts als eine spießige Gartenlaube.

Mein Versuch, die komplizierte Situation dieser Kommune zu erklären, ging unter in der sogleich einsetzenden Grundsatzdiskussion der Genossen, wie man – hic et nunc, so Heinrich Lux – zu einer anderen, gerechten Gesellschaft kommen könne, in der das Glück aller Menschen verwirklicht werde. Insbesondere das von dem Sozialisten Ferdinand Simon vorgetragene Argument fand Gehör, man könne nicht mit kleinen Inseln der Seligen in einer durch Ausbeutung und Profitgier bestimmten Gesellschaft des Kapitalismus etwas verändern. Das sei das Wertvolle dieser Reise, dass sie durch Anschauung belege: Der Versuch Cabets ist gescheitert, er musste scheitern. Die Theorie von Cabet ist überholt. Das habe der Bericht des Präsidenten doch bestätigt. Er, Simon, habe in der Zwischenzeit *Das Kapital* des Genossen Marx genau studiert. Die uns umgebende Gesellschaft mit ihrer vom Klassenkampf geprägten Realität muss verändert werden, durch die Arbeiter, durch die organisierte Partei, durch die Revolution. Die Klassengegensätze, hier die Bourgeoisie, die Kapitalisten, dort die Arbeiterklasse, lassen sich nicht versöhnen. Die Modelle von Cabet und Fourier waren einmal fortschrittlich, jetzt aber, bei den veränderten Produktionsverhältnissen, sind sie überholt. Der Freund ergänzte: Die ikarische Kommune wie auch die anderen utopischen Gemeinschaften sind nette kleine Idyllen der Petit-Bourgeois. Heinrich Lux rief: Was wir brauchen, ist eine Revolution der ganzen Gesellschaft. Erforderlich sei dafür die Organisation der revolutionären Partei der Arbeiter. Die kommunistischen Gemeinden seien schließlich selbst an der Ausbeutung der Gesellschaft, mit der sie im Tauschverhältnis stehen, beteiligt. Der Präsident habe das genau auf den Begriff gebracht: die Gartenlaube. Muss ich Ihnen sagen, dass ich all das Gesagte wie auf mich bezogen verstand, dass mir der Gedanke an Lena, unsere Treffen auf der kleinen Bachinsel, die Erinnerung, wie sie von dem Winkeladvokaten angeklagt worden war, erneut die Schamesröte ins Gesicht trieb?

Der Freund stimmte zu, aber anders als Ferdinand Simon sehe er das Allheilmittel nicht allein in der sozialen Revolution, sondern im Zusammenspiel einer kommunistischen Wirtschaftsordnung mit einer gleichzeitigen Veränderung der biologischen Anlage des Menschen. Man muss den Menschen zu Höherem führen. Seine Fähigkeiten, die geistigen wie die körperlichen, steigern. Ferdinand Simon widersprach, sagte, diese Veränderungen könne nur eine klassenlose Gesellschaft bewirken. Und der Weg dahin? Übrigens heiratete Simon später die Tochter von August Bebel. Es war eine glückliche Ehe; bis zu Simons' grauenvollem Tod. Er, der Wissenschaftler, wurde, als er Studien zu Streptokokken durchführte, von einer Maus gebissen und starb unter fürchterlichen Qualen. Frieda verfiel darüber in tiefe Schwermut. Das war in Zürich im Jahr … Warten Sie, ich muss nachschauen …

Nicht so wichtig. Können Sie später nachsehen. Aber was sagte Simon?

Simon zitierte Marx und Engels: Mögen die herrschenden Klassen vor der kommunistischen Revolution zittern. Die Proletarier haben nichts zu verlieren, nur ihre Ketten. Sie haben eine Welt zu gewinnen. Nein, entschieden nein, sagte Steinmetz, schon das Wort Ketten komme aus der guten alten Mechanik, tatsächlich sei das Zeitalter der Elektrizität und der Strahlungen gekommen. Die technische Revolution führe auch zum gesellschaftlichen Fortschritt. Steinmetz entwarf seine Vorstellung von einer Gesellschaft, die durch die Entwicklung der Maschinen und der ungeahnten Möglichkeiten der Technik eine Entlastung der Menschen mit sich bringe, ein Mehr an arbeitsfreier Zeit, in der sich der Mensch bilden und zu sich selbst und seinen Interessen kommen könne. Sodass er vormittags arbeite und schon zu Mittag hinaus in die Natur gehen oder einfach ein Buch lesen könne. Soziale Veränderungen müssten die wissenschaftlichen und technischen begleiten. Der Freund stimmte beiden zu, allerdings sei die natürliche Ungleichheit bislang unüberwindlich. Darum sei es umso wichtiger, unter den Mitgliedern der Gesellschaft eine biologische Gleichheit zu befördern. Beides gehöre zusammen. Das müsse langfristig versucht werden, beharrte er, die erblichen Bedingungen so zu schaffen, dass die Menschen ihre Anlagen entfalten könnten. Dass Krankheiten – er stockte, und man spürte, dass ihm der vor ihm sitzende verwachsene Steinmetz in den Sinn kam, und fuhr vorsichtig fort: Krankheiten, die schon vor der Geburt erkannt werden könnten, dann auch vermieden würden. Carl Hauptmann zupfte an seinem Ziegenbart und sagte: Jawoll. So wird es sein. Und Gerhart Hauptmann deutete wieder einmal durch halbes Zuhören und erstaunliches eigenes Dazutun die Forderung so: Ja. Ebendas. Wunderbar. Eine Aufzucht schöner, gesunder, attischer Menschen. Griechisches Maß.

Steinmetz sagte trocken: Menschen sind keine Kaninchen.

Zu einer weiteren Sitzung, in der die Diskussion fortgesetzt werden sollte, kam es nicht, denn als ich mit ihm, dem Freund, durch die nächtlichen Breslauer Straßen nach Hause ging, folgten uns zwei Männer in langen Pelerinen. Er redete noch immer erhitzt, sprach von Zucht und Züchtung. Wir blieben stehen. Die beiden Pelerinenmänner blieben ebenfalls stehen. Wir gingen weiter. Wie zwei dunkle Engel folgten sie uns. Blieben wir stehen, blieben sie stehen, gaben sich gegenseitig Feuer, gingen wir weiter, gingen sie weiter. Sie beschatteten uns im schwachen Licht der Gaslaternen. Es war das erste Mal, dass ich verfolgt und beobachtet wurde. Das Sozialistengesetz hatte uns, die umstürzlerischen Kräfte, im Auge.

- *unverständlich* -

Ein Gesetz von Bismarck, erlassen nach dem Attentat

auf Kaiser Wilhelm 1878. Es verbot Gewerkschaften, sozialistische und sozialdemokratische Zusammenkünfte und Veröffentlichungen.

Wir verabschiedeten uns voneinander und wussten nicht, dass wir uns erst in Zürich wiedersehen würden. Ich kam nach Hause, und meine Mutter, die stets gefasste, war sichtlich bleich und aufgelöst. Das sonst von ihrer Zofe so sorgfältig hochgesteckte Haar war ihr auf die Schultern herabgefallen. Ein Polizeihauptmann sei am Abend gekommen und habe die schriftliche Aufforderung hinterlassen, ich solle mich am nächsten Tag um zehn Uhr im Polizeipräsidium melden. Er habe gesagt, die Achtung vor dem Herrn Vater, dem Kommerzienrat, habe es geboten, den Sohn nicht sogleich in Handschellen abzuführen. Noch war ich nicht volljährig.

Der Vater saß im Herrenzimmer, eine Zigarre in der Hand, auf dem kleinen runden Rauchtisch mit hölzernem Schachbrettmuster lag das von ihm in Auftrag gegebene Buch, groß, gewichtig, noch nach dem Leim der Bindung riechend.

Schau es dir an, sagte der Vater, ohne den Kommissar zu erwähnen.

Ich blätterte darin, allerdings unkonzentriert, betrachtete die von Hand kolorierten Zeichnungen. Ein Buch, das die unterschiedlichen Kartoffelsorten zeigte, die Blüten, die Stängel, Wurzelformen.

Wie wunderbar doch dieses Violett der Knolle im Anschnitt ist, auch diese zart rötlichen Ringe des Wachstums sind gut getroffen, sagte er.

Mein Vater war, wie sein Vater, Apotheker, hatte eine Erfindung gemacht, und zwar die Herstellung von Kapseln aus Dörrgemüse und Dörrobst. Er betrieb eine kleine, einträgliche Fabrik und belieferte – obwohl er als Republikaner ein Gegner des Militärs war – die preußische Armee mit Dörrgemüse-Extrakt. Zu den Erzählungen, die, weil ich immer wieder nachfragte, mich durch meine Kindheit begleitet haben, gehörte, wie er, ein Schüler der Unterprima, 1848 zur Barrikade in der Friedrichstraße gelaufen sei, wo die Fahne in den Farben Schwarz-Rot-Gold aufgesteckt worden war, und zwar in einer mit Steinen beladenen Pferdekarre. Und später, am 24. März, war er ebenso heimlich, der königstreue Vater hatte es verboten, zum Schloss gelaufen, wo die gefallenen Revolutionäre aufgebahrt waren. Wie König Friedrich Wilhelm IV. auf dem Balkon erschien und dann aus der aufgebrachten Menschenmenge der Ruf aufbrauste: Mütze ab!
Da sei das Unerhörte geschehen. Der preußische König habe auf Befehl des Volkes die Mütze gezogen und musste sich vor den toten Revolutionären verneigen, was auf meinen Vater einen tiefen, sein ganzes Leben bestimmenden Eindruck gemacht hat.
- *unverständlich* -
Richtig. Mein Vater legte vorsichtig die Zigarre auf den Aschenbecher, zog ein bereitgestelltes Glas heran, goss mir Cognac ein, goss auch sich nach: Lass uns anstoßen. Auf das Land mit solchen Getränken und auf Liberté, Égalité, Fraternité!
Er nahm seine Zigarre, besah den langen Aschekegel

und fragte mich nach einem recht ausgedehnten Moment: Willst du bleiben? Oder fahren?
Ich habe gesagt: Die Polizei wird kommen und euch befragen.
Mit einem Ach und einer Geste, als wolle seine Hand auffliegen, sagte er: Was will man machen, wenn die Brut den Horst verlässt.
Ich hatte das Lebensglück, diesen Vater gehabt zu haben. Übrigens – nochmals Dank für den Kaffee. Ganz vorzüglich. Ein Genuss.
- *unverständlich* -
Nein. Ich rauche nicht, ich habe es mir in der Haft abgewöhnen müssen. Es war sehr hart. Ich habe danach nie wieder damit begonnen. Schon, um nicht in Versuchung zu kommen, für eine angebotene Zigarette einen kleinen Verrat zu begehen.
- *unverständlich* -
Nie. Am nächsten Morgen habe ich den Frühzug nach Leipzig genommen. Mit einem Koffer. Ich hatte ausreichend Bargeld und für alle Fälle zwanzig Goldmünzen dabei. Eingeprägt der Kopf des Königs, des inzwischen alt gewordenen Kartätschenprinzen, des Herrn Oelsen. Unter diesem Namen hatte sich der Prinz bei seiner Flucht 1848 in einer Gastwirtschaft versteckt. Allerdings war er dann zurückgekehrt und hatte die revolutionären Truppen in Baden in Blut erstickt. Der begleitet dich, sagte der Vater, spuck drauf.
Er hatte die Münzen schon vor meinem Kommen aus dem Tresor genommen.
Du wirst deinen Weg gehen.

Ja. Ich bin ohne Not nach Zürich gekommen.
Der Freund sah, als er an dem Abend heimging, etwas entfernt von dem Haus im Schatten eine schwarze Kutsche stehen. Dort warteten im einsetzenden Nieselregen die Häscher. Er bog in eine Seitenstraße ein und ging wie selbstverständlich, immer gefolgt von den beiden Pelerinenmännern, zum Ikarier-Genossen Simon, von dem wir uns erst vor einer Stunde verabschiedet hatten.
Simon bewohnte ein recht großes Zimmer in der ersten Etage eines heruntergekommenen und kurz vor dem Abriss stehenden Hauses. Simon gab ihm all sein Geld und lieh noch eine kleine Summe von einem im Haus wohnenden Rittmeister hinzu. Der hatte wegen einer Liebesgeschichte sein Offiziersehrenwort missbraucht und den Dienst in der Armee quittieren müssen. Für die Reise bekam der Freund noch eine kleine Flasche mit Zwetschgenwasser. Er stieg die Treppe hinunter, während Genosse Simon in dem erleuchteten Zimmer hinter dem zugezogenen Vorhang gestikulierend hin und her ging und eine heftige Diskussion als Schattenspiel aufführte. Der Freund verließ durch den Hinterausgang das Haus. Ging zum Bahnhof und nahm den Nachtzug Richtung Leipzig, stieg wie ich in Leipzig aus und um. So war er einen Tag vor mir in Zürich angelangt, wo ich die Freude hatte, ihm mit meinem Geld in den ersten Wochen ein wenig aushelfen zu dürfen.
Über diese Situation konnte der Freund, der sonst so ernste, immer wieder heftig lachen: wie die beiden Pe-

lerinenmänner nachts vor dem Haus im einsetzenden Regen standen und der Schattendiskussion zusahen.

- unverständlich -

Anders als er, der in Zürich von der Nationalökonomie zur Medizin überging, bin ich umgekehrt von dem begonnenen Medizinstudium zur Nationalökonomie gewechselt. So kreuzten sich nach den Erfahrungen bei den Ikariern unsere Berufswege.

Wie unterschiedlich waren doch die Schlüsse aus unseren gemeinsam gemachten Erfahrungen. Ich hoffte, Erkenntnisse zu gewinnen, welche Kräfte eine Gesellschaft zusammenhalten und welche spaltend wirken. Welche Kohäsionskräfte stabilisieren das Gemeinwesen? Wie sind die Dinge zum Besseren zu verändern? Wie können Einsichten gewonnen werden, die den Einzel-Egoismus relativieren und korrigieren? Wie können solche Einsichten verbreitet werden? Ich hörte Vorlesungen über ökonomische Zusammenhänge. Über Geschichte. Über die Revolutionen in Frankreich von 1789 und 1830. Auch über die amerikanische Verfassung.

Obwohl in der anderen Fakultät, war ich dem Freund doch nahe genug und konnte seine entschiedenen Interessen und Forschungen weiter verfolgen.

Damals habe ich mit der Arbeit über die kommunistischen Gemeinschaften in Nordamerika begonnen. Den ersten kleineren Aufsatz über meinen Besuch in dieser religiösen Kommune habe ich auch veröffentlicht, ein Privatdruck, den mein Vater mir bezahlte. Ich will das nochmals betonen: Ohne ihn, diesen offenen, demokratischen Geist, ohne meinen Vater, der ein so entschiedener Gegner Bismarcks und seiner konservativ-preußischen Politik war, wären weder meine Studienreise nach Amerika noch die von Examensabschlüssen unbedrängte Studienzeit denkbar gewesen. Übrigens wusste der Vater sogar von meinen Kurierdiensten für die damals im Reich verbotene Sozialistische Arbeiterpartei und hat sie wissentlich mitfinanziert. Noch war ich nicht Mitglied der Partei geworden, war unverdächtig und konnte die Zugreisen zwischen Zürich und Essen vom väterlichen Wechsel bezahlen. Damals stand der Freund der Sozialistischen Arbeiterpartei nahe, und sozialistisch und kommunistisch waren noch ziemlich eins, wurden erst später so scharf und kämpferisch voneinander getrennt. Der Genosse Heinrich Lux wurde übrigens in Breslau wegen sozialistischer Umtriebe angeklagt und zu einem Jahr Gefängnis ohne Bewährung verurteilt. Während wir anderen in Zürich in Freiheit lebten. Wie auch viele andere Sozialisten. Der Freund verkehrte bei Bebel, den auch ich kennengelernt habe. Es gab einen Diskussionszirkel, an dem ich teilnehmen durfte, wobei Teilnahme hieß: zuhören. Ich saß und hörte sie über die großen politischen Probleme diskutieren. Die Frage der Revolution, die Frage der Gewalt, die Frage der Illegalität. Der Freund hatte sehr scharfe sozialistische Positionen. Aber schon war diese Abweichung spürbar, dass zu einer gerechten Verteilung des Besitzes etwas anderes, Grundsätzliches hinzukommen müsse, das darwinsche Gesetz der Auslese, von dem er glaubte, es liege im Widerstreit mit dem sozialistischen Gleichheitsgebot. Er sprach von einer Minderung der Kraft im Volk durch den schädlichen Einfluss einer negativen Auslese. Nicht mehr der Starke setze sich durch, sondern viele Schwache, was durch den sozialistischen Gedanken, den Schwachen zu helfen, forciert werde. Er sagte, der Kampf ums Dasein, der das *Missing Link* erst zum Menschen gemacht hat, werde außer Kraft gesetzt. Die Folge sei – ich verknappe – eine allmähliche Degeneration.

Mitgeredet in dem Kreis habe ich nur ein Mal, als der Freund über unsere Erfahrungen in der Ikarier-Gemeinschaft vortrug, und es war das erste Mal, dass ich ihm in einer öffentlichen Runde widersprochen habe. Nicht heftig, nicht in seinem Stil. Hörte er ein ihm problematisch erscheinendes Argument, konnte er mit einem sich jäh verfinsternden Gesicht sagen: Das halte ich für falsch. Grundfalsch. Schon wenn eine ihm nicht genehme Meinung ausgesprochen wurde, bekam sein Gesicht etwas Widerwilliges, Einschüchterndes. Erst bei unserer Heimreise auf dem Atlantik hatte ich gelernt, meinen Gedankengang unbeirrt zu Ende zu bringen. Früher fing ich an zu stottern, mich zu verhaspeln, schließlich mit einer Floskel zu verstummen, um sodann wieder ihn allein reden zu hören.

Der Freund hatte seinen kritischen Vortrag beendet und auch mit einem Zitat von Marx unterlegt.

Ich meldete mich also und spürte, wie mir das Blut ins Gesicht schoss, als sich alle mir zuwandten, und ich begann stockend und zögernd: Die Kritik von Marx sei allein auf die Ökonomie gerichtet. Das lasse aber diese sehr menschlichen Konstanten außer Acht: das Haben-Wollen, Behalten-Wollen, Freude-Wollen, man kann sie in ihrer heftigsten Form negativ benennen: Gier, Geiz und Faulheit. Es sind atavistische Eigenschaften, wie die Liebe und die Eifersucht, die wir nur schwer durch Willen und Einsicht beherrschen können, ja die im Extrem uns beherrschen. Die uns unserer Freiheit berauben können. Aber all diese Empfindungen sind wichtig und brauchen für ihre Veränderung Zeit, auch Erfahrung, guten Willen, all das muss gelebt werden, muss erst erprobt werden …

Irgendjemand sagte: Ach herrje. Geprobt … die Anprobe beim Herrenschneider. Wo sind wir denn?

Und dann brach ein sozialistisches Begriffsgewitter über mich herein. Arbeiterklasse. Objektive Klasseninteressen. Der Kampf wird kollektiv geführt oder gar nicht. Bürgerliches Wunschdenken. Und es gab das Wort *kleinbürgerliche Haltung*. Das wurde später, in den zwanziger Jahren, auf Intellektuelle angewandt. Ein Kampfbegriff gegen Kritik aus den eigenen Reihen. Teddy Thälmann, Pferdekutscher und Hafenarbeiter, verdächtigte die abweichenden politischen Einschätzungen von August Thalheimer, einem Sprachwissenschaftler, der über die Pronomina personalia und possessiva Mikronesiens promoviert hatte, als intellektuell-kleinbürgerlich.

Die Kritik im Bebelkreis war harsch, aber nicht gegen mich wegen meiner bürgerlichen Herkunft gerichtet, keineswegs. Auch das muss zugunsten des Freundes gesagt werden, er sprang mir bei. Er beteiligte sich auch sonst nie an einem Scherbengericht, wenn nicht gerade jemand seine wissenschaftlichen Thesen in Zweifel zog. Entschuldigen Sie, ich bin recht müde, können wir für heute Schluss machen?

Es war interessant. Ruhen Sie sich aus. Wenn Sie einen Wunsch haben, dann sagen Sie es mir bitte.

Danke. Danke.

Linderhof

Hansen saß in der Gartenlaube und las von Alfred Ploetz: *Die gegenwärtige Lage der nordischen Rasse und ihre rassenbiologischen Aussichten in nächster Zukunft. Vortrag gehalten im Nordischen Ring. Berlin 29. 3. 1935.*
Frau Sachs erschien und sagte, Sie werden am Telefon verlangt. Er dachte, seine Dienststelle in München wolle ihn nach dem Fortgang der Arbeit befragen. Aber es war Molly. Überrascht von ihrer Stimme fragte er, wie sie an die Telefonnummer gekommen sei.
Noch habt ihr uns die Telefonbücher nicht konfisziert. Dank für den Kaffee. Ich habe ihn mit den Frauen in der Wohnung geteilt. Die Damen bedanken sich ebenfalls.
Gern und nicht der Rede wert.
Das Wetter sei schön und werde, da ein Hochdruckgebiet über dem Osten liege, auch gut bleiben. Ob er Lust habe, einen Ausflug nach *Linderhof*, zum Schloss, zu machen? Das mögen doch alle Amerikaner.
Woher sie das wisse?
Neulich habe sie einen Oberst, übrigens sehr gebildet, geführt. Auch ihm würde sie gern eine Cicerone

sein. Ohne Honorar, versteht sich. Oder müsse er arbeiten?
Nein, rief er etwas zu schnell und zu laut in den Hörer. Gern. Wann er sie am Morgen abholen dürfe?
Er freute sich darauf, sie wiederzusehen, zugleich breitete sich ein stiller Ärger in ihm darüber aus, wie sie dieses *übrigens sehr gebildet* eingeflochten hatte.

Er hatte sich ein wenig verspätet, war von einer Streife der Militärpolizei angehalten worden. Die hatten seine Papiere überprüft, und er fürchtete, sie würden auch nach den Wagenpapieren fragen, aber die interessierten sie nicht. Angeblich fuhr ein als amerikanischer Offizier verkleideter Deutscher durch die Landschaft.
Sie stand schon auf der Straße, vor der Haustür. Oben im zweiten Stock erschienen am Fenster die Gesichter ihrer Mitbewohnerinnen. Wieder trug sie das Klatschmohn-Kleid und die Schuhe mit den hohen Korkabsätzen und dazu die weißen aufgerollten Socken. An einem Riemen über der Schulter eine Ledertasche.
Bei dem Gedanken, sie könnte ihn fragen, ob sie diese Söckchen anbehalten solle, musste er lachen. Sie sah ihn an, diesmal irritiert, fragte aber nicht, warum er lache. Er hätte es auch nicht gesagt.
Sie fuhren auf der Schnellstraße, dann über Landwege. Sein Staunen über die Blumen. Die üppigen Geranien vor den Fenstern der Bauernhäuser.
Am Schloss fanden sie ein übergroßes Schild: *Geschlossen*. Gegen den Einspruch eines deutschen Wärters drangen sie – Hansens Uniform unterband jeden wei-

teren Protest – auf das Gelände vor. Den Schlüssel für das Schloss hatte der Kastellan. Der war nicht im Haus. Daraufhin zeigte Molly ihm den seitab stehenden Maurischen Kiosk. Dessen Tür war, vielleicht von einem jähzornigen amerikanischen Besucher, aufgebrochen worden. Die zarten goldenen Säulen, der mit kleinen goldenen Halbmonden geschmückte Brunnen, die verzierten Lünetten, das Glasfenster, jetzt im Licht blau, grün abgestuft, der Baldachin, darunter der Pfauenthron, das alles, rief Hansen mit einer geradezu kindlichen Begeisterung, ist Tausendundeine Nacht. Einfach wunderbar.

Ja, sagte sie, aber das Wunderbare ist, dass der König es in die oberbayerische Chlorophyll-Idylle hat bauen lassen, und hier, im Maurischen Kiosk, haben die Diener als Orientalen verkleidet lebende Bilder gestellt. Eine höchst reale Traumwelt.

Er könnte, wenn sie wolle, den Kiosk einfach beschlagnahmen und ihn ihr wenigstens für einen Nachmittag schenken. Und er wies mit einer schroffen Handbewegung den Wächter, der ihnen gefolgt war, aus dem Raum. Dort der Champagner und hier unser Lager.

Sie sagte lachend, das wird etwas hart. Dann schon lieber einen zünftigen Gasthof.

Er hatte sie immer wieder während der Besichtigung berührt und einmal, nur ein Mal, hatte sie ihn mit dem linken Arm umfasst und an ihre Seite gezogen. Und dabei kam von ihr ein so offener, freundlicher Blick. Ja, es war ein glücksbringender Augenblick in diesem Maurischen Kiosk.

Sie fuhren danach zu einem kleinen Hotel. *Alpenglühen.*
Etwas trinken, sagte er. Und sie nickte, und beide wussten, Trinken war nicht der wahre Grund.
Noch war es Offizieren verboten, in deutschen Hotels abzusteigen, und verboten auch dem Wirt, amerikanische Offiziere zu beherbergen. Was war nicht alles verboten. Hansen war das egal, längst hatte der Wunschtrieb jede Überlegung, was verboten sei, beiseitegeräumt. Man hätte ihn degradieren können, es war ihm in diesem Augenblick egal. Und die Dollars ließen auch bei der Wirtin jegliche Bedenken schwinden. Molly sprach ihr Englisch, das jeder Muttersprachler sogleich als Schulenglisch hätte erkennen können, nicht aber diese bayerische Wirtin, die wohl dachte, sie habe ein amerikanisches Ehepaar oder Liebespaar vor sich, das es einfach nicht abwarten konnte.
Hansen hatte Wasser und zwei Gläser Weißwein bestellt, der, wie Molly nach einem genauen Schmecken sagte, nicht so schlecht war, und sie waren hochgestiegen in ein Zimmer mit einem bemalten Bauernschrank, den Molly mit kennerhaftem Blick betrachtete. Ein gutes Stück, eine erstaunliche Malerei, gelungen die Farbwahl, instinktsicher gewählt und hübsch auch das naive Motiv: Ein junger Wilderer – allein dieser schwarze Schnurrbart – neben einem erlegten Reh stehend, wird von einem Förster, der ihn überrascht hat, von hinten erschossen. Noch steigt ein kleines Pulverdämpfchen aus dem Büchsenlauf hoch. Auf dem an-

deren Türflügel, in eine felsig steile Landschaft gestellt, eine junge Frau im Dirndl. Ganz schön Holz vor der Hütt'n, meinte Molly, vielleicht war das der eigentliche Grund, das ganze Panorama zu malen. Wohl die Geliebte oder die Frau des Wilderers, denn mit dramatisch über dem Kopf erhobenen Händen steht sie an einem Abgrund, in den sie sich gleich stürzen wird, mit geöffnetem Mund und einem Schmerzlustschrei wie dem aus Mollys Mund, die, als stürze sie, unter ihm lag, die Arme über dem Kopf ausgestreckt.

Nach zwei Stunden stiegen Hansen und Molly die Treppe hinunter in den Schankraum, verfolgt von dem verstörten Blick der Wirtin, nein, es war, nach dem, was sie gehört, wahrscheinlich noch nie gehört hatte, ein strenger, abweisender Blick. Dennoch fragte sie – die Dollar lockten –, ob die Herrschaften noch etwas trinken wollten.

Nein. Danke.

Sie fuhren nach München, hin und wieder überholten sie Armeelaster. Die Fahrer, meist Schwarze, winkten, sahen von oben in den offenen Wagen zu Molly herab. Einer hupte rhythmisch.

Hansen wollte in das Haus am See, wollte mit ihr zu Abend essen, wollte, dass sie die Nacht bliebe – eine lange Reise mit ihr machen, ohne lauschende Gastwirtin.

Sie aber wollte nach Hause. Sie habe zu tun. Das Geschäft.

Er bestand darauf, sie müsse ihm jetzt erzählen, um

was für ein Geschäft es sich handle. Sonst würde er sie einfach hier auf der Autobahn absetzen.
Dann halte ich den nächsten Lastwagen an. Aber sie erzählte dann doch, sie habe eine größere Schneiderwerkstatt aufgetan. Tipptopp die Nähmaschinen, nicht geklaut. Acht Schneiderinnen, die noch vor ein paar Monaten Uniformen für Wehrmachtshelferinnen genäht haben. Mit dem Besitzer wolle sie einen Deal machen (sie sagte tatsächlich Deal, aber ein wenig zu lange auf dem I ausruhend). Sie könne Fallschirmseide besorgen, da sie Kontakte über Luftwaffenkameraden ihres Mannes habe. Aus dieser Seide sollten Kleider genäht werden. Die Seide könne eingefärbt werden. Der Stoff sei gut, leicht und strapazierfähig.
War das nicht Besitz der Wehrmacht, der, nun beschlagnahmt, der US-Verwaltung gehöre?
Ach, herrje, was ist nicht alles beschlagnahmt worden, sagte sie, Häuser, Autos, Boote, und sah ihn über ihre verspiegelte Sonnenbrille mit ihren irritierend blauen Augen an, das ist eine Form der Umverteilung. Die Dinge sind gerade jetzt noch nicht so festgelegt, wie sie es früher waren und bald wieder sein werden. Eine Zeit des Übergangs. Eine alte Ordnung wird zerbrochen, löst sich auf, etwas Neues entsteht. Eine gute Zeit für große Pläne. Der Horizont ist frei. Aber gut wäre, wenn du mir ein Permit besorgen könntest. Ich muss in die französische Zone. Friedrichshafen. Dort liegen Fallschirme. Ich brauche die Erlaubnis, die nach München zu holen.
Du überschätzt meinen Einfluss. Ich bin nicht in der Militärverwaltung.

Versuch es.
Von da an schwiegen sie, fuhren in die Stadt, die, kommt man von Süden, plötzlich und fast ohne Vororte beginnt. Sie blickte gelangweilt aus dem Wagen. Er grübelte, wie er an ein Permit kommen könnte.
Ein Permit für den nicht legalen Warentransport? Natürlich ist das nicht korrekt. Aber in der Liebe ist nichts korrekt.

Vor ihrem Haus stieg sie aus. Er schloss den Kofferraum auf, holte das Kilopaket Kaffee und die Stange *Camel* heraus: Für deine Fallschirmkleider.
Sie, die um beides nicht gebeten hatte, sagte Danke, aber so selbstverständlich, als sei er Handelsvertreter und habe nur die bestellte und schon bezahlte Ware gebracht. Er sah sie in die Haustür gehen, ihre Beine, die weißen aufgerollten Söckchen, und mit wachsendem Ärger über ihre Arroganz nahm er sich vor, ihr beim nächsten Mal zu sagen, sie solle die Socken im Bett anbehalten.

- Sonntag, 1. Juli -
Die Geranien vor den Fenstern, die Bauernrosen im Garten. Was ist an den Blumen, an diesem Leuchten der Farben so beglückend? Vielleicht die Ahnung, dass hier eine Erotik waltet und sich die Erde für den Himmel schmückt.

Hansen war zum Rapport nach München ins Hauptquartier, in die MacGraw-Kaserne an der Tegernseer Landstraße einbestellt worden. Am Tor ein Schild:

AMG – American Military Government. Ein weiblicher Sergeant führte ihn durch die Gänge, über die Treppen und erzählte, der Colonel sitze an einem Schreibtisch von Hitler.

Tatsächlich saß Colonel Middleton wie verloren hinter einem gewaltigen Schreibtisch aus massiver Eiche. Auf Hansens Frage nach dem echten Hitler-Schreibtisch – auch Leo Alexander saß an einem –, lachte Middleton, wolle man den Gerüchten glauben, stünden in München Hunderte herum. So wirke die Einbildungskraft. Es sei die Folge eines Films. Es ist jene Szene in *The Great Dictator*, als sich Benzino Napoloni auf den Schreibtisch von Adenoid Hynkel setzt. Sie wissen, beide, Hitler wie Mussolini, lasen keine Akten. Genau genommen waren die Nazis wie die Faschisten auf das Brutale und Orale regrediert, reden, überreden, reden, überreden, reden, besoffen reden, und wenn auch das nicht hilft – zuschlagen. Jedoch sind die Unterschiede zwischen dem faschistischen und dem nationalsozialistischen System interessant, jenes war weniger rassistisch als dieses mit seinen mittelalterlich mythischen Vorstellungen von Blut und Boden, beide aber waren für Technik aufgeschlossen, insbesondere dem Automobil und dem Flugzeug gegenüber. Jedoch: Warum hat die Bevölkerung in Deutschland so lange mitgemacht? Auch die Bombardierungen durchgehalten? Die Italiener hatten früher aufgegeben, sie hatten Partisanen und waren einfach flexibler, wohl auch als Genießer eher dem Leben zugewandt. Nicht dieses Sehnen nach Tod und Untergang. Die Nibelungen, die in der brennenden Halle ihr eigenes Blut saufen, aber in Treue bis zum letzten Mann aneinander festhalten. Eine düstere Welt. Der Himmel über Italien ist heller, und die Luft im Herbst riecht nach Ernte, nach Erde, Ceres ist nicht weit. Middleton hatte in Tübingen studiert und ein halbes Jahr in Florenz gelebt, wo er in den Archiven über die Pelz- und Seidenpreise in der Zeit von Cosimo Medici gearbeitet hatte. Warum haben sich die Germans – er sagte immer Germans, obwohl er perfekt Deutsch sprach –, warum haben die sich so lange freiwillig totschießen lassen? Und andere totgeschossen? Middleton fragte Hansen, wie es mit der Befragung von dem Mitarbeiter des Eugenikprofessors vorangehe. Er brauche Hansen dringend hier, in der Verwaltung. Die Organisation in der Stadt, sagte er, ist chaotisch. Flüchtlinge, Ausgebombte, displaced persons. Er würde Hansen gern als Kontrolleur dem Einwohnermeldeamt zuordnen. Die Wohnungsprobleme. Zuteilung von Lebensmitteln. Wenn der Winter kommt, fehlen Holz und Kohle. Wie sollen wir mit dreißig, vierzig Leuten diese Stadt verwalten, ohne die Beamten, die hier ihren Dienst taten? Fast alles Nazis, kleine, mittelgroße, große, in ihrem Selbstverständnis, aber auch in ihrem Wirkungsgrad.

Hansen war danach durch die Stadt gegangen, hatte sich im Englischen Garten auf eine Bank gesetzt, dachte, es sei wohl seine Pflicht, die Befragung des Alten zu beschleunigen, aber dann dachte er an das Haus, an den See und an Molly, ja, vor allem an sie, und an den Alten

in seiner Mansarde, ganz korrekt war das nicht, diese Befragung derart auszudehnen, korrekt, wie es sein Vater verstand, Pflichterfüllung mit Gehorsam verbunden, ein Gehorsam, den der zornige Alte seit Langem aufgekündigt hatte. Irgendjemand weiter oben in dieser schwer durchschaubaren Hierarchie der Dienste hatte ihm diesen Auftrag der Befragung erteilt, ein Geschenk genau genommen. Warum sollte er die nicht in aller Ruhe zu Ende führen?
Er war am späten Nachmittag wieder zum See hinausgefahren. Im Westen türmte sich, hin und wieder durch Wetterleuchten erhellt, eine dunkle Wolkenwand auf. Später fielen einzelne, schwere Tropfen auf die Scheibe. Der Wischer quietschte. Hansen fuhr dem fernen Grollen entgegen.

George saß in einem Sessel, die Beine ausgestreckt, und lud ihn mit einer langsamen, weitschweifenden Geste ein, sich zu ihm zu setzen, hob die neben ihm auf dem Boden stehende Flasche Whiskey, die fast leer war, und sagte: Look, we need fresh supplies.
Er sagte es mit schwerer Zunge: I have kicked her out. Sie sei gekommen, habe sich wie immer mechanisch ausgezogen und hingelegt und die Beine breit gemacht, er hatte noch nicht einmal das Hemd ausgezogen. Yes, I've kicked her out.
Wieso? Was hat sie gesagt?
Genau genommen nichts. Ja, ebendas. Sie habe nichts gesagt. I simply kicked out the German broad who'd had her eyes on our cigarettes.

Hansen setzte sich zu ihm. Die Tür zum Garten, zu der abfallenden Wiese und dem See war geöffnet. Plötzlich waren Blitz und Donner nahe. Die Wucht der Entladungen war derart heftig, dass sie sich auf die Brust legten. Regen spritzte in den Raum. Als Hansen die Tür schließen wollte, sagte George, Leave it. Rain cleans everything.
Und er erzählte, dass er morgens bei dem Verhör von Professor Schilling dabei gewesen sei. Eine medizinische Kapazität. Schilling habe in Dachau Versuche an Häftlingen gemacht. Versuchsreihen mit Frauen und Männern. Sie wurden mit Malaria infiziert, mit Cholera. Es war ein qualvolles, langsames Sterben. Schwären. Eiter. Einige, die überlebt haben, liegen noch im Army-Lazarett, aufgeschwemmt, Wunden, die sich nicht schließen. Manche, auch das war Teil der Versuche gewesen, waren währenddessen gut ernährt worden, andere wiederum hatten hungern müssen, bekamen sogenannte Entzugskost, die zum Tode führt, alles war berechnet, die Zahl der Kalorien, die Zahl der Infusionen, die Messungen der Temperatur. Tabellen. Die Versuchspersonen, Polen, Russen, Juden, nummeriert, wurden in Karteien und Diagramme verwandelt bis zum Tod.
George erzählte von den Fotos, die er gesehen hatte, denn all diese Untersuchungen waren genau dokumentiert worden, und da habe der Vernehmungsoffizier, ein Arzt im Rang eines Captains, zu ihm, George, gesagt, das sei zwar fürchterlich, aber die Ergebnisse seien ganz wichtig, die Versuche höchst interessant, die

Daten bekomme man doch so schnell nicht wieder. Er, George, solle den deutschen Professor befragen, quetschen Sie ihn aus, bevor er gehenkt wird. Was er, der Captain, bedauere. Er hat ein wenig die Grenze überschritten. Zugegeben. Aber er hat der Wissenschaft gedient. Fünf Jahre Gefängnis hätten es auch getan.
Das Unfassliche. Der Engel der Geschichte sagt: Alles. Alles, auch das Fürchterlichste, ist nicht nur denkbar, es wurde wahr. The work of the white gods, sagte George, a report from the sanatorium in Kaufbeuren. Not far from here. They've killed 1,200 there, with injections and with Luminal. They sweetened it with raspberry syrup for the children. When we arrived, almost three months after the surrender, they were still at work. Killing those unworthy of living. Murders by conviction. These Germans make me throw up, and don't go telling me there are exceptions.
Look at them, the death certificates. And this youngster. His crime: his father was a travelling salesman. A gypsy. The kid was fourteen. Never forget his name. Ernst Lossa.
Here, sagte George, here's something to help you sleep.

Leichenschauschein und Krankengeschichte
Zeugenaussage eines Krankenpflergers
Zum Fall Lossa erkläre ich folgendes: Bezüglich des Lossa hieß es mehrfach, daß man ihn nicht brauchen könne, daß er unverbesserlich sei. Diese Äußerungen machten mir gegenüber sowohl Dr. Faltlhauser als auch Frick, und zwar in dem Sinne, daß ich Lossa durch

Luminal beiseite schaffen sollte. Ich sträubte mich jedoch dagegen, weil Lossa einer meiner liebsten Patienten war. Er hat zwar, wo er konnte, gestohlen, er war jedoch auf der anderen Seite außerordentlich hilfsbereit und gefällig, so daß ich ihn gut leiden konnte. Auf nochmalige Frage: Dr. Faltlhauser fragte mich wiederholt, ob ich dem Lossa kein Luminal beibringen könne, und auch Frick fragte mich, ob man Lossa nicht etwas geben könne, man könne ihn nirgends brauchen.

Eines Tages wurde ich dann anfangs August 1944 – an den genauen Zeitpunkt kann ich mich nicht mehr erinnern – zur Nachtwache eingeteilt. Den Auftrag hierzu brachte mir der Pflegesekretär Holzmann. Von Dr. Faltlhauser bekam ich den Auftrag, dem Lossa in der Nachtwache Luminal beizubringen. Faltlhauser hatte mit mir schon vorher darüber gesprochen, wie man es machen könne, um diesen Jungen zur »Beruhigung« zu bringen, und hat mich zu diesem Zweck zur Nachtwache eingeteilt. Ich sagte dann am Vorabend zu Lossa: »Du mußt heute auf die Kinderabteilung, Du bekommst eine Typhusspritze.« Lossa bekam dann ein Kinderbett angewiesen. Während er schlief, bekam er in meinem und des Frick Beisein von der Pauline Kneissler eine Spritze, vermutlich Morphin-Scopolamin. Die Spritze hat die Kneissler selbst zubereitet. Während Lossa die Spritze gegeben wurde, wachte er auf. Er hat sich kaum gewehrt, so daß man ihn fast nicht halten brauchte, als man ihm sagte, dass das eine Typhusspritze sei. Lossa fürchtete sich nämlich sehr vor Typhus. Ich habe Lossa in jener Nacht das Luminal, das ich ihm ursprünglich

geben sollte, nicht gegeben, weil ich wußte, daß er sich keines geben ließ. Mit Gewalt aber konnte man ihm keines eingeben, weil er zu kräftig und zu flink war.
Ich hatte im Auftrag von Dr. Faltlhauser und mit Wissen von Frick bereits früher einmal versucht, dem Lossa Luminal einzugeben. Dieser Versuch war jedoch mißlungen. Daher kam es, daß man auf den Gedanken kam, dem Lossa eine Spritze zu geben.
Sowohl Dr. Faltlhauser als auch Frick erklärten, der Lossa müsse weg. Ich entgegnete dem, daß es mit Luminal nicht gehe. Auf meinen Vorschlag hin wurde dann erwogen, dem Lossa eine »Typhusspritze« zu geben. Ich berichtige mich dahin, daß Frick den Vorschlag machte, dem Lossa eine Spritze zu geben. In der betreffenden Nacht wurde ich sodann von Frick gerufen, um Lossa eventuell zu halten, falls er sich wehren sollte. Als ich ins Kinderzimmer kam, waren Kneissler und Frick bereits dort. Ich wiederhole, daß dann Kneissler dem Lossa in meiner und des Frick Gegenwart die Spritze verabreicht hat. Nach der Spritze gingen wir gemeinsam weg. Lossa verstarb am nächsten Tag.

7. Tag

Heute Mittag waren die Scheiben des Wagens gelbbraun von feinem Sand überzogen.

Selten, aber doch hin und wieder trägt der Südwind den Sand der Sahara nach München. Das Wetter wird umschlagen. Mein Barometer, hier.

- unverständlich -

Danke, nein. Aspirin ist das Beste. Und das kann man noch kaufen. Danke.

Ich habe am Freitag von einem Jungen gelesen. Ernst Lossa. Der Sohn eines Hausierers. Er wurde in der Klinik in Kaufbeuren umgebracht. Er hatte kein Anzeichen von Debilität. Es reichte aus: Er war anders. George, ein Kamerad, hat die Ärzte in der Psychiatrie Kaufbeuren verhört. Die haben bis in den Sommer weitergearbeitet. Es sind Mordgruben gewesen. Was hätte Ploetz dazu gesagt?

Ich will hoffen, ja wünsche mir, es möge wenigstens das stimmen, was Sie von dem Professor Lenz gehört haben, dass Ploetz sich für jüdische Kollegen bei der braunen Brut verwendet hat. Aber für den Sohn des Hausierers Lossa hätte er sich wahrscheinlich nicht

eingesetzt. Und ganz sicherlich nicht für die, die Karl Binding und Alfred Hoche als lebensunwert bezeichnet haben. Sogenannte Ballastexistenzen.
In Zürich bin ich zum ersten Mal mit dieser Sicht konfrontiert worden. Damals hatten wir uns dort nach und nach alle versammelt. Die Brüder Hauptmann kamen. Simon und Lux kamen. Und die Diskussionen über eine andere Welt, eine Welt, die gerechter, schöner, besser sein sollte, wurden hier mit anderen fortgeführt, mit Frank Wedekind, Richard Avenarius, mit dem Psychiater Auguste Forel, der als Lehrer des Freundes entscheidend wurde. Um den Arzt, Psychiater, Ameisenforscher, einen charismatischen Mann, sammelten sich die Studenten, die revolutionär Gesinnten.
Forel, der für einen strikten Antialkoholismus und für die Frauenrechte eintrat, war Leiter der psychiatrischen Universitätsklinik. Ich war nicht bei jeder dieser Diskussionsrunden anwesend, aber doch mehrmals Gast und konnte verfolgen, wie insbesondere die Vererbungslehre die Teilnehmer beschäftigte. Wie konnte man die Nachkommenschaft in der Familie, aber auch im Volk steuern? War es möglich, in der Fortpflanzung das Gute zu befördern und das Schlechte zu verhindern, wenn in einer zivilisierten Gesellschaft der Kampf ums Dasein abgemildert wurde?
Ich weiß recht genau, wann ich das Wort Euthanasie zum ersten Mal gehört habe, nicht in seiner lexikalischen Bedeutung, eu und thánatos, der schöne oder sanfte Tod, das verdanke ich meinem Griechisch am Gymnasium, sondern als eine tatsächliche Möglich-

keit, ich sage ausdrücklich tatsächlich, weil dazu die Bereitschaft zur Tötung notwendig ist. Der Freund hatte mich mit in die Klinik genommen, einen großen, an die Renaissance erinnernden Bau, in dessen Nähe ein mit Wein bepflanzter kleiner, eigentümlich runder Hügel liegt, dessen Kuppe mit Buchen und Büschen bewachsen ist, das Burghölzli. Der Volksmund übertrug diesen so sprechenden, ja gemütlich-euphemistischen Namen auf die Irrenanstalt. Dort bin ich zum ersten Mal dem Direktor Auguste Forel begegnet. Die Bewunderung für diesen Mann war dem sonst so selbstgewiss auftretenden, jetzt sich aber zurückhaltenden Ploetz anzumerken. Er stellte mich Forel vor. Professor Forel, Mitte dreißig und sich sehr aufrecht haltend, trug ein geschwungenes Portalbärtchen. Um Kinn und Backen stand eine zarte Krause. Auffallend waren seine braunen Augen, ein nachdenklich ruhender Blick. Er trat so gar nicht hochgemut auf wie unsere reichsdeutschen Ordinarien. Forel gab mir mit einem verbindlichen Lächeln die Hand. Vielleicht, sagte er, haben Sie heute schon, wie die meisten Scolaren, ein Glas Wein zu Mittag getrunken, denn dann werden Sie, nachdem Sie sich hier umgeschaut haben, in Zukunft, wie ich hoffe, davon Abstand nehmen. Mein Assistent Doktor Brenner, und damit wies er auf einen mittelgroßen Mann, dessen Gesicht von einem dichten schwarzen Vollbart zugewuchert war, wird Sie und Ploetz, auf den ich viel setze, führen. Lieber Brenner, seien Sie der Vergil, zeigen Sie dem jungen Mann die Elenden und sehen Sie, was der Alkohol unter den Menschen anrichtet. Schauen Sie genau hin. Er sagte das mit einer sanften Stimme, der man das Weiche seiner französischen Muttersprache anhören konnte.

Doktor Brenner trug einen Kittel aus schwarzem Lüsterstoff, und – sonderbar, welche belanglosen Details sich unserem Gedächtnis zuweilen einprägen – die Ärmel seines Kittels wurden mit Gummizügen am Handgelenk zusammengehalten. So eigentümlich wie der schwarze Kittel war dann auch das freundliche Grüezi, das aus dem dichten schwarzen Bart kam.

Herr Collega, sagte er zum Freund, Sie kennen ja die Stationen schon recht gut. Wir wollen unserem jungen Gast zunächst die leichteren Fälle zeigen. Sie sind auf den Alkoholmissbrauch zurückzuführen. Fälle also, die es nicht geben müsste, die aber dann doch ihre Erklärung in dem Unglück der von dieser Sucht beherrschten Personen finden.

Er führte uns in einen Saal, dessen Wände mit einer gelbweißen abwaschbaren Ölfarbe gestrichen waren. Vielleicht dreißig Betten standen darin. Ein Pfleger, ein Hüne von einem Mann, saß auf einem Stuhl, der wiederum auf einem Podest stand. Von dort waren die Betten zu überblicken. Noch bevor ich den Saal betrat, hörte ich dieses Geräusch, diese Vielzahl ungewöhnlicher Laute, spitze Schreie, rhythmisches Stöhnen, ein monotones Gebrabbel, ein tiefes Grunzen, auch ein Knurren waren zu hören.

Willkommen bei der Geißel der Menschheit, sagte ein vorbeigehender junger Arzt zu mir.

Nein, sagte Freund Ploetz, hier liegt das Versagen des freien Willens vor. Man muss nicht trinken. Ihm, der für alles Verstand und Willen verantwortlich machte und stets das Prinzip von Ursache und Wirkung walten sah, fehlte die Vorstellung, es könnte eine Wollust im Selbstvergessen liegen. In der allmählichen Selbstauslöschung. Eine Ahnung künftiger Empfindungslosigkeit. Der Freund sah die Sucht nicht als eine genussvolle Form der Selbsttötung, sondern als Verantwortungslosigkeit sich und den anderen, ja der ganzen Gesellschaft gegenüber.

Im nächsten Raum saßen alte Männer in langen Leinenhemden auf Stühlen. Einige trugen Lätzchen und wurden gerade von zwei Wärtern mit einem Brei gefüttert. Einem graustoppeligen Alten wurde die Schnabeltasse an den Mund gehalten, Glucksen, Prusten, und der Tee lief aus dem zahnlosen Mund. Eine Stimmung, die an einen Kinderhort denken ließ, nur war es leise, abgesehen von dem Schmatzen der Essenden und hin und wieder einem Rülpser. Allein ein Mann schaute sich kurz nach uns um, auch dieses ist ein haftendes Bild, wie sein Kopf sich uns langsam zuwandte und in seinen Augen einen Moment lang etwas Staunendes, Fragendes aufschien, sich dann aber ins Blicklose, Ungefähre verlor. Es roch nach Urin und Kot. Dr. Brenner sagte: Die Patienten müssen noch getopft werden. Unsere freundlichen Altersdementen.

Und jetzt zu dem letzten, dem tiefsten Kreis, sagte Doktor Brenner.

Er führte uns durch einen Saal, dem vorherigen ähnlich, allerdings war die Ölfarbe der Wände hier an vielen Stellen abgestoßen. Zehn bis zwölf Menschen lagen in Betten, vier waren auf gepolsterten Bänken, drei an massiven Sesseln festgeschnallt. Hier lagen, wie Brenner in seinem ruhigen alemannischen Tonfall erklärte, die psychomotorisch gestörten Idioten. Er führte uns an eines der Betten, in dem ein Mann saß. Der kleine Kopf hatte keine Augen. Mikrocephalie, sagte der Schwarzbärtige. Der Mann saß in dem Bett festgegurtet, aber hin- und herwippend und schlug in einem genauen Takt nach zweimaligem Wippen mit dem Kopf gegen die abgepolsterte Leiste des Gitterbetts.

Das Polster müssen wir alle vierzehn Tage erneuern, dann ist es bis zum Holz zerfasert. Wir haben es mit einem Kopfschutz versucht, aber da begann er zu schreien, dauerhaft. Darum haben wir es jetzt so gelöst. Wer hier liegt, wird gefüttert, gewaschen, getopft. Jegliche Verständigung mit diesen Wesen ist unmöglich.

Heilung?

Ganz unmöglich.

In dem Moment sagte der Freund, hier wäre doch, auch im Interesse der Patienten, der Gedanke an einen gnädigen Tod nicht abzuweisen. Der Patient wäre erlöst. So auch die Gemeinschaft. Für diese zwanzig Patienten brauchen wir acht Pfleger. Aber vor dem Gedanken der Euthanasie hat das Christentum eine Barrikade aufgebaut, indem es das menschliche Leben per se als Leben versteht und nicht danach fragt, ob es ein Leben ist, das sich selbst als solches wahrnehmen kann.

Dem widersprach der Schwarzbärtige. Erst sie, die so ganz vom Normalen Abweichenden, bedeuten uns, wer und was wir sind. Sie sind die Geschlagenen. Sie lehren uns Demut. Unser Menschsein ist ein Geschenk, egal, ob aus Kreation oder Evolution hervorgegangen, und dieses Geschenk gilt es zu hüten. Sie sind die Engel des Schmerzes, die uns lehren, was Glück ist, und dem Glück des Gelungenen die Trauer beigeben, ihr tiefes, tiefes Unglück. Denn es kann kein wahres Glück geben, wenn es das Leiden anderer gibt. Sie stehen in ihrem Unglück für die gefährdete Würde, für die Einmaligkeit des Lebens. Sie tragen ohne Bewusstsein den gefährdeten Wunsch nach Gesundheit und Schönheit mit sich. Die Beladenen, Schwachen, Schmerzreichen.

Ich habe oft an diesen Besuch gedacht, und später wurde mir bewusst, wie grundsätzlich verschieden diese beiden Ärzte waren, der Schwarzbart, dieser Dr. Brenner, und mein Freund, der angehende Arzt, denn er, der Freund, zeigte schon damals, dass ihm etwas Wichtiges fehlte: Demut vor dem Leben. Vor der Existenz jedes Einzelnen. Vor der Einmaligkeit. Das Bewusstsein von der Schöpfung unserer Welt bringt diese Demut mit sich. Nicht aber das der Auslese und der daraus abgeleiteten Logik, dass der Stärkere das Recht für sich hat. Diese Demut muss nicht dem Glauben entspringen, ich stehe auch im Dunkeln, ich kann nicht glauben, aber gerade wegen dieser Einmaligkeit, die endlich ist, muss diese Demut uns verpflichten, das Leben zu verteidigen. Es ist das Band, das uns bindet. Dem Freund,

diesem Begabten, das Große wollenden Freund, fehlte mit der Demut auch die Geduld zur Heilung. Eine ihn begleitende Unrast drängte sogleich ins Allgemeine. Nicht der Einzelne fesselte seinen Blick, sondern immer gleich das Große, das Ganze: die Menschheit. Erst später kam bei ihm das andere Wort auf: die Rasse. Und die Menschheit unterteilte sich in Rassen. Minderwertige die Schwarzen, hochwertige die Arier, die nordische Rasse. Und Rasse generierte das Volk und das Volk das Un-Völkische und das Un-Völkische den Volks-Schädling und der Schädling die Schädlingsbekämpfung. Es ist eine Verachtung des Nicht-Gelungenen, eine Geringschätzung des Nur-Gelungenen und eine gesteigerte Bewunderung für das Höchst-Gelungene. Und es ist nicht verwunderlich, dass der Freund, damals noch der Freund, sich nicht dem Heilen des Einzelnen zuwandte, sondern dem großen Thema Zucht und Züchtung. So wurde er Herr von Tausenden Kaninchen, die geschlachtet und deren Hirn- und Keimzellpräparate untersucht und in Alkohol eingelegt werden mussten. Der Patient wurde zum Präparat. Und das Wort Aufartungsprozess führte zum Übermenschen in kackbrauner Uniform. Da hatte er seinen Pakt geschlossen, staatlich organisiert und rechtlich abgesichert wurde das sogenannte nicht lebenswerte Leben ausgelöscht, und Ärzte, die sich darin übten, gingen später in den Osten, in die Todesfabriken.
In Hadamar und in anderen Anstalten sind die Ärzte geblieben. Andere sind geflohen. Haben weitergearbeitet. Auch Professor Lenz bekam 1944 in seinem Berli-

ner Institut für Anthropologie eine depressive Verstimmung. Nicht verwunderlich, da die Rote Armee die Grenzen Ostpreußens erreicht hatte. Lenz setzte sich in den Westen ab, nach Münster. Andere, die direkt an den Tötungen beteiligt waren wie Professor Hirt, haben sich selbst in psychiatrische Anstalten eingewiesen. Lagen zwischen Patienten, die sie zwei Wochen zuvor noch ins Gas geschickt hätten.

Der Züchter des Übermenschen auf der Flucht. Der Mediziner, gestern noch in der schwarzen Uniform eines Standartenführers, mit dem silbernen Lorbeerblatt auf dem Kragenspiegel, macht sich in Zivil aus dem Staub. Jeder wusste es im Reich, jeder, dass dort, wo die Rauchsäulen über den Kliniken standen, Menschen umgebracht wurden.

Ja, ich habe oft an das Gespräch in der Züricher Klinik gedacht. An den Arzt, diesen Schwarzbart, der sagte, sie, die Missgestalteten, zeigen in ihrem Unglück unser Glück. Sie, die Unglücklichen, sind die Unschuldigen. Sie sind Teil des Wunders Leben. Und sie wurden ausgemerzt. Im Namen der Normalität. Der Kraft, der Gesundheit. Der Tüchtigkeit. Aber welcher Tüchtigkeit? Tüchtigkeit wozu? Der Tüchtigkeit zum Töten! Und jetzt schleichen sich die Täter davon in die Nichtverantwortung. Sie müssen sich vorstellen, diese Götter in weißen Kitteln haben mit einem kleinen Kreuz über Leben und Tod entschieden. Dreißig Pfennig bekamen die Gutachter pro Kreuz. Und da macht man schnell viele Kreuze. Jetzt verkriechen sie sich feige als Patienten getarnt in Klinikbetten.

War Ploetz beteiligt?

Nein. Er war nicht beteiligt. Jedenfalls nicht direkt. Er hat nicht zur Spritze gegriffen. Er hat keine Kreuze gemacht. Er soll, wie es heißt, dagegen protestiert haben, dass jüdische Wissenschaftler verfolgt wurden. Vielleicht hat er protestiert, vielleicht hat er geholfen, so wie mir, dass ich aus dem Lager kam, aber eben durch Verbindungen. Ich weiß es nicht. Er konnte zum Telefonhörer greifen und im Innenministerium anrufen, weil dort ein Schüler von ihm saß oder der Schüler eines Schülers.

- *unverständlich* -

Entschuldigen Sie, ich möchte für heute Schluss machen.

Hamburg, Eppendorfer Weg 97

Hansen hatte die Genehmigung erhalten, nach Hamburg zu fahren. Als er mit der Bitte einkam, hatte Oberst Middleton gesagt: Ich verstehe, eine sentimental journey, okay. Vielleicht können Sie, damit wir einen dienstlichen Grund finden, die Reise damit verbinden, dass Sie sich einmal ansehen, wie die englischen Kollegen den Rundfunk in der Stadt aufgebaut haben. Zwei Tage nach der Kapitulation hatten die schon ein *Radio Hamburg* mit sachlich korrekten Informationen. Unsere Leute sind hier dagegen umständlich und unentschieden. Mal abgesehen von Major Habe, diesem Wiener Schlawiner, der gleichzeitig das Terrain für seine eigenen literarischen Ambitionen absteckt. Na ja, und für die erotischen.

Hansen war mit dem Zug der US-Militärbehörde nach Bremerhaven gefahren. Der Zug war ausschließlich für amerikanische Militärangehörige reserviert. Ein bequemes Reisen, nicht zu vergleichen mit den deutschen Zügen, die überfüllt waren, die Menschen standen auf den Trittbrettern und einige saßen auf den Waggondächern.

Er saß im Zugrestaurant und trank einen Blue Moon. Deutsche Kellner in blendend weißen Jacken servierten ham and eggs. Viele Dienstreisende saßen im Zug, aber auch ein paar Sergeants und Offiziere, die schon zurück in die Heimat fuhren, darunter auch Frauen, die im Medical Corps oder in der Militärverwaltung Dienst getan hatten. Ein Plattenspieler lief, es wurde getanzt, und hinter Hannover, die Sonne ging eben unter, sangen alle, auch Hansen, *Don't Fence Me In*. Eine Fahrt wie in die Ferien, und das war es wohl auch für die meisten.

Hansen übernachtete in Bremerhaven in einer amerikanischen Offiziersunterkunft und bekam am nächsten Tag aufgrund seines Marschbefehls einen Jeep mit Fahrer zur Verfügung gestellt. Fred war ein wortkarger Mann aus Phoenix, so konnte Hansen ungestört auf der Suche nach Erinnerungsbildern Landschaft und Dörfer betrachten.

Auf den Landstraßen glichen die Wandernden denen von vor drei Monaten, als er von Frankfurt nach München gefahren war: jeweils in beiden Richtungen eine nicht endende Reihe von Fußgängern mit Rucksäcken, einige zogen kleine Holzwagen – Hansen fiel dabei das Wort Bollerwagen aus seiner Kindheit wieder ein –, andere schoben beladene Räder. Vermutlich waren es Flüchtlinge aus dem Osten, und unter ihnen waren hin und wieder noch einige Kriegsgefangene, französische und belgische, die aus irgendwelchen Gründen, meist wohl der Liebe wegen, länger in Deutschland geblieben waren. Und noch immer suchten die aus Europa ins Reich deportierten Zwangsarbeiter ihren Weg nach Hause, nach Westen, Osten oder Süden.

Sie fuhren über die Elbbrücke, und Hansen überkam beim Anblick des Hafens, der Kirchtürme, insbesondere der runden grünen Kuppel der Michaeliskirche, eine Freude, die ihn hätte jauchzen lassen mögen, so, wie er als Kind bei freudigen Überraschungen mit einem Juchu sein Herz befreit hatte. Und dann jauchzte er tatsächlich, und der Fahrer aus Phoenix sah ihn besorgt von der Seite an.

Hansen musste sich zum Nonnenstieg, wo das für alliierte Offiziere reservierte Hotel lag, durchfragen. Er erkannte die Innenstadt seiner Kindheit nicht wieder. Sie lag in Trümmern.

Noch am selben Nachmittag fuhr er nach Eimsbüttel, ließ sich an der Isebekbrücke absetzen, sagte zu dem Fahrer, er möge warten, und ging die Osterstraße, die sein früherer Schulweg gewesen war, hinauf in Richtung seines Elternhauses, von dem er wusste, dass es von Bomben zerstört worden war. In dieser von den Engländern besetzten Stadt war eine amerikanische Uniform recht ungewöhnlich, und so wurde er von den Entgegenkommenden neugierig angestarrt. Er kam zum Fischgeschäft von Herrn Grün, den er als Kind oft dabei beobachtet hatte, wie er mit einem Kescher die zappelnden Karpfen aus dem Becken hob und mit einem Holzkeulenschlag tötete, vielleicht auch nur betäubte, um sie dann mit dem fein geschliffenen Messer aufzuschlitzen und die Eingeweide aus dem weißen Bauch zu nehmen. Herr Grün stand mit seiner Gummischürze vor dem Becken, auf der Verkaufstheke lagen keine Steinbeißer, keine Schollen, keine Flunder, kein Butt, keine Rollmöpse, nur ein paar Salzheringe. Grün sah Hansen durch das Schaufenster an, neugierig, aber ohne ihn, den Michael aus der Osterstraße, zu erkennen. Und dann brach sich der Blick Grüns und richtete sich auf das Wasserbecken, das leer war.

Hansen ging weiter, ging an dem Elektrogeschäft Lehmann vorbei, dessen zerbrochene Schaufensterscheibe mit Brettern zugenagelt war. Die Familie Hansen lag mit der Familie Lehmann im Streit. Michael war es verboten worden, die Lehmanns zu besuchen. Ein durch Nichtgrüßen fortgeführter Streit, dessen Anlass er vergessen, vielleicht auch nie gekannt hatte. Er sah das Ledergeschäft Israel, in dem zwei Pappkoffer standen. 1933 hing, wie die Tante nach New York geschrieben hatte, im Schaufenster ein Schild: *Trotz des Namens: Besitzer ist rein arisch*. Gegenüber lag das Kürschnergeschäft von Andersen. Adolf Andersen, der in seiner gebügelten SA-Uniform mit blank geputzten Langschäftern 1930 zu ihnen nach Hause gekommen war und sich mit dem Vater über politische Fragen gestritten hatte, der Vater, der deutschnational wählte, und Adolf Andersen, der schon in den Zwanzigerjahren die NSDAP wählte. Im Schaufenster stand eine Puppe mit Pagenkopf und hellblauen Augen, über dem Busen lag eine Iltisstola. An der Scheibe hing ein von Hand geschriebenes Schild: *Umarbeitungen und Pelzreparaturen aller Art Schnell und Kostengünstig*. Andersen stand hinter dem Ausbauer und blickte auf die Straße, sah Hansen und sah nicht ihn, sondern einen amerikanischen Offizier, und Hansen dachte daran, wie Andersen, als sie sich für die Überfahrt rüsteten, über die Amerikaner geschimpft hatte, kulturlos, verniggert. Michael Hansen ging über die Straße und blieb dort stehen, wo einmal das Haus stand, in dem er geboren und aufgewachsen war, von Geburt an, bis sie, seine Mutter, die ältere Schwester und er, der Zwölfjährige, mit zwei Kisten und drei Koffern ausgezogen waren und er es nicht hatte abwarten können, auf das Schiff und nach Amerika zu kommen. Er stand und sah einen Trümmerhaufen, auf dem Disteln wuchsen und Huflattich, auch drei, vier der schnell die Brachen erobernden Eschen, noch waren sie dünn und biegsam, aber ein paar Ästchen hatten sie schon gebildet. Nichts erinnerte an dieses Haus, das einmal vier Etagen hoch gewesen war, in das eine dreistufige Eingangstreppe führte, rechts im Parterre lag ihre Wohnung, mit hohen Fenstern, und dahinter ein Garten mit einem großen Birnbaum, dessen verkohlter Stamm noch zu sehen war.

Hansen hatte von der Zerstörung des Hauses durch eine Tante gehört, die nach dem Bombenangriff den Eltern geschrieben hatte, dennoch war er erstaunt, wie dieses mehrstöckige Haus sich in einen derart kleinen Schuttberg hatte verwandeln können. Aber dann sagte er sich, dass wohl ein Großteil des Schutts schon abgeräumt worden war.

Ein wenig war er überrascht, dass er nicht enttäuscht oder gar traurig war, eher mit angespannter Aufmerksamkeit alles betrachtete, um Bekanntes aus seiner Erinnerung aufzurufen, eine Neugier durchaus ähnlich jener, mit der er als Kind weggezogen war.

Auf dem Rückweg kam ihm Herr Andersen entgegen, rief, ich habe Sie erkannt, nicht sogleich, du bist, Sie, ja, bekannt kamen Sie mir vor, irgendwie, dann, als ich Sie vor dem früheren Haus stehen sah, war ich mir ganz sicher, der Michael Hansen. So groß waren Sie, als Sie wegzogen. Ihr Vater hatte recht, damals, als er rübergegangen ist. Glauben Sie mir, all das Schreckliche, was inzwischen passiert ist: Wir haben es nicht gewusst. Wie geht es Ihrem Vater, der Mutter, Ihrer Schwester? Gut, sagte Hansen, aber er habe keine Zeit, müsse weiter, und ging auch weiter, und Herr Andersen rief ihm hinterher: Wir haben das nicht gewusst. Glauben Sie mir. Und grüßen Sie Ihre Eltern.

Michael Hansen ging zum Isebekkanal. Fred, der Fahrer, saß und rauchte. Hansen erzählte ihm im Überschwang seiner Erinnerungen, dass er hier, auf diesem Kanal, im Winter Schlittschuh gelaufen sei. And then we sledged down the canal bank. Er musste dann aber das Rodeln Fred, der aus Phoenix kam, erst erklären. Woraufhin er seine anderen Erinnerungen für sich behielt.

Hansen ließ sich zum Eppendorfer Weg fahren, Nummer 97, wo der Junge wohnte, mit dem er gemeinsam eine Klasse besucht hatte und befreundet gewesen war. Er blieb zunächst im Jeep sitzen und beobachtete die Kinder auf der Straße. Die Mädchen spielten Hinkefuß, und die Jungs warfen ein Messer auf den in die Erde gezeichneten Strich. Dann maßen sie mit einem Stock,

wer dem Strich am nächsten gekommen war. Das also hatte sich nicht geändert, dachte Hansen.
Sie unterbrachen ihr Spiel und näherten sich dem Jeep. Er fragte sie, wie sie heißen. Sie standen in einem respektvollen Abstand, nannten ihre Namen und ungefragt auch das Alter. Ein Junge, gedrungen, klatschte in die Hände, nannte ebenfalls seinen Namen, aber er sprach ihn so undeutlich aus, dass ein anderer Junge ihn wiederholte: Karlchen. Karlchen kam und befühlte die Räder, die Fensterscheibe des Jeeps und dann sogar Hansens Uniform. Die Kinder lachten und ein Junge wollte ihn wegziehen, aber Hansen sagte, man solle ihn lassen. Karlchen fragte: Kann Auto springen?
Hansen lachte. Nein. Der Fahrer schenkte Karlchen ein in Silberpapier eingewickeltes Plättchen, und als der Junge es in den Mund schieben wollte, ließ Hansen es sich wiedergeben, wickelte das Kaugummi aus und gab es dem Jungen. Karlchen kaute und klatschte in die Hände.
Schließlich war er ausgestiegen und, gefolgt von einer Schar Kinder, zum Haus gegangen. Er suchte auf dem Klingelbrett den Namen Lüdemann. Den Namen gab es nicht mehr.

Am nächsten Morgen in der britischen Militärbehörde am Gänsemarkt, wo die Offiziere mit ihren Exerzierstöckchen unter dem Arm ein und aus gingen, hatte sich Hansen bei einem Offizier namens Hugh Greene gemeldet und Grüße von Middleton ausgerichtet. Hugh Greene, ein Mann mit einem fast kahlen runden Kopf und einer massiven Brille, war im Zivilberuf Journalist, und Hansen ließ sich von der Arbeit des Senders erzählen, der zwei Tage nach der Kapitulation Hamburgs eingerichtet worden war. *Radio Hamburg*. Greene erklärte, wie er sich die Rundfunksender vorstelle, absolut unabhängig von jeder künftigen deutschen Exekutive und unabhängig von den Parteien, die im Begriff waren, sich wieder zu gründen. Das Kind habe auch schon einen Namen: Nordwestdeutscher Rundfunk. Auch sei man sogleich darangegangen, die Nazis aus der Schulbehörde zu entlassen und die wegen ihrer oppositionellen Haltung entlassenen Lehrer wieder einzustellen. Noch im Herbst solle der Schulunterricht aufgenommen werden. Überall, das war der Eindruck Hansens, war man tätig, regte sich ein Neubeginn. Greene sagte, ganz wichtig sei es, an die demokratische Tradition der Weimarer Republik, die er selbst kennengelernt und, ja, bewundert habe, wieder anzuknüpfen. Abends hatte Hansen die Schwester seines Vaters, Tante Grete, besuchen wollen, traf sie aber nicht an, sie sei, sagte eine Nachbarin, aufs Land gefahren, in die Nähe von Oldesloe.

Am nächsten Morgen fuhr Hansen im Jeep zurück nach Bremerhaven. Es regnete heftig. Die seitlichen Böen drückten den Regen unter das Verdeck. Er saß schweigend neben dem Fahrer. Durchnässt trotz seines Trenchcoats kam er in dem Offiziersheim an.

- Hamburg, 13. Juli -
Ene mene Muh und raus bist du.
Die Sommerfrische. Fuhren nach Oldesloe. Der Vater saß unter den Apfelbäumen und las Zeitung. Mutter und Tante am Gartentisch tranken Kaffee und auf dem Tisch der Zwetschgenkuchen der Pensionswirtin. Abgedeckt. Die Sahne auf dem Tisch und deutlich der Schmerzensschrei der Schwester. Sie hatte genascht und war in die Lippe gestochen worden.
Eine kleine Dickmadam
Zog sich eine Hose an.
Die Hose krachte, Dickmadam lachte,
Zog sie wieder aus und du bist
raus.

In München hatte Hansen einen schriftlichen Bericht über Radio Hamburg und die Planung eines Senders für die britische Besatzungszone abgeliefert. War nach drei Tagen zu Middleton gerufen worden, der die Papiere beiseiteschob und nach Hugh Greene fragte, dem Bruder von Graham Greene. Hansen kannte Graham Greene nicht. *The Power and the Glory*? Nein. Sir. That's a shame, sagte Middleton, sollten Sie lesen, und fragte dann, wie es mit den Recherchen vorangehe. Dieser Eugeniker, der ja auch in Amerika gelebt hatte. Der CIC sitze ihm im Genick, wolle wissen, ob der Mann womöglich schon damals kommunistische Gruppen oder Grüppchen drüben aufgebaut habe. Ob es womöglich noch immer in den Staaten Maulwürfe gebe, die im Untergrund wühlten.

Das ist fünfzig Jahre her.

Die Kameraden vom CIC, die von Berufs wegen Paranoiker sind, fragen, ob es noch Kontakte gibt? Von hier aus? Er halte das zwar für Quark, getretenen, aber er müsse wenigstens nachfragen. Hansen meldete, er habe bislang keinerlei Anzeichen dafür gefunden. Irgendwelche aktuellen Verbindungen – das sei ausgeschlossen.

Ihre Gespräche ziehen sich doch hin wie die Erzählungen aus Tausendundeiner Nacht. Mal ehrlich, das ist nicht zufällig eine junge Frau, dieser alte Freund des Eugenikers?

Nein, sagte Hansen, der Mann ist einundachtzig Jahre alt.

Gut, Sie haben Zeit. Vielleicht ist es ein Mosaikstein, um diesen ganzen Irrsinn zu verstehen.

Und dann fragte Hansen den Colonel Middleton, ob er einer Bekannten, die ihm bei seinen Befragungen sehr geholfen habe, ein Permit für die Reise in die französische Besatzungszone ausstellen lassen könne.

Eine Deutsche?

Ja. Sir.

Und arbeitet die sonst für eine Dienststelle? Ich denke da nicht gleich an die Russen, sondern an die Franzosen, nicht dass es da zu Konflikten kommt.

Hansen sagte tapfer: Nein, Sir, ganz sicher nicht.

8. Tag

Sind Sie gefahren?
Ja. Ich war in Hamburg.
Wie haben Sie die Stadt vorgefunden?
Eine Ruinenstadt. Zerstört, weit mehr als München. Im Hafen liegen die Wracks. Aber auch dort regt es sich. Ruinen werden gesprengt. Eimerbagger arbeiten. Der Schutt wird in kleinen Eisenbahnen zu den Kanälen gefahren und in Ewer und Schuten gekippt.
Ich war drei Mal in Hamburg. Der Hafen, die Alster, eine wunderbare Stadt. Es ist entsetzlich, was dieser Krieg angerichtet hat.
Einige Stadtteile sind fast ganz zerstört. Rothenburgsort und Hamm.
Die Royal Air Force hat Arbeiterviertel bombardiert, die dachten, die Leute würden kriegsmüde, sie wurden aber nur trotzig. Die Menschen, sie taten mir leid, es traf sicherlich viele Unschuldige, und doch hat die Mehrheit es so gewollt. Sie können sich vorstellen, wie innerlich zerissen ich diese Schreckensnachrichten verfolgt habe. Die Befreiung war nur möglich durch Zerstörung. Es war entsetzlich. Ein Schreckenstraum, der

doch wirklich war. Als Ihr Vater nach Amerika ging, hatte er auch politische Gründe?

Nein. Er hatte ein gutes Angebot als Präparator. Vom Natural History Museum. Im Frühjahr 1930. Und er blieb, holte uns zwei Jahre später nach. Er ist immer noch stolz auf seine Herkunft. Bei uns zu Hause wurde Deutsch gesprochen. Der Vater fühlt sich wohl, hat ein Haus mit großem Garten, mit drei Eichen darin. Und dennoch hat er immer etwas auszusetzen. Vergleiche. Es fehlt in Amerika die Geschichte. Mittelalter, die gotischen Kirchen, Barock, aber auch der Alte Fritz, deutsches Essen, deutsche Musik. Ja, das geht zusammen, Sie werden es nicht glauben, die Bewunderung Roosevelts und die Bewunderung der deutschen U-Boot-Kapitäne. Wir hatten oft politische Diskussionen, wenn ich in den Ferien nach Hause kam. Es gab Spannungen. Ich erzählte von Kuppitsch, meinem Professor, der vertrieben wurde. Der Vater sagte: Einzelfälle. Aber das Große und Ganze, das stimmt. Arbeitslosigkeit beseitigt. Ordnung. Sicherheit auf den Straßen. Und so weiter. Das Reden wurde laut, da wir wussten, was der andere sagen würde. Zuletzt bin ich nur noch kurz gekommen, meiner Mutter und der Geschwister wegen. Jetzt, als ich durch die Straßen gegangen bin, dachte ich, was für ein Glück für mich, für uns, dass er damals hinübergefahren war. Aber erzählen Sie von sich.

In Hamburg habe ich noch zu Kaisers Zeiten Vorträge über die Kolonialpolitik gehalten. In den Arbeiterbildungsvereinen. Lohn, Preis, Profit. Geschichte des Klassenkampfs und dergleichen. Aber es gab auch Vorträge über Schmetterlinge. Ein Genosse aus Hamburg-Hamm, seinen Namen habe ich vergessen, war begeisterter Lepidopterologe. Zog mit seinem großen Kescher und seiner Botanisiertrommel am Wochenende ins Umland. Redete über Farben und Formen, über Facettenaugen und Flügelschuppen, und die Leute, darunter auch Werftarbeiter, saßen da und lauschten. Ich kannte ihn noch aus Zürich. Das Sozialistengesetz hatte die deutschen Sozialisten ins Exil getrieben. In Zürich trafen sich auch die russischen Revolutionäre. Ich bin hier später der wunderbaren Wera Figner begegnet, die das Attentat auf Zar Alexander II. vorbereiten half. Sie wurde verhaftet, zum Tode verurteilt, begnadigt zu lebenslanger Haft, in der Festung Schlüsselburg, Insel der Toten, eingekerkert und nach zwanzig Jahren entlassen. Ich habe sie erlebt, sie war etwas über fünfzig Jahre alt, eine wohl durch die entsetzliche Haft eisgrau gewordene, aber noch immer schöne Frau, ungebeugt in ihrer politischen Überzeugung. Sie hielt im kleinen Kreis einen Vortrag über die Unterstützung politischer Gefangener in Russland. Viele Jahre vor uns hatte sie in Zürich studiert, auch Medizin. Darf ich Ihnen das Buch mitgeben, in dem sie ihre Zeit in der Festungshaft beschreibt? Sie finden darin auch ein Foto der damals jungen Figner.

Ja, eine stolze Frau.

Ein buntes Völkchen traf sich in Zürich, all die Hypnotiseure, Theosophen, Okkultisten, Anhänger der Humoralpathologie …

- unverständlich -

Die Vier-Säfte-Lehre, die auf Galen zurückgeht. Vegetarier. Sie alle waren Prediger. Sie hatten ein reines Herz, wollten die Menschheit retten oder doch wenigstens verbessern, wie der ehemalige preußische Offizier Guttzeit, ein Mann, der schwor, die vegetarische Ernährung sei die Voraussetzung für ein geistiges Leben. Der Freund, dieser fanatisch der rechnenden Wissenschaft ergebene, nüchtern Forschende, nannte Guttzeit einen Kohlrabi-Apostel. Wobei der Freund selbst zum Apostel geworden war, denn er hatte uns eines Tages, wir saßen in einem Gasthof namens *Zum Weißen Wind* und tranken unseren Schoppen Wein, verkündet, er habe seit drei Monaten keinen Tropfen Alkohol mehr getrunken und werde dieses Gelübde, keinen Alkohol zu trinken, bis an sein Lebensende einhalten. Der Alkohol sei schuld an Geisteskrankheiten, mehr noch, er verderbe das Erbgut, zerrütte die Gesundheit des Volkes. Ein flammender Vortrag, und am Schluss forderte er uns auf, es ihm nachzutun. Der Alkohol schade nicht nur dem Einzelnen, er verhindere auch die Weiter- und Höherentwicklung der menschlichen Rasse. Den Beweis würde er wissenschaftlich erbringen.

- unverständlich -

Ach, Guttzeit war, nomen est omen, ein Apostel der Menschlichkeit. Er predigte gegen die Prügelstrafe, predigte die Gleichheit von Frau und Mann, hielt Vorträge über die Liebe und den ewigen Frieden, der Freund fand ihn hoffnungslos naiv, eine ärgerliche Erscheinung. Guttzeit sprach nicht vom Übermenschen, nicht von Aufartung und Höherentwicklung, von Härte, Größe, Kampf und Auslese, sondern von Nächstenliebe, Zärtlichkeit, die auch den Schwachen und Schwächsten gelten müsse. Sie hätten die beiden nebeneinander erleben sollen, den streng im dunklen Anzug gekleideten jungen Mann, Ploetz, mit den damals schon steilfinsteren Stirnfalten, und den in einem handgewebten, langen, einem Frauenkleid ähnlichen Leinengewand einherwandelnden, freundlich blickenden Guttzeit, dessen zotteliges Haar in einen ebenso langen Bart überging, ein Mann, der als Offizier 1870 in Frankreich gekämpft hatte und zu einem überzeugten Pazifisten geworden war. Ich hörte ihn in Zürich, in einem nüchternen Saal, wie er von seinem Kriegserlebnis erzählte, von der Schlacht bei Mars-la-Tour, wo es zu einer Kavallerieattacke kam, wohl der letzten in der Geschichte des modernen Krieges, die schreiende Natur, sagte er, Pferde, denen vom Geschützfeuer die Vorderbeine abgeschossen worden waren und die, auf den Hinterbeinen sitzend, gellend ihren Schmerz in den Himmel schrien, der junge Leutnant, der mit einem die Erde erbarmenden, gurgelnden Ächzen sein aus dem Bauch quellendes Gedärm hielt, der junge Musketier, dem die Augen herausgeschossen worden waren und der schreiend, schreiend umhertappte in diesem Dunst aus Blut, Angstschweiß und Kot. Entsetzen. Entsetzen. Ach und aber Ach.

Es war ein so anderes Reden als das über den notwendigen Kampf ums Dasein, in dem sich der Stärkere, also Erfolgreiche, durchsetze. Dieses Naturgesetz mit seinem propagandistischen Heroismus diente später als Rechtfertigung für das Massentöten in Verdun und Flandern. Krieg und Kampf als etwas Natürliches, ein Wahnsinn, der dann national und religiös verklärt und aufgeputzt wurde. Wobei der Freund, auch das muss man wissen, den Krieg unter eugenischem Gesichtspunkt als höchst negativ ansah, weil die Besten, Tapfersten hinweggerafft würden, während körperlich Schwache und Geschädigte zurückgestellt überlebten. Sozusagen eine Aufzucht der Plattfüßigen. Krieg ist negative Auslese, sagte er. Er sah alles im Hinblick auf die Vererbung, die Gesundheit. Was aber beide einte, war dieses Beharren auf der Gleichstellung von Frau und Mann. Was sie trennte, war nicht zuletzt ihr Auftreten. Erinnerte Ploetz an einen der streitbaren, herrischen Propheten aus dem Alten Testament, so hätte Guttzeit dem Neuen Testament entstiegen sein können. Sanft. Allein die stets freundlichen Augen, und seine Hände machten beim Reden gleitende Bewegungen, nicht wie die rechte Faust, mit der mein Freund die Botschaften wie Nägel in seine Reden hämmerte. Guttzeit, Gründer des Pythagoräer-Bundes, predigte gegen Züchtigung in der Schule. Verlangte die Anerkennung der Homosexualität. Das Leben ist vielfältig, und so muss es gelebt werden. Auch im Geschlechtlichen. Ich habe noch diese Stimme im Ohr, diese nicht eifernde, melodische Stimme, ich will sagen, eine deutende Stimme, die nicht zu überreden suchte, sondern nur von Leid und Liebe sprach, kein herrisches Kommandieren: Du musst! Du musst! Sondern eine Stimme, die sprach: Ist es nicht fürchterlich, Straßen und Plätze mit Namen, die für das Morden stehen, zu entweihen: Gravelotte, Sedan, Wörth? Und vielleicht, ja wahrscheinlich, beförderten diese Begegnungen auch einen Wandel meiner Sicht, nicht sogleich, sondern allmählich, es war wie ein ferner Hall, der auch mich zum Pazifisten werden ließ. Auch über meinen Pazifismus geriet ich in Streit mit den Genossen. Denn der Klassenkampf schließt ja auch die Möglichkeit des Krieges mit ein, wie wir in Russland gesehen haben. Übrigens hat Gerhart Hauptmann diesen Guttzeit als Vorbild für seine Novelle *Der Apostel* genommen. Ein schönes Stück, das ich Ihnen empfehle. Geschrieben drei Jahre nach dem *Bahnwärter Thiel.* Aber da hatte sich unsere revolutionäre Gruppe schon aufgelöst. Die Brüder Hauptmann gingen nach Berlin. Als ich das Examen bestanden hatte, zog auch ich nach Berlin, mietete mich in Charlottenburg ein. Steinmetz, der ebenfalls nach Zürich geflohen war, emigrierte 1889 in die USA und hat dort als Ingenieur und Wissenschaftler Karriere gemacht. Er hat viele Bücher geschrieben, Artikel, Patente angemeldet, wurde Mitglied der American Academy of Arts and Sciences. Er blieb Sozialist, engagierte sich. Wir haben hin und wieder Briefe gewechselt. Leider ist er nicht einmal fünfzigjährig gestorben. Ich freue mich, diesen bedeutenden und so bescheidenen Menschen gekannt zu haben.

Und Ploetz?

Der Freund ging von Zürich nach Paris, zusammen mit seiner Frau Pauline, beide als approbierte Doctores. Sie arbeiteten dort in einem Krankenhaus.

Der Name der Frau? Rüdin?

Ja. Pauline Rüdin, wie schon gesagt, die Schwester von Ernst Rüdin, Professor für Psychiatrie, der das *Gesetz zur Verhütung erbkranken Nachwuchses* mit ausgearbeitet hat. Ich weiß nicht, wie Pauline über ihren Bruder dachte, der sich den Nazis angedient hatte. Und ich weiß nicht, was sie über ihn, Alfred, ihren ehemaligen Mann, dachte, nachdem die Zwangssterilisationen und die Tötungen im Reich betrieben wurden. Sie hat sich 1942 mit sechsundsiebzig Jahren in der Schweiz das Leben genommen.

Sie war eine erstaunliche, so kluge wie politisch kenntnisreiche, auch danach handelnde Frau. Sie lachen. Ja. Ich weiß, mir ist ein schwärmerischer Blick auf Frauen eigen, Frauen, die tätig sind und überdies das Glück des Ebenmaßes haben. Es ist ein unsozialer Blick, denn das schöne Antlitz ist ein Geschenk der ungerechten Natur. Und doch kann man sich diesem Geschenk mit seiner die Wünsche treibenden Kraft nicht entziehen. Pauline war stark, weil unbeirrbar, und hat später als Armenärztin gearbeitet, und sie hat sich die letzte und größte Freiheit genommen, sie hat sich selbst getötet. In Paris arbeiteten die beiden in einer Klinik, und er schrieb mir nach Berlin, dass in dem Pariser Krankenhaus unfassliche hygienische Zustände herrschten. In den Gängen liefen Ratten umher und zerrten verschmutzte Verbände hinter sich her. Ploetz war, obwohl er gut französisch sprach, kein Freund der romanischen Völker, am wenigsten der Franzosen, die damals wegen der niedrigen Geburtenrate als ein sterbendes, schon degeneriertes Volk galten. Die beiden jungen Ärzte lebten und arbeiteten in dieser Stadt und fanden sie frivol und oberflächlich. Seine Briefe sind mit Beobachtungen angefüllt, aufgrund derer er den Verfall und die Dekadenz bewiesen glaubte: die hemmungslose Vergnügungssucht, die Frivolitäten im Alltag, der Can-Can, das Flirten, das verfeinerte Essen, das Passieren und Moussieren, die Mode, die Dekolletés mit all den verführerischen Spitzen und Schleifen, den protzigen Bordüren, und dann die von Korsetts eingeschnürten Taillen, was der Freund als gesundheitsschädigend strikt ablehnte. Vor allem, weil es sich nachteilig auf die Gebärfähigkeit auswirken könne. Er und Pauline waren ein verschworenes Paar. Sie müssen in dieser Stadt aufgefallen sein. Ein Bekannter, der sie bei einem Besuch getroffen hatte, beschrieb sie mir: Er, der große, stets schwarz gekleidete Deutsche mit dem dichten, blondbrünetten Haar und Bart, und diese schöne Frau, hellblond, in schlichten Kleidern, die Bewegungen ungekünstelt, beide Doctores und niemandes Untertan. In Paris hat er das große Bild *Les Romains de la Décadence* von Thomas Couture bewundert. Ein Bild, das er mir anschaulich beschrieben hat und das ich später anlässlich eines Treffens der sozialistischen Parteien in Paris selbst sehen konnte. Ich hatte übrigens einen so ganz anderen Eindruck von der Stadt. Ich war fasziniert vom Jardin du Luxembourg, von den Menschen darin, den Kleidern, den Restaurants, dem Wein, dem Bordeaux, dem Burgunder, dem Essen, den nicht zu Schuhsohlen gebratenen Steaks, den Süßspeisen, all das, glauben Sie mir, habe ich genossen, soweit es das

Pensum in den Arbeitsgruppen zuließ, Ende Mai 1907, eine Luft wie Seide, ein mit Wolkentupfen überzogener Himmel, in den der Eiffelturm ragte, filigran und wunderbar geschwungen stand er da, und plötzlich wurde mir klar, er ist nicht nur ein Hymnus auf die Technik, sondern auch auf die Aufklärung, die von der Stadt ihren Ausgang nahm, Voltaire und Diderot, der Ausgang des Menschen aus seiner selbstverschuldeten Unmündigkeit, wie es dann Kant nannte. Der Eiffelturm ragt in den Himmel als ein Fanal des Menschenmöglichen, im Wortsinn, ich dachte an Steinmetz und an die Revolution, auch an unsere Ikarier-Träume, der Sinn liegt allein in seiner Konstruktion und in der Aussicht. Der Ingenieur Eiffel hatte den Wunsch, von ganz oben aus seiner Badewanne auf die Stadt zu blicken, das ist der von allem Zweckdenken, auch dem Ökonomischen befreite Kunstgenuss.

- unverständlich -

Ja. Wie gern würde ich Ihnen ein Exemplar der kleinen, in jedem Sinne kleinen Zeitschrift geben, in der mein Aufsatz über den Eiffelturm erschienen ist. Das Heft wurde, wie alles Schriftliche, konfisziert. Und bislang ist es mir nicht gelungen, ein zweites Heft aufzutreiben. Ich habe in meinem Keller gewartet, aber wer weiß, vielleicht taucht jetzt, da dieser braune Schlamm weggespült ist, wieder ein Exemplar auf. Aber ich wollte Ihnen von diesem Bild erzählen, das der Freund für seine Theorie so bedeutsam gefunden hat. Es zeigt ein Gastmahl, vielleicht nach der Cena Trimalchionis von Petronius – entschuldigen Sie, das humanistische Gymnasium hängt einem ein Leben lang an –, also ein Gastmahl in einer römischen, im Bildhintergrund ins Offene führenden Halle, zwischen deren Säulen fünf Marmorstatuen in ihrer klassischen Körperlichkeit stehen, unbekleidet ihrer drei, davor Frauen und Männer liegend und sitzend, sie trinken aus ihren Pokalen, aber es ist ein mattes Feiern, Tristesse liegt über der Szene, nichts von Ekstase, die ja dem Dionysischen eigen sein sollte, die Erfahrung der eigenen Wildheit, Stärke, der Drang zur Lust, der Geruch von Samen und Zeugung, nichts davon, hier liegt in der Bildmitte eine schöne junge Frau im weißen Gewand, unter dem sich die Brüste abzeichnen, aber sie liegt so matt da, in ihrem Blick ist nicht Leben, Lust, sondern nur Müdigkeit, Gleichgültigkeit, die Trostlosigkeit des Alles-Habens, des Alles-gehabt-Habens, der unmäßigen Wunscherfüllung, ebenso der Mann, ein junger, bärtiger Mann, in dessen Schoß sie liegt und der den Kelch zum Nachschenken dem Diener entgegenhält; ein Knäuel von Leibern, entblößten Busen, eine Frau, die sich eben das Gewand vom Leib zieht, der Kopf eines Mannes hängt schlaff vom Lager herab, und zur Steigerung der waltenden Verkommenheit lässt der Maler einen jungen Römer auf eine Konsole steigen, um dem Marmorheroen der Republik, vielleicht Scipio Africanus, die Schale mit Alkohol zum Spaße hinzureichen. Am rechten Rand stehen zwei bärtige Fremde, stämmig, gesund, es könnten Barbaren sein oder aber zwei Widergänger aus der republikanischen Zeit, die dem Treiben verächtlich zuschauen.

Als er mir davon schrieb, war er mir nah, und ich

dachte, diese beiden Betrachter, das könnten wir sein, auch wenn ich damals nur einen mickrigen Bart hatte, wir, die da standen, die das Neue suchten, die Gesellschaft der Gleichen, Gerechten, ein freundliches Miteinander, zu dem die gegenseitige Hilfe gehört, vor allem eine auch die Sinne erfüllende Arbeit. Denn noch suchte er, der Freund.

- unverständlich -

Natürlich habe ich mich immer wieder gefragt: Wann kam es zu diesem Umschlag in seinen Bemühungen an der Verbesserung der Gesellschaft zu mehr Gleichheit und sozialer Gerechtigkeit hin zu diesem Zuchtideal der nordischen Rasse. Wahrscheinlich reicht das bis in die Kindheit zurück. Er hat wie schon gesagt *Ein Kampf um Rom* von Felix Dahn gelesen. Die Geschichte des Untergangs der Goten in Italien. Ich habe dieser Schwarte, diesem Professorenroman mit seiner Verherrlichung der Goten, als Junge nichts abgewinnen können. Mein Vater hatte mir früh *Lederstrumpf* und *Der letzte Mohikaner* geschenkt, die haben mich wohl gegen den Germanenqualm imprägniert. Man sieht daran, und das sage ich als Antiquar aus Überzeugung, wie entscheidend Romane in der Jugend unser Leben bestimmen können. Ganz so folgenlos ist die schöne Literatur also doch nicht. Obwohl sie andererseits auch nicht das Entsetzliche verhindern kann. Denn die Mörder in Schwarz lasen auch Kleist und Hölderlin. Man wünschte, es schlösse sich aus.

- unverständlich -

Nein. Das war das zweite Mal. Er ist mit Pauline 1890 nach Amerika gegangen. Sie ließen sich in einem amerikanischen Provinzkaff – entschuldigen Sie –, also in einer kleinen Stadt, in Meriden, Connecticut, nieder. Dort haben sie fast vier Jahre lang als Ärzte praktiziert. Der Kontakt mit Patienten, die mit Schnittwunden, Katarrh, Furunkeln, Blutspucken, Hämorrhoiden und Gonorrhoe zu diesem ungeduldigen, auf grundsätzliche Verbesserung sinnenden Arzt kamen, konnte nicht zufriedenstellend sein. Im ersten Jahr hatte er noch die Muße, an seinem Werk *Die Tüchtigkeit unserer Rasse und der Schutz der Schwachen* zu arbeiten. Man kann schon am Titel erkennen, woher er kam und wohin die Reise später gehen sollte.

Gerhart Hauptmann hat ihn im Jahr 1894 besucht und mir später erzählt, wie Ploetz in seinem Einspänner mit ihm durch das Waldland um Meriden geprescht sei, über Stock und Stein, er, Hauptmann, im Schrecken, umzustürzen, aus dem Wagen geschleudert zu werden. Neben dem einfachen Hause, in dem Pauline und Alfred wohnten und ihre Praxis betrieben, lag ein kleiner Garten mit zahlreichen Kaninchenställen, die in unterschiedlichen Farben angestrichen waren. Gelb und blau und rot, eine Farbeinteilung, die für die Versuchsanordnung wichtig war. Ein schwarzes Ehepaar fütterte die Tiere, mistete die Ställe aus.

Der Doktor arbeitete an einer Versuchsreihe, er glaubte, der Bestimmung des Geschlechts auf der Spur zu sein. Schon als Student in Breslau hatte ihn das ja beschäftigt, warum in Kriegszeiten, in denen also Männer vermehrt starben, die Geburtenrate der Knaben stark anstieg und die der Mädchen sank.

Was waren das für Versuchsreihen?
Eine recht ruppige Methode, die Rammler wurden, ähnlich den Männern in Kriegszeiten, wochenlang mit Alkohol getränkt und unter Schlafentzug und Schreckwecken gesetzt, dann zu den Weibchen geführt. So hat es Gerhart Hauptmann erzählt, aber vielleicht war das, dachte ich damals, etwas dichterisch ausgestaltet. Denn auch der Dramatiker war in einer Notlage. Er hatte die junge Geigerin Margarete Marschalk kennengelernt, von der er nicht lassen wollte, und so war seine Frau, die reiche Erbin, die ihm die Muße für seine Dichtung ermöglicht hatte, mit ihren drei Söhnen nach Amerika zu dem Freund und dessen Frau Pauline geflohen. Hauptmann, dieser immer Hin- und Hergerissene, war ihr nachgereist. Es muss dort dramatische Auftritte gegeben haben: Vorwürfe, Beteuerungen, Schwüre, Tassen flogen, Kinder weinten, Kniefall, Treueschwüre, Verzeihung und Versöhnung. Zur Beruhigung trug Paulines feinfühliger Zuspruch bei. Um es gleich zu sagen, es hielt nicht lange, denn der Dramatiker kehrte wieder zu der Geigenvirtuosin zurück. Die junge Geliebte bekam ein Kind, einen Sohn, mit dem vielversprechenden Namen Benvenuto, nun ja, Hauptmann ließ sich scheiden, wobei zu seiner Ehre gesagt sein muss, dass er wohl die Mitgift zurückzahlte. Diese Mitgift war, wenn man so will, ein Kredit für seine Schreibproduktion gewesen. Und Hauptmann hatte ihn genutzt.
In der Zeit näherte sich Gerhart Hauptmann immer mehr dem Erscheinungsbild Goethes an. Allerdings weichen die malerischen und zeichnerischen Porträts

Goethes stark voneinander ab. Der Unterschied war natürlich auch: Goethe hatte die so oft beschriebenen braunen Augen. Gerharts Augen waren blau. Dennoch war die Ähnlichkeit im Alter verblüffend.
So habe ich ihn erlebt. Das war 1938, zwei Jahre nachdem Ploetz mich im Antiquariat besucht hatte. Die Tür ging auf und eine dunkle Gestalt drängte in den Laden. Ich saß an dem Walnusstisch, beschriftete die Karten für die neu erworbenen Bücher. Er kam mit einem Lichtschwall herein. Hinter ihm leuchtete ein Föhntag im späten Herbst. Axthelm, der von seinem Biedermeiersekretär aufgestanden war, sagte später, er dachte, der Geheimrat betrete das Antiquariat. Redivivus. Hauptmann trug einen schwarzen altmodischen Gehrock, ein Seidentuch um den Hals, von einer Perlennadel gehalten. Den Hut hatte er abgenommen. Er begrüßte Axthelm mit einer knappen Verbeugung, kam zu mir und sagte, grau bist du geworden, aber erkannt hätte ich dich doch, auch auf der Straße. Er setzte sich auf den Stuhl, von dem ich gerade aufgestanden war. Dieses ergraute, den Schädel umrahmende, seitlich aufgebauschte Haar, die hohe Stirn, die Augenbrauen, die Nase, aber vor allem die gravitätische Haltung, all das ließ an den Weimarer denken. Sein Sprechen war ein wortsuchendes, war schon früher, auch wenn wir uns allein trafen, staatsmännisch getragen, gestenreich gewesen, schloss stets mit einem bestätigungsgewissen Nicht-wahr ab, nie, wirklich nie, fragend, nie hat er sich nach meiner Befindlichkeit erkundigt, vielleicht aus der Befürchtung, dass ich ihn anpumpen könnte,

immer waren die blauen Augen an mir vorbei in die Ferne gerichtet, so als habe er etwas national oder kulturell Bedeutsames im Blick. Axthelm hatte sich dezent in den Hintergrund des Ladens zurückgezogen. Hauptmann saß da und erzählte von ihm, Alfred, den er in Herrsching besucht hatte. Sonderbar, sagte er und hob die Hand, ließ sie einen Augenblick in der Luft ruhen, man wartete, was die Hand tun würde, endlich fiel sie in einem melancholischen Bogen herab, ja, sagte er, sonderbar ist der Alte geworden, mit seinen Kaninchen, aber, und das ist gewiss, und wieder hob er die Rechte, und wieder blieb sie so halb geöffnet, als wolle er mit ihr den Segen spenden, still und bedeutungsvoll in der Luft, doch der Daimon treibt uns dem unbekannten Ziele zu, und die Hand fiel herab. Wie der andere Große, der jetzt drüben ist, über dem Weltmeer, und gegen uns redet. Wie leicht das ist, wenn man sich denn nicht diesem Stamme verbunden fühlt, Holz von seinem Holz, und nicht einfach in schweren Zeiten Reisender werden kann. Sondern harren muss. Auch in Zeiten der Not. Und dann, nach einer langen Pause mit einer in der Luft verharrenden Hand, sagte er, wenn du willst, so komm zu uns. Das Haus ist groß. Es birgt auch in kalten Zeiten.

Es war eine großzügige Geste, die mich anrührte und noch jetzt, da ich es erzählen kann, anrührt, und dann sagte er: Und überhaupt. Auch sonst. Nicht wahr. Und seine rechte Hand machte nun eine raumgreifende Bewegung. Die alte Genossenschaft lebt.

Ich habe mich bedankt und gesagt, ich sei hier gut aufgehoben. Meine Freude jedoch war groß. Ja. Er war der Erfolgreiche. Seine Theaterstücke wurden aufgeführt, seine Prosa wurde gedruckt, der *Bahnwärter Thiel* war schon bald Schullektüre geworden, die Tantiemen flossen, er hatte sich ein Haus, nein, ein Schloss in Agnetendorf bauen lassen. Wie sonderbar, diese beiden Freunde, Ploetz und Hauptmann, wohnten am Lebensende in Schlössern. Ein Zufall? Ich glaube nicht. Ich habe mit ihm noch ein wenig über Breslau geredet und Zürich. Dann ist er mächtig aufgestanden und gegangen, wieder in dieses strahlende Föhnlicht, drehte sich nochmals um, winkte mir zu.

Sie können sich vorstellen, dass mich Axthelm nach diesem Besuch höchst achtsam behandelte und wissen wollte, woher ich diesen weltbekannten Dichter kannte. Ich habe nur gesagt, Breslau, Studium, Zürich, hin und wieder in Berlin gesehen. Weiter habe ich nichts erzählt. Ich habe, so kann ich es sagen, dafür auf Sie gewartet. Richtig, auch das muss erwähnt werden: Zwei Monate später hat mir Axthelm das Honorar, wie er es nannte, erhöht. Hauptmann, sagte Axthelm, der große Dramatiker. Fabelhaft. Wir hätten uns Bücher signieren lassen sollen.

Ich kenne Hauptmanns Arbeit zu wenig. Aber meinem Professor Kuppitsch wog er zu leicht, gemessen an Hofmannsthal – unverständlich – der Schwierige – unverständlich – wie auch Schnitzler, bedeutender, tief greifender – unverständlich –

Vielleicht. Aber *Die Weber*, was für ein Wurf! Was für eine Wucht! Die Erregung, die dieses Stück auslöste,

Diskussionen, Aufführungsverbot, die Obrigkeit hat das Umstürzlerische darin erkannt, hier wurde die Revolte der hungernden Menschen dem satten Bürgertum entgegengestellt, da war die Empörung über die Ungerechtigkeit in einer Gesellschaft, die den Arbeiter und den Häusler hungern lässt, während sich die Besitzenden mästen. Wie der Freund es schon in Breslau politisch angeprangert hatte. Die Pacificer. Hauptmann hat es in die Kunst gebracht, ins Drama, die Sprache, ein Novum, verstehen Sie, der schlesische Dialekt, nach all dem klassischen Gips der Schiller-Nachfolge plötzlich Alltagssprache, wie die kleinen Leute sie sprechen, die Armen, die Verlorenen, Hungernden, dieser Versuch, bis in die feinsten Zuckungen, ja bis in das kaum bemerkbare Mienenspiel hinein den Riss, der durch die Gesellschaft geht, auszuleuchten. Das Polizeipräsidium in Berlin hat das erkannt. Nach der Premiere im kleinen Rahmen wurde 1892 die weitere Aufführung verboten, erst zwei Jahre später kamen *Die Weber* ins Theater. Von unserer revolutionären Zeit in Breslau ist viel in dieses Stück eingegangen. So auch der Schluss, der an die Revolution von 1848 erinnern will, ein Schluss, der, wie ich finde, sogar zur Revolution aufruft. Und auch das: Mein Kummer, ja, Kummer, die Trauer darüber, wie dieser Hauptmann, dieser Dichter, der mit seiner Begabung, seinem Blick für Ungerechtigkeit und Zurücksetzung, mit seinem feinen Empfinden denjenigen die Sprache gab, die sonst sprachlos sind, wie er, mit dieser Gunst beschenkt, sich später, als ihm Ruhm und Reichtum doch Unabhängig-

keit gewährten, von den Mächtigen hat hofieren lassen. Wie er sich im Kreis der Herrschenden bewegte, geradezu lüstern Titel und Preise sammelte, wie er, das las ich 1942 in meinem Keller, sich in Wien zwischen den Gauleitern Frank und Schirach im Theater hat feiern lassen. Ein Foto zeigte die drei in der Loge. Nun ja, de mortuis nil nisi bene. Auch wenn er noch unter uns ist.
– *Unverständlich. – Warum nicht de mortuis semper male? Verführt nicht der Ruhm? Dieser Wunsch, sich den zu erhalten. Die Angst vor dem Verlust der Anerkennung. Und in der Anerkennung ist doch immer etwas von Hingabe, also Liebe.*
Sicherlich. Aber doch nicht von den Mächtigen. Von den Unmenschen. Der Ruhm macht blind. Er hatte mir eine Karte zur Premiere seines ersten Stücks *Vor Sonnenaufgang* besorgt. In dem Stück tritt der Volkswirt Alfred Loth auf, ein Kämpfer gegen den Alkohol, das ist Alfred Ploetz, deutlich erkennbar, auch in seiner Kompromisslosigkeit. Ein Stück, das die Folgen des Alkoholmissbrauchs zeigt. Martha, eine Alkoholikerin, liegt in den Wehen, die sich durch das ganze Stück ziehen. Eine Familie von Alkoholikern. Loth ist überzeugt, Alkoholismus sei erblich. Es wird etwas viel geredet in dem Stück, insbesondere über die Ploetz-Theorie von der Vererbbarkeit der Alkoholsucht. Dieser Theorie anhängend, verlässt Alfred Loth die Frau, in die er sich eben erst verliebt hat. Das ist der Freund. Konsequent. Radikal. Im Hintergrund diese Martha in den Wehen. Loth reist ab, lässt seine Freundin Helene zurück. Die bringt sich aus Liebesnot

und wohl aus Angst, dass auch sie den Alkoholismus im Blut hat, zum Schluss um. Martha bringt das Kind zur Welt – es ist tot. Ein Thesenstück. Ich fand das Stück penetrant. Aber es zeigte Wirkung. Während der Aufführung kam es immer wieder zu Störungen. Zwischenrufen. Und in der Szene, als Martha das Kind bekommt, öffnet ein vor uns sitzender Gynäkologe seine Arzttasche und wirft eine Geburtszange auf die Bühne. Wobei ein Oberleutnant neben mir sagte: So weit isses, mit dem Juten, dem Wahren und Schönen. Jetzt kommen sojar die Klempner ins Theater. Diese Kompromisslosigkeit, auch Herzlosigkeit des Alfred Loth, ist eben die des Alfred Ploetz.

Ich habe in Blochs Spuren, *die ja wirklich Spuren sind, die über Stock und Stein gehen und durch den Alltag und die Literatur führen, also ich habe den schönen Satz gelesen: Im Scheiden bleibt das gewesene Jetzt anders bei uns, vor allem, wenn es nicht zu Ende gelebt wurde, also spukt.*

Das ist recht schön. Ja. Es gab eine wachsende Distanz zwischen uns, Ploetz und mir, die, zunächst kaum merklich, schon nach unserem Besuch der ikarischen Gemeinde einsetzte. Aber diese Distanz, in der ich sagen konnte, es ist keine Freundschaft mehr, sondern nur noch die Erinnerung an eine Freundschaft, wurde deutlich, als er sich in Berlin mit diesen völkischen Diskussionszirkeln zusammentat.

– *unverständlich* –

1894 war Ploetz aus Amerika nach Deutschland zurückgekommen und hatte sich in Berlin niedergelassen.

Pauline blieb noch etwas länger in Amerika, um die Praxis und das Haus aufzulösen, folgte ihm dann nach Berlin, wo sie als Armenärztin im Scheunenviertel arbeitete. Sie hat mir von ihren Erlebnissen erzählt, von dem Unwissen, auch von der entsetzlichen Rohheit der Menschen am finsteren Ende der Gesellschaft, der tiefen Verzweiflung, Kleinkinder, die an der Sommerdiarrhö starben, weil die Milch verdorben war, die unerträgliche Hitze in der quetschenden Enge der Gassen, von der Lungenschwindsucht, die der Fabrikstaub mitbewirkte, von der Ansteckung in den viel zu kleinen Wohnungen, dann die Verletzungen durch Schlägereien, Frauen, deren Männer sie im Suff getreten oder die Treppen hinuntergestoßen hatten, offene Armbrüche, vereiterte Bauchhöhlen nach Abtreibungen, Geschlechtskrankheiten, und immer wieder musste sie für Männer oder Frauen Totenscheine ausstellen, die sich am Fensterkreuz oder in einem Treppenhaus erhängt hatten. Währenddessen hatte er, Doktor Ploetz, der Weltverbesserer, der Pläneschmieder, Geheimbundgründer, ein Angebot angenommen und war Redakteur der Zeitschrift *Welt am Montag* geworden, weil er glaubte, dort besser und weiter wirken zu können. Er schrieb über Zuchtwahl und Auslese und wollte die Erbgesundheitslehre unter die Leute bringen. In Berlin hatte er Kontakt zu einem Geheimbund, einem Diskussionszirkel, den er wohl mitbegründet hat. Wenn er einen Namen hatte, habe ich ihn vergessen. Wahrscheinlich etwas Nordisches. Einmal nahm er mich zu einer dieser Sitzungen mit. Ein Mann redete, warnte vor der Blutvermischung, vor Juden, die sich wie Parasiten in die Hellen, die Himmelsäugigen, wie er sagte, einschlichen, Juden, denen es an Tiefe fehle, denen es nicht um die profunde Wahrheit gehe, denn man müsse sich nur den Ostjuden, er sagte immer *der* Jude, ansehen, dunkel, die tückisch schwarzen Augen, Schwarzbärte, die Nasen – Semiten. Nomaden. Händler. Es drängt sie ins Wechselgeschäft. Das raffende Kapital gegen das deutsche schaffende Kapital.

Was sagst du?, fragte er mich nach dem Vortrag.

Der reine Blödsinn.

Er schwieg, was ja selten vorkam, und ging nachdenklich neben mir her.

Es kam nicht mehr zu einem vertrauensvollen Gespräch, das Warten auf die Antworten war schon immer mit der Gereiztheit verbunden, sie im Voraus zu kennen. Da war kein Nachdenken mehr, keine Offenheit, in der man wirklich nachfragt. Kein Zweifel mehr, auch bei mir nicht, dennoch empfand ich einen Verlust, auch Selbstverlust, in uns beide war die Erstarrung des als richtig Erkannten wie ein Stützgerüst eingezogen. Er hat sich dann, wie schon erzählt, von Pauline getrennt und ist mit der Griechin nach München gezogen. Wo er sich an dem schönen oberbayerischen See das Schloss gekauft hat. Sie kennen es ja.

Ja, erstaunlich. Der Wald, der See. Der See ist wunderbar, der Blick hinüber zu den Alpen. Aber der Wald ist recht dunkel und wie militärisch ausgerichtet. Die Tannen. Aber schön die alten Eichen, die um das Schloss und am Uferhang stehen.

Tannen, das ist der Industriewald. Nichts Geheimnisvolles. Schnell wachsendes Holz. Eine rein ökonomisch bestimmte Anpflanzung. Papierherstellung und Bauholz. Dort habe ich ihn von Berlin aus besucht, 1919, war Gast in seinem Schloss. 1931 bin ich nach München gezogen, habe geschrieben und Vorträge gehalten. Nichts Bedeutendes, nicht an einer entscheidenden Stelle wie früher bei Bebel, sondern kleine Artikel, Einschätzungen, und ich habe mit am Gewerkschaftsblatt der Freien Arbeiter-Union Deutschlands redigiert und korrigiert, das heißt, es in ein richtiges Deutsch gebracht. Nichts Großes, aber ich war mit mir und meiner Arbeit einverstanden. Bis man mich so energisch in Schutzhaft nahm.
Danach habe ich seine Arbeit von Weitem verfolgt. Ich hatte viel Zeit in dem Keller. Hier standen, für den Fall, dass eine überraschende Inspektion von der Partei käme, die Schriften des Freundes prominent neben *Der Mythus des 20. Jahrhunderts* von Rosenberg. Ja, ich habe den früheren Freund lesend verfolgt, so wie ich ihn in meinen jungen Jahren als sein Adlatus begleitet habe.
Stimme: Machen wir für heute Schluss.

Das Motorboot

Er war wieder zur Ludwigstraße gegangen, zu den Universitätsgebäuden. Die aufgerissene Fassade war schon bis zum ersten Stock zugemauert worden. Inzwischen hatten die Studenten eine Betonmischmaschine organisiert. Fast alles musste organisiert werden, denn noch konnte man weder bestellen noch kaufen.

Die Studenten arbeiteten, obwohl es Samstag war, standen auf dem Gerüst, mauerten, das Dach war schon gedeckt, an einigen Stellen recht provisorisch mit Planen überspannt, zumindest konnte es nicht mehr in die Hörsäle hineinregnen. Im Wintersemester sollten die Vorlesungen wieder beginnen. Aus den Trümmern waren die nicht zerbrochenen Ziegel herausgesucht und auf mehrere Haufen geworfen worden. Hansen blieb auch an diesem Morgen stehen und beobachtete einen jungen Mann in einem hellgrauen Anzugshemd, die Ärmel aufgekrempelt, der den alten Mörtel von den Ziegeln abklopfte. Es waren bereits geschickte, eingeübte Handgriffe, wie er den Ziegel in der Linken hielt und mit einem flachen Hammer die weißen Stellen auf dem Rotbraun des Ziegels bearbeitete. Die vom alten

Mörtel befreiten Ziegel wurden sorgfältig aufgestapelt, ein raues Rotbraun mit nur noch wenigen hellen Flecken, die ihren Gebrauch verrieten.

Hansen fragte den jungen Mann, was er studiere. Physik. Er sei vor knapp einem Jahr noch in die Wehrmacht eingezogen worden und in der Nähe von Günzburg, nicht weit von München, in Gefangenschaft geraten, aber bald darauf entlassen worden. Wie es weitergehe? Keine Ahnung, sagte der Student. Man wird sehen. Aber erst mal geht es darum, hier aufzuräumen.

Der junge Mann dankte, als Hansen ihm eine Zigarette anbot, und lehnte ab. Aber sein Kamerad rauche. Und so nahm er vorsichtig die Zigarette und reichte sie dem ebenfalls Ziegel klopfenden Nebenmann.

Hansen ging weiter, zögerte, ob er Wagner im Antiquariat besuchen solle, sagte sich, das sei kein guter Gedanke, da zwischen ihnen eine Vertraulichkeit gewachsen war, die man nicht mit Axthelm teilen sollte, er ging weiter die Ludwigstraße entlang, vorbei an der Staatsbibliothek mit den griechischen Philosophen, die in Stein gehauen dasaßen und über das, was vor ihnen lag, nachzugrübeln schienen, den Schutt, die gesplitterten Steinquader, die zerborstenen Säulen, die verbrannten Balken, die aufgerissene Straße.

Er ging weiter und setzte sich am Odeonsplatz in ein wiedereröffnetes Café.

- 21. Juli -

Erstaunlich an den Deutschen ist das Zupacken, das Handeln, das Sich-gegen-das-Schicksal-Stemmen. Vielleicht eine Folge der Geschichte, dieser katastrophalen Geschichte, all die Kriege, die das Land erlebt und auch selbst ausgelöst hat. Ich sehe kaum Lethargie, kaum Resignation, dagegen Entschlossenheit, Anpacken, eine trotzige Entschlossenheit.

Ein Corporal hatte endlich einen Verteilerkopf aufgetrieben und in den Motor eingebaut. Hansen und George tauften das Boot auf den Namen Bora-Bora. Die schöne Südsee. Sie waren über den See gefahren, full speed, den Gashebel durchgedrückt, der Bug hob sich, hinter ihnen türmten sich die Heckwellen auf. It's a gas guzzler. Sie jagten die Enten, die klatschend aufflogen, zogen mit dem schräg gelegten Boot enge Kreise, fuhren Richtung Süden, zur Schwedeninsel, und von dort nach Dießen, der Turm der Klosterkirche, drehten kurz vor dem verschilften Ufer, doch weit genug von der Mückenzone entfernt bei, warfen den Anker aus, klappten die Badeleiter herunter und sprangen ins Wasser, schwammen, stiegen an Bord und streckten sich auf dem breiten Hinterdeck zum Sonnen aus.
Das Wasser schmatzte unter dem Kiel und ein leichter Wind ging, genau in der Stärke, die ein wenig Kühlung bringt.
It would be paradise, here, if it weren't for those reports, sagte George, die er zu lesen habe, über die Kälteversuche, wären nicht die Lagerärzte, die er verhören

müsse. Wie können die Leute, die hier leben, in einer Landschaft, die Gott in einer besonders heiteren Stimmung geformt haben muss, wie können die so barbarisch geworden sein, dass sie umbrachten, ermordeten, verhungern ließen, akribische Versuche an Menschen durchführten und sie zu Tode quälten? Wie konnte es mit all diesen Heroen, auf die sie so stolz sind, mit all den Goethes, Kants, Schillers, Lessings, mit ihren Universitäten und Schulen und dem Latein- und Griechischunterricht, mit diesen Sprüchen: Edel sei der Mensch, hilfreich und gut, wie konnte es zu diesen Untaten kommen? Er habe Himmlers Anweisungen gelesen, Versuche seien an Häftlingen durchzuführen, also an jenen, die schon ganz unten waren, die keiner mehr im Blick hatte, man versprach ihnen Hafterleichterung, um sie dann zu Tode zu martern, Ärzte, die den Blutdruck kontrollierten, ungerührt Menschenversuche wie an Ratten oder Kaninchen durchführten, Messungen, wann fällt der Blutdruck ab?, wann steigt er an?, er habe mit diesen Ärzten gesprochen, und was sagten die, es galt, Erkenntnisse zu gewinnen, da musste man einen kühlen Kopf bewahren, und schließlich sei ihnen, den Deutschen, an der Front Unsägliches zugefügt worden, und sie sagten, wie war es denn mit den Flächenbombardements der Wohngebiete, Frauen und Kindern, die in den Kellern bei lebendigem Leib verbrannten?, da hat sich keiner der Amerikaner oder Briten Gedanken darüber gemacht. Keinerlei Schuldgefühl. Kein Empfinden. Das sind ihre Entschuldigungen. Damit versuchen sie, ihre Barbarei schönzureden.

Hansen widersprach, es war die Mehrheit, sicherlich, aber es waren eben nicht alle. Darum ist unser Fraternisierungsverbot so verlogen. Es gab Grade des Wissens, des Mitwissens, des Mittuns, aber eben verschiedene Grade, es gab jene, die hingesehen und geschwiegen haben, und diejenigen, die mitgeholfen haben, die sich grinsend bereichert haben, es gab die Täter, die gequält und drangsaliert haben, und es gab jene, die weggeschaut haben, die hätten hinsehen müssen, aber es gab eben auch solche, die sich widersetzt haben.
George unterstellte ihm daraufhin, dass er, der, wenn auch als Kind, aus Deutschland Gekommene, doch wohl noch Reste von Verständnis aufbringe, das Ungeheuerliche nicht erkennen wolle, weil er Partei sei, guten Willens, aber eben Partei, wie viele dieser anderen, die auch Partei gewesen waren.
Stopp.
Ganz anders als auf der recht fidelen Hinfahrt waren sie stumm nebeneinander sitzend zurückgefahren. Vertäuten das Boot in dem kleinen ausgebaggerten Hafen und gingen schweigend nebeneinander zu dem prächtigen Haus hinauf.
Sorry, sagte George.
Okay, sagte Hansen, und sie verabschiedeten sich mit einem gegenseitigen Klaps auf die Schulter.
Er lag lange wach. Dachte an den Jungen, Ernst Lossa, der ermordet worden war, weil er auffällig war, dachte an die gekachelte Kammer, wie sie Doktor Alexander beschrieben hatte, die wie ein großer Duschraum aussah, aber ein Tötungsraum war, mit den Düsen in der

Decke, die Duschköpfe vortäuschten, durch die das Gas eingeleitet wurde, und er dachte an die Kinder, denen sie das Luminal mit Himbeersaft, der so gut schmeckt, eingegeben hatten, und er dachte an den alten Mann, mit dem er jetzt schon acht Tage gesprochen hatte. Der Versuch, das zu verstehen, was, und da hatte George recht, letztlich nicht zu verstehen war. Und auch daran dachte er, dass es ein glücklicher Zufall war – oder war es kein Zufall? –, nicht an Georges Stelle zu sein. Er war selbst zum Fragen abkommandiert worden. Nicht bei den Tätern, sondern bei einem Opfer. George hatte recht, die Schuldigen waren die überwältigende Mehrheit. Die Gerechten nur eine Handvoll, in der Sprache der Bibel, darunter dieser Alte, der sich in einen Bücherkeller zurückgezogen hatte.

9. Tag

Ich habe Kaffee mitgebracht, auch Zucker. Wir können uns einen Kaffee machen. Und die Dosen mit Thunfisch.
Danke. Das reicht für viele, für sehr viele Tassen Kaffee.
Was ich nachvollziehen kann, ist, dass Ploetz verhindern wollte, dass Erbkrankheiten weitergegeben werden. Aber dieser Kult um die Germanen?
Er glaubte durch seine Schädelvermessungen bestätigt zu haben, dass die germanische Rasse das größte Schädelvolumen unter den Westariern hatte. Er füllte die Schädelinnenräume mit Senfkörnern, errechnete nach der Menge sodann Größe und Gewicht der Gehirnmasse. Das war quantifizierbar, das andere waren die Geisteswissenschaften. Meinungen. Der Mensch wurde vermessen. Eine mathematisch-technische Vermessung und zugleich ver-messen im Sinn von Maßlosigkeit.
Aber was war aus den Messungen zu schließen, fragte ich als interessierter Laie, außer einer Anmaßung. Als gebe es nicht zahlreiche Köpfe mit großem Volumen, die innen hohl sind, will sagen, dass weniger die Masse als die Qualität eine Rolle spielt. Justus von Liebig, der

große Chemiker, der mit seiner Erfindung des Mineraldüngers mehr zum Erhalt von Menschenleben getan hat als all die eugenischen Phrenologen, soll einen kleinen Kopf und damit auch ein kleines Gehirn gehabt haben. Der Freund jedoch war zu der Überzeugung gekommen, die Westarier seien, wie schon Darwin meinte, die hervorragende Kulturrasse unserer Zeit. Zu Recht beherrschten sie die Welt. Das ungünstige raue nordische Klima habe im Überlebenskampf zu einer Steigerung der körperlichen und geistigen Kräfte geführt. Ich lese Ihnen die Stelle vor.
Lassen Sie nur …
Hier. Ich habe es heute Morgen herausgesucht: *Es genügt auf jeden Fall vollkommen, in der hochgewachsenen weißen Rasse mit dem steilen Profil und dem größten Schädelinnenraum einen sehr wertvollen und hochstehenden Typ zu erkennen, dessen Abschmelzung* – beachten Sie die auf die Eiszeit bezogene Wortwahl – *durch kontraselektorische Einflüsse mit aller Kraft zu bekämpfen ist.*
So müssen wir sie uns vorstellen, mit ihren steilen Profilen, gehüllt in Bärenfelle, die verfilzten Haare zum Zopf geflochten und hochgesteckt, schwielige Sohlen vom Laufen durch den Wald, schwielige Hände vom Häuten der erlegten Tiere, ein gewaltiges Gemächte, frei und gut ventiliert unter dem Bärenfellumhang baumelnd, Frauen mit Brüsten wie Kürbisse, gebärfreudigen, den Elchgeweihen ähnliche Becken, große blonde Kinder, germanenstämmig in der Sprache der Rassenhygieniker. Das geisterte durch die Köpfe. Sie denken,

ich übertreibe, gehen Sie in die Pinakothek, dort können Sie das in Öl sehen, riesig, das von Piloty gemalte Pendant zu dem Bild der Décadence in Paris, *Thusnelda im Triumphzug des Germanicus*. Sehen Sie sich die verkommenen, römisch lasziven, lüstern nach blondem Samen dürstenden Weiber auf den Mauern Roms an, während unten in Ketten ein Siegfried vorbeigeführt wird, schauen Sie sich den alten grauhaarigen und mit Eichenlaub geschmückten teutonischen Barden an, der gefesselt im Triumphzug mitgeschleppt wird, seine mächtige, aus Widderhörnern gefertigte Harfe trägt er um den Leib gebunden. Dieser ehrwürdige Greis wird an seinem Bart von einem höhnisch grinsenden schwarzbärtigen Legionär vorwärtsgezogen. Auch in diesem Bild haben Sie am Rand den Kommentator, einen alten Römer, der einem jungen Mann mit Schriftrolle, offensichtlich sein Schüler, die Bedeutung dieser Szene erklärt, in die, trotz des Triumphzuges, schon der luxurierende Untergang Roms eingeschrieben ist. Sehen sie sich den Bären an, der die Germanen als eine Art Haustier begleitet. Da ist zukünftige Wildheit und Kraft, wenn auch am Nasenring vorgeführt. Das sind die Bilder, die den Aufstieg Deutschlands durch die Industrialisierung und die Reichsgründung begleiten. Übrigens haben wir im Antiquariat zahlreiche dieser kraftstrotzenden Abbildungen des Germanentums hängen. Eine Lithografie hat Axthelm aufgehängt, jetzt, Zeichen der Hoffnung, dass aus diesem erniedrigten Deutschland wieder Kraft und Stärke käme. Darf ich sagen, es ist nicht mein Wunsch?

Auch wenn Sie, wie Sie sagen, selbst ein Einwanderer in der Neuen Welt sind, so haben Sie doch auf deren Verfassung geschworen, da ist nicht nur die Freiheit, die ja auch die französische Verfassung an zentraler Stelle kennt und die natürlich höchst wichtig ist, sondern da ist noch mehr: der Anspruch auf Glück. Der ist ganz auf den Einzelnen bezogen, sein Glück, nur hier und jetzt und in diesem Leben, nicht das Glück des Volkes oder gar das Glück der Rasse. Darf ich Ihnen sagen, dass darin eine große Kraft liegt, in dieser, ich will nicht sagen lässigen, weil darin immer auch etwas von nachlässig mitschwingt, sondern gelassenen Haltung, Menschen, die nicht ständig innerlich und äußerlich strammstehen müssen. Die Hände in den Hosentaschen, statt, wie es uns befohlen wurde, an der Hosennaht, und die Füße legen sie auf den Tisch, entspannt nachdenklich, statt die Hacken zusammenzuschlagen.

- *unverständlich* -

Die Pinakothek ist zerstört. Ja. Aber die Bilder wurden bei Kriegsbeginn ausgelagert. Sie haben doch, denke ich, Zugang. Sehen Sie sich an, was in den Köpfen war. Sie werden lachen. Ich habe gelacht. Und doch konnten so kluge, nüchtern denkende Köpfe wie der frühere Freund sich an solchen Bildern ergötzen. In ihrem wissenschaftlichen, an Kausalität und Berechenbarkeit ausgerichteten Geist blühten solche Vorstellungen. Der größere Schädelinnenraum bietet eben auch Platz für mehr Dummheit. Das Gehirn, hatte ich ihm in Berlin gesagt, kann man nutzen wie die Hand, man kann mit

ihr jemanden erwürgen, aber auch den Ertrinkenden aus dem Wasser ziehen.
Wir trafen uns hin und wieder in einem Café am Kurfürstendamm. Wir saßen und redeten und redeten, aber unsere Diskussionen waren, wie gesagt, fruchtlos. Er hatte nach jahrelanger Arbeit seine Erkenntnisse veröffentlicht: *Die Tüchtigkeit unserer Rasse und der Schutz der Schwachen.* Im Zentrum das Verhältnis von Rassenhygiene und kontraselektorischer Humanität. Das Mitleid, die Fürsorge für die Schwachen, für die, wie er sagt, Zu-kurz-Gekommenen, all das führe zum Niedergang der menschlichen Kulturrassen. Mitleid widerspricht dem Kampf ums Dasein. Natürlich, sagte er, ist Fürsorge erforderlich, auch für die Schwachen, für die Alten sowieso, aber das Schwache darf sich nicht vermehren, damit beginnt der Untergang der Rasse. Göttlich war die Selektion. Die Kontraselektion, das Mitleid, die soziale Hilfe des Teufels. Eine Heilsrhetorik, und das bei ihm, dem Atheisten. Darf ich Ihnen sagen, dass mir das Wort Rasse, wenn ich es nur ausspreche, ja, jetzt aussprechen muss, Übelkeit verursacht? Damals war es in seinem Mund noch neu, erinnerte mich allerdings immer an Kaninchen-, Hunde- oder Hühnersorten. Jetzt, nachdem das Wort Wirklichkeit geworden ist, nach all den Rassepässen, Rassengesetzen, Rassehauptamt, Rassenschande, ist es nur noch zum Kotzen. Denn natürlich steckte schon damals das Unmenschliche in dem Wort, jedenfalls so, wie er es gebrauchte. Das Schwache muss untergehen. Das sei ein Naturgesetz. Wie soll, sagte er, nun der Schutz der Schwachen mit der Vor-

stellung der Rassenhygiene vom Ausjäten der schwach Veranlagten, die doch unter den Schwachen zahlreich vertreten sein müssen, vereinbar sein? Damals hatte er diesen, wie er es nannte, humanen Vorschlag: durch eine verbesserte geschlechtliche Zuchtwahl. Vom Nachbartisch blickte ein junges Paar herüber, er in Leutnantsuniform, die zierliche junge Frau mit einer flauschigen schwarzen Boa um die Schultern, der Hals schimmerte weiß unter dem hochgesteckten vollen Haar, der Hut mit einer weißgrauen Straußenfeder umwunden, die Taille eingeschnürt. Sie tranken Champagner. Ein Bild, das ich genau vor Augen habe, da ich einen Moment befürchtete, das Wort geschlechtliche Zuchtwahl könnte der Leutnant mit seinem hellblonden Schnurrbart gehört und auf sich bezogen haben. Das Paar schaute sich aber wieder, für die Umwelt verloren, in die Augen. Eine Jüdin, sagte er, anämisch, eingeschnürt, kaum in der Lage, zu stillen, aber Geld im Hintergrund. Damals begann sich seine Sicht auf die Juden zu verändern. Hatte er sie früher noch als besonders begabten Zweig der Arier angesehen, begann er jetzt, die vormals von ihm so geschätzten Tugenden der Sprachbegabung, der Anpassungsfähigkeit, ihren Sinn für Musik und Mathematik in das Gegenteil zu verkehren. Die Sprachbegabung war nur Mimikry, ihre Anpassungsfähigkeit, eine von ihm für den struggle of life so wichtig erachtete Fähigkeit, wurde zur raffinierten Taktik, die letztlich immer nur den geschäftlichen Vorteil im Auge hatte, die mathematische Begabung war die für Finanzen, das Geld und nochmals das Geld.

Wahrscheinlich wurde ich bleich und setzte zu einem heftigen Widerspruch an, als er mir ins Wort fiel: Natürlich könne man das nicht verallgemeinern. Natürlich gebe es Ausnahmen. Natürlich gebe es beeindruckende Beispiele, die das Gegenteil bewiesen, Menschen, die ein fein ausgeprägtes Empfinden für soziale Ungerechtigkeiten haben, er denke da an Lassalle, Marx natürlich oder unseren Pacific-Freund Simon. Aber grosso modo müsse man das wohl so sehen, und er brachte dann Beispiele aus seiner Arbeit in der Redaktion.

Ich unterbrach ihn, sagte, jedes seiner Beispiele könne ich sofort mit einem gewinnsüchtigen, taktischen, sprachbegabten Nichtjuden widerlegen. Also was sei der Erkenntniswert? Null. Und null mal null ist null. Also nichts.

Ironie war ihm fremd. Und Humor war ihm wahrlich nicht gegeben. Humor braucht Distanz zu den Dingen, aber vor allem Distanz zu sich selbst. Diese Erkenntnis, dass man selbst fehlerhaft ist, fehlte ihm.

So ging es in unseren Kaffeehaus-Diskussionen hin und her.

Er: Dein Bebel ist, wie ich aus eigener Anschauung und langen Gesprächen weiß, ein freundlicher Mann, aber für eine wirkliche Veränderung ist er viel zu sehr der selbstständige Drechslermeister. Deine Sozialdemokraten reparieren und laborieren an den Symptomen. Die Revolution, das wirklich Neue, wollen sie nicht. Denk an die Französische Revolution, die einzig wahre, sie wollte das Glück aller Menschen. Und es sollte ein neuer Mensch entstehen. Nicht bessere Kanzleigehilfen.

Ich: Veränderungen, wirkliche, geschehen nur Schritt für Schritt, und die Massen müssen ihre Notwendigkeit einsehen. Es ist eine Frage der Erziehung. Der Bildung.
Er: Ich weiß. Haben wir in Ikarien ja erlebt. Meinetwegen setzt euch ein für das Wahlrecht der Frauen, für den Achtstundentag. Aber eine wirkliche, den jetzigen Menschen übersteigende Entwicklung kann nur durch die bewusste Gattenwahl geschehen, und da, wo die Gefahr einer nicht kontrollierten Geschlechtslust besteht und bei fehlender Einsicht der mental Kranken, muss man durch Sterilisation vorbeugen. Die Fort- und Hinaufentwicklung der Menschen kann letztlich nur über die Kenntnisse der Medizin erreicht werden. Und über die Technik und die anderen Naturwissenschaften. Defizite, auch moralische, können ausgeglichen werden. Die Kontrolle der Evolution und die bewusste Organisation der Gesellschaft – das ist der Weg, der über uns hinausführt.
Ich: Erst mal müssen alle Menschen etwas in den Magen und ein Dach über den Kopf kriegen. Und wer krank ist und siech, braucht wenigstens ein Bett und eine Suppe.
Er: Was ich jetzt sage, hört sich herzlos an, aber die Armen-Unterstützung darf nur minimal sein und nur an Leute verabfolgt werden, die keinen Einfluss mehr auf die Brutpflege haben. Solche und andere humane Gefühlsduseleien wie dauerhafte Pflege der Kranken, der Blinden, Taubstummen, überhaupt aller Schwachen, hindern oder verzögern nur die Wirksamkeit der natürlichen Zuchtwahl.

Das war seine Antwort, sinngemäß, ich habe gesagt, das ende in Unmenschlichkeit.
Er: Nein, es ist eine höhere Menschlichkeit. Gott sei Dank, wenn ich einmal den Alten dort oben zitieren darf, hat eure sozialdemokratische Partei die Wichtigkeit der Eugenik inzwischen erkannt. Ich werde auch von euch zu Diskussionen eingeladen. Deine Genossen, auch die leitenden, lesen *Die Tüchtigkeit unserer Rasse und der Schutz der Schwachen.*
-- *unverständlich* -
Ja. Wahr ist, auch in unserer Sozialdemokratischen Partei gab es die Überlegungen, wie die Weitergabe von Erbkrankheiten verhindert werden könne. Wie also die Aufklärung über Erbeigenschaften für Eheschließende notwendig, auch politisch wichtig sei.
Er: Die angelegten Fähigkeiten durch gezielte Partnerwahl erweitern, durch gute Nahrung und Aufzucht der intelligenten Paare kann das Hirn an Volumen gewinnen.
Ich: Und was sagt der Schädel dazu?
Er: Die Nähte der Hirnschale könnten sich erweitern. Denkbar ist, dass sich die Nähte erst im späteren Alter schließen. So könnten sich die Zwischenräume vergrößern. Das würde eine größere Hirnmasse ermöglichen.
Ich: Und wie soll diese ausgesuchte Paarung zur Höherzüchtung durchgeführt werden, wie in der Mittgart-Siedlung?
Er: Nein. Das ist albern, das ist Blödsinn.
Was für eine Siedlung?
Mittgart-Siedlungen. Ein Projekt von Willibald Hent-

schel, mit dem der ehemalige Freund bekannt war. Hentschel trat für freizügige Paarung und gegen die monogame Ehe ein. Hentschel glaubte, dass, wie bei den Kaninchen, auch bei den Menschen ein kräftiger Rammler – Naturrecht! – das Vorrecht auf viele Frauen habe. Hentschel glaubte, in der alten guten Zeit, als der Kampf ums Dasein noch körperlich ausgetragen wurde, habe ein Germane erst neun andere Männer erschlagen müssen, bevor er deren Witwen freien durfte. Übrigens können wir auch bei Hentschel diesen erstaunlichen Zusammenfall von Irrationalem mit der rechnenden Naturwissenschaft finden. Hentschel war ein bedeutender Chemiker. Er hatte mit seinen Patenten und Erfindungen ein großes Vermögen gemacht und Ländereien aufgekauft, wo er Mittgart-Bund-Siedlungen zu einer Höherzüchtung der arischen Rasse aufbauen wollte. So suchte er tausend freizügige Frauen, groß, blond, blauäugig, ohne Haltungsschäden, die mit hundert ebenfalls ausgesuchten Männern mehrere Wochen zusammenleben und in dieser Zeit mit wechselnden Partnern verkehren sollten, um so die Zeugung eines allen Anforderungen gerecht werdenden Germanen zu bewerkstelligen. Und mittendrin, natürlich, unser Professor Hentschel. Danach sollten sich die Frauen und Männer wieder trennen, um rustikalen oder hauswirtschaftlichen Pflichten nachzugehen. Das Projekt scheiterte, da sich nur wenige, genau genommen nur vier Frauen meldeten. Hingegen drängten Tausende freiwilliger Männer in die zu gründende Gemeinschaft. Sie alle wollten an diesem Projekt, wie soll ich sagen, teilnehmen.

Der Freund hielt genau das für Blödsinn, ein Blödsinn, der dann allerdings später, wie Sie wahrscheinlich wissen, im *Lebensborn* verwirklicht wurde. Himmler war ein Anhänger Hentschels. Auch Hitler schätzte ihn. Gratulierte handschriftlich zum Geburtstag. Hentschel war es, der den Heil-Gruß in die Bewegung einführte. Eine Übernahme aus dem Römischen, aber mit der Vorstellung aufgeladen, dass die Hand der Sonne entgegengestreckt wird. Dem Führer.

Aber wie geriet Ihr Freund in diese bizarre Gesellschaft? Diese komischen Geheimbünde? Ich lese gerade in den Nachtstücken *von E. T. A. Hoffmann.* Mit Zeichnungen von Kubin.

Eine sehr schöne Ausgabe. Wir hatten sie ein-, zweimal, und haben sie jedes Mal schnell verkaufen können.

Ein Geschenk meines Professors. Das öde Haus. *Eine Geschichte, in der ich mich regelrecht verlaufen habe. Ich habe sie vor zwei Tagen nachts gelesen. Etwas Beängstigendes liegt darin. Und der Wahnsinn der Gräfin erschien mir recht normal. In einer Welt der Vertauschungen. Es will nichts mehr zueinander passen.* Das öde Haus *ist das Unheimliche. Und jetzt Ihre Geschichten mit den Züchtungen und Geheimbünden, das hat doch etwas Wahnhaftes.*

Interessant, dass Sie es so sehen. Denn alle diese Gesellschaften und Geheimbünde waren elitäre Zirkel, die eine neue, widerstandsfähige Elite züchten wollten. 1905 entstand die Berliner *Gesellschaft für Rassenhygiene*. 1907 ging Ploetz nach München und gründete dort die Münchner *Gesellschaft für Rassenhygiene*. 1910, glaube ich, den geheimen *Nordischen Ring*. Dann kam der *Bogenclub München*, *Ring der Norda*, der *Nordbund*, später 1918 der *Widar-Bund*.

Verwirrend. Die Naturwissenschaftler sind doch eher nüchtern denkende Leute.

Denkt man. Aber das eine kann durchaus neben dem anderen bestehen. Ich kenne mich in der Biologie und Medizin zu wenig aus. Aber der Fehler liegt bei Ploetz, glaube ich, in dem methodischen Ansatz der Gleichsetzung von Rasse und Gesellschaft. Er hat biologische Vorgänge auf soziale und charakterliche Strukturen übertragen. Er glaubte, dass die Zellstruktur in ihrer Entwicklungsgeschichte die Individuen konstituiere und damit bis ins Kleinste das soziale Verhalten der Menschen bestimme, was wiederum die wirtschaftlichen Verhältnisse und vor allem die Bildung des Staates und die Kultur präge. Kann es ein Zufall sein, dass die Deutschen so viele bedeutende Komponisten und Musiker hervorgebracht haben?, fragte er. Man müsse die Gründe für bestimmte Besonderheiten einer Rasse finden. Er nennt das Gesellschaftsbiologie, und die teilt sich in eine Physiologie der Gesellschaft, in eine Pathologie der Gesellschaft und in eine Gesellschaftshygiene auf. Er spricht in der *Tüchtigkeit unserer Rasse* von dem Zellstaat, den ein Individuum darstellt, und spricht von vergleichbaren Zellstaaten des Lebens, als da sind Stämme, Völker, Rassen. Es ist die Übertragung der Biologie auf alle Lebensbereiche, Politik, Ethik, die Rechtswissenschaften, die Geschichte, sie alle sind durch naturwissenschaftliche Gesetzmäßigkeiten determiniert. Und er hat postuliert: *Das allgemeine Kausalitätsgesetz ist naturwissenschaftliches und soziales Gesetz zugleich. Es überspannt anorganisches, organisches und gesellschaftliches Sein. Die Rasse ist das biologische Substrat aller gesellschaftlichen Bildungen.* Rasse und Kultur sind identisch.

- *unverständlich* -

Doch. Ich fragte ihn, wie ist es mit dem freien Willen? Ist der determiniert durch die Zellbildung? Er sagte, ja, der freie Wille, das, was du tust, lässt sich herleiten aus den Kombinationen der Zellen, der Ganglien, das ist determiniert, die momentane Entscheidung unterliegt aber wieder der Fähigkeit, entscheiden zu wollen, und in diesem Wollen liegt dann auch das Können. Ist der Wille stark, kann es zu dieser freien Wahl kommen. Ist der Wille schwach – da spielen Einflüsse hinein, die ein starkes Wollen verhindern, Alkohol, Tuberkulose, übermäßiger Tabakgenuss –, ist eben auch der Lebenswille schwach und damit auch die freie Entscheidung.

Die Seele?, fragte ich.

Atome, sagte er und kam wieder mit der Eiszeit: *Die schärfere Auslese in dem ungünstigeren rauen Klima scheint der darin wohnenden Rasse eine Steigerung der Körper- und Geisteskräfte zu bedingen.*

Und die Chinesen? Die Chinesen, die vor viertausend Jahren, als unsere Leute hier noch im Bärenfell durch die Wälder liefen, die Schrift erfunden haben, den Kompass, auch das Pulver und eine hochkomplizierte Medizin?

Eine gute Frage, sagte er, diese Hochkulturen, die chinesische, die griechische, die römische, seien geradezu Beispiele für seine Theorie, denn sie seien durch Degeneration zugrunde gegangen.

Sind Kulturen nicht weit mehr als von biologischer Tüchtigkeit, also der Größe der Glieder, der Schädel, dem steilen Profil, von etwas anderem geprägt, nicht dem Gesunden, sondern dem Abweichenden, womöglich Kranken, dem Beschädigten, eben weil daraus die Einfühlung erwächst, etwas müsse besser und anders sein? Hat Utopia nicht seinen Ausgang im Mangel, dem Nicht-einverstanden-Sein, statt in großen Schädeln und langen Gliedmaßen?

Hat nicht – es war boshaft und entsprach nicht meiner Sicht auf die Menschen und deren Äußerem –, hat nicht der geniale Darwin unzweifelhaft eine gewisse Ähnlichkeit mit einem Affen? Diese fliehende Stirn, die dicken Wülste über den Augen?

War das die Zeit, als er im Ring der Norda war?

Ja. Dort wurde in dieser arischen Ursuppe gerührt. Das Volk. Das Deutsche. Gotisch: Theus. Das ist der tiefe, tiefe Sinn. Ihm muss man gehorchen. Ihm lauschen. Die Sprache selbst spricht zu uns.

Können wir für heute Schluss machen?

Der Bronze Star

Hansen war zum Rapport nach München einbestellt worden.

Middleton bot ihm einen Stuhl an, fragte nach den Recherchen. Hansen sagte vage, die gingen voran und gerade die Zeit um die Jahrhundertwende sei wichtig. Er befürchtete, Middleton könnte ihn in sein Verwaltungsteam abkommandieren. Aber der Colonel sagte, er sei einbestellt, weil der Divisionskommandeur ihm den Bronze Star verliehen habe. Für das Gefecht bei Dietersdorf.

Hansen versuchte zu erklären, dass ihm der Bronze Star nicht zustehe. Er sei mit seinem Fahrer versehentlich in die Spitze geraten und plötzlich aus einem Dorf, wo sich ein paar deutsche Soldaten und Volkssturmleute unter dem Kommando eines Fähnrichs eingegraben hatten, von einem Maschinengewehr beschossen worden. Er habe im Straßengraben gelegen und ein paarmal mit der Pistole geschossen. The only time I heard bullets whistle by, Sir. Nein, ihm stehe die Auszeichnung nicht zu. Eher müsse der Captain, der so schnell vorgerückt war und ihn rausgehauen hatte, den Star bekommen.

Middleton winkte ab. Vielleicht hat der ihn auch bekommen. Bloß keine Eingaben, keine Ablehnung, das lässt den ganzen bürokratischen Apparat heiß laufen. Nein. Also keine Richtigstellungen. Gratulation.

Hansen stand auf. Stolz konnte er nicht sein und war es auch nicht. Aber er setzte sich vorschriftsmäßig die Mütze auf, er kannte den Komment, nahm Haltung an, und nachdem der Colonel ihm den Orden an der Jacke festgesteckt hatte, grüßte er mit der Hand am Mützenschirm. Der Colonel öffnete sein Zigarettenetui, bot Hansen eine Zigarette an, nahm sich selbst eine und zeigte auf den Stuhl vor dem monströsen Schreibtisch. So saßen sie rauchend und schweigend.

Middleton, ein Pfeifenraucher, wechselte zwischendurch zu Zigaretten. Hansen bewunderte die ausgefeilte Ästhetik beim Anzünden der Streichhölzer und die leichte Handbewegung, mit der er die Flamme zum Erlöschen brachte.

Middleton kam dann doch auf Hansens Befragung des Rassenhygienikers zu sprechen, wollte Genaueres wissen, wie lange das noch dauere.

Der Mann sei alt. Einundachtzig. Jemand, der im Lager war. Ein paar Monate in Dachau.

Kommunist?

Anarchist, kein militanter, Pazifist. Sehr belesen. Ein Antiquar, aber angestellt.

Und wie lange brauchen Sie noch?

Zwei, drei Wochen.

Interessiert Sie diese Geschichte?

Ja, sagte Hansen, sehr. Sie bekommen den Bericht.

Gut, sagte Middleton.

Hansen, ermutigt durch seinen Bronze Star, fragte, ob er einen Vorschlag machen dürfe.

Immer zu.

Ob es nicht möglich sei, einen Lesesaal mit amerikanischer Literatur einzurichten? Hansen begann, sich in eine für ihn ungewöhnliche Begeisterung zu reden, zum Beispiel in diesem Antiquariat, da liegen amerikanische Bücher, Faulkner, Wilder, Hemingway, deutsch und englisch, vielleicht könne die Army die Bücher aufkaufen und in einen Lesesaal einstellen. Im Winter müsse man den Saal heizen. Dort wäre das zu verbinden, auf eine wunderbare Weise, warme Füße und ein klarer Kopf. Ein Kopf, der von dem mystischen Naziqualm befreit werde. Man könnte auch Periodika auslegen. Bildbände über die Staaten. Die Menschen sind gierig nach Informationen. Viele wollen Englisch lernen. Man könne Filme zeigen, Ausstellungen machen, Theater, Vorträge halten, Diskussionen ...

Okay, sagte Colonel Middleton, ich werde das überlegen und auch besprechen.

Hansen musste erst mal wieder zu Atem kommen.

Sie saßen da und schwiegen und sahen aus den großen Fenstern auf das Grau des Himmels, und hin und wieder drückte der Wind den Regen gegen die Scheibe.

Nach einer Weile sagte der Colonel: Knappe zwei Monate noch. Die Berge hier sind ganz beachtlich, auch die Seen, aber dann doch nichts gegen das Meer vor Boston.

Hansen hatte sich mittags mit Molly verabredet. Sie kam unter einem Regenschirm zum Wagen gelaufen, stieg ein, stellte den Schirm nach hinten. Sie trug ein weißes Blusenkleid, am Revers eine rote Stoffblume, hochhackige braune Lederschuhe und Seidenstrümpfe. Er musste sich beherrschen, um nicht zu fragen, woher sie dieses Kleid und die neuen Lederschuhe hatte. Trotz des regnerischen Wetters setzte sie sich die Sonnenbrille auf und sagte mit einem kleinen ironischen Lächeln: Du blendest.
Lass uns zu mir fahren, sagte er, das Depot kann warten.
Nein, ich habe den Besuch im Depot organisiert und danach eine Verabredung, abends.
Da hielt es ihn doch nicht, obwohl er kein Recht hatte, zu fragen, was ist das für ein Treffen?
Geschäftlich.
Das Geschäft kann doch auch warten.
Nein, das kann nicht warten.
Ich habe dein Permit besorgt. Du kannst in die französische Zone fahren.
Danke.
Dieses knappe Danke war alles, was sie sagte, während sie Namen und Daten auf dem Dokument überprüfte.
Wollen wir nicht doch einen Abstecher zum See machen?
Nein. Heute nicht.
Sie war nicht umzustimmen, und so waren sie hinausgefahren zu dem Depot, in dem die Bilder der Alten Pinakothek eingelagert waren. Eine Vorsichtsmaßnahme,

die, da die Pinakothek einen Bombentreffer bekommen hatte, berechtigt gewesen war. Hansen hatte zu dem in einen schlotternd weiten Anzug gekleideten Kustos gesagt, er wolle sich das Bild von Piloty ansehen. Der Kustos, begleitet von zwei Arbeitern, ging es suchen. Nach einiger Zeit trugen sie ein extrem großes, wie ein Geschenk in Rupfen eingewickeltes Bild herbei. Der Kustos maulte, warum das auspacken? Hansen sagte: Das geht Sie nichts an. Los, auspacken! Keine Diskussion.

Die Beleuchtung war schlecht. Das Bild wurde ausgewickelt. Im Zwielicht, aber gut erkennbar, die Frau im Mittelpunkt: Thusnelda. Was für ein Frauenideal. Ein mächtiges Weib, an der Hand führt sie ein blondes Kind.

Ein historischer Schinken, sagte Molly. Die Schlacht im Teutoburger Wald war eine geschichtliche Katastrophe. Ohne Hermann den Cherusker hätten wir ein Tepidarium auch in der Gegend von Hamburg oder Berlin haben können. Und statt des steifen Leinens hätten unsere Altvorderen leichte Baumwolle und Seide getragen.

Und da es in ihm bohrte und die Gelegenheit sich aufdrängte, fragte er sie: Woher hast du das Kleid?

Sie setzte sich die Sonnenbrille auf und sagte kühl: Getauscht.

Was er tun solle, fragte der Kustos.

Packen Sie den Schinken wieder ein.

Auf der Rückfahrt schwieg sie, blickte wieder gelangweilt zur Seite aus dem Fenster, und er sagte sich, sie

trotzt, was sie sieht, ist die Zerstörung, sind Ruinen, nur hin und wieder stand, einer dieser Zufälle, die in Katastrophen sich selbst zum Gesetz erheben, ein verschontes Haus in den Schutthaufen aus Ziegeln, Balken, Stahlträgern.
Er setzte sie am Odeonsplatz ab. Sie hob kurz die Hand, nickte ihm zu und ging. Er schaute ihr nach, wie das leicht ausgestellte Kleid ihre Kniekehlen umspielte.

Den Gedanken, nach Hause an den See zu fahren, dort mit einem Martini den Sonnenuntergang zu betrachten, das von Frau Sachs für eine Schachtel *Camel* besorgte Huhn allein zu essen, schlimmer noch, allein im Bett zu liegen, empfand er als Kränkung. Er hatte sich recht genaue Vorstellungen von dieser Nacht gemacht. Und diese Vorstellungen waren wild, voller Schreie, ineinander verknoteter Leiber, Geruch von Schweiß, darin ein Stich Parfum.
Als Gegengewicht zu seiner Enttäuschung – schäbig fand er sich nur einen Moment lang – glaubte er, ein Recht auf Ersatz zu haben. Er rief Sarah an und fragte, ob sie abends Zeit und Lust habe. Und sie hatte vor allem Lust.

Sarah kam in Uniform und fluchte, sie hatte sich die Nylons aufgerissen, ein kleiner Metallhaken beim Einsteigen in den Jeep. Schon das zweite Paar. Die Laufmasche hatte sie mit Nagellack gestoppt. Sie zog den langen Uniformrock, den sie drei Zentimeter kürzer trug als vorgeschrieben, bis über das Knie hoch. Ein kleiner verheißungsvoller Pfad führte hinauf ins Verborgene.

Diese Pflicht, Uniform tragen zu müssen, war lästig. Sie saßen vor dem Haus. Sarah knöpfte die Jacke auf. I've put on weight – six pounds.

Hansen hatte Artie Shaw voll aufgedreht, *The Carioca*, sein Lieblingsstück, und einen Americano gemixt. Sie saßen da, mit diesem Blick über den See hin zu den Alpen, und Hansen erzählte ihr von dem Alten, den er befragte, dessen Leben er hörte, und vom Leben desjenigen, der dort drüben im Schloss seinen Forschungen nachgegangen war.

Your motorboat?

Hansen erzählte ihr, wie kompliziert es gewesen war, das Ersatzteil aufzutreiben, sie seien auch schon gefahren, ganz wunderbar. Aber heute bei diesem Nieselregen macht es keinen Spaß. Wir haben ja Zeit.

George kam vorbei, sah Sarah und sagte: Got to go. I'm being picked up, so you won't be disturbed.

You're not disturbing me, sagte Sarah, on the contrary: you get me going.

Sie sah sich um, sagte, es sei unglaublich, wie George und Michael hier lebten, wie die Maden im Speck, mit Blick auf die Alpen, mit Motorboot und Köchin, während sie in einem Offiziersheim darbe. Männerbesuch verboten.

Dafür müssten sie ständig in der braunen Scheiße herumstochern, sagte George.

Wenn man Michael so sieht, mit seinem Alten, dem ein-

zigen Nicht-Nazi weit und breit, könne man das wohl nicht sagen.
That's true, meinte George, he is, if you look at him on his own, a happy guy.
Nachdem George gegangen war, wollte Sarah wissen, ob Hansen jetzt auch fratenisiere.
Who says so?
I've heard it said. Are German women different, then?
Er schnaufte durch die Nase, stand auf und legte die Scheibe *Well, All Right Then* auf.
Und Sarah erregte sich; was ihnen, den Männern, einfach zugestanden werde, fraglos, sei für Frauen undenkbar. Die Frauen seien einfach hinterher. Eine Ungerechtigkeit. Sie habe da einen deutschen Mann im Blick, einen Dozenten für englische Literatur, ein guter Typ, zwar nicht mehr ganz, in Russland sei ihm ein Fuß abgeschossen worden, aber stören würde sie das nicht. Was für ein Skandal, der weibliche amerikanische Oberleutnant mit einem Deutschen, auch noch einem Exoffizier. Undenkbar. Und so bliebe es eben bei ihm, Michael, und den anderen Kameraden –, sie lachte, aber das sei Inzucht. Als Hansen etwas erwidern wollte, sagte sie, er dürfe tun und lassen, was er wolle, er habe carte blanche. Sie stand auf und setzte sich auf seinen Schoß, dass der Korbstuhl knisterte und knackte.
Vorsicht, rief er, der bricht.
No way, aber er müsse ihr alles erzählen, genau, Einzelheiten, sonst würde sie eifersüchtig. Sie würde ihm auch alles erzählen, wenn er wolle.

No, I'd rather you didn't, sagte er lachend.
Coward.

Frau Sachs sagte, das Essen ist fertig. Sie hatte gedeckt, das Huhn in ein Apfel-Brathuhn verwandelt. Die Äpfel lagen von der letzten Ernte in Seidenpapier eingewickelt im Keller. Schönen Abend noch, verabschiedete sich Frau Sachs.

- 2. *August* -
Das Unmoralische am Vergleich? In der Lust am Vergleichen-Wollen? Die Lust, die schon auf die nächste, ein wenig andere Lust wartet. Die feinen Unterschiede und wiederum deren Genuss. Die Gefahr, sich im Ausleben zu verlieren. Darum auch diese Pflicht zur Monogamie. Vergleiche sollen verhindert werden. Man denkt, die Unterschiede in diesem Einfachen seien nicht groß. Sie sind es.
Erst durch die Unterschiede lernt man sich, den eigenen Körper, kennen. Und mit ihm die tiefen Wünsche seiner selbst. Zärtlichkeit – schön und gut, aber …

10. Tag

Ihre Kopfschmerzen? Ich habe Ihnen ein Mittel mitgebracht. Ein Freund, der Arzt ist, hat es mir aus unserer Apotheke gegeben.

Danke, aber es geht mir gut heute. Ich hebe es mir für den nächsten Föhneinbruch auf.

Ich war im Depot und habe mir diese Thusnelda angesehen. Ein gewaltiges Propagandabild. Es war vielleicht als Vorlage für Nachdrucke gedacht. Als Illustration für Schulbücher. Aber was für eine Gegenwelt. War die je attraktiv?

Doch. Ja. Wie gesagt, in Paris finden Sie das Gegenstück. Wobei das Bild in Paris durchaus seine Wirkung hat.

Ich hoffe sehr, dass ich nach Paris komme, bevor ich wieder abrücken muss.

Gestern war ein freundlicher Major im Antiquariat. Und mit ihm ein Sergeant. Der Major sprach fließend Deutsch mit einem Wiener Dialekt, nicht stark, aber doch hörbar. Ich vermute, ein emigrierter Jude. Fragen mochte ich nicht.

Leo Alexander wahrscheinlich. Er war zuletzt Dozent in Frankfurt.

Vielleicht. Er suchte Bücher von Schnitzler. Der Sergeant stand daneben, blätterte in unseren Fotobänden, langweilte sich und kaute. Ein großer Gegensatz, dieser monoton kauende Sergeant und der in die Bücher hineinlesende Major. Ich gehöre nicht zu den dumpfen Dimpfeln, die sagen, nur das Bier, allenfalls noch der Tabak ist Genuss. Keineswegs. Aber das Kaugummi? Als ich bei Ihnen drüben war, das erste Mal, habe ich so etwas gar nicht gesehen, jedenfalls ist es mir nicht aufgefallen. Bei meiner zweiten Reise, kann ich mich entsinnen, in New York, sah ich das Kauen zum ersten Mal. Ich fuhr mit der Untergrundbahn, als ein neben mir sitzender Handwerker, wohl ein Schlosser, ein in silbernes Papier gewickeltes Etwas aufriss und sich ein weißes Plättchen in den Mund schob. Er begann zu kauen. Gleichmäßig. Ich dachte, es sei Kautabak. Aber es roch nach Pfefferminz. Ich habe das dann auch probiert. Aber es behagte mir nicht. Eine körperliche Tätigkeit wie Sand umschaufeln. Ich sage das so frei, weil ich sehe, dass Sie diese Angewohnheit nicht pflegen. Wozu ist das gut, einmal abgesehen von der Kaubewegung?

Es beruhigt. Vielleicht hat es zu dieser lässigen Haltung, die Sie an uns schätzen, beigetragen. Und auch das, die Bewegung der Kaumuskulatur verbessert die Blutversorgung des Kopfes und damit die Sauerstoffzufuhr des Gehirns. Also eine Verbesserung im Denken, und das ganz ohne Zucht und Züchtigung.

Gut, bei diesem Sergeant hatte man nicht den Eindruck. Ich habe von Nietzsche nur wenig gelesen, habe ihn nie gemocht. Er hat einen gehässigen Blick auf die Menschen. Der Blick eines Kurzsichtigen, der aber immer vom Adlerblick redet. Axthelm ist nicht nur ein Verehrer Georges, sondern auch ein Verehrer Nietzsches. Ich weiß noch genau, wie er mich aus dem Keller rief und mir einen Zeitungsartikel *Hitler besucht Nietzsches Schwester* hinhielt. Ein Foto zeigte die beiden, sie mit gerüschtem weißen Häubchen, er im zivilen Anzug. Wissen Sie, dass Förster, Nietzsches Schwager, eine Kommune in Paraguay gegründet hat? Nueva Germania, ein, wie es hieß, judenfreies Deutschland, auch unter Palmen und Bananenstauden sollte der arische Übermensch gezüchtet werden. Ja, ein Denken wie auf einer Hühnerfarm, und Sie wissen, dass Himmler eine Zeit lang eine Hühnerzucht betrieben hat, später dann den Lebensborn. Nietzsche hätte die Idee sicherlich albern gefunden. So, wie er den Antisemitismus verachtenswert fand, aber dieser Gedanke zur Lebens- und Geistessteigerung findet sich auch bei ihm. Nicht zufällig haben all diese Rassenhygieniker den *Zarathustra* im Bücherschrank stehen gehabt. Auch er, der Freund, konnte daraus zitieren. Ich weiß nicht, was er zu dem Lebensborn gesagt hat, aber wahrscheinlich fand er die Idee im Prinzip unterstützenswert.

- *unverständlich*-

Hier, sehen Sie, ich habe mir Notizen gemacht, habe mich für unser heutiges Gespräch vorbereitet. Ein Zitat von Alfred Ploetz aus einem Vortrag beim Internationalen Kongress für Bevölkerungswissenschaft in Berlin 1935: *Eine durch kein Widerstreben der politischen*

Kirchenkreise sich stören lassende, energische, obligatorische Sterilisation von Erbkranken und Erbkrüppeln sowie fakultative Sterilisation von erblich Minderwertigen müsse in dieser Richtung ebenso arbeiten wie eine positiv rassenhygienisch nach Erhöhung der Geburtenrate der Begabten orientierte Steuer-, Wirtschafts-, Bauern- und Siedlungspolitik.

Da haben Sie in nuce das Programm der Nazis, bis hin zum Volk ohne Raum. Der musste erobert werden. Darum der Angriff auf die Sowjetunion, darum die Dezimierung der Untermenschen, damit unsere strahlenden Helden ihre Siedlungshöfe bekämen. Bauern. Welch ein überholtes Bild von der Gesellschaft, sagte ich ihm, als er mich im Antiquariat besuchte, geh in ein Walzwerk für nahtlose Stahlrohre, besuche ein Stellwerk der Eisenbahn, die Werkhalle von Siemens, wo die Steinmetzschaltung – erfunden von unserem Pacific-Genossen – in den Motoren genutzt wird. Wenn die Produktivkräfte sich weiterentwickeln – um einmal in marxistischen Begriffen zu reden –, werden Arbeitskräfte überflüssig. Dann braucht es kein Bevölkerungswachstum mehr, womöglich ist ein Rückgang der Bevölkerung sogar wünschenswert. Aber das Denken war damals völlig verstopft von der Idee der Größe und Menge des Volks, auch im Hinblick auf den Erzfeind Frankreich.

Doch seine Thesen, die mir damals so krude erschienen, wurden Wirklichkeit. Was in seiner Sprache ausgejätet hieß – die Unnützen, Kranken, all die Erbarmungswürdigen, hat man verhungern lassen, oder sie wurden vergast oder mit einer Giftspritze umgebracht. Das geschah zwar heimlich, blieb der Bevölkerung aber nicht verborgen. Ich kann Zeugnis ablegen. Axthelm, dessen Schwester, eine begabte Pianistin, an Schizophrenie litt und in Haar hospitalisiert worden war, bekam eines Tages einen Brief aus Gomadingen, es war, glaube ich, im Spätsommer 1940, in dem ihm mitgeteilt wurde, seine Schwester sei an einer Blinddarmentzündung gestorben. Ihr war der Blinddarm aber schon in jungen Jahren entfernt worden. Er hat diese Lüge hingenommen. Um Ihnen einen Eindruck von der Angst zu geben, Axthelm hat nicht protestiert, hat nicht geschrieben, dass es eine infame Lüge sei und man sie umgebracht habe, er schwieg und stieg, was er sonst nur selten tat, in den Keller, in mein Reich, und dort saß er in meinem Sessel im Dunkeln. Und ich hörte ihn weinen.

- *unverständlich* -

Ich weiß es nicht, mache aber niemandem Vorwürfe, der aus Angst schweigt. Sicherlich wäre Axthelm, hätte er diese Lüge gemeldet, die Lizenz für sein Antiquariat entzogen worden. Vorwürfe mache ich jenen, die sich beteiligt haben, die etwas nicht unterlassen haben, obwohl ihnen kein Schaden drohte. Wie dieser Hausmeister, der die Studenten beobachtet hatte, als sie Flugblätter gegen den Krieg und gegen die Nazis in der Universität von der Empore warfen. Das war übrigens keine dreihundert Meter vom Antiquariat entfernt. Dieser Mann hätte einfach wegsehen können. Aber nein, er hält sie fest, übergibt sie der Gestapo. Sie werden hingerichtet, und der Hausmeister Jakob

Schmid bekommt, wenn ich mich recht entsinne, 3000 Reichsmark und wird vom Arbeiter zum Angestellten befördert. Es ist diese Bereitschaft zum Gehorsam und zur Denunziation. Die Gier nach Anerkennung und Aufstieg. Diese Lust, an der Macht teilzuhaben. Ihr zu schmeicheln. Sie wissen, der Engel wurde gestürzt, weil er zu seinem göttlichen Auftraggeber sagte: Non serviam. Ich diene nicht.

Können Sie etwas von dem Forschungslabor auf dem Schlossgelände erzählen?

Richtig. Das Schloss. Und der Wald. Ich war zum ersten Mal dort im Februar 1919, kurz nach dem Krieg. Ich muss ein wenig ausholen, um den Grund meines längeren Besuchs zu erklären. Ich bewohnte in Berlin ein Mietzimmer und war krank. Ich hatte mir bei einer der zahlreichen Demonstrationen und Diskussionen einen Katarrh zugezogen und verschleppt und eine Lungenentzündung bekommen. Ich war aus der Sozialdemokratischen Partei ausgetreten, 1915, und hatte mich der Freien Vereinigung deutscher Gewerkschaften angenähert, die sich gegen den Krieg ausgesprochen hatte, auch gegen den sogenannten Burgfrieden, später, 1919, wurde sie in Freie Arbeiter-Union Deutschlands umbenannt. Ja, das ist verwirrend und wäre ein Thema, dass ich Ihnen gern erläutern würde, wenn …

- *unverständlich* -

Nein. Ich arbeitete für den *Syndikalisten*. Mir oblag es, die einzelnen Versammlungen anzukündigen und Berichte zu kürzen. Eine recht unbedeutende journalistische Arbeit, für die es auch nur ein geringes Honorar gab. Ich bewohnte damals ein kleines, nicht heizbares Zimmer zur Untermiete. Die Dörrobstfabrik des Vaters war schon vor gut zwanzig Jahren falliert. Seine republikanische Gesinnung war ruchbar geworden. Er galt als nicht patriotisch gesinnt, es gab Schikanen. Und wahrscheinlich wird auch meine Flucht in die Schweiz, die der Vater so großherzig unterstützt hatte, dazu beigetragen haben. Denn die preußische Armee kündigte von heute auf morgen den Liefervertrag für Dörrobst auf. Aber der so fürsorgliche Vater hatte mir ein festes Depot bei einer kleinen, wie er glaubte, grundsoliden Privatbank eingerichtet. Von den Zinsen konnte ich mehrere Jahre lang bescheiden leben, unabhängig meiner journalistischen und politischen Arbeit nachgehen, auch konnte ich im Jahr 1912 nach Amerika reisen, um dort nochmals die Amana-Gemeinde zu besuchen.

Jedoch unmittelbar nach dem Waffenstillstand im November 1918 ging diese Privatbank, wie ich schon sagte, durch rechtswidrige Spekulationen bankrott. Ein betrügerischer Bankrott. Der privat haftende Bankier erschoss sich, was mir meine Einlagen nicht zurückgebracht hat. Ich hätte mich bis dahin einen sozialistischen Privatier nennen können, der ein wenig durch Vorträge und Artikel hinzuverdiente. Ja. Ich war lange Sohn.

Eines Nachmittags jedenfalls kündigte mir, der ich angezogen und im Mantel fiebernd im Bett lag, die vergrätzte, geizige Beamtenwitwe an: Sie haben Damenbesuch. Das ist nicht erlaubt. Nicht hier. Nicht bei mir.

Aber da war die Griechin, die damals schon ein wenig stattlicher, wenn ich das etwas ungalant sagen darf, geworden war, in ihrem langen pelzbesetzten Mantel und mit einem imposanten Hut, auf dem wie ein schwarzes Segel eine Vogelschwinge steckte, bereits im Zimmer. Sie hatte von meiner misslichen Lage über den alten Ikarier-Genossen Lux gehört. Den Abstecher zu mir habe sie mit einem Berlinbesuch bei ihrer Schwester verbunden. Aber es war offensichtlich, sie war meinetwegen gekommen.

Sie sagte, du musst hier raus, und zwar sofort.

Die Wohnungswirtin rief, meine Miete. Kündigungsfrist.

Die Griechin richtete den Schirm auf die Keifende: Schweigen Sie. Sie bekommen, was Ihnen zusteht. Los, wir packen! Und damit angelte sie, die Resolute, mit dem Schirmgriff meinen Koffer von dem schiefen Schrank.

Du kommst zu uns. Das Haus ist groß genug.

Ich zögerte.

Sie gab mir einen Brief. Die klare Handschrift des Freundes: Er bat mich zu einem längeren Besuch. Er vermisse den Widerspruch, seit er im Walde lebe. Erhole dich, Platz ist genug.

Ich sagte zu, aber nur ihretwegen.

Am nächsten Tag fuhren wir. Trotz der Revolution, trotz der Matrosen, die ihre Gewehre als Zeichen der Revolte mit dem Lauf nach unten trugen, trotz Pöbeleien, auch Rempeleien auf den Bahnsteigen, trotz Schießereien, trotz der Demonstrationen: Die Reichsbahn fuhr. Auch wenn der Fahrplan nicht mehr eingehalten wurde. Immer wieder gab es Kontrollen durch revolutionäre Arbeiter. Wir saßen in der ersten Klasse und mit uns saß dort eine junge Frau mit ihrem Mann, einem Hauptmann in Uniform. Revolutionäre Soldaten und auch Zivilisten drängten in Leipzig in das Abteil. Ausweise! Der Hauptmann protestierte, er müsse sich nicht ausweisen. Er stand auf: Er sei Offizier. Der Anführer sagte, Halt die Klappe und setz dich. Und dieser Mann, der noch vor drei Monaten erhaben über allem geschwebt war, setzte sich brav wie ein Schüler wieder hin.

Am Bahnhof in Herrsching wartete Kutscher Ernst, hob die Koffer in die Kutsche, half der Griechin und mir beim Einsteigen. Ich hatte Schüttelfrost, davor schützte auch nicht die große Decke aus Rotfuchsfellen, die der Kutscher über uns ausbreitete. Es war das einzige Mal, dass ich mit der Griechin unter einer Decke lag, nun ja, wir saßen, aber beieinander, wenn auch durch die dicken Wintermäntel getrennt, dennoch, ich darf das als alter Mann sagen, unsere Körper waren sich spürbar nahe. Seltsam, wie lange unsere Wünsche anhalten. Sicherlich trug das Fieber dazu bei, dass mich das wohlige Gefühl erfüllte, ihr, dieser Frau, nach all den Jahren wieder nahe zu sein. Wir fuhren die Straße am See entlang, der still und weit dalag. Grauer Dunst schwebte über der Höhe, und schwer und nass standen darin die dunklen Tannen. Dieser Wald mit seinen in Reihen stehenden trostlosen Tannen. Gewinnsucht spricht daraus. Im Sommer ist die Landschaft, leicht hügelig vom Geschiebe der Gletscher, herrlich, dieser Ausblick auf die Voralpen und dahinter die Alpen im Schnee. Nun ja, Sie kennen ja die Landschaft, das Schloss.

Ich staune jeden Morgen, ein so berückend schönes Land.

Ja. Aber im Winter, November bis Januar, liegt oft eine drückende Stimmung über dem See, bis hin und wieder die Sonne den Dunst mit einem Lichtstrahl durchbricht, das Wasser aufleuchten, ja aufblitzen lässt – ein Glück. Im Sommer ist es, wie gesagt, wunderbar. Man darf nur nicht in diesen dunklen monotonen Tannenwald gehen. Ich jedenfalls nicht. Lesen Sie noch die *Nachtstücke*?

- *unverständlich* -

Vielleicht. Ja. Aber ich habe lieber Kleist und Goethe gelesen. Mir war E. T. A. Hoffmann immer ein wenig unheimlich. Man muss aufpassen, nicht selbst in eine solche Geschichte hineinzugeraten.

- *unverständlich* -

Als ich ankam, hatte ich kaum einen Blick auf das Schloss werfen können, entsinne mich aber des dicken Gemäuers, einer eher niedrigen, mittelalterlichen Raumführung. Das Knacken und Knistern der Bohlen, Treppen, ein Geruch nach altem Holz, nach, ich weiß nicht, was, vielleicht – aber das machte wohl mein Fieber – nach Myrrhe, nach Wachs, nach Eidechsenkot. Ich wurde in einem Dachzimmer im Schloss untergebracht, mit dem Blick über den See, bis zu den Alpen. Sechs Tage hielt ich die von der Griechin verordnete Bettruhe ein, bekam von einem weiß beschürzten Dienstmädchen Hühnerbrühe, Holundersaft und Sahnequark mit den eingelegten Früchten des Sommers. Sie brachte mir am Nachmittag Kaffee und einen Quittensaft. Der Freund kam jeden Morgen in die Mansarde hochgestiegen, klopfte, betrat, stets in einem Autorität heischenden dunklen Anzug, das Zimmer, setzte sich ans Bett, hörte mich ab, fühlte meinen Puls, schaute auf das Fieberthermometer, zeigte dabei keinerlei Regung im Gesicht und sagte am vierten Tage: Na, es wird schon.

Sie wollte, dass ich noch zwei, drei Tage im Bett liegen bliebe. Er in seiner sehr direkten Art: Nein. Morgen an die frische Luft! Die meisten sterben, weil sie zu lange im Bett bleiben.

Am nächsten Morgen, ich entsinne mich genau, die Sonne schien durch eine dunstige Kühle, trat ich in einem seiner pelzgefütterten Mäntel, mit einer Kappe aus Otterfell auf dem Kopf, aus dem Portal. Der Freund führte mich durch sein Reich. Das dreigeschossige Gebäude hatte ein geschwungenes Mansardendach. Jede Etage wies drei große Fenster auf. Der Bau wirkte eher klotzig kubisch. Erst die kleine, im Osten angebaute Kapelle mit ihrem schlanken Zwiebelturm gab dem Gebäude etwas Schlossartiges. Er führte mich in die Kapelle und gab seine boshaften Kommentare ab, sprach vom frommen Aberglauben und dass er diesen Ort mit Marx exorziert habe. In dieser dem Erzengel Michael geweihten Kapelle hatte er die aus seinem Arbeitszimmer aussortierte Literatur der Sozialisten und Kommunisten eingelagert. Ein barocker Heiliger stand auf einem Steinsockel und fasste sich wie entsetzt über die vor ihm aufgestapelten Bücher mit der rechten Hand ans Herz. Der Raum war nicht heizbar und die Feuchtigkeit hatte die Bücher aufquellen lassen. *Das Kapital* wellte sich kummervoll einer Mutter Maria entgegen. Die helle Farbe war ihr vom Gesicht abgeplatzt und hatte ein fast schwarzes Holz freigegeben. Sie erinnerte an die Madonna von Tschenstochau.

Du siehst, sagte er, sie hat sich über die Bücher schwarzgeärgert.

Wie ein Fremdenführer erzählte er die Geschichte des Schlosses, das einmal der Sommersitz der Äbte von Kloster Fürstenfeld gewesen sei. Die hatten hier den lieben Gott einen guten Mann sein lassen und sich gütlich getan an Wein und Bier und den reichlich im See gefangenen Fischen. Übrigens, sagte er, die Köchin, die gute Alma, wird heute Abend einen Hecht auftischen, frisch gefangen heute Morgen vom Fischer Stumbaum.

Er führte mich über das Gelände, das einem kleinen Königreich glich. Er zeigte mir den neben dem Schloss stehenden großen Holzschuppen, den Pferdestall, das Gesindehaus, das Haus der Gutsverwaltung. Sorgfältig angelegte Rabatten versprachen für das Frühjahr blühende Büsche und Blumen.

Ohm Erich, sein Bruder, ein wenig sonderlich im Kopf, wie man so sagt, tappte umher. Ihm ähnlich, das graue dichte Haar, der graue Bart, nur war er kleiner, schmächtiger, und die Blicke wanderten unstet hin und her, seinem Sprechen ähnlich, das immer wieder von einem

Natürlich, sagt Frau Figürlich durchsetzt war und sich sprunghaft vom Wetter zum Essen, zum schleichenden Jaguar und dem Siedlungsplan der Bienenvölker in Brasilien fortbewegte, ob der Himmel endlos sei? Natürlich, sagt Frau Figürlich. Ploetz behauptete, der Bruder, der in Brasilien eine große Imkerei hatte aufbauen wollen, unter erheblichen Anstrengungen und Entbehrungen gearbeitet habe, sei schließlich von einem Hitzschlag niedergestreckt worden. Daraus erkläre sich sein konfuses Verhalten. Ich vermute hingegen, man hatte ihn wegen seiner Sonderlichkeit nach Brasilien abgeschoben, zumal mir die Griechin erzählte, der Vater habe versucht, ihm durch Prügel und Kaltwasserduschen die häufige Wiederholung schmutziger Wörter abzugewöhnen. Man habe ihm sogar mit einem Stück Seife den Mund ausgewaschen. Dieser Ohm Erich war ein höchst zutraulicher Mann, beliebt bei den Kindern, da er so gar nichts von diesen Erwachsenen hatte, die immer eilten, verbesserten und befahlen, auch seine etwas fahrigen Bewegungen standen im Gegensatz zu der inzwischen erstarrten Monumentalautorität des Patriarchen. Ein aus Schleswig kommender Hauslehrer, der die Kinder unterrichtete, sagte, der Mann ist ein wenig tüdelig. Aber die Angst vor der Gefahr des Irreseins lauerte in dieser Familie. Vielleicht waren alle die Gesundheits- und Stärkungstheorien Angstblüten des Verdachts, auch er, Alfred, sei gefährdet.
Den besten Honig gaben die Blüten der Lianen. Haben Lianen Blüten? Natürlich, sagt Frau Figürlich. Er hatte nicht geheiratet, hatte keine Kinder. Sprach aber

von einem Jaguarweibchen, das ihm einmal begegnet sei. Und dann lachte er und sagte Oh, là, là und zwinkerte mit einem Auge. Der Freund verbot es ihm, darüber zu reden. Und dann ging Ohm Erich vor sich hin murmelnd weiter.

Mehrere Wochen wohnte ich im Schloss. Saßen wir unten im Salon, hörte man seltsame Schritte von oben. Ein ruheloses Hin und Her. Etwas Unheimliches ging von dem Geräusch aus, das sich diagonal über der Zimmerdecke bewegte. Und als ich wieder einmal hochblickte, sagte die Griechin: Meine Mutter.

Die Frau, Anastasia, die damals achtzig beziehungsweise, wie sich später erweisen sollte, schon fast hundert Jahre alt war, wohnte dort oben. Sie kam nie herunter. Nur einmal habe ich sie gesehen. Ich war abends zu meiner Kammer hinaufgestiegen, da kam mir dieses Gespenst entgegen, ein greisenhaftes Gesicht unter einer gewaltigen pechschwarzen Perücke, ein weißer Morgenmantel, darunter feste Schuhe, als gehe es hinaus in den Wald. Ich verneigte mich. Das Gespenst starrte mich an, drehte sich langsam um und verschwand wortlos in einem Zimmer.

Das war sie, deren Leben ein großes Abenteuer gewesen war. Das Essen wurde ihr pünktlich gebracht, und hin und wieder warf sie die abgenagten Hühnerknochen aus dem Fenster.

Wir saßen im hell gestrichenen Esszimmer. Das Silber mit den Initialen der Griechin, die damastenen Servietten, die böhmischen Gläser – keine Weingläser! – für Saft und Wasser. Das Essen wurde aufgetragen. Reichlich, denn auf dem Land gab es all das, was in den Städten nicht mehr zu finden war, schon gar nicht in Berlin. Eine einfache, aber gute deutsche Kost, Rindsrouladen, Backhuhn, Reh- und Schweinebraten mit Rotkohl. Ja, mir läuft das Wasser im Munde zusammen. Zum Nachtisch wurden die im Sommer eingeweckten Früchte gereicht. Nach dem Essen saßen wir im Salon zusammen und erzählten.

Der Freund berichtete von seiner Arbeit an dem *Archiv für Rassen- und Gesellschafts-Biologie* und den Problemen in der von ihm 1905 gegründeten *Gesellschaft für Rassenhygiene*. Gespräche, in denen es zu einer scharfen Konfrontation zwischen uns hätte kommen können, wurden durch das Eingreifen der Griechin vermieden. Einmal flammte die Diskussion auf, als ich ihn, der zwar nicht mehr für den Sozialismus eintrat, aber nicht von seinem Pazifismus gelassen hatte, fragte, warum er die 1917 gegründete *Deutsche Vaterlandspartei* unterstützt habe. Eine im höchsten Maß konservative Partei, die den schwachen Kaiser Wilhelm II. des Amtes entheben und an seiner Stelle den Kronprinzen als Regenten einsetzen wollte. Ich wurde laut und heftig und meine überhöhte Temperatur trug das ihrige dazu bei, als ich rief: Der Kronprinz, dieser Hurenbock von Verdun, ja dieser dekadente Prinz, der sich vergnügte, während Hunderttausende zerfetzt, verstümmelt wurden, und dann kommt diese Partei mit einem Kampf gegen den Verhandlungsfrieden, gegen den Judenfrieden, wie es hieß, und fordert 1917 einen Siegfrieden. Das ist doch Irrsinn.

Er donnerte, die Linke, die Bolschewisten, sie haben durch die Revolution dem kämpfenden Heer den Garaus gemacht. Sie haben den demütigenden Waffenstillstand, die Linken, die Roten …
Die Griechin sagte streng: Schluss. Krieg hin oder her. Hier herrscht Friede – in diesem Haus. Und das hörte sich ein wenig an wie – in meinem Haus.
Ohm Erich hatte die schärfer werdende Diskussion mit wachsender Nervosität verfolgt. Das Gespräch wandte sich wieder den Beiträgen für das Archiv zu. Die Probleme der Vererbung, die man bei eineiigen Zwillingen besonders gut erforschen könne, worüber ihn gerade ein Beitrag von, ich weiß nicht mehr von wem, erreicht habe. Darin werde eine große Ähnlichkeit in Bildung, Berufswahl, ja auch in der Partnerwahl nachgewiesen, selbst dann, und das sei das Interessante, wenn die Zwillinge über Jahrzehnte getrennt aufgewachsen seien. Also dieses Gerede der Linken – Was heißt hier Gerede?, fuhr ich auf – von dem alles bestimmenden Milieu, sagte er, kann man damit … aber da unterbrach ihn wieder die Griechin. Ohm Erich saß am Tisch, murmelte vor sich hin, bis er einschlief, erstaunlich leise, kaum spürbar atmete er, den Kopf zur Seite gerutscht mit hängender Unterlippe. Als er mit einem Ruck erwachte, blickte er überrascht in den Kreis der Sitzenden, nickte uns zu, stand auf, machte eine kleine Verbeugung: Wünsche wohl zu ruhen, und ging hinaus und hoch in sein Zimmer, das wie das meine unter dem Dach lag, aber seines mit dem Blick über den weiten, leicht hügeligen, dunkel melancholischen Wald.

Am Kamin wurde die Geschichte von diesem oben umhertappenden Gespenst erzählt, eine Geschichte wie von Hedwig Courths-Mahler.
- unverständlich -
Eine Unterhaltungsschriftstellerin. Veröffentlichte in einem Jahr sage und schreibe vierzehn Romane. Versatzstücke und vorgefertigte Sprachteile. Nein. Ihre Bücher waren selbstverständlich nicht im Keller. Axthelm hätte das als Beleidigung empfunden. Obwohl ich sie gern neben Grimm, Johst und Vesper gestellt hätte. Courths-Mahler. Das sind grelle Geschichten. Vielleicht hing das ja zusammen mit den Zeiten, in denen so erstaunlich abenteuerliche Geschichten häufiger vorkamen und damit auch ihre einfache literarische Form fanden, vor allem ihre Leser. Heute sind Geschichten mit einem guten, hoffnungsvollen Ausgang nur noch selten. Das Leben liefert uniforme Geschichten des Mordens und Tötens. Massenhaft. Wie kam ich auf Courths-Mahler?
Das Gespenst.
Richtig. Die Kamingespräche am Abend. Oben die Schritte, und die Griechin erzählte von dieser Frau, Anastasia, ihrer Mutter, die ruhelos hin und her ging. In Konstantinopel geboren, die Tochter eines Griechen, der als Getreideaufseher des Sultans fungierte, also vergleichbar dem Amt, das Joseph in Ägypten innehatte. Der Getreideaufseher wurde Opfer eines herunterfallenden Dachziegels. Die Mutter heiratete, nach einer Trauerzeit, abermals einen Griechen, den Leibarzt des Sultans. Der Sultan bekam das Mädchen, das jetzt als

fast Hundertjährige über unseren Köpfen umherging, zu Gesicht und soll einen Triller ausgestoßen und sie mit einer Rose verglichen haben. Drei goldene, mit Diamanten besetzte Halbmonde schenkte er dem Mädchen, als sie zur weiteren Bildung nach Odessa reiste, zum Abschied. Dort ist sie mit ihrem deutschen Privatlehrer, dem Pianisten und Komponisten Litzmann, und dessen Frau, einer Sängerin, durchgebrannt. Ein Diamant-Halbmond wurde versetzt. Die drei kamen nach München, lebten lustig und vergnügt, der zweite Halbmond musste versetzt werden. Gab es Eifersuchtsszenen? Wie kann das zusammengehen? Eine Frau, ein Mädchen, ein Mann? Darüber hat das Gespenst immer geschwiegen. Aber oft hat sie erzählt, wie der Komponist Litzmann vergeblich einen Theaterdirektor für seine Operette mit dem Titel *Der Sultan und das griechische Mädchen* gesucht habe. Wie die drei nach Paris reisten, dort den letzten Diamant-Halbmond versetzten. Wie er weder für die Operette noch für sein Streichquartett einen Impresario finden konnte, obwohl seine Frau ihr Dekolleté bei dem Besuch eines Konzertagenten erheblich vertieft hat. An dieser Stelle sagte Ohm Erich, Natürlich, Frau Figürlich, und kicherte. Das Gespenst, dessen Tritte oben zu hören sind, nimmt Zeichenunterricht, geht in den Louvre, zeigt in der Malerei weit mehr Begabung als Litzmann im Komponieren, das Geld der drei Ausreißer ist verbraucht, Schulden im Hotel, Schulden im Restaurant, Schulden beim Schneider, Schulden beim Zeichenlehrer, das Mädchen kauft mit den letzten Francs drei Lose der National-Lotterie und eines der

Lose wird der Jahreshauptgewinn, über eine Million Goldfrancs. Das junge griechische Mädchen wird von heute auf morgen steinreich und kann den letzten mit Diamanten besetzten Gold-Halbmond wieder auslösen. Die drei beschließen, eine Weltreise zu machen, fahren nach Brasilien, nach Argentinien, nach Buenos Aires, der deutsche Konsul Nordenholz kommt an Bord, sieht tiefschwarze, glänzende Augen – wie reife Brombeeren, schreibt er seiner Mutter nach Bremen – und sie sieht seine blauen Augen – wie Saphire, schreibt sie ihrer Mutter nach Konstantinopel –, Liebe auf den ersten Blick, vier Kinder. Dieser Bremer Kaufmann und Konsul in Buenos Aires ist der Besitzer einer Estancia mit dem Namen Germania von der Größe des Stadtstaats Bremen. Das Gespenst oben ertrug nach zwanzig Jahren weder die Rinder noch die Asados noch die staubigen, im Winter schlammigen Straßen von Buenos Aires und verlässt den Mann, wird geschieden, kehrt zurück nach Konstantinopel, reist von dort nach Berlin, schickt ihre jüngste Tochter, also die am Kamin sitzende Erzählerin Anita, zum Zeichen- und Malunterricht, das Mädchen zeigt ein staunenswertes Talent, malt, bildhauert, heiratet nicht mich, sondern den Freund und erbt nach dem Tode des Bremer Kaufmanns Land, Rinder, Häuser, Aktien und Bargeld, wovon der weite Wald und das Schloss gekauft werden können, wo jetzt über uns die tapfere Hundertjährige umhertappte.

So ganz verstehe ich nicht, wie hängt das zusammen, also ...

Das ist auch nicht wichtig, wichtig ist nur, dass am Ende

das Erbe kam und viel Geld brachte. Der Freund, der die Geschichten schon oft gehört hatte, verabschiedete sich bald, ging zu seinen rassenhygienischen Aufsätzen, Ohm Erich schlief ein, wachte auf und sagte: Natürlich, sagt Frau Figürlich, schlief wieder ein, die Enkelkinder lauschten, Kinder wollen dieselben Geschichten immer wieder hören, denn sie hören heraus, dass diese beim Erzählen jeweils ein wenig abweichen, sie haben diese Lust an den feinen Variationen, fragen bei Veränderungen nach. Leider habe ich keine Kinder bekommen.

- Unverständlich, dann – deutlich: … wahr?

Das muss noch erwähnt werden, Besuch wurde erwartet, die Griechin stieg hoch in ihr Zimmer, kam wieder die Treppe herunter und in den großen Raum mit dem Kronleuchter, und in dem dichten, hochgesteckten Haar steckte der goldene Halbmond, diamantenbesetzt. Welch ein Glanz. Warm war es. Ein alkoholfreier Johannesbeerpunsch wurde gereicht, ja, es war gemütlich, ich aber dachte unruhig an meine Genossen, die in Berlin kämpften. Es ging um die Rätedemokratie, die von Sozialdemokraten, Konservativen und dem Militär bekämpft wurde. Mit Waffen. Ich habe mich auf dem Schloss geborgen gefühlt, aber nicht wohl.

Ich bin ein wenig vom Weg abgekommen.

Ich folge gern.

Danke. Ja. Hin und wieder kamen Gäste, Professoren, Mediziner, Anthropologen, Biologen und Zoologen, darunter viele Privatdozenten, junge Wissenschaftler, die einen Lehrstuhl suchten, und dann die Privatiers, die meist recht ausgefallene Forschungsgebiete bearbeiteten, weil auf die eine oder andere Weise finanziell unabhängig. Mediziner. Es waren, wie der frühere Freund, Überzeugungstäter, überzeugt, das Volk müsse vor dem Untergang gerettet werden. Krankheiten, geistige und körperliche, würden die Gesellschaft von innen zerstören. Sie werden es wissen: Die eugenische Bewegung hatte viele Länder erfasst. Sie war eine Internationale. 1903 auf dem Internationalen Kongress gegen den Alkoholismus in Bremen hielt der Freund einen Vortrag: *Alkohol im Lebensprozess der Rasse.* Er wandte sich darin auch gegen die drei englischen Biologen Haycraft, Reid und Headly, die im Alkohol eine große Chance sahen, da er zur Ausmerzung minderwertiger Menschen beitrage. Ein Kampf gegen den Niedergang, gegen Entartungen. Konträr zu den Engländern sah Ploetz die Gefahr darin, dass sich die Alkoholiker weiter vermehren und abermals Alkoholiker zeugen würden. Das mit dem Alkoholismus kannte ich ja von ihm, aber das Gerede über körperliche Defekte, über Minderbegabte, Selektion, man mochte kaum hinhören. Es mehrten sich die Stimmen, die nicht nur die bewusste Partnerwahl, also die positive Eugenik, forderten. Man müsse auch die negative voranbringen. Kastration und Sterilisation. Es gelte, die Vorbehalte der Kirchen zu bekämpfen. Das Volk. Und nochmals das Volk.

Mit ihnen zu diskutieren war mühselig. Später, als ihre Vorstellungen Wirklichkeit wurden, machte ich mir heftige Vorwürfe, nie etwas dagegen geschrieben zu haben. Nie einen Vortrag in den Gewerkschaften gegen die Eugenik gehalten zu haben. Dieses Versäumnis ist Teil meiner Schuld. Gegen das Odingedöns, den Walkürenquark, also gegen den Rassenwahn, habe ich, das darf ich sagen, geschrieben und auch agitiert – soweit es meine Fähigkeiten erlaubten.

All diese Wissenschaftler, die das Gesunde, Starke feierten, kamen in das Schloss nicht nur der Wissenschaft wegen, sondern weil es dort immer noch recht gut zu essen gab. Wie gesagt, es waren die Hungerjahre. Aber die Griechin hatte ja auch in der Schweiz Geld. Und da saßen sie dann wohlgesättigt mit zergrübelten Denkerstirnen und sprachen über den Kampf ums Dasein und überlegten, woher die Arier kamen und wer zu ihnen gehörte und wer nicht. Unter den Gästen, die ich damals kennenlernte, gab es auch merkwürdige, höchst sonderbare Käuze. Fantasten, Wolkenschieber, Abenteurer, Scharlatane.

An einen erinnere ich mich recht genau, den Tibetforscher Schaller, ein studierter Anthropologe und Freizeit-Entomologe. Ein sehr langer, dünner Mann, der sich, wenn er im Schloss einen Raum betrat, an der Tür bücken musste, sich dann, mit einem OMMM die Brust weitend, aufrichtete und der Zimmerdecke näherte. Er trug einen in England gekauften und gleich auf den ersten Blick wegen seiner zahlreichen Taschen höchst praktisch erscheinenden Reiseanzug. Der war aus einem Tweed gefertigt, zu dem Schaller erklärte, früher habe man an den Farben den Stand in der Gesellschaft erkennen können, und seinen in vier oder, ich bin nicht mehr sicher, sechs Farben gewebten Stoff, thornprooved, hätten im sechzehnten Jahrhundert nur die Peers und die Narren tragen dürfen. Sie können wählen, zu welchem Stand ich gehöre, sagte er mit einem verschmitzten Lächeln und zog seine Shagpfeife aus der durch eine Klappe abgedeckten Seitentasche seines Jacketts, hielt die Pfeife, ohne sie anzuzünden, wie eine Opfergabe vor sich in der Hand. Nie habe ich ihn rauchen sehen. Seine Jacke war leicht tailliert und mit einem abknöpfbaren Gürtel im selben Tweed versehen. Mit diesem Gürtel könne man, erklärte er der Tischrunde, bei Verletzungen Gliedmaßen abbinden, auch sei es möglich, durch die beiden Knopflöcher ein Seil zu ziehen und den Gürtel, der innen mit Leder verstärkt sei, für Zug- und Tragetätigkeiten zu benutzen. Er erzählte dann, wie er im Hochland Tibets, das er drei Jahre bereist hatte – eine Expedition, die von einem vermögenden Mitglied des Bogenklubs bezahlt worden war –, auf dem Weg in ein abgelegenes tibetanisches Kloster diesen Gürtel als Trense für ein Yak benutzt habe. Wobei interessant sei, dass der Hodensack beim Yak im Gegensatz zum europäischen Rind wegen der bedeutenden Schneehöhe eng am Unterbauch anliege. Wie übrigens auch das Euter bei den Yak-Kühen. So werden Erfrierungen dieser äußerst empfindlichen Organe verhindert. Und er berichtete von den Geschenken, die man ihm in Lhasa im Namen des Dalai Lama überreicht hatte: getrocknete Schafe, Schweinemumien, Pferdefutter und Reis.

Er war ein Anhänger der Welteiszeit, eine Theorie, die damals heftig diskutiert wurde. Und er war auf der

Suche nach dem Schneemenschen, diesem übergroßen Wesen, das immer wieder in den Erzählungen der damals noch seltenen Tibet-Reisenden auftauchte. Tibet war für Fremde das verbotene Land. Heute sage ich: zu Recht.

- *unverständlich* -

Früher war ich anderer Ansicht. Wohlstand, Technik und Wissenschaft sollten jeden auch noch im hintersten Winkel der Welt erreichen. Wenn Sie Ihr Weg nach Paris führt, gehen Sie in das Pantheon, gehen Sie in den Keller und sehen Sie sich den Sarkophag Rousseaus an. Ein kleiner Tempel, aus dessen Portal eine Hand mit einer Fackel herausragt. Das Licht der Aufklärung. Ja, es hat uns meilenweit gebracht, keine Geister, keine Hexen, aber Maschinen, die alles niederwalzen. Ich denke auch an die beiden Bomben, die Ihre Regierung jetzt über Japan hat abwerfen lassen. Ich habe es in der Zeitung gelesen. Wissen Sie mehr darüber?

Nein, ich kenne auch nur das, was in den Zeitungen stand. Bomben mit einer fürchterlichen Wirkung. Aber sie haben dazu geführt, dass Japan kapituliert hat.

Wäre es nicht richtiger gewesen, die Drohung auszusprechen und als Beweis die Bombe über einem menschenleeren Gebiet abzuwerfen? Und dann vor allem, warum zwei Bomben?

Ich weiß es nicht. Aber so sind zumindest viele meiner Kameraden vor dem Tod bewahrt worden.

Ich bin da anderer Ansicht. Denn das ist die Logik des Krieges und nicht die des Friedens. Wie beim Giftgas im Weltkrieg, den wir ja jetzt den Ersten nennen

müssen. Und es gehören die Feuerwalzen vor Verdun dazu. Karl Marx hat darüber geschrieben, wie die alten Spinnweben des Aberglaubens, der Religion weggewischt werden. Er fand das richtig. Aber was ist bei dem Wegwischen alles verschwunden, was an Vielfalt der Kultur vernichtet, was an Poesie verloren? Was die Lamas in Tibet befahlen, dieses Verbot für die Fremden aus dem Westen, die Langnasen, diese Teufel, war die einzige Möglichkeit, eine so schöne, über Tausende von Jahren gewachsene, geheimnisvolle Kultur zu bewahren. Man ahnte, dass die Forscher, die Missionare und schließlich die Händler sie niedertrampeln würden. Auch Sven Hedin war unter Todesdrohungen vom Betreten des Landes abgehalten worden. Ihm aber, Schaller, sei es, nachdem er sich ausdrücklich als Reisender des Deutschen Reichs vorgestellt habe, erlaubt worden, über das Chumbi Valley ein- und nach Lhasa weiterzureisen.
Er bevorzuge den Namen Yeti, sagte Schaller, denn die sonstigen Namen dieses zottigen Riesen, der als Schneemensch oder Tibetbär in die Forschungsliteratur eingegangen sei, legten jeweils die Zugehörigkeit zum Tier- oder Menschenreich fest. Tatsächlich sei es möglicherweise ein Vormensch ganz anderer Art als das *Missing Link,* nämlich ein Wesen, das aus der Urzeit der kosmischen Eiszeit herüberreiche und möglicherweise der Urahn aller Arier sei. Oft und immer wieder wurde das Wesen gesehen, aus der Ferne, stark behaart, aufrecht gehend, äußerst scheu und mit erstaunlich großen Füßen, die das Wesen trotz Schnee und Kälte nackt

trage. Es war, wie Schaller sagte, nicht festzustellen, ob die Berichte den Sagen der Tibetaner entsprungen seien oder sie sich umgekehrt in die Sagen der Ureinwohner eingelagert hätten. Er sei von der Existenz des Wesens überzeugt und habe einmal in der Ferne eine mächtige schwarze Gestalt im Schnee gesehen. Sogleich sei er auf seinen Schneeschuhen hingestapft, um mit dem Wesen Kontakt aufzunehmen. Es gelang nicht. Scheu habe es sich rasch entfernt und sich nur ein Mal nach ihm umgedreht. Er habe die übergroßen Fußspuren des Wesens im Schnee gesehen und fotografiert. Die Fotos habe er als Beweis dem Bogenbund mitgebracht. Gewidmet habe er sie dem spendablen Schuhfabrikanten Hauswald, der die Reise finanziert hatte. Schaller hatte selbst für seine erstaunliche Größe noch übergroße Füße. Die dazu passenden Schuhe, die nirgendwo im Handel zu finden waren, mussten von Hand anfertigt werden.

Schaller besaß, das muss gesagt sein, im Gegensatz zu Ploetz und den vielen anderen Gästen der Wissenschaft, eine gute Portion Humor, auch Selbstironie, so konnte er von sich sagen, er hätte mit seinen Fußspuren jede paarungswillige Yetifrau anlocken können. Und das eine Mal, als er einem Yeti begegnete, sei der geflohen, was man als ein untrügliches Zeichen dafür sehen könne, dass es ein männliches Wesen war.

Ein Mythomane auf großem Fuß, sagte der Hauslehrer Schubert, der kritische Geist im Schloss.

Jedenfalls war Schaller mit seinen farbigen Erzählungen ein gern gesehener Gast jeder Gesellschaft, und es gab genug im Überfluss lebende, sich langweilende Vermögende, die sich von ihm, der von Villa zu Villa, von Schloss zu Schloss zog, unterhalten ließen und auch gewillt waren, sich mit finanziellen Zuwendungen an einer zweiten und dritten geplanten Expedition zu beteiligen.

Nicht so Anita. Die sagte, keinen Pfennig geben wir – sie sagte wir, nicht ich – für diesen Schneemenschen. Und sie sagte es so bestimmt, dass der ehemalige Freund, der nicht abgeneigt war, Schaller zu unterstützen, schwieg. Zwar hielt er das Gerede über die telepathischen Fähigkeiten der Tibeter für Hokuspokus, aber die Theorie der Welteiszeit interessierte ihn, wenn er sie auch für wissenschaftlich höchst problematisch hielt.

Eine Seltsamkeit muss noch erwähnt werden, die Deutsche Dogge, groß wie ein Kalb, jeden Eindringling mit tückisch gelben Augen auf Distanz haltend, legte sich, kam Schaller ins Schloss, ihm sogleich zu Füßen, winselte und sah ihn an, als erwarte sie seine Befehle.

Der Fichtenkreuzschnabel

Hansen war nach zwei Wochen abermals zur Kommandantur befohlen worden. Er hatte Colonel Middleton getroffen, der ihm sagte: Es gab eine Beschwerde. Das CIC hat das gleich weitergemeldet, alle Dienststellen rauf und runter, sicherlich eine Lappalie, aber der Stadtkommandant von Coburg hat gemeldet, Hansen habe ihm einen Kommunisten als Bürgermeister untergejubelt.

Was heißt untergejubelt, der Mann war Gewerkschaftler, hat im Zuchthaus gesessen. Ob er Kommunist gewesen ist, danach habe ich nicht gefragt. Er war kein Nazi. Das war doch wichtig. Egal, ob er Sozialist oder Kommunist war.

Denen oben ist es eben nicht egal. Jedenfalls nicht mehr. Und gleich noch eine weitere Beschwerde. Das schöne Kabriolett. Der Nazi-Apotheker war beim Stellvertreter des Stadtkommandanten, also ganz oben, und hat sich beschwert. Er hat Fälle angeführt, bei denen er angeblich Medikamente hätte bringen müssen, sagte Middleton, natürlich den netten, kranken Nazis. Er, sagte Middleton, habe das erst einmal dilatorisch behandelt,

aber lange könne Hansen nicht mehr mit dem Kabriolett durch die schöne bayerische Landschaft fahren.
Hansen fragte nach dem Major Engel, ob da ein neuer Auftrag auf ihn zukomme, wenn er die Befragung abgeschlossen habe.
Der Engel komme und gehe und mache seinem Namen alle Ehre, sagte Middleton. Um es genau zu sagen: Ich weiß es nicht.

Hansen war zurückgefahren und fand George mit dem Fernglas im Garten bei der Betrachtung der alten Eichen. Incredible what kind of creatures crawl or fly over there. Und er zeigte auf einen Vogel mit einem gelblich grünen Bauch. A red crossbill. Ein junger. Einer dieser zur Finkenfamilie gehörenden Vögel. Finken haben schon Darwin fasziniert.
George ließ Hansen durchs Fernglas blicken. Aber da war der Vogel schon weggeflogen. Das Eigentümliche sei dieser gekreuzte Schnabel, mit dem die Tiere zwar nicht zielgenau picken könnten, dafür aber, und das zeige, wie sinnreich sie an ihre Umgebung angepasst seien, könnten sie mit diesen gekreuzten Schnabelspitzen die Schuppen der Tannenzapfen abhobeln. Und da wieder einer. Diesmal ein adulter. Das Bürzel war rot.
Hansen wollte wissen, welcher Vogel denn, spontan gefragt, sein Lieblingsvogel sei.
George dachte nicht lange nach. The crow.
Und dann begann er, all das Wundersame der Krähe aufzuzählen, ihre Klugheit und das schwarz glänzende Gefieder. Ihre Intelligenz sei hervorstechend unter den

Vögeln. Er habe selbst den Versuch gemacht. Wenn Krähen einmal einen Gewehrschuss erlebt haben, können sie danach genau zwischen einem Gewehr und einem Stock, den man wie ein Gewehr angelegt hat, unterscheiden. Bei dem Stock bleiben sie sitzen, beim Gewehr fliegen sie sofort davon.

Und das scheußliche Krächzen?

George verstieg sich zu der These, dass in diesem Krächzen der Wunsch nach Gesang deutlich werde, die Krähe sei ein utopischer Vogel. Trauer stecke in dem zugegeben herben Gesang. Die ewige Trauer um ein verloren gegangenes Stück Käse.

Hansen dachte, als er ins Haus ging, George wird ein paar Gin getrunken und dazu Käse gegessen haben. Erst später fiel ihm die Fabel von Äsop ein, und er staunte wieder einmal über das versteckte Wissen des Texaners.

- 16. August -

Crossbill – deutsch: Fichtenkreuzschnabel. Das Deutsche mit dem Zusatz Fichte ist genauer.

Middleton. Das Siezen im Deutschen schafft klare Verhältnisse. Bei uns – schreibe ich bei uns? – bringt das You, wenn nicht mit Sir angehoben, doch Nähe. Aber es gibt die feinen Abstufungen in der Betonung. Nicht denkbar, Middleton mit seinem angegrauten Schnurrbart auf Deutsch zu duzen.

Die *Nachtstücke*. In der letzten Woche *Das öde Haus* gelesen. Dessen erster Satz könnte auch für uns hier gelten: »Man war sich darüber einig, daß die wirklichen Erscheinungen im Leben oft viel wunderbarer sich gestalten als alles, was die regste Fantasie zu erfinden trachte.«

- 17. August -

Auf dem Bahnhofsvorplatz Starnberg saßen Männer herum, dic Haare kurz geschoren, eigentümlich kostümiert. Jacken, die nicht zu den Hosen passten, aber aus gutem Material, guter Schnitt, auffallend allerdings die eleganten Schuhe, weiß abgesetzt, froschgrüne Hose, ein Dinnerjacket zu schwarz gestreiften Cuthosen, hellbraune Schuhe. Das eine passte nicht zum anderen. Fremdarbeiter, displaced persons, die immer noch durch das Land ziehen und sich jetzt nach Monaten oder gar Jahren des Hungers und der Drangsalierung einfach das holen, was ihnen fehlt. Man könnte es Plündern nennen, wüsste man nicht von ihrer Vergangenheit, in der sie in Lumpen gehen mussten. Eine Heerschar, die ruhelos von Ost nach West und von West nach Ost zieht. Eine Völkerwanderung. Ihre Herkunft war an kleinen aufgenähten dreieckigen Schildern zu erkennen gewesen. *Ost* oder *West* stand darauf. Jetzt sind die Ruhelosen an den zusammengestoppelten Kleidungsstücken zu erkennen, die Teures mit Billigem kombinieren.

Die über Jahre Erniedrigten zeigen oft eine brutale Ruppigkeit – auch untereinander.

- 19. August -
Die gute Zeit nimmt ein Ende. Ohne den *Adler* muss jedes Mal ein Wagen beim Fahrdienst bestellt werden. Mit Begründung.

An einem Freitag brachte ein Postbote auf einem Fahrrad einen Brief für Hansen. Es war der erste Brief, den er in diesem Haus erhielt. Alle anderen Nachrichten, Briefe, Telegramme, holte er sich in der Kommandantur ab.
Der Brief war drei Monate alt und über und über beschriftet. Adressen waren durchgestrichen, andere neu geschrieben, über mehrere Dienststellen war der Brief ihm nachgeschickt worden, Antwerpen, Frankfurt, Coburg, abermals Frankfurt, Wiesbaden, München und schließlich Herrsching. Warum er in Frankfurt sechs Wochen gelegen hatte, war ihm rätselhaft. Auch hatte eine Dienststelle in Wiesbaden den Brief geöffnet. Was, nachdem er den Brief gelesen hatte, bei dem sonst ruhigen Hansen einen Wutausbruch auslöste und ihn brüllen ließ, die Geheimdienstleute steckten ihre Nasen aber auch überall rein.

Lieber Michael,
ich wollte schon lange schreiben. Ich habe es nicht gekonnt, da ich keine Vorstellung hatte, wo Du Dich gerade aufhältst, was Du machst, ja ob Du noch am Leben bist – ein Gedanke, der mich jedes Mal sehr traurig machte. Und an meinen Abschied von Dir konnte ich nur mit Scham denken.

Ich bin dann in das Natural History Museum gegangen und habe nach Deinem Vater gefragt und mit ihm gesprochen und gehört, dass es Dir gut geht, dass Du aber selten Briefe schreibst. Ich habe auch einige seiner ausgestopften Tiere gesehen. Ein Riesengürteltier und einen Grizzly, der im Saal IL steht und sehr furchterregend aussieht. Dein Vater ist wirklich ein Künstler, der das Tote in ein unbewegtes Leben verwandeln kann. Durchaus dem Fotografieren vergleichbar, aber dreidimensional und mit dem Wunsch, das Tier zu berühren. In einem unbeobachteten Moment habe ich, was streng verboten ist, den Grizzly gestreichelt. Das Haar ist so spröde wie Holzspäne.
Der Krieg in Europa ist zu Ende. Und ich wollte Dir sagen, dass ich im Herbst oder Winter zurück nach Frankreich komme. Ich freue mich auf meine Familie. Dem Vater, der Mutter und dem Bruder geht es gut. Das Elsass gehört wieder zu Frankreich. Und wir sind jetzt wieder Franzosen. Mein Vater war nun schon zwei Mal Franzose und zwei Mal Deutscher. Er arbeitet jetzt wieder als Arzt in Colmar. Mein Bruder ist auch wieder daheim. Er muss viel erlebt haben, denn er mag nicht darüber schreiben. Das wäre, wenn er es täte, glaube ich, gut für ihn. So wie es für mich gut ist, diesen Brief zu schreiben.
Im Frühsommer hatten wir in New York eine große Hitze, das Gegenteil von dem Blizzard, den wir erlebt haben. Ich bin einmal in der Bar gewesen, habe einen Kaffee getrunken und ein Sandwich gegessen und an uns gedacht, wie wir in dieser Bar gesessen sind, um

uns all die Menschen, die Scheiben beschlagen von der nassen Kleidung. Und wie wir deutsch geredet haben. Jetzt auf Französisch zu schreiben, wäre vielleicht leichter, auch auf Englisch, aber ich dachte, ich sollte den Brief so schreiben, wie wir damals geredet haben. (Habe allerdings alles einmal vorgeschrieben.)

Von Horace habe ich mich getrennt. Die Hochzeit war vorbereitet. Er hat mir einen hübschen Ring zur Verlobung geschenkt, mit einem recht großen Brillanten. Merkwürdig war, dass mich dieser Ring an der Hand störte. Da war immer dieses aufdringliche Funkeln. Er sprühte. Leuchtete. Ich hatte das Gefühl, ein Leuchtturm zu sein. Tatsächlich war es lieb gedacht, aber so strahlend war es irritierend. Etwas sehr Seltsames ist dann passiert. Ich wachte eines Nachts nach einem Traum neben Horace auf, hörte ihn atmen. Ich lag und lauschte und dachte, es ist nicht der Atem, den du Jahre und Jahrzehnte hören möchtest.

Ich bin aufgestanden in der Nacht und habe mich an den Küchentisch gesetzt, bis der Morgen kam. Und dann habe ich es ihm gesagt, dass es nicht geht, dass ich ihn nicht heiraten kann.

Er war sehr gefasst. Fragte, warum. Ich konnte nur sagen: Es geht nicht. Er sagte: Take your time. Aber ich brauche die Zeit nicht.

Das sind die Nachrichten aus der Neuen Welt.

Ich hoffe, Du gehabst Dich wohl. Ich freue mich, wenn wir uns sehen.

Catherine

11. Tag

Ich habe gestern einen Brief bekommen, der fast drei Monate auf der Reise war. Mit diesem Nachsatz: Ich hoffe, Du gehabst Dich wohl. Sagt man das noch?

Ja. Etwas altertümlich, aber eine schöne Wendung.

- ... Schloss ... unverständlich ... die Revolution ... unverständlich. -

Doch. Im Schloss hatte ich die Entwicklung in Bayern nur von fern verfolgen können. Ministerpräsident Eisner war im Februar 1919 ermordet worden. Eisner, libertärer Sozialist und ein radikaler – wenn Sie mir das Wort in diesem Zusammenhang erlauben – Pazifist, der als Ministerpräsident weder die Banken noch die Industrieunternehmen verstaatlichen wollte, ein Idealist also, der glaubte, allein mit Argumenten eine friedliche, gleiche Gesellschaft aufbauen zu können. Er hat den Achtstundentag, das Frauenwahlrecht und die Arbeitslosenversicherung eingeführt. Er wurde auf offener Straße von einem Leutnant, dem Grafen Arco, erschossen. Völlig sinnlos, denn Eisner war nach der verlorenen Wahl auf dem Weg, seine Demission einzureichen. Der Graf Arco war Mitglied der Thule-Gesellschaft, und der

Name Thule verrät uns das rassistische, nordische, insbesondere gegen die Juden gerichtete Programm.

- unverständlich -

Ja. Eisner war Jude. Aber kein, wie sagt man, praktizierender. Eher wohl Atheist. Das Attentat auf Eisner führte nicht zum Sieg der Reaktion, sondern zunächst ins Gegenteil – eine Räterepublik wurde ausgerufen. Ich hörte von der Ausrufung der Räterepublik am 7. April, und nach zwei Tagen hat mich einfach nichts mehr im Schloss gehalten, ich bin zur Bahn gegangen und nach München gefahren, trotz meines Kränkelns, gehüllt in den pelzgefütterten Mantel des Freundes, den sie, die Griechin, mir aufgedrängt hatte. Dieses einem Dorf so ähnliche München mit seinem durchrauschenden Gebirgsbach, mit seinen Tracht tragenden Einwohnern, mit seinen Maibäumen, den Schäfchenwolken am blauen Himmel und den freizügigen Faschingsfesten war mir bis zu den dann kommenden Ereignissen sehr lieb. In München zu wohnen, dachte ich immer, hat etwas von ewigen Ferien. Ja, man glaubte, im Urlaub zu sein. Auch jetzt in der Revolution war die Situation behäbig-ruhig, einmal abgesehen von den Flugzeugen, die, aus Bamberg kommend, wohin die sozialdemokratische Regierung geflohen war, Flugblätter abwarfen. Die wurden aufgesammelt und lachend kommentiert, wurde darin doch mit dem Einsatz von Truppen gedroht. Auch das Bürgertum glaubte nicht daran, sah alles eher wie eine Faschingsgaudi, die Künstler und Bohemiens Schwabings, die das Regieren übernommen hatten: Anarchisten, Literaten und Künstler, darunter

Ernst Toller, Erich Mühsam, Ernst Niekisch, Silvio Gesell und der von mir so geschätzte Gustav Landauer. Er war Minister für Volksaufklärung. Zu diesem Ressort gehörten auch die Schulen und Universitäten.
Ein kalter Apriltag. Der ministeriale Versammlungsort der Volksbildung war die Gastwirtschaft *Goldener Anker*. Weit und breit weder Fluss noch Schiff. Der Wirt wahrscheinlich einer dieser marinesüchtigen Bayern. Ein kleiner Maibaum mit Handwerkszeichen, Scheren, Hammer, Hobel, Maurerkelle, und weißblauen Bändern stand vor der Gastwirtschaft. Drinnen ein Dunst von Braten, Bier, Zigarrenrauch und nasser Kleidung. Holz fehlte, Kohle fehlte, und so saßen die Delegierten in dunkelbraunen und schwarzen Mänteln, in dieser Bierschwemme neben den Zuhörern, denn der Rat der Exekutive tagte öffentlich, und jedermann durfte sich zu Wort melden. Basisdemokratie hieß das. Kräftige Kellnerinnen stemmten vier oder sechs Bierkrüge und quetschten ihre ausladenden Hüften durch die eng stehenden Stuhlreihen, Männer, lange Bärte, lange, zottelige Haare, saßen da, und man muss wissen, die Haarlänge war ein Protest gegen den vorgeschriebenen streichholzkurzen Haarschnitt der preußischen Armee. Dazwischen saßen auch einige Frauen, entweder grauhaarige oder noch sehr junge. Die eine oder andere beteiligte sich ganz selbstverständlich an der Diskussion, die sich mit der Wirksamkeit des Geschichtsunterrichts in Schulen beschäftigte, denn Landauer wollte den abschaffen. Zunächst zur Gänze, damit die Schulbücher mit ihren den Krieg verherrlichenden Texten ausge-

mustert werden konnten. Es sei kompliziert genug, da die Lehrer ja nicht so schnell durch Diskussionen und Schulungen ein neues Verständnis von Geschichte vermitteln könnten, weil sie selbst im alten erzogen und unterrichtet worden seien. Die Großen, die Geschichte machten, Friedrich der Große, der Große Kurfürst und all die anderen Größen, vor allem Bismarck und nochmals Bismarck. Und Moltke und Zieten und Hindenburg und all die Schlachten und Schlachtbeschreibungen. Aber es gibt die Geschichte des kleinen Mannes, und sie, sagte Landauer, ist das wahrlich Bewegende, es sind die Nöte, Kompromisse, Erfindungen, die Rückschläge.

Es erhoben sich Stimmen, man müsse das alles langsam angehen, langsam besprechen, langsam deuten und umdeuten. Gustav Landauer sprang auf und, für ihn höchst ungewöhnlich, rief laut und heftig, wer weiter die Köpfe der Kinder vollstopfe mit diesen Sprüchen, In Staub mit allen Feinden Brandenburgs, mit dem Choral von Leuthen, mit den Sedan-Feiern, mit dem Alten Fritz, dem Sadisten, der müsse zuvörderst von den 16000 Toten dieser Schlacht sprechen, von den Grenadieren, den österreichischen wie den preußischen, die zu Krüppeln geschossen worden seien. Vielleicht war dieser Choral nur angestimmt worden, um die entsetzlichen Schreie der in der eisigen Kälte Sterbenden zu übertönen. Das sei die Wahrheit der Geschichte. Der gefeierte große König sprach ein grauenvolles Deutsch, und das, was er schrieb, war noch fürchterlicher. Einmal abgesehen davon, dass er die zi-

vile Folter verboten habe, sei nicht viel Menschliches in seinem Regime gewesen. Die Folter des Militärs, das Spießrutenlaufen, behielt er bei.
Jemand rief, aber der König hat ausdrücklich gesagt: Jeder soll nach seiner Fasson selig werden.
Wenn er denn überhaupt eine Fasson hat. Die Freiheit beginnt im Denken, aber wirklich wird sie erst in der Tat. Erst dann sind wir vom Nachtmahr der Mächtigen befreit. Sie, die mächtige Schatten werfen, lassen die Taten der anderen im Dunkeln.
Die vor mir sitzende Baronin Lettau, eine junge Schriftstellerin, die sich in der Nachfolge der Schwabinger Skandalgräfin Reventlow für offene Beziehungen ausgesprochen hatte, rief: Sehr richtig!
Verständlich: … offene Beziehung?
Keine Monogamie. Auch Frauen haben das Recht, mit mehreren Partnern zusammenzuleben. Also, diese Baronin saß in einem trotz der Kälte tief ausgeschnittenen Reformkleid wie Susanna im Bade da. Viele der alten Zottelbärte reckten die Köpfe, um einen Einblick zu erhaschen.
Vorn, am Vorstandstisch, wurde die Frage diskutiert, wie der vor fünf Monaten zu Ende gegangene Krieg darzustellen sei. Worin lagen die Ursachen? Wer hatte was getan, dass es zu diesem Massenmorden kam? Wer hatte daran verdient? Ist es recht, sogenannte Helden, die besonders viele Menschen umgebracht haben, mit Orden auszuzeichnen? Mit Orden herumzulaufen ist obszön, rief die Baronin. Ein junger Mann sprang auf und rief, wer das Vaterland verteidigt, tut

das unter Einsatz seines Lebens. Dafür stehen die Ehrenzeichen. Dieser Mut sei die höchste Form des Altruismus. In der Gaststätte wurde gezischt und gebuht. Die Tötungen wurden gezählt. Statistiken erstellt. Bei den Jagdfliegern gab es für zwanzig Abschüsse feindlicher Flugzeuge den Pour le Mérite, den Blauen Max, genannt nach dem deutschen Piloten Max Immelmann. Mindestens zwanzig Tote. Der Orden wird stolz am Hals getragen.

Ja. Es ist obszön, sagte Landauer.

Wie sollte dieser Krieg dargestellt werden? Das war doch nicht mehr der Kampf auf munteren Rösslein. Millionen Tote, Millionen Verstümmelte. Verdun. Die Somme. Das war der Leviathan-Staat.

Über die Frage, wer an dem Krieg schuld gewesen sei, kam es in dieser Versammlung zu einem heftigen Streit. Eisner, müssen Sie wissen, hatte in einer Erklärung Deutschland die Schuld an dem Krieg gegeben, wovon übrigens auch ich überzeugt bin. Schuld an dem großen Krieg? Deutschland! Der Kaiser. Der Generalstab. Angriffskrieg. Der Schlieffen-Plan. Das neutrale Belgien überrannt. Jemand rief: Schande. Ein anderer: Pfui. Wieder Stimmenwirrwarr. Geschrei. Es wurde gezischt. Die Bedienung mit den vier Bierseideln in den Händen wurde von einem Mann, der unter Protest aufgesprungen war und den Raum verlassen wollte, angerempelt. Das Bier schwappte ihr auf den Busen, übergoss zwei in der Nähe sitzende Gäste. Halt, schrie sie, bleiben S'. Dös müssen S' erst zahlen.

Hätte Landauer, dieser schmalwüchsige Mann, auf den

Stuhl steigend sich nicht Gehör verschafft, es wäre zu einer Wirtshausschlägerei gekommen.
Der Genosse Kurt Eisner habe vollkommen richtig gehandelt, als er den Freistaat Bayern ausgerufen habe. Eine Selbstständigkeit in dem von Preußen dominierten Deutschland sei der erste Schritt zu einer friedlichen, nicht auf Militär und Konfrontation ausgerichteten Gesellschaft. Es sei doch wünschenswert, in diesem Bayern, das Italien so nahe sei, eine freundlichere, südliche, auf gegenseitige Hilfe bauende Gesellschaft zu schaffen. Dafür sei es nötig, diesen blutrünstigen, an Schlachtengetümmel und Helden ausgerichteten Geschichtsunterricht abzuschaffen.
Am Schluss ließ Landauer abstimmen, und die Mehrheit gab ihm das Votum, den Geschichtsunterricht an den Schulen mit sofortiger Wirkung auszusetzen.
Spätabends fuhr ich zurück ins Schloss. Ich glühte. Innerlich und äußerlich, wenn ich das so sagen darf. Ich erzählte dem Freund und der Griechin von diesem Treffen. Der Freund hatte mir ein Mittel gegen das Fieber gegeben, das ein wenig die Temperatur dämmte. Ich erzählte, wie die Delegierten mit Interessierten zusammensaßen, jedermann hatte Zutritt, wie alle Fragen behandelt worden waren, offen und ohne Rankküne, wie über die Ursachen des Krieges geredet worden war, dieses Unglück, das über ganz Europa hereingebrochen war. Es muss, was ich erzählte, etwas wirr gewesen sein, und die Sitzung war ja auch chaotisch verlaufen.
Ploetz war, wie gesagt, als Eugeniker strikt gegen den

Krieg, in dem Menschen mit guten Erbanlagen, die Mutigen, Kräftigen, die Entschiedenen, die Charakterstarken am ehesten den Tod fanden. Auf der anderen Seite sah er die Gefahr des Bolschewismus, des russischen, der mit seiner sozialen Gleichmacherei ebenfalls eine Selektion zu einer starken, höheren Rasse behindern würde. Nur konnte in dieser ersten Räteregierung von Bolschewismus keine Rede sein. Gustav Landauer, Erich Mühsam, Silvio Gesell und Ernst Toller verfolgten das Gegenteil der autoritären kommunistischen Parteien, keine Diktatur des Proletariats, sie waren die Freiheitlichen, einem pazifistischen Anarchismus Zuneigenden, auch innnerhalb der anarchistischen Bewegung. Sie hatten sich alle strikt gegen das Manifest der sogenannten Sechzehn gewandt, Anarchisten wie – leider – Kropotkin und Jean Grave, die einen Sieg der Alliierten gegen Deutschland und Österreich befürworteten. Die in München versammelten Anarchisten lehnten jede Unterstützung einer Kriegspartei bei dem staatlich sanktionierten Morden ab. Eine Überzeugung, die sich nicht von der nationalen Trunkenheit, dem Beten für den eigenen Sieg und für die Niederlage anderer Nationen hatte beeinflussen lassen. Dieses Gerede im Sommer 1914 vom reinigenden Feuer des Krieges – sie hatten widerstanden, sie waren für ihre Überzeugung ins Gefängnis oder Exil gegangen. Ja, so werde ich geredet haben, wie gesagt, etwas fieberwirr.

Ach, sagte er, du hängst noch immer diesen alten Vorstellungen an. Ich kenne sie, diese schmuddeligen, nach Bier riechenden Herren. Das sind Kaffeehaus-Revolu-

tionäre. Niemand nimmt sie ernst. Nur sie sich selbst. Sie diskutieren, sie reden und reden. Es sind naive, nette Menschen, aber nicht geeignet, einen politischen Willen umzusetzen. Denk an unsere Ikarier, dieses Endlosgerede. Rede und Gegenrede, worauf sie so stolz sind, verhindern letztlich nur, zur Tat zu schreiten. Verantwortung zu übernehmen. Der Handelnde kennt kein Gewissen. Er käme nicht zum Handeln. Diese Lebensfernen, diese Schwachen, werden nichts verändern.
Nein, es sind gerade die Schwachen, habe ich gesagt, die verändern, es sind die Schwachen, die von der Unvollkommenheit wissen, es sind die Schwachen, die in sich die Hoffnung tragen, dass die dumpfe, vor Kraft und Blut dampfende Natur nicht im Recht ist, es sind die Schwachen – und wir alle sind schwach vor Tod und Krankheit –, sie sind es, die das Glück für uns und für die anderen Unglücklichen einfordern, es sind nicht die in Saft und Kraft Stehenden, sondern die Verstümmelten, die an sich und dieser Welt Leidenden, die das Licht der Erkenntnis mit sich tragen, die Schwachen sind die Starken, weil sie nach Gerechtigkeit verlangen. Allein, dass sie da sind, macht aus ihrer Schwäche Stärke. Sie stärkt uns in unserem Kampf gegen Unrecht, Machtwillkür, ja auch gegen die Selbstgerechtigkeit der Gesunden. Ich spürte meine Erregung, die Worte kamen hitzig aus dem Mund, wie diese Fieberschübe, die mich sogar die Zähne aufeinanderschlagen ließen. Erinnerst du dich an diesen Doktor im Burghölzl, wie hieß er noch?
Er konnte sich nicht erinnern.

Dieser Arzt, der uns führte. Ich habe oft an ihn gedacht, an diesen ungewöhnlichen schwarzen gazeartigen Kittel, dessen Ärmel mit einem Gummizug zusammengehalten wurden. Er verteidigte die Schwachen, weil sie uns unser unverdientes Glück vor Augen führen, gesund zu sein. Wie hieß er noch?

Und wieder schüttelte mich ein Fieberanfall, dass mir die Zähne aufeinanderschlugen. Da merkte Anita auf, die schöne, inzwischen um Busen, Taille, Hüften fülliger gewordene Frau, in der ich immer noch die junge, biegsame Frau sah, die in ihrem Atelier stand und malte, den Ton formte, glättete. Wie lange hält die Sehnsucht nach dem an, was einmal als Wunschbild in uns eingepflanzt wurde? Ich wollte ihr sagen, du, dein Bild damals, das begleitet mich, weißt du das? Du bist da, die Vergangenheit ist hier. Im Jetzt. Der Freund, der danebensaß, war mir – ja, ich fieberte – egal. Sie muss geahnt haben, was mir da über die Lippen quellen wollte, denn sie sagte schnell und betont sachlich: Du gehst jetzt sofort ins Bett, du holst dir sonst den Tod.

Sie nahm meine Hand, die glühte, wie auch die Stirn, wie die Gedanken glühten, und führte mich hinauf in mein Dachzimmer, mit dem Schrank, dem Tisch, dem Stuhl, dem Gewehr an der Wand, das mir bislang gar nicht aufgefallen war, dem Bett, aufgedeckt, dem kleinen Kanonenofen, den sie von der Haushälterin hatte einheizen lassen. Zieh dich aus und leg dich ins Bett, ich hole Handtücher und mache dir einen Wadenwickel. Ich legte mich ins Bett, und sie kam und – nie waren wir uns, wenn auch so prosaisch, derart nahe –

legte ein dickes Frotteetuch auf das Bett und wickelte mir die kalten, nassen Handtücher um die Beine. Eine Erinnerung an den eigenen Körper, ein ihn, mich erfassender Schauder, dieses heiße Frösteln, war, wie in meiner Kindheit, ein Glücksgefühl. Ein unbestimmtes Wandern der Gedanken, Bilder, die vor den Augen vorbeizogen, sie vor der Staffelei stehend, das Grün, das Blau an ihrem weißen Kittel, vor dem Fenster das tiefe Rot der Blutbuche, eine traumhafte Gedankenflut, was denn ist Freiheit und was Liebe?, die Bedienung, zwischen den Wirtshaustischen mit dampfenden Knödeln und Landauer stehend, zwischen überschäumenden Bierkrügen.

Auch der Freund war gekommen. Ich hatte den kleinen Triumph, dass er, wahrscheinlich aus Eifersucht, uns nachgestiegen war, um, wie er beim Betreten der Kammer sagte, nach mir zu sehen. Nein, er wollte nach uns sehen. Vielleicht dachte er, der ein Feind des Mitleids war, dass Frauen sich in einem ihnen eigenen feinen Empfinden für den Leidenden, Schwachen, wenn er hilflos ist, zu einer ungewöhnlichen Nähe hinreißen lassen können. Ich meine nicht eine ungebührliche Handlung, nein, nur eine Nähe, die über das bloße Handhalten hinausgeht. Zumal sie mich während meines wirren Redens in meinen Argumenten gegen ihn unterstützte, was selten der Fall war, und mir zustimmte. Mit Ausrufen wie: Recht hat er. Er hat recht. Und schließlich sagte, es sind die Unglücklichen, auch Kranken, die große Werke schaffen. Der kleinwüchsige Menzel. Und welch wunderbare Bilder hat er ge-

malt. Der unglückliche Lenau, geistig umnachtet ist er gestorben. Mein Lieblingsgedicht: *Die drei Zigeuner.* Und ich rezitierte: *Dreifach haben sie mir gezeigt, / Wenn das Leben uns nachtet, / Wie man's verraucht, verschläft, vergeigt / Und es dreimal verachtet.*
Na, na, hatte Alfred da gesagt.
Und jetzt saß sie neben meinem Bett und legte mir ein nasses Tuch, kalt, kalt, auf die Stirn.
Auch er hat mir die Hand auf die Stirn gelegt und Fieber gemessen und mir einen weiteren Trunk seiner von ihm eigens zusammengestellten Medizin gegeben, saß eine Zeitlang neben meinem Bett und redete mir zu, diesen so bitter schmeckenden Trunk bis zur Neige auszutrinken. Vielleicht wäre vieles anders gekommen, hätte er sich als Landarzt niedergelassen. Aber so diagnostizierte Doktor Schmidinger, der Arzt im Dorf, ein kräftiger, bärtiger Mann mit einem gepflegten Bairisch und als Person ein wandelndes Versprechen von Gesundheit, Kraft und Lebensdauer, abermals eine Lungenentzündung und befahl mir strikte Bettruhe.
Ich lag zwei Wochen, von ihr umsorgt.
Inzwischen hatte die geflohene Regierung in Bamberg zum Kampf gegen die Münchner Räterepublik aufgerufen. Die Reichswehr wurde von Berlin aus in Marsch gesetzt und Freikorps bildeten sich im bayerischen Oberland. Kampf dem Anarchismus! Kampf dem jüdischen Bolschewismus!, hieß es. Kampf dem Unvölkischen. Den Roten. Kampf den jüdischen Volksfeinden. Wobei sich in Bamberg auch Juden zu den Freikorps gegen die Räterepublik gemeldet haben. Ich las die Be-

richte in der Zeitung, die ins Schloss geliefert wurde, ein völkisches Blatt.
Der älteste Sohn des Freundes war keine neunzehn Jahre alt, eben aus dem Krieg zurückgekehrt und hatte, was bei den heimkehrenden Truppen nicht schwer war, Waffen organisiert, Gewehre und Handgranaten, auch ein Maschinengewehr, zwei Einmannlöcher wurden an der Zufahrtstraße zum Schloss ausgehoben, man wollte das Gut gegen die Roten, zu denen ich, der Besuch im Haus – Ironie der Situation – ja auch gehörte, verteidigen. In der Umgebung von München werde gekämpft, hieß es. Rudolf Egelhofer, ein junger Matrose, und der Dramatiker Ernst Toller, der im Krieg Unteroffizier gewesen war, wurden Oberbefehlshaber der Roten Armee.
Toller? Der Ernst Toller?
Ja, der, dessen Buch Sie gekauft haben. Ihm war es tatsächlich gelungen, das vordringende Freikorps bei Dachau zurückzuschlagen. Ebendieses Dachau, wo ich vierzehn Jahre später im KZ eine Straßenwalze ziehen musste. Am 13. April wurde eine neue Räterepublik unter der Leitung der Kommunistischen Partei ausgerufen. Im Schloss hörte ich von den Kämpfen, das war, lassen Sie mich nachdenken, am 16. April, glaube ich. Zehn Tage später hieß es, die Freikorps seien nach München vorgedrungen. Und am 1. Mai hat mich dann nichts im Bett halten können, auch nicht das Zureden der Griechin. Ich wollte nach München, ja, ich, der Pazifist, wollte kämpfen. Ich wollte zumindest die Regierung unterstützen, Flugblätter schreiben. Irgendet-

was tun. Und nicht in dem Schloss herumliegen und abwarten. Ich bin, trotz des leichten Fiebers, in seinem mit Nutria gefütterten Mantel gefahren. Sie, die Griechin, hatte ihn mir wieder aufgedrängt. Gefragt hatte sie den Freund nicht. Schließlich war es ja ihr Geld, von dem sie ihm den Mantel gekauft hatte. Du ziehst den Mantel an, befahl sie. Und ich zog ihn wieder an. Du musst dich warm halten. Es war nicht einmal kalt. Ich bin in dem stattlichen Mantel nach München gefahren, und tatsächlich hat er mich vor Übergriffen der Weißen Truppen geschützt. Der Bahnhof war schon von der Reichswehr besetzt. Panzerautos, Maschinengewehre, Geschütze. Am Himmel die Flugzeuge der nach Bamberg geflohenen Regierung Hoffmann. In der Stadt wurde nur noch an zwei Stellen gekämpft. Die Rote Armee, die sich aus Arbeitern und Revolutionären gebildet hatte, verteidigte sich hartnäckig. Ja. Tapfer gegen die Übermacht. Man hörte noch das Schießen, vereinzelt, aber die Freikorpstruppen hatten schon obsiegt. Ungehindert konnte ich wegen des pelzgefütterten Bürgermantels mit dem Biberkragen durch alle Sperren der Weißen spazieren. Niemand fragte mich nach meinen Papieren. Übrigens sah ich hier die ersten Hakenkreuze. Sie waren schwarz auf Armbinden gemalt. Noch gab es sie nicht, die Nazipartei. Wahrscheinlich waren es Männer der Thule-Gesellschaft. Ich sah, wie Arbeiter, die ihre Regierung verteidigt, also durchaus legal gehandelt hatten, in Gruppen abgeführt, misshandelt und erschossen wurden. Lastwagen fuhren mit Potsdamer Soldaten durch die Stadt, erkennbar an dem

Totenkopf auf dem Stahlhelm. Ich hatte mich durchgefragt, wollte Gustav Landauer treffen, als ich hörte, er sei verhaftet und nach Starnberg gebracht worden, wo die sich selbst großmäulig Gruppenkommando West nennenden Führer der Freikorps residierten.
Langweile ich Sie?
Im Gegenteil. Als Zwölfjähriger habe ich im Frühjahr 1932 die Auseinandersetzungen zwischen SPD und KPD in Hamburg erlebt. Demonstranten, die mit Latten und Knüppeln aufeinander losgingen. Im August sind wir gefahren. Aber ich entsinne mich noch, wie meine Mutter vom Altonaer Blutsonntag erzählt hat. Das war im Juli. Als sechzehn Menschen, meist Kommunisten und Sozialdemokraten, von der Polizei erschossen worden sind. Sie war froh, dass sie das Visum hatte und wir nach New York fahren konnten. Waren Sie damals noch Mitglied der Sozialdemokraten?
Nein. Ich bin, weil die Sozialdemokratische Fraktion für die Kriegskredite, also für den vaterländischen Krieg gestimmt hatte, aus der Partei ausgetreten. Nicht sofort, weil es Genossen gab, die ich mochte, denen ich verpflichtet und auch herzlich verbunden war und die mich in langen Diskussionen umstimmen wollten. Man geht nicht so schnell von der Fahne, wenn man über Jahre gemeinsam gearbeitet und gekämpft hat. Es ist mir nicht leichtgefallen. Aber dann habe ich diesen Schritt getan. Es war zunächst ein Schritt in die Einsamkeit. Von heute auf morgen grüßten mich viele Genossen und Freunde nicht mehr. Man schnitt mich. Ich war ein Verräter. Etwas von der preußischen Armee

hatte auch die Organisation der Sozialdemokratischen Partei angenommen. Die Fahnen, den Gesang: die Internationale, die Losung Kampf und nie Kapitulation. Statt Kamerad sagte man Genosse. Man vertraute einander bedingungslos. Vor drei Wochen war ein alter Genosse hier im Antiquariat. Noch vor vier Monaten hätte Axthelm ihm die Tür gewiesen und zu mir gesagt, trefft euch in einer Kneipe. Ich kannte ihn noch aus der gemeinsamen Bebelzeit. Er erzählte, dass in Lörrach die Fahne der Sozialdemokraten vor den SA-Schlägern gerettet worden sei. Ein Genosse hatte sie in einen Kinderwagen gelegt, mit einem Strohsack bedeckt und darauf einen Säugling gebettet. Eine junge Frau hat den Kinderwagen mit dem schreienden Säugling über die Grenze in die Schweiz geschoben. So wurde die Fahne gerettet. Verstehen Sie? Das war wie bei der Garde, Fahnen hat man verteidigt, und der Letze hat sich sterbend auf die Fahne gelegt. Diese wurde gerettet. Sie ist eine der ältesten Fahnen der Arbeiterbewegung. Ich habe sie auf dem Parteitag der SPD 1905 in Jena gesehen. Sie wurde von einer Abordnung aus Baden getragen, eine rote Fahne, mit Fransen gesäumt. Auf dem Tuch steht in Goldschrift: *Allgemeiner Arbeiter-Bund. Section Lörrach 1872.* In der Mitte ein von einem Eichenkranz umrahmtes Bild. Es zeigt eine Meerjungfrau vor einem rosa Horizont und einem hellblauen Himmel. Sie steigt aus einem dunkelblauen, durch stilisierte Wellen markierten Meer auf. In der Hand hält sie ein Schwert. Symbol der Gerechtigkeit. Es ist eine wunderbar naive Darstellung, in der das Hellblau mit den kleinen aufgemalten Wölkchen jene Hoffnung darstellt, für die all die Genossen jahre- und jahrzehntelang gearbeitet und gekämpft haben. Für dieses Blau, für diesen rosa Horizont sind sie ins Exil oder ins Gefängnis gegangen. Entschuldigen Sie, dass ich so – sentimental rede. Ich will nur sagen, wie schwer es mir gefallen ist, aus der Partei auszutreten.

Mehrmals hatte ich damals einen Traum. Ich werde aus einem Haus gewiesen. Und die mich abweisen, stehen nicht in Häme, sondern schweigend da. Als ich ihnen die Hand reichen will, verweigern sie mir die ihre. Dann kommt eine Eisenbahn. Ich sehe den Dampf der Lokomotive und werde in den Dampf eingehüllt. Damit endet der Traum.

Ich habe mein kleines rotes Parteibuch mit den eingeklebten Beitragsmarken im Januar 1915 meiner Parteigruppe zurückgegeben. Danach bin ich in keine Partei mehr eingetreten, nicht in die USPD, nicht in die KPD.

- *unverständlich* -

Kontakte zu der Unabhängigen Sozialdemokratischen Partei Deutschlands, ja. Aber keine Mitgliedschaft. Ich bin Einzelkämpfer geblieben. Nur mir selbst, wenn Sie das große Wort gestatten, verpflichtet. Ich habe von da an hin und wieder für die Freie Arbeiter-Union Deutschlands, die Vereinigung der Anarchosyndikalisten, gearbeitet, das heißt Vorträge gehalten, Schriften ausgearbeitet, Flugschriften redigiert. Landauer habe ich, wie schon gesagt, zum ersten Mal auf dem Internationalen Sozialistischen Arbeiterkongress in Zürich getroffen. Das war 1893, als die anarchistische Gruppe ausgeschlossen wurde, weil sie sich gegen die parlamentarischen Wahlen aussprach. Später habe ich ihn mehrmals in Berlin gesehen. Zuerst zufällig. Landauer arbeitete dort in einer Buchhandlung und ist dann aus Geldnot mit seiner Familie nach Süddeutschland, nach Krumbach, gezogen.

Kannten sich Landauer und Ploetz?

Ja. Aber sie gingen einander aus dem Weg. Gustav Landauer war in jeder Beziehung das Gegenteil vom alten Freund. Er war Sohn eines jüdischen Schuhhändlers aus Karlsruhe und ein eher schmächtiger Mensch, schmale Gliedmaßen, ein Gelehrtenschädel. Unvorstellbar ihn auf einem Paukboden …

Stimme: Pauken?

Der Fechtboden bei den Verbindungen. Undenkbar, ihn mit einem Säbel auf einen Menschen einschlagen zu sehen. Das Antlitz von hellbraunem Haar umflossen. Eine hohe Stirn, die von Germanensuchern als vorgewölbt bezeichnet worden wäre. Er war von einer bescheidenen, zurückhaltenden Höflichkeit. Ein überzeugter Sozialist, der in dem Besitz von Grund und Boden den ersten Schritt zur Versklavung sah. Der von den Pflanzen und Tieren sprach als brüderlich-schwesterlichen Mitgeschöpfen der Menschen. Allein das allumfassende Leben gilt es zu verteidigen. Diesem Pantheismus entspringt unsere Fähigkeit, der Unendlichkeit innezuwerden, wir sind die Welt, darum können wir ihrer Schönheit teilhaftig werden. Er schrieb Essays über Shakespeare, übersetzte Walt Whitman, Rabindranath Tagore, Oscar Wilde, beschäftigte sich mit Plotin und Meister Eckhart, den er auch ins Neudeutsche übersetzt hat. Er konnte so wunderbare Sätze sagen wie: *Es ist etwas anderes, ob ich krähe oder Kikeriki sage.* Und auch das: *Es ist tödlich, an die Stelle des alten Gottes eine löbliche und erfreulich immer vorwärtswachsende Welt zu setzen.* Tödlich darum, weil diese Welt auch die Katastrophen des Vorwärtswachsens mit sich bringt.

Landauer war, wie ich hörte, nachdem die Kommunisten unter Eugen Leviné den Vorsitz übernommen hatten, aus der Regierung ausgeschieden. Dennoch hatte man ihn verhaftet und nach Starnberg gebracht.

In München habe ich von einem Gasthof aus versucht, den Freund anzurufen. Ich wollte ihn bitten, sich für die Freilassung Landauers einzusetzen. Ich vermutete, dass er Mitglieder aus dem Bogenbund kannte, von denen einige als Führer der Freikorps genannt wurden. Er war aber nach Landshut gefahren und wurde erst am späten Abend zurückerwartet. Ich bat die Griechin dringlich, ihm meine Bitte mitzuteilen. Sie versprach es. Fragte aber: Was willst du bei denen? Das sind doch nicht deine Leute.

Doch, habe ich gesagt. Es war ein Satz, der mir nicht aus dem Kopf ging. Wie wenig sie wusste von mir, von dem, was draußen geschah. Es war ein Satz, der sie mir fernrückte, weiter, als ich mir zunächst eingestehen wollte. So unterschiedlich lebten wir damals schon, ich war auf der Suche nach dem Revolutionär Landauer, dem ich hoffte helfen zu können, und sie saß auf ihrem Schloss, vor dem der Sohn das Maschinengewehr

in Stellung gebracht hatte. Ich fuhr nach Starnberg zum Sitz des Freikorpskommandos. Wobei sich der Ausdruck fahren so gemütlich anhört. Der Zug wurde auf freier Strecke angehalten. Freikorpsmänner kontrollierten die Fahrgäste, suchten nach den Roten. Der imposante Mantel von Ploetz mit dem Biberkragen war mein Passierschein und ich wurde militärisch gegrüßt. Vor Scham habe ich aus dem Fenster geguckt.
In Starnberg habe ich mich zu einem Hauptmann durchgefragt, saß in einem Zimmer, an der Wand ein Stadtplan von München, darin Stecknadeln mit roten und blauen Köpfen. Aus dem Nebenzimmer war plötzlich ein Klatschen, ein Stöhnen, ein Schmerzensschrei zu hören. Der Hauptmann sagte, als er meinen Blick sah, wir führen unsere Gespräche. Wir müssen mit diesem roten Gesindel ein paar Fragen klären, da geht es immer etwas laut zu.
Ich fragte nach Gustav Landauer.
Landauer, das Schwein, haben wir mit drei Starnberger Arbeiterräten nach München überstellt. In diesem Wort überstellt schwang, so schien mir, schon das nächste, nämlich an die Wand gestellt, mit. Offenbar wollte man im Falle von Landauer, der ja ein bekannter Mann war, den Anschein der Rechtmäßigkeit wahren. Eher erstaunlich, denn der Landkreis Starnberg war eine Hochburg der Reaktionäre. Es ist eine wunderschöne Landschaft, aber besetzt vom Beständigen, vom Urigen, vom Selbstgewissen. Sie waren schon dort, nicht?
- *unverständlich* -

Ich musste in Starnberg übernachten, da, wahrscheinlich wegen einer Ausgangssperre, kein Zug mehr nach München fuhr. Am nächsten Tag, gegen Mittag erst, kam ich am Hauptbahnhof an, wo mir ein Genosse entgegenkam, der mir empfahl, die Stadt sofort zu verlassen, nach Leipzig oder Berlin zu fahren, da die Reaktion Blut saufe. Arbeiter seien erschossen worden, Gustav Landauer, der Minister für Kultur, sei ermordet worden. Männer vom Freikorps Epp hätten ihn auf dem Weg in die Zelle – man bedenke, dass man in einem bayerischen Gefängnis sicherer als in Freiheit war – erschossen. Ein Offizier, Freiherr von Gagern, dieser Name soll nicht vergessen werden, hat Landauer geschlagen, bis er zu Boden fiel, ihn mit dem Stiefel gegen den Kopf getreten. Bei dem Versuch Landauers, sich wieder aufzurichten, wurde ihm von einem Soldaten in die linke Schläfe geschossen. Noch immer zeigte er Regungen, versuchte abermals aufzustehen, daraufhin sei er durch zwei weitere Schüsse getötet worden. Dieser Mord wurde keineswegs verheimlicht, sondern frech und offen von den Tätern herumerzählt. Es hieß: Man habe diese Kakerlake totgetreten. Landauer, ein Pazifist, der niemandem je etwas zuleide getan hatte, wurde misshandelt, getreten, erschossen. Der Tote wurde dann von den Soldaten ausgeplündert. Und auch das muss seine Erwähnung finden, dieser Freiherr von Gagern wurde im September desselben Jahres wegen Misshandlung eines Gefangenen zu einer Geldstrafe von 500 Mark verurteilt. Ein Soldat, der an der Tötung und der Ausraubung des Toten beteiligt war,

wurde 1920 wegen Körperverletzung und Hehlerei zu fünf Wochen Haft verurteilt.
Landauer war das Hassobjekt dieser mit Wadenschonern ausgerüsteten, Filzhüte mit Gamsbart tragenden Oberlandbündler, dumpfe Bauernburschen, verroht aus dem Blutbad des Krieges zurückgekehrt, die dann die Verteidiger der Räterepublik nicht nur erschossen, sondern viehisch abgeschlachtet haben. Gustav Landauer war all das, was sie nicht sein konnten, belesen, gebildet, interessiert, ein Mensch, der noch in Pflanzen Beseeltheit zu sehen glaubte, eine Welt ohne Hass predigte, für Gleichheit und gegen jegliche Macht und Gewalt war.
Sie sind Literaturwissenschaftler, darf ich Ihnen Landauers wunderbaren Aufsatz zu Hölderlin empfehlen.
- *unverständlich* -
Ich bin nicht zurück an den Ammersee gefahren. Der Gedanke an die dort versammelten national gesinnten jungen Männer mit ihren Maschinengewehren und Handgranaten hielt mich davon ab. Aber auch ihr Satz: Das sind doch nicht deine Leute. Doch, es waren meine Leute, die in München erschossen und erschlagen wurden.
In einer kleinen Pension in der Nähe des Münchner Hauptbahnhofs habe ich mich eingemietet und drei Tage fiebernd im Bett verbracht.
Von Berlin und der dortigen Stimmung zu reden, würde zu weit führen.
Aber doch noch das: Viele derjenigen, die in den Freikorps waren, finden Sie später bei der Pest. Lassen Sie uns eine Pause machen.

Wann haben Sie zum ersten Mal gemerkt, dass dieser Krieg verloren war?
Sehr früh. Mit dem Angriff auf die Sowjetunion.
Das Lager Dachau kannten Sie aus eigener Erfahrung. Aber die Lager, in denen Juden getötet wurden?
Es gab natürlich Gerüchte. Es wurde gemunkelt. Was jeder wusste: Die Nachbarn verschwanden. Juden. Es hieß, sie würden umgesiedelt, man sprach von Gettos. Irgendwo im Osten. Der Osten war weit. Der Osten sollte Lebensraum der Deutschen werden. Mir gegenüber war man vorsichtig, man wusste, dass ich auf schwerem Urlaub gewesen war, also im KZ. Nur durch Andeutungen wurde mir Verständnis signalisiert. Man lobte ein verbotenes Buch, lobte einen verbotenen Film. Charlie Chaplin, sagte einer zu mir, der ist doch wunderbar mit seinem Bärtchen. Ein wunderbarer Clown. Sie verstehen. So müssen sich die Sklaven der Sprache bedienen. Aber zu Ihrer Frage: Genaues über den Mord an den Juden habe ich aus berufenem Mund 1943 gehört, Ende Februar. Ein Vormittag.
Ich saß an dem Nussbaumtisch in der Mitte des Antiquariats. Axthelm hatte ihn, er sagte immer: der *Nussbaumtisch*, von einem Bauern bei Ochsenfurt gekauft. Ein gediegenes, aber nicht klobiges, vom sorgfältigen Gebrauch gezeichnetes Möbel, gute fünf Meter lang und eineinhalb Meter breit. Die von Axthelm oft erzählte Geschichte der Herkunft gehört zu diesem Tisch. Der noch gar nicht so alte Bauer musste ins Austragshäusl ziehen. Der Sohn sollte die Wirtschaft übernehmen. Der große Raum in dem alten, um 1800 aus Sand-

stein gebauten Bauernhaus sollte verkleinert werden. Der Sohn wollte eine Wand einziehen lassen. Für den Tisch, der wohl in der alten Zeit für diesen Raum getischlert worden war, blieb kein Platz. Tatsächlich sei es, sagt Axthelm, wohl die junge Bäuerin gewesen, die aus der Kleinstadt Ebern kam, die etwas Sauberes, Farbfrisches haben wollte. Man hatte auch erwogen, den Tisch zu zersägen und zwei kleinere daraus machen zu lassen. Aber dann hatte die junge Frau einen weißen Küchentisch mit einem umlaufenden roten Rand im Fenster eines Einrichtungshauses in Würzburg gesehen. Jedenfalls hatte Axthelm diesen Nussbaumtisch gekauft. Hatte die Platte säubern lassen, aber so, dass noch der Gebrauch sichtbar blieb, und sie mit Schellack polieren lassen. Sie haben ihn ja neulich gesehen. Ein wunderbares Möbelstück. Darauf liegen die Bücher, deren Umschläge Axthelm favorisiert, aus ästhetischen, aber auch Verkaufsgründen: Erstausgaben und Bildbände. Sie sollen auch dem Kunden ins Auge fallen. Es geht jedoch vor allem um Axthelms eigenes Wohlgefallen. Er kann einen Vormittag damit verbringen, die Bücher nach Farbe, Schrift und Größe anzuordnen. Für den Sammler ist das dann jedoch kein Angeln mit der Rute, sondern eher das Fischen mit dem Kescher in einem Karpfenteich. Ich bin überzeugt, der Sammler aus Leidenschaft will die Trouvaille, will den glücklichen Fund, will zwischen dem Gewöhnlichen das Seltene, Außerordentliche finden.

Axthelm saß im Hintergrund des Geschäfts an seinem Biedermeiersekretär. Auch ein bemerkenswertes Möbel. Vielleicht haben Sie es sich genauer ansehen können. Darin als Intarsien die Taten des Herkules aus Ebenholz.

Sie wollten von …

Ja. Ich sitze, wenn ich nicht im Keller zu tun habe, an der einen, von Büchern freigelassenen Seite dieses Nussbaumtischs, rechts von der Tür. Dort saß ich also und schrieb für den Katalog, den Axthelm zweimal im Jahr herausgibt, Texte über die im Angebot befindlichen Bücher. Das sind genaue Beschreibungen der Bücher, ihrer Gebrauchsspuren, der Zustand des Einbandes, die Beschaffenheit und Färbung des Papiers, Verlag, Erscheinungsjahr, Auflage, Widmungen und Anstreichungen. Vor allem die Einordnung in das Werk des jeweiligen Autors. Es war, wie gesagt, Ende Februar 1943, ein warmer, durch den Föhn schon ein wenig den Frühling in sich tragender Tag. Wie immer, wenn es das Wetter zuließ, hielten wir die Tür offen. Ich war eben in den durch das dort lagernde Papier trockenen, dennoch ein wenig muffig riechenden Keller hinuntergestiegen, kam wieder die kleine, aus der Bodenluke führende Treppe hoch und sah, ganz ähnlich wie damals, als der frühere Freund gekommen war, Hosen vor mir, diesmal in Feldgrau, an der Seite die roten Generalstabsstreifen. Ein für seinen Rang noch sehr junger Oberstleutnant stand da, in einer elegant geschnittenen Uniform, gutes Tuch, was da schon selten geworden war, sichtlich die Arbeit eines Uniformschneiders. Der Offizier nickte mir zu, sagte Guten Tag und nicht Heil Hitler. Allein an dem Gruß war abzulesen, mit wem man es zu tun hatte, ob mit

einem überzeugten Parteigänger oder einem Mann mit einer gewissen Distanz, wenn nicht gar Gegnerschaft zum Regime, zur Partei, zu Hitler.
Ich setzte mich an den Nussbaumtisch und notierte mit dem Rücken zu Axthelm und dem Oberstleutnant all die Details für den Prospekt, in jenem Fall, ich weiß es noch bis heute, handelte es sich um eine schöne Ausgabe von Martial.
Der Buchrücken in Leder gebunden, Goldprägung: *Marcus Valerius Martial, in einem Auszuge, lateinisch und deutsch. Poetische Übersetzungen verschiedener Verfasser, gesammelt von Karl Wilhelm Ramler. Leipzig 1787.* Das Exemplar zeigte in der oberen rechten Ecke einen Wurmgang, sonst war es für sein Alter sehr gut erhalten.
Vier weitere Teile waren im Buch angekündigt, von denen ich gehofft hatte, und darum war ich in den Keller gestiegen, wenigstens einen weiteren Band in unserem Bestand zu haben, was leider nicht der Fall war. Interessant an dieser von Ramler, der einmal als deutscher Horaz gefeiert und vier, fünf Jahrzehnte später als poetischer Exerziermeister diffamiert wurde, besorgten Ausgabe war, dass er Übersetzungen von Opitz überarbeitet und etliches wegen sittlicher Bedenken unterschlagen hatte. Das waren natürlich eben die Textstellen, die man gern gelesen hätte.
Ich beugte mich wieder über die Nachschlagewerke, blätterte in der Ausgabe, die einige Anstreichungen mit Tinte aufwies, und hörte, dass Axthelm, der sich mit jedermann siezte, diesen Oberstleutnant duzte, wahr-

scheinlich, da es keine familiären Bande zu geben schien, war es eine Bekanntschaft aus dem George-Kreis.

Der Oberstleutnant erzählte, dass er durch Zufall, wenn es den denn gebe, wenige Tage bevor die Russen den letzten Flughafen im Kessel von Stalingrad eroberten, den Befehl bekommen hatte, zum Rapport ins Führerhauptquartier auszufliegen. Dort angekommen, bärtig, in verdreckter Uniform, wollte ihn aber niemand hören. Man sagte, er könne wieder in den Kessel zurückfliegen. Dafür war es aber zu spät. Ich hörte, wie er Axthelm von den unsäglichen Zuständen im Kessel berichtete, von der unzureichenden Versorgung der Verwundeten, von Erfrierungen und wie die deutschen Soldaten gemeinsam mit den im Kessel verbliebenen russischen Zivilisten im Müll nach Essbarem gesucht hätten. Der von Göring zugesagte Nachschub durch die Luftwaffe sei eine Farce gewesen und habe zu keinem Zeitpunkt auch nur annähernd ausgereicht.

Zwischendurch muss der Offizier Axthelm, vermutlich mit einem Seitenblick auf mich, der über Martial gebeugt saß, gefragt haben, ob er frei sprechen könne, worauf Axthelm ihm wohl zugenickt hat, denn er redete von der unbegreiflichen Verblendung im Führerhauptquartier, insbesondere des Führers, von taktischen Fehlentscheidungen des Immer-halten-Wollens, des Nicht-die-Front-verkürzen-Wollens, und auf die Frage von Axthelm, ob man Stalingrad als eine bedrohliche, für einen möglichen deutschen Sieg sogar entscheidende Wende ansehen könne, sagte der Generalstäbler, nein, die kam schon viel früher. 1941 vor

Moskau, danach war alles nur noch ein Die-Niederlage-Hinauszögern, auch wenn man 42 noch einmal große Gebietsgewinne gemacht hatte. Aber mit ebendiesem Gewinn, der bis in den Kaukasus hineinführte, habe man auch die eigenen Kräfte überdehnt. Nachschub, Weite, Kommunikation. Was jetzt kommt, war schon damals abzusehen, und auch das, was mit einer Niederlage verbunden ist.

Nach einer langen Pause sagte er: Diese entsetzlichen Schrecknisse. Er selbst habe es nicht erlebt, aber ein Freund und Kamerad sei Zeuge von Massenerschießungen Tausender und Abertausender Juden geworden, in der Nähe von Kiew. Und, ja, was man sich, allerdings nur hinter vorgehaltener Hand, im Generalstab erzählt, ist das Unvorstellbare, das nicht Sagbare. Riesige Lager, Schinderhütten, unbeschreibliches Leid und Mord in einem Ausmaß und einer Form, wie es in keinem der Höllenkreise bei Dante zu finden sei.

Und das sind keine Gerüchte, fragte Axthelm, von England gestreut, um dem deutschen Ansehen in der Welt Schaden zuzufügen?

Nein, hörte ich, es ist wahr.

Das Gespräch wandte sich dann, nach einer längeren Pause, anderen Dingen zu und schließlich dem Anlass des Besuchs, dem Kauf eines Sonderdrucks der *Duineser Elegien*, auf dem Vorsatzblatt, in drei klassischen Antiqua-Schrifttypen, Rainer Maria Rilke, darunter etwas größer Duineser Elegien, ein großes freies Feld, darauf handschriftlich die Signatur Rilkes, unten mittig die Jahreszahl 1923, durch einen schmalen Querstrich vom Verlagsnamen getrennt: Im Insel-Verlag zu Leipzig.

Eine wunderschöne Ausgabe zu einem wahrlich stolzen Preis. Was das Geschäftliche anging, gewährte Axthelm trotz aller Du-Verbundenheit im George-Kreis keinen Rabatt.

Die hinter mir redeten über die achte Elegie und über den Engel, dem die Welt gepriesen werden muss. Welche Welt, dachte ich, aber vor allem dachte ich daran, dass die Gerüchte, die im Umlauf waren, durch diesen Mann, der es wissen musste, zur Gewissheit wurden: die Ermordung der Juden.

Als der Oberstleutnant mit dem in Seidenpapier eingewickelten, in Packpapier eingeschlagenen Lyrikband – mir ein Auf-Wiedersehen zurufend – gegangen war, saß Axthelm hinten an seinem kleinen Biedermeiersekretär, schüttelte den Kopf, murmelte fürchterlich, unfassbar. Und dann zu mir gewandt: Unbedingtes Schweigen. Wir verstehen uns?

Ja.

Der Name des Oberstleutnants wurde von ihm nicht erwähnt. So weit ging sein Vertrauen dann doch nicht. Allerdings hatte ich auch nicht danach gefragt.

Abtransport der Forschungskartei

Ein Anruf vom Kommando kam, die Forschungsergebnisse des Eugenikers sollten abgeholt und nach Wiesbaden gebracht werden. Dort werde ein Biologe die Unterlagen sichten, danach würden sie in die Vereinigten Staaten verschifft werden.

Am Morgen kam der angekündigte Wagen, ein mittelgroßer *Opel Blitz*, fuhr zum Schloss. Hansen ging hinüber. Die alte Dame, die Griechin, protestierte nicht, als sie hörte, die Lebensarbeit ihres Mannes solle abgeholt werden. Wahrscheinlich fürchtete sie noch immer eine Beschlagnahme des Schlosses. Vielleicht war sie aber auch froh, was ja bei selbstbewussten Witwen häufig der Fall ist, dass der Nachlass des Mannes verschwand, Platz geschaffen wurde. Ein neuer Lebensabschnitt begann. Der jahrelange Druck des Auf-den-Zehenspitzen-Gehens, um die Gedankenwelt des Forschers nicht zu stören, war endgültig gewichen. Der Anblick seiner Forschungsreste bereitete kein schlechtes Gewissen mehr.

Hansen zeigte den beiden GIs, die noch nie von Rassenhygiene oder von Eugenik gehört hatten, das Ar-

beitszimmer des Professors und befahl, alles auszuräumen und in den Kleinlaster zu tragen. Vor allem die Tausende und Abertausende Karteikarten, die über die jahrelangen Versuche und Untersuchungen erstellt worden waren, von all den Kaninchen, die beschwipst und dauerbetrunken sich in Zahlen verwandelt hatten. Jedoch lagen in dem Wagen schon drei Kisten mit den privaten Akten des obersten Nazirichters.
Es zeigte sich: Auch bei sorgfältigem Packen passte nur knapp die Hälfte der Karteikarten und Akten in den Wagen. An einen Abtransport der Gläser mit den in Alkohol eingelegten Hirnschnitten und Keimblättern war nicht zu denken.
Hansen verlangte, der Fahrer müsse dann eben nochmals kommen.
Der Soldat mit dem sprechenden Namen Burt Mankiller bestätigte auf Hansens Frage, er sei Indianer, ein Cherokee. Er habe den Befehl nur für diese Fahrt bekommen. Er fahre heute zurück nach Wiesbaden und morgen nach Würzburg.
Hansen sah den Kleinlastwagen mit der Hälfte der über Jahrzehnte erstellten Forschungsunterlagen langsam über den Feldweg davonschaukeln.

George kam mit umgehängter Kamera vorbei und sagte: Wonderful. I've seen a hermit-thrush. Our time here is coming to an end. Our dissolute life. What's her ladyship up to?
She's coming this afternoon.
George ging zu dem kleinen versumpften Karpfenteich

hinüber, um dort den Zaunkönig zu fotografieren – ihrer beider Wappenvogel, da er doch meist mit mehreren Weibchen zusammenlebe. Hin und wieder, allerdings selten, sei er auch monogam.

- 21. August -

Verwechslungen.

Major Engel erzählte: Himmler konnte sich nicht entscheiden, ob er eine Reinkarnation von Heinrich dem Löwen oder von Kaiser Heinrich I. sei. Mal so, mal so. Der Anatom und Rassenkundler Professor Eugen Fischer untersuchte das Skelett Heinrichs des Löwen und stellte eine Verwachsung an der Hüfte fest. Der Held, der große Ostlandreiter, hinkte. Ein Erbfehler?

Professor Fischer erklärte versöhnlich, die Verwachsung stamme von einem Jagdunfall.

Das Beste aber ist: Es war das Skelett einer Frau.

- Undatiert -

Judenstämmling.

Züchterischer Blick.

Parasitäre fremdblütige Rassen.

Erblich Minderwertige.

Erbkranke.

Hansen hatte im PX eingekauft. Bread und cheese und liverwurst und, was es neuerdings gab, Wein. Hatte zunächst nach elsässischem Wein gesucht, aber so weit war der Handel noch nicht gediehen, doch es gab einen Weißwein aus Iphofen. Zwei Flaschen, die er kalt stellte.

Sie gingen mit dem Picknickkorb hinunter zum See. Molly trug ein weißes Kleid und ein paar abgetragene, mit Kreide geweißte Stoffturnschuhe. Sie hatte wieder die weißen Socken an, gerollt, und schon beim Besteigen des Boots freute er sich darauf, ihr zu sagen, lass doch die Söckchen an.

Der August neigte sich dem Ende zu, es war warm, aber nicht mehr heiß, die Sonne stach nicht. Er fuhr langsam aus dem kleinen Hafen und dann mit einer Steuerbordkurve hinaus auf den See, schob den Gashebel nach vorn. Das Boot warf rechts und links zwei elegant sprühende Wasserfahnen hoch, der Bug hob sich weit aus dem Wasser, der Wind fuhr ihr durch die Haare und sie sagte, los, heb ab.

Sie waren über den See nach Dießen gefahren, steuerten einen Steg an, machten das Boot fest und gingen über die Straße den Hügel hinauf zum Kloster. Die Kirche war durchstrahlt vom Licht aus dem Osten, das Leuchten der goldenen Strahlen über dem Altar und darüber der bewegt-heiter gemalte Himmel, die farbduftigen Deckenfresken mit den Heiligen und dem Kirchengründer, der die Kirche als Modell in der Hand hält. Wie, dachte Hansen, muss das früher auf die Bauern und die Fischer gewirkt haben? Eine Lust auf das Jenseits müsste sie überkommen haben, wäre da nicht die Furcht vor den nicht wiedergutzumachenden Verfehlungen. Aber konnte der Himmel, der sich in dieser Farbenheiterkeit über ihnen aufspannte, überhaupt an Verfehlungen denken lassen? Ein Wunder war der ausgemalte Himmel.

Wie ist das schön, sagte Molly und weinte.
Später ärgerte er sich darüber, dass er sie aus Scheu vor ihrer Ergriffenheit nicht in die Arme genommen, sondern nur Ja gesagt hatte, aber das Ja war nicht mehr als ein Eingeständnis seiner Hilflosigkeit. Aber eine Umarmung hätte ihm für einen Augenblick die größtmögliche Nähe zu ihr gewährt.
Später standen sie vor dem Holzengel, der sich schwerelos über dem Taufbecken in die Luft zu erheben schien.
Im Norden kennen wir keine schwebenden Engel. Sie sind schwer und bleiben der Erde verhaftet.
Und wieder konnte Hansen nichts sagen, weil er keine Vorstellung von den nordischen Engeln hatte. Jedenfalls konnte er sich an keinen erinnern, und so sagte er, um überhaupt etwas zu sagen: Ist das so?
Ja, sagte sie bestimmt, so ist das.
Und er dachte an das Wort dörpert, das sein Meister in St. Louis gebrauchte, dieses mittelhochdeutsche Wort für die schlichten, bäuerlichen Ungebildeten. Und er bezog es auf sich.
All das war Wissen, konnte aber nicht Tat werden.

Zurück am Bootssteg, fuhren sie über den See, zum anderen Ufer. Vor einem langen Schilfgürtel, hinter dem der dichte Wald begann, warf er den Anker aus, hängte die Strickleiter an die Bordwand. Sie zogen sich aus und sprangen, einander an den Händen haltend, über Bord. Kalt war das Wasser und klar.
Wieder im Boot, öffnete er die Weißweinflasche, und

sie breitete über den kleinen Klapptisch eine blau-weiß karierte Decke und packte aus dem Korb das Weißbrot, den Käse, die Fischdosen und die Liversausage aus. Sie saßen, tranken und aßen. Und hin und wieder, von einem Luftzug getragen, kam der Geruch der Tannen und der trockenen warmen Erde vom Ufer. Leer lag der See, und es war eine große Stille.

Später redeten sie über das Fraternisierungsverbot, ausgelöst durch eine Bemerkung von ihr. Was würden deine Vorgesetzten sagen, wenn sie uns so sähen?

Weiß nicht. Mir egal.

Sie fand das Verhalten der Amerikaner verlogen. Die Selbstgerechtigkeit der Siegermacht. Der Vorwurf der Kollektivschuld ist skandalös. Davon sind auch Kinder betroffen und die Opfer der Nazis.

Hansen stimmte ihr zu. Diese Politik ist verlogen.

Ihr habt zwei Bomben auf Japan geworfen. Hunderttausend Menschen sollen gestorben sein.

Nicht ich habe sie geworfen.

Ist das richtig, Zivilisten so zu töten? Wie bei uns. Gezielt Wohngebiete anzugreifen. Tausendfacher Tod. Hamburg. Dresden.

Was ist in diesem Krieg richtig?

Ihr redet von Kriegsverbrechen, die wir begangen haben, aber ist das kein Kriegsverbrechen?

Nein, sagte Hansen, ich glaube nicht, damit wurde der Krieg beendet. Der Krieg, den ihr begonnen habt, den die Japaner begonnen haben.

Nein, beharrte sie, ihr messt mit zweierlei Maß, und das ist empörend.

Ihr habt diese Leute frei gewählt. Die Nazis haben nicht geputscht; oder erst später. Ihr habt gewählt. Ein Gamsbartträger ...

Ein was?

Ein Gamsbartträger, ein Monarchist, hat es mir so erzählt. Alle, bis auf die Sozialdemokraten, haben zugestimmt. Eine demokratische Selbstentmündigung.

Ihr könnt nicht urteilen. Schuld am Ende eines Vergehens festzustellen, ist einfach, aber die Schritte dahin sind oft klein, oft mit Schuld und Schuldigwerden nicht zu fassen. Es kam nicht von heute auf morgen. Es war ein langsamer Prozess. Es war eine homöopathische Gewalt, eine langsame Entmündigung. Sicherlich mit der Bereitwilligkeit vieler Mündel.

Die Diskussion war jäh unterbrochen worden. Hansen war, als er die zweite Flasche öffnen wollte, der Korkenzieher über Bord gefallen. Er zog sich Hemd und Hose wieder aus und sprang ins Wasser, tauchte und musste mehrmals tauchen, schnaufte, tauchte, bis er den Korkenzieher vom Grund gegriffen hatte. Zurück im Boot, saß er da und fror und die Lippen zitterten ihm ein wenig, auch wenn er lachte.

Good boy, sagte sie, brave boy. Ich wärme dich, sagte sie, und so saß er in ein Badetuch gehüllt, sie hatte ihn abgerubbelt und You are my brave boy gesagt. Natürlich spürte er, sie nahm ihn nicht ernst. Aber es war ihm in dieser Nähe, die sie gewährte, egal. Sie stießen mit dem Iphofener Riesling an, rissen Bröckchen aus dem Toastbrot und stippten damit das Öl der Krebsdose aus. So nebeneinandersitzend, hatte er einen Moment überlegt, sie zu fragen, ob sie sich vorstellen könne, mit ihm in die Staaten zu gehen. Aber dann sagte sie, als habe sie die Frage geahnt, sie könne sich nicht vorstellen, dieses Land zu verlassen. Es gehört zu mir wie ich zu ihm. Und nach einer Pause: Auch seinetwegen. Und damit war wohl dieser Mann im Silberrahmen gemeint.

Spätabends, noch war die Sonne nicht ganz untergegangen, lagen sie nackt im Bett. Molly hatte die aufgerollten weißen Söckchen an. Ganz schön pervers, hatte sie, als er den Wunsch äußerte, gesagt, dann aber gelacht. Ich habe meist kalte Füße. Das Fenster stand offen. Die Luft hat schon diesen Duft von Herbst, sagte Molly, darin ist der Brand von den Feldern, die Kartoffelfeuer, und das Laub, das jetzt langsam braun wird, und die Blätter der Buchen, die sich im Winter zu kleinen Seeschnecken zusammenrollen. Sie versprach – my good boy – ihm das zu zeigen, wenn er dann noch hier im Lande sei.
I'm lucky, the luckiest boy in this country.
Ok, that's fine.

- 22. August -
Ich hätte glücklich sagen sollen. Glücklich ist schöner, hört sich besser an, das Ü, das ist wie Überfahrt, die Überfahrt von sich nach außen, von hier zu dir. Nur diese Fingerbreite, nicht einmal das.

12. Tag

Die Unterlagen, die Statistiken zu seiner Forschung, sind abgeholt worden. Das heißt, nicht alles passte in den Pick-up. Der muss nochmals kommen.
Wohin?
Wahrscheinlich verpackt. Dann kommt es nach Amerika. Vielleicht auch gleich.
Was passiert mit unseren Gesprächen?
All das wird gesammelt. Abgeschrieben. Vielleicht wird es für die Anklage benutzt.
Er ist gestorben.
Andere Täter leben. Sie werden zur Verantwortung gezogen. Nach der Zeit des Unrechts soll Gerechtigkeit herrschen. Man muss wissen, wie es zu all dem kommen konnte. Und auch das: Die Verbrechen müssen gesühnt werden. Das, was geschehen ist, darf sich nicht wiederholen.
Es kann sich immer wiederholen.
Nein, es wird Recht gesprochen.
Freiheit und Gerechtigkeit sind nicht einfach da, sie müssen immer wieder verteidigt werden. Auch im kleinen, im kleinsten Umkreis.

Richtig. Sie haben vom Ende der Räterepublik erzählt.
Ich bin damals aus München nach Berlin geflohen und kam erst im Februar 1931 wieder zurück, nicht wegen des Freundes, nein, wahrlich nicht, sondern wegen jener Frau, mit der ich das Glück hatte, zwei Jahre und einen Monat zusammenzuleben. Sie hatte als Kostümbildnerin eine Anstellung an den Münchner Kammerspielen bekommen. Ich bin ihr, da ich beruflich nicht an einen Ort gebunden war, nachgezogen. Wobei ich sagen muss, ich bin nicht gern nach München zurückgegangen. Allzu deutlich, allzu bildhaft waren die Erinnerungen an jene Zeit, in der die Reaktion in dieser Stadt gewütet hatte. Dieses Stumpf-Bayerische des Freikorps Oberland, diese viehischen Taten, als die Verteidiger der Räterepublik misshandelt und dann erschossen worden sind: Egelhofer, der Kommandant der Roten Armee, und Gustav Landauer. Es waren ja nicht nur diese beiden, mehr als zweitausend Menschen sind ermordet worden.
Die Reaktion säuft Blut, hatte mir der Genosse gesagt, der mich am Tag von Landauers Tod davor gewarnt hatte, in der Stadt zu bleiben. Ich müsse damit rechnen, dass mein Name auf den schwarzen Listen stehe. Listen von Volksverrätern. Volksverräter, so hieß das schon damals. Alles, was die Nazis später als Regierungsprogramm übernahmen, war schon angelegt, hatte dort in dem rechten Putsch seine Wurzeln. Die Reaktion hatte in München obsiegt. Und auch darum konnte sich hier diese Partei der Braunen bilden und aus dem Dumpfdenken vom Ariertum ihre Kraft ziehen. Sie werden

die übermalten, aber dennoch lesbaren Schilder an der Stadtgrenze gesehen haben: *München, Hauptstadt der Bewegung*.

Ich habe schon erzählt, wie ich damals, nach der Ermordung Landauers und all der anderen Republikaner, zurück nach Berlin gefahren bin. Vielleicht, nein sicher, wäre ich zu seiner Beerdigung geblieben, aber sein Leichnam war in ein Massengrab geworfen worden. Vier Jahre später hat seine Tochter Charlotte ihn exhumieren und auf dem Waldfriedhof beerdigen lassen. Ich bin damals nicht hingefahren. Mir fehlte das Geld. Im selben Jahr putschten Hitler und General Ludendorff gegen die gewählte Regierung. Zum Glück ist dieser Putsch, der später als Marsch auf die Feldherrnhalle gefeiert wurde, von der Polizei zusammengeschossen worden.

Nein, ich wollte noch erwähnen: Wir, also die anarchistischen Sektionen, haben für ein Gustav-Landauer-Denkmal gesammelt und es 1925 errichten lassen – einen fünf Meter hohen Obelisken. Der wurde später von den Nazis abgerissen, die Steine zu Schotter geschlagen, in Dachau, per Hand, und für den Straßenbau benutzt. Landauers Urne wurde gegen Bezahlung an die jüdische Gemeinde übergeben und neben der von Eisner auf dem Neuen Israelitischen Friedhof beigesetzt. Jedes Jahr am 2. Mai gehe ich auf den Friedhof und lege einen Kiesel aus der Isar auf den kleinen Grabstein. Sie sollen nicht vergessen sein.

Sie wollten von Ihrer Frau erzählen.

Darf ich Sie etwas fragen? Ich habe Ihnen ja viel erzählt,

von mir, meinem Leben, von dem ehemaligen Freund, von der Griechin. Waren Sie schon einmal verliebt? Ich darf das so formulieren. So, dass sie bereit gewesen wären, alles aufzugeben, einen Neuanfang zu machen?

Ich bin nicht sicher. Vielleicht. Nein, ich habe so viel nicht aufzugeben.

Und?

Es wurde unterbrochen. Durch diesen Krieg.

Wie unterbrochen?

Nun, es war nur kurz. Und andere Menschen waren im Spiel. Eine junge Frau, die ich im Zug kennengelernt habe, im Winter, wir kamen in New York an, ein Blizzard hatte die Stadt lahmgelegt. Schneemassen. Der Verkehr war zum Erliegen gekommen. Wir saßen lange in einer Bar, in der auch all die anderen Wartenden saßen. Dicht an dicht. Wir saßen und erzählten einander. An die drei Stunden. Und erzählten. Ein schönes Einvernehmen. Kann man das so sagen?

Ja.

Draußen sah man hin und wieder langsam Autoscheinwerfer vorbeiziehen. Später haben wir uns getroffen, einige wenige Male. Und kurz bevor ich nach Antwerpen eingeschifft wurde, waren wir zusammen. Sie war verlobt. Und dann bin ich gefahren. Sie ist zum Kai gekommen, obwohl ich dagegen war. Und als ich sie zum Abschied umarmen und küssen wollte, sagte sie brüsk: Fass mich nicht an.

Höchst merkwürdig. Aber ich darf Ihnen sagen, jede neue Liebe ist mit Schuld belastet. Einmal abgesehen von dem ganz frühen, in der Hinsicht noch unschuldigen, dem meist folgenlosen Verliebtsein, das eher ein Thermometer für unser Gefühl ist. So erfährt man sich selbst.

Können Sie sich erklären, warum Sie so, sagen wir einmal, erfasst von dieser Person waren?

Sie gefiel mir. Wie man so sagt: auf den ersten Blick. Und dann, ja, das Gespräch. Und die Situation. In dieser Stadt mit all ihrer Technik, mit der Subway, den Eisenbahnen, Bussen, plötzlich eingeschneit zu sein. Die Natur hatte die Stadt zurückerobert. Eine große, wattige Stille.

Sie haben recht, die Situation, die Umgebung, all das hebt uns den Menschen in den Blick, bringt ihn uns nahe. Es ist ein Innewerden. Das klingt feierlich, ist aber tatsächlich die Ahnung von dem anderen, auf den man hofft, als Ergänzung unseres nicht perfekten Selbst. Man verguckt sich. Das Wort sagt es genau, man sieht nicht genau, sondern etwas mehr, etwas anderes, etwas, was uns und den anderen reicher macht.

Und Ihre Frau?

Mir fehlt vieles, was sie hatte. Sie hatte eine ganz eigentümliche Leichtigkeit. Sie sang. Stellen Sie sich vor, sie sang am Morgen. Sie konnte zeichnen. Sie konnte weinen. Nicht nur aus Kummer, sondern aus Freude. Wir waren in Dießen, in der Klosterkirche, wohin Sie, wenn ich Ihnen den Rat geben darf, unbedingt fahren sollten.

Ja, ich war dort …

Und?

Wunderschön.

Wir waren 1931 dort. Im Sommer. Lisaweta. Ich war

doch schon ein älterer Mann, über Mitte sechzig, während sie Ende vierzig war. Allerdings sah sie weit jünger aus. Dieser Altersunterschied hat sie nicht gekümmert. Auch nicht, was die Leute dachten. Sie war von großer Stetigkeit. Ich meine, auch in ihrer Sicht auf Menschen. Verständnisvoll, aber entschieden in ihrem Urteil. Und vor allem das: Sie konnte wunderbar lachen. Aus sich heraus, so wie sie sang. Vielleicht überrascht es Sie, ich habe mich, bis ich sie kennenlernte, nie selber lachen hören. Natürlich lachte ich, aber sonderbarerweise war es, als hörte ich es innen nicht, als sei ich taub. Vielleicht war mein Lachen auch stumm. Lachend war ich wohl taubstumm. Ich hörte durch sie, durch ihr Lachen, mich lachen. Sonderbar, nicht wahr? Es war das einzige Mal, dass ich mit einer Frau zusammenlebte, zusammenwohnte, mit ihr aufwachte, mit ihr einschlief. Eine glückliche Zeit, das will ich gleich sagen. Wir hatten eine kleine Wohnung in einem ehemaligen Krämerhäuschen. Das Haus stand am Rande eines größeren Grundstücks in Schwabing. Der Fabrikant Hartl, er stellte Sanitäranlagen her – ja, es begann die Zeit des häuslichen Duschens und Badens –, hatte sich dort eine große, repräsentative Villa gebaut. Dieses alte Häuschen hatte er als eine Art Familiendenkmal am Rande seines Parks stehen lassen. Sein Großvater war der Besitzer dieses Häuschens mit Kramladen gewesen, und noch sein Vater hatte dort als Lehrling gearbeitet, bevor er den verstellbaren Duschkopf erfand. Der Sohn, der jetzige Besitzer, hatte den Betrieb wiederum erweitert, vergrößert, mit einer glücklichen

Hand auch im Aktiengeschäft investiert und war nicht nur vermögend, sondern reich geworden. Und er war ein Liebhaber des Theaters. Durch ihn hatte Lisaweta das nur drei Zimmer umfassende Häuschen mieten können, umgeben von einigen Apfel- und Kirschbäumen. Eine kleine Obstwiese, die noch ein wenig von dem Dörflichen des alten Schwabings bewahrt hatte. Ich will Ihnen damit nur sagen, in welch glücklichen Umständen wir damals lebten. Ich konnte meine Artikel für das Gewerkschaftsblatt an einem Gartentisch unter einem Kirschbaum schreiben. Eine Idylle. Auch die hat es in meinem Leben gegeben. Kurz nur, aber doch bleibend in meinem Empfinden bis heute. Am Sonntag gab es Streuselkuchen, den Lisaweta so ganz unvergleichlich backen konnte. Am Nachmittag saßen wir neben einem verholzten Holunderbusch. Der Weg zu den Kammerspielen war nicht weit. Ich sehe sie, wie sie im Sommerkleid oder bei leichtem Regen im Kleppermantel mit einem Damen-Südwester auf dem Kopf losradelt, wie sie sich auf dem Fahrrad kurz umdreht und winkt. Es sind solche Bilder, die sich festgesetzt haben. Wie auch das, als ich sie zum ersten Mal sah.
Ihre Frau?
Ja, ich darf sie meine Frau nennen, obwohl wir nicht verheiratet waren. Sie, Lisaweta, die Frau, mit der ich zusammen war, zwei Jahre und einen Monat lang. Ich habe sie auf einer Premierenfeier 1930 in Berlin kennengelernt. *Die Maßnahme* von Brecht. Ich war eingeladen, da ich eine Kritik schreiben sollte. Ich sah sie, sie stand im Gespräch mit einer anderen Frau, de-

ren Gesicht ich vergessen habe, auch deren Kleid, die Figur, das Haar, alles vergessen, aber sie, sie stand da, ja – ich darf schwärmen, es darf mir das Herz übergehen: Die Stimme melodisch, mit diesem in den Osten weisenden Akzent, diesem sich ziehenden Klang, ihr dunkles, ja schwarzes Haar, Ebenholz, und wie Milch ihre Haut, alles war zierlich an ihr, die Nase, die Beine, die Arme, die Brüste, die Hände, nur die Augen waren groß und von tiefer Schwärze – zart war sie, aber von einer unglaublichen Kraft. Sie hatte in Posen eine Lehre als Schneiderin gemacht und war nach Berlin gekommen. In der Werkstatt des Deutschen Theaters hatte sie eine Anstellung erhalten. Wobei sie nicht nur schneiderte, sondern auch Kostüme entwarf. Sie hatte eine Ausbildung in der Schnittmusterherstellung gemacht und sich in die Kostümgeschichte eingearbeitet. Ich habe sie später einige Male in dem Theateratelier besuchen dürfen, und auch dieses Bild begleitet mich, wie sie in ihrem weißen Arbeitskittel vor der langen, auf zwei Böcken liegenden Holzplatte steht und mit einem weichen Bleistift in schnellen Strichen den Mantel, den Maria Stuart tragen soll, skizziert, wie sie das Schnittmuster mit Lineal und Dreieck erarbeitet, Abnäher einzeichnet, berechnet. Ich bedaure es, dass ich kein Handwerk gelernt habe. Umso mehr bewunderte ich sie, wenn sie, ein Nadelkissen am Handgelenk, ein, zwei Stecknadeln zwischen den Lippen, bei der Anprobe das Kleid der Maria Stuart ein wenig korrigierte, hier musste etwas höher gerafft, dort ein wenig gekürzt werden. Ja. Das Theater hat uns zusammengeführt.

Hin und wieder habe ich längere Rezensionen für *Besinnung und Aufbruch* geschrieben, eine kleine, nicht über 5000 Exemplare hinausreichende anarchistische Zeitschrift. Oder ich habe politische Kommentare für den *Syndikalist*, die Zeitung der Freien Arbeiter-Union Deutschlands verfasst. Ebenfalls kein Blatt mit hoher Auflage, entsprechend niedrig waren die Honorare. Aber ich war frei in dem, was ich schreiben wollte. Ich bin ein sehr langsamer Schreiber. Ich habe immer gesagt, wie ein Teekessel, es dauert, bis das Wasser brodelt, dann endlich kann man den Tee aufgießen und ihn ziehen lassen. Ich ließ mir Zeit, Zeit zum Nachdenken, Zeit zum Formulieren. So auch in der Kritik zu dem Stück von Brecht: *Die Maßnahme*. Das Stück, ein politisches Lehrstück, war im Dezember 1930 im Haus der alten Berliner Philharmonie uraufgeführt worden. Brecht hat das Stück nach dem No-Theater mit Masken angelegt. Fünf Berufsrevolutionäre werden nach China geschickt, um die dort brutal unterdrückten Kulis zu agitieren und zum Widerstand zu führen. Die fünf setzen sich Masken auf, symbolisches Zeichen der Untergrundarbeit, der Anpassung an die Kulis, und sie beginnen mit der Agitation. Aber ein junger Genosse hält sich nicht an das Gesetz der strengen Logik des geheimen Kampfes, sondern reagiert spontan, er zeigt Mitleid, er reißt sich die Maske vom Gesicht, ist nicht mehr der revolutionäre Funktionär, sondern jäh das Individuum. Dadurch kommt man den Revolutionären auf die Spur. Ihnen allen droht die Entdeckung und der Tod, so beschließen sie, um ihre Arbeit fortsetzen zu können, ihn, und zwar mit seinem Einverständnis, zu töten. Die vier Revolutionäre müssen sich nach ihrer Rückkehr vor einem Kontrollrat in Russland für die Tötung ihres Genossen rechtfertigen. Übrigens sang Hanns Eisler, der die Musik für dieses Lehrstück komponiert hatte, mit in dem Chor des Kontrollrats, einem Chor von 300 Arbeitern. Eisler hatte mit dem Werk erkennbar an Bachs Passionen angeknüpft. Es war, das muss ich sagen, eine beeindruckende, bewegende Aufführung, auch für mich, der dem Inhalt, der Botschaft, höchst kritisch gegenüberstand.

In meiner Kritik habe ich geschrieben, das sei die konsequente Exekution des aus eigener Verantwortung handelnden Menschen. Die Gegenwart ist als bloßer Durchgang nichts, gemessen an der klassenlosen, glücklichen Gesellschaft. Und auf dem Weg dahin ist jedes Mittel recht. Die Gegenwart hier und jetzt ist für uns aber alles. Allein in ihr liegt das Glück. Und es müsste eher dieses Abwägen sein, wie das Glück mit den Unglücklichen zu teilen wäre. Das wäre eine Entscheidung jedes Einzelnen in der jeweiligen Situation. Das wäre die Freiheit, die uns auch an den anderen bindet. Interessiert Sie diese Geschichte, ich meine dieses Theaterstück?

Doch, ja. Ich habe nur wenig von Brecht gelesen. Mein Professor in Saint Louis schätzt ihn und auch dieses Stück.

Nach der Aufführung, und das war schon in der Nacht, hatte es eine heftige Diskussion gegeben. Auch ich habe mich eingemischt und spontan vorgebracht, was ich später in meiner Kritik ausführlich entwickelte. Die Gegenwart wird in dem Stück nicht als der Ort möglichen erfüllten Lebens gesehen. Das Glück für alle ist in der klassenlosen Gesellschaft erreicht, aber bis dahin muss man durch das Tal des Unglücks. Nein, habe ich gesagt, das Glück ist allein im Hier und Jetzt möglich, der Tod begrenzt jede mögliche Korrektur. Es gibt keine Wiederholung. Es soll so sein, dass im Glück des Einzelnen das Unglück der anderen mitgedacht wird. Und nicht die Logik eines Befreiungskampfes, in der noch der Genosse in seine eigene Tötung einwilligt. Diese *Maßnahme* ist ein theatralischer Vorgriff auf das, was 1936 in den politischen Prozessen in der Sowjetunion Wirklichkeit wurde. Damals wurde in Deutschland noch ausgiebig darüber berichtet. Denn der *jüdische Bolschewismus* war ja der Hauptfeind der Nazis. Die gefügig gemachte Presse berichtete von der Verurteilung Sinowjews und Kamenews. Dann fuhr Ribbentrop nach Moskau, und es wurde der Hitler-Stalin-Pakt geschlossen. Eine Schande, eine ewige Schande der Sowjetunion. Keine Kasuistik kann das entschuldigen. Ich habe hin und wieder einen Genossen der verbotenen KPD in München getroffen. Er, mit dem ich gemeinsam im schweren Urlaub gewesen war, verteidigte diesen schändlichen Vertrag mit dem Argument, die Sowjetunion habe zustimmen müssen. Sie sei noch nicht ausreichend für den Krieg gerüstet gewesen. Die Sowjetunion habe Zeit gebraucht. Eines dieser sophistischen Argumente, die bei mir, ich übertreibe nicht, körperliche Übelkeit auslösen. Stalin ist die verach-

tenswerteste Gestalt in der Geschichte des Sozialismus. *Roosevelt hat den Vertrag mit Stalin geschlossen, um Hitler und die Nazis niederzuwerfen. Wie sonst wäre es möglich gewesen? Und Roosevelt wusste, Stalin ist kein Demokrat. In der Sowjetunion herrschte die Unfreiheit. Hunderttausende waren in Lagern. Aber wie sonst … Unverständlich* -
Verantwortungsethik nennt das Max Weber. Übrigens hat Ploetz auf dem Ersten Deutschen Soziologentag 1910 eine Diskussion mit Max Weber über den Begriff der Rasse geführt. Weber hat Ploetz scharf angegriffen, indem er auf die kulturelle und soziale Prägung der verschiedenen Gesellschaften hinwies, die seien weit bestimmender als die Determiniertheit durch Vererbung. Allein der Molluskenbegriff der *Vitalrasse*. Max Weber hat, und da komme ich auf den Pakt Roosevelts mit Stalin, den Unterschied zwischen der Gesinnungsethik und der Verantwortungsethik im politischen Handeln herausgearbeitet. Die Gesinnungsethik würde ihn verbieten, die Verantwortungsethik einen solchen Pakt geradezu erzwingen. Auch der Freund argumentierte so: Das Mitleid, die Fürsorge im Sozialen hat Folgen, die langfristig die Gesellschaft, in seinem Sprachgebrauch das Volk, schädigen. Mitleid sei gut und recht für den Einzelnen, aber übergeordnet müsse man in seiner Verantwortung mitleidslos sein.
- *unverständlich* -
Stalin kannte keine Gesinnungsethik. Als er aus machtpolitischen Gründen den Pakt abschloss, tat er das nicht, um das aggressive Deutschland einzudämmen,

im Gegenteil, er hat mit ihm paktiert, hat ihm für den Krieg den nötigen Rückhalt gegeben. Und verändert hat sich seine Politik erst, als die Sowjetunion von Hitler, ich personifiziere jetzt, angegriffen wurde. Natürlich hätte man mit Stalin der Gesinnungsethik zufolge nicht paktieren dürfen, aber die Verantwortungsethik verlangte es. Roosevelt hat recht daran getan. Nur so war der Terror der Nazis zu besiegen. Auch ich habe, trotz meiner Gesinnung, die ganz gegen den Krieg gerichtet ist, diesen Krieg, den Sie, Ihr, Amerika, England und die Sowjetunion geführt haben, als gerechtfertigt angesehen. Welch quälender Widerspruch, in einem Land zu leben, das man liebt, zutiefst liebt, die Städte, die Landschaft, die Flüsse, die Menschen, diese verblendeten Menschen, und es zugleich den Bomben zu überantworten, die diese Städte zerstörten, die gotischen Kirchen, die Bibliotheken, ja, und ach, auch die Menschen. Und doch war es die Einsicht, gegen jedes Empfinden, die sagte: Willkommen, ja, willkommen. Feuer. Brand. Zerstörung! Verstehen Sie?

Sie wollten von Ihrer Frau erzählen.

Wie schön, das aus Ihrem Mund zu hören: Ihre Frau. Ja. Richtig. Sie war meine Frau. Lisaweta. Ich habe sie, wie schon gesagt, nach der Aufführung gesehen, es war spätnachts, als alle noch in Gruppen herumstanden, auch sie in ein heftiges Gespräch verwickelt. Das Erstaunliche an der Aufführung war, wie intensiv, wie erregt die Gespräche waren, wie die Ansichten aufeinanderprallten, ja, so dramatisch muss man es sagen, und ich sah sie, sah sie mit der anderen Frau reden, die durch sie wie durch einen Schatten in meiner Erinnerung verdeckt wird, ihr Gesicht gerötet, erhitzt, sie gestikulierte, und als ich zu ihr trat, sah sie mich an und sagte, ich verteidige Sie gerade, denn das, was Sie gesagt haben, hat mich überzeugt. Und dann hat sie mich sacht am Jackenärmel ergriffen und herangezogen. So haben wir uns kennengelernt. Sie hat mich ergriffen und herangezogen. Nach zwei Monaten in Berlin bekam sie das Angebot aus München, von den Kammerspielen und ...

Und Ploetz?

Entschuldigen Sie, ja, ich bin vom Pfad abgekommen. Ich hatte Ploetz einige Jahre nicht mehr gesehen. Und dann kam durch einen Boten der Brief. Er habe gehört, ich sei in München. Meine Adresse muss er durch den ehemaligen Pacific-Genossen Heinrich Lux, der übrigens, nomen est omen, ein Experte für Lichttechnik und Patentanwalt war, er muss es also von Lux erfahren haben. Denn ich hatte ihm nicht von meiner Übersiedlung nach München geschrieben.

Die Einladung von Alfred Ploetz kam, und ich sagte zu. Wollte ihm wohl auch von meinem Glück erzählen, diesem späten Glück, das uns, Lisaweta und mir, leider keine Kinder mehr bescheren konnte, ja, auch das ging mir durch den Kopf, ein Moment der Trauer, nicht mit ihr Kinder haben zu können, aus Liebe, aus tiefer, tiefer Zuneigung und nicht aus dem Gedanken, man müsse sich vermehren, müsse den Volkskörper stärken. Vielleicht wollte ich dem früheren Freund ebendas versuchen zu erklären, was Liebe sein kann, die nicht allein auf Fortpflanzung gerichtet ist. Lisaweta wollte oder konnte nicht mitkommen, ich denke eher, sie hatte eine Ahnung, der Besuch könne ihr nicht guttun. Noch kannten wir uns nicht lang genug. Aber ich hatte ihr von ihm erzählt. Nicht ausführlich, aber doch von unserer gemeinsamen Reise nach Ikarien. Auch kannte sie seinen Namen aus Zeitungen, hatte von seiner Gesellschaft für Rassenhygiene gehört, wohl auch von seinen Forschungen gelesen. Jedenfalls wollte sie nicht mitfahren. Sie müsse arbeiten.

Ich fuhr also allein hinaus zum Schloss und wurde diesmal am Bahnhof vom ältesten Sohn in einem großen Automobil abgeholt. Alfred und Anita begrüßten mich am Schlossportal. Er trug wie immer einen dunklen Anzug, dazu eine graue Krawatte, und sie – dieses Strahlen, die Herzlichkeit, immer noch stattlich, zwei graue Strähnen im vollen Haar, das sie jedoch jugendlich bauschig hochgesteckt trug.

Der Tisch vor dem Schloss war unter einem Baum gedeckt. Die Luft war klar, der Blick zu den Alpen frei. Kuchen war gebacken worden, eine Apfeltorte mit Zuckerguss. Den magst du doch so gern, sagte sie und drückte mir die Hand. Schade, sagte sie, dass du deine, wie sagst du, Frau, nicht mitgebracht hast.

Ich erzählte von ihrer Arbeit am Theater. Sie fragte nach dem Namen und er nach ihrer Herkunftsstadt. Posen. Er sah mich an. Ja, sagte ich, sie ist Jüdin. Er nickte. Ich wusste, er war ein anderer geworden. Er hatte in seinen Schriften den Juden das Ariertum entzogen und sie nun als eine eigene Rasse bestimmt. Ich musste lachen.

Was lachst du? Nur so. Es war mir egal, was er dachte. Wir tranken Kaffee, aßen Apfeltorte und mieden politische Themen. Kein Streit. Ihretwegen. Wir wussten, wo wir inzwischen standen. Sie schwärmte von der Zeit in Berlin. Erzählte, wie oft ich in ihrem Atelier gesessen hatte. Und wie wichtig es für ihre Arbeit gewesen sei.
Malst du noch?
Kaum. Selten. Es ist viel zu tun hier.
Er unterbrach mein Gespräch mit ihr und sagte: Komm, ich zeig dir die Forschungsanstalt, und so, wie er das sagte, ein wenig schnell und zu betont, klang es, als wolle er ein weiteres Gespräch über ihr Malen abbrechen. Das so betonte Wort *Forschungsanstalt* erschien mir wie eine Rechtfertigung dafür, dass sie nicht mehr malte.
Er führte mich hinüber zu der großen Anstalt. Umgrenzt von einem Zaun, reihten sich hölzerne, nummerierte, hüfthohe Kaninchenställe wie kleine Baracken. Ein Barackenlager im Kleinen. 1600 Tiere wurden hier gehalten, regelmäßig gefüttert und getränkt. Zwei mit langen grauen Schürzen bekleidete Helfer waren mit der Säuberung der Ställe beschäftigt.
In der Mittelachse des Lagers standen drei größere Baracken, hier beschäftigten sich sieben Helfer mit den Tieren. Wir betraten einen weiß gestrichenen, sauberen, nach einem Desinfektionsmittel riechenden Raum. Ein Pfleger hatte eben eines der Tiere aus dem Stall geholt, ein schwarz-weiß geflecktes Kaninchen, das starke Fluchtreflexe zeigte, er hielt es unter den linken Arm geklemmt und mit der Hand die Vorderpfoten fest,

mit der Rechten fixierte er den hin- und herruckenden Kopf, ein anderer schob dem Tier ein metallenes Instrument ins Maul, einer Zange ähnlich, allerdings mit einem umgedrehten Mechanismus, es spreizte ihm die Kiefer auf. Der Helfer goss mit einer Schnabeltasse eine Flüssigkeit in den Schlund.

Genau dosiert, sagte Ploetz, die Menge Alkohol, natürlich kein reiner, sondern gut vermischt mit Wasser und etwas Zucker, so dürfen sie sich einen antrinken.

Hinter diesen Baracken stand ein größeres Holzhaus mit einem Satteldach, die Fensterrahmen, die Türen weiß gestrichen, hier waren die Sektionsräume untergebracht und hier wurde mikroskopiert, tabelliert, wurden die Ergebnisse verzettelt. Für jedes Tier war eine Karteikarte mit mehr als hundert Lebensdaten angelegt. Auf deren Rückseite wurden die Sektionsdaten eingetragen. Die Hirn- und Keimblattpräparate der Kaninchen wurden in Gläsern mit Alkohol eingelegt. Auf den Etiketten war die Abstammung, die Generation, die Entnahme des Gehirns verzeichnet. Hier arbeiteten die wissenschaftlichen Assistenten. Eine junge Frau in einem weißen Kittel hielt das Kaninchen im Arm, das gleich in den Sektionsraum getragen werden sollte. Es wird mittels einer elektrischen Zange getötet. Dem Körper werden sodann Hirn, Leber, Keimdrüsen entnommen, sagte er, und in Schnitten mikroskopiert.

Es war eine umfassende und auf Jahre angelegte Untersuchungsreihe, mit der er, wie er sagte, nachweisen wolle, dass Alkohol die Keimblätter verändere. Und er erläuterte: In der ersten Versuchreihe haben wir zwei

Paare von Kaninchen vor uns, je Bruder und Schwester einer Verwandtschaft. Das Männchen des ersten Paares wird mit Alkohol getränkt, also beschwipst, und hierauf mit dem nüchternen Weibchen der anderen Verwandtschaft gepaart. Umgekehrt darf sich dann das Weibchen einen antrinken, um mit dem Männchen des anderen Paares, das ebenfalls nüchtern geblieben ist, in nähere Beziehung zu treten.
Was mit dieser ersten Versuchsreihe, die natürlich in großer Zahl und an vielen Paaren wiederholt wird, erforscht werden soll, ist, ob der Alkohol, auch wenn er nur ein Mal in großer Menge, und zwar unmittelbar vor der Zeugung, eingenommen wird, bei einem Gutveranlagten Schäden an der Keimdrüse und damit auch der Nachkommenschaft bewirkt. Im menschlichen Fall etwa mit jemandem zu vergleichen, der beim Fasching über die Stränge schlägt.
Zweite Versuchsreihe: Eine Anzahl Kaninchen wird wochen- und monatelang mit Alkohol getränkt beziehungsweise, wie der Fachausdruck lautet, süchtig gemacht. Die Einzeltiere entsprechen dabei einem Menschen, der gewohnheitsmäßig täglich seine zwei, drei Liter Bier trinkt, ohne dabei als Säufer zu gelten. Auch was diese Versuchsreihe bezweckt, sei doch einleuchtend. Es soll einmal klargestellt werden, ob es für die Nachkommenschaft des gewissen Herrn Maier, Stammgast in dieser oder jener Wirtschaft, wirklich ohne jeden Einfluss ist, wenn der Herr Papa sich gewohnheitsmäßig täglich ein bedeutendes Quantum Alkohol zu Gemüte führt.

Und die dritte Versuchsreihe: Das Sperma des männlichen Kaninchens wird mit Alkohol durchtränkt, damit wird die künstliche Befruchtung eines Weibchens herbeigeführt, die in vielen Fällen auch gelungen ist. Dadurch nun, dass der Alkohol in direkte Beziehung zum Keim gebracht wird und auf diese Weise in seiner Stärke von zehn Prozent auf ihn einwirken kann, erhöht sich auch die Wahrscheinlichkeit, an dem auf diese Weise erzeugten Nachkommen Keimschäden nachweisen zu können.
Er zeichnete mir die Hirnstruktur auf, die Ganglienzellen sind das Zentrum, sagte er, hier, sagte er, und da, siehst du? Diese Zellen sind gewissermaßen die Zentrale für alle organischen und psychischen Lebensregungen. Auch für die Emotionen. Glaube nicht, dass die abgetrennt zu untersuchen wären. Nein, auch sie sind weitgehend durch die Erbanlage determiniert. Werden diese Zellen über Generationen durch den Genuss alkoholischer Gifte infiziert, sinken sowohl das Individuum wie die ganze Rasse mehr und mehr herab. Also: Die Förderung des Rassenwohls bleibt die Grundbedingung jeder Politik und der Prüfstein aller anderen humanen Ideale.
Die Tötung geschieht mittels einer Elektrozange, die ich entwickelt habe. Sie wird hier an den Schläfen des Tiers angesetzt. Es ist kurz und schmerzlos. Willst du es sehen?
Einen Augenblick habe ich gezögert, aber ich dachte, ich müsse es sehen, um einmal Zeugnis abzulegen. Denn mit jedem Leid der Kreatur geht ein Riss durch die Welt.

Ja. Ich habe es mir angesehen. Die Löffel eben noch im nervösen Spiel, die großen, seitlich liegenden Augen drehen sich dem Mann mit der Zange zu, ein verletzlich-angstvolles Weiß wird sichtbar, die Zange wird an dem sich windenden Kopf angesetzt, dann geht ein wilder Ruck durch den Körper des Tieres und es wird zum Sektionstisch gebracht.
Später saßen wir in seinem Arbeitszimmer, umgeben von Hunderten kleinerer und größerer Gläser mit Präparaten von Keimzellen und Hirnen. Dieses mit Alkoholgläsern vollgestellte Zimmer war wie eine Selbstbestätigung der Abstinenz und zugleich Zeichen – man kann es so sehen – eines tief sitzenden Hasses auf die Knebelung des einfachen Wunsches, an einem heißen Tag ein Glas Bier zu trinken. Wenn wir erhitzt in einen Wirtsgarten in Breslau gingen und er den ersten Schluck nahm, sagte er voller Genuss, Ah, das zischt. Und sie, Lisaweta, die Sigmund Freud gelesen hatte, sagte: All diese Kaninchen müssen leiden, weil er sich die Lust, ein Glas Wein zu trinken, versagt. Er nimmt im Namen der Wissenschaft Rache an der unschuldigen Kreatur.
Als ich hörte, zum Abendessen gebe es einen Kaninchenbraten, habe ich mich mit dem Hinweis, einen Artikel fertig schreiben zu müssen, verabschiedet.
- *unverständlich* -
Ja, vielleicht ist Trauer das rechte Wort für das, was ich empfand, als ich im Zug zurück nach München fuhr, Trauer darüber, wenn einmal erlebte und empfundene Nähe sich in der Ferne verliert. Ich saß in dem Abteil,

blickte aus dem Fenster und dachte an unseren Aufbruch aus Breslau, die erste längere Reise in meinem Leben, nach Amerika, in die Neue Welt.

- *unverständlich* -

Ja. Merkwürdig. Es gab so etwas wie einen Abschied. Nicht von mir gesucht. Nein, es war eine Einladung von ihm. Kurz vor seinem Tod hatte er nochmals alle Freunde und Bekannten zu sich eingeladen. Frühjahr 1940. Der Krieg war zum Stillstand gekommen, so schien es. Polen war in einem sogenannten Blitzfeldzug niedergekämpft worden. Gekämpft und nieder, dahinter verbirgt sich die Bombardierung Warschaus. Umsiedlungen. Der Beginn all der folgenden Vertreibungen, Erschießungen und der Überlegungen, wie die Slawen, die Polen und Juden dezimiert werden könnten, auch durch Sterilisation, da gab es Versuche, durch Röntgenstrahlen Frauen zu sterilisieren und sie durch Hunger und Seuchen zu ermorden.

Also 1940. Am Rhein die deutschen den französischen und englischen Soldaten gegenüber. Der Sitzkrieg. Stille. Noch hatte der Westfeldzug nicht begonnen, in dem Holland, Belgien und Frankreich in vierzig Tagen überrollt werden sollten. Es schien – ein schrecklicher Gedanke –, als könnte so das von den Braunen angekündigte Reich tatsächlich tausend Jahre alt werden. Ich fuhr hinaus nach Herrsching und nahm vom Dorfbahnhof ein Taxi zum Schloss. Es war ein Nachmittag Mitte Februar. Einer dieser Tage, an denen schon das Frühjahr zu erahnen ist. Der Föhn ließ die Schneereste schmelzen. Ein zögerliches Läuten der Meisen, so

als müssten sie noch ein wenig üben. Der sanfte Wind ließ den See in der Sonne blinken. Die Sicht war klar und ging weit ins Gebirge. Dann tauchten wir in diesen dunklen, mir immer ein wenig unheimlichen Tannenwald ein und kamen zum Schloss. Noch standen die meisten Gäste im Freien. Ich sah einige seiner Schüler, die inzwischen Professoren geworden waren, neben ihnen, etwas abseits, stand Schaller ohne Mantel im Tweedanzug. Ich stellte mich zu ihm.
Frieren Sie nicht?, fragte ich ihn.
Einmal auf dem Dach der Welt, und man ist gegen Kälte imprägniert. Er lachte. Nein, er trage unter seiner Jacke einen Pullover aus Yak-Wolle. Natürlich nicht das Haar ausgewachsener Tiere, das so hart wie Holzspäne sei, sondern die denkbar feinste Wolle, genau genommen ein Flaum, der wird den zwei Wochen alten Kälbern hier an der Kehle vorsichtig abgeschnitten und dann versponnen. Der Pullover sei übrigens das Geschenk eines Lamas.
Wir wurden von einer Assistentin des Freundes ins Schloss und in sein nur schwach erleuchtetes Arbeitszimmer gebeten. Zwei Stühle standen dort und sein Schreibtischsessel, auf dessen Rückenlehne ein kleines Pentagramm mit Kreide gezeichnet war. Man machte sich untereinander bekannt – mir wich man aus. Professor Fischer, Direktor für Anthropologie, Erblehre und Eugenik am Kaiser-Wilhelm-Institut, der, mir die Hand reichend, nach meinem Namen fragte, sagte: Ach so, Sie sind das, und wandte sich ab. Nur Schaller, der offensichtlich ebenfalls von den Anwesenden geschnit-

ten wurde, unterhielt sich weiter mit mir, erzählte von einem in der Nähe von Lhasa gelegenen Kloster, das darauf spezialisiert gewesen sei, Schweine zu mumifizieren. Aber ich achtete nicht seiner Geschichten, sondern verfolgte den Bericht des Nestors der schwedischen Eugenik, Professor Herman Lundborg, Neurologe und Psychiater, ein rüstiger Greis, dessen Wangen sich röteten, als er von den guten Erfahrungen mit der Sterilisation Debiler in Schweden sprach. Die sozialdemokratische Regierung habe endlich die völkische Verantwortung erkannt und die notwendige praktische Durchführung 1935 veranlasst. Gottlob sei die lutherische Staatskirche einsichtig und habe nicht allzu viel Radau gemacht, im Gegenteil, mehrere Theologen hätten die Aktion unterstützt. Sein Deutsch kannte sogar solche umgangssprachlichen Feinheiten wie ›Radau machen‹. Jetzt werde das Gesetz, endlich, auch auf erkennbar asoziales Verhalten wie Alkoholismus, er nickte Agnes Bluhm aus dem Kaiser-Wilhelm-Institut zu, sowie die zwanghafte sexuelle Vergnügungssucht Minderjähriger erweitert. Eine Sterilisation sei dann bei Hinzuziehung zweier Ärzte ohne Einwilligung der Betroffenen möglich. Doktor Nitsche, langjähriger Direktor der Heil- und Pflegeanstalt Pirna-Sonnenstein, erläuterte, wie sich die Rassenbiologie weiterentwickeln werde, gerade durch die Erfahrungen aus dem jetzigen Krieg. Denn der erfordere, Platz in den Kliniken für die im Kampf verwundeten Soldaten zu schaffen. Das Wort Luminal-Schema blieb mir im Gedächtnis. Er habe es erprobt und zur Anwendung gebracht. Dann erstarben die Gespräche. Wir warteten und fragten uns, welche Bedeutung diese kurzfristige Einladung habe.

Die Griechin erschien, das inzwischen recht graue Haar hochgesteckt, darin, nach japanischer Mode, ein schwarzer Stab, das dunkelblaue samtene Kleid spannte ein wenig über dem Busen, das Revers war mit weißen Kringeln verziert. Der Gedanke, ein Konditor habe mit einer feinen Sahnespritze die Arbeit getan, kam mir irritierend in den Sinn. Sie hieß uns willkommen und sagte, man möge sich erfrischen. Ein Dienstmädchen trug ein Tablett mit Gläsern herein. Die Griechin nickte mir zu, sehr ernst, und ging wieder hinaus. Die Gespräche wurden wieder aufgenommen. Ab und zu wurde gelacht, aber gedämpft. Dann, plötzlich, wurde es still, der frühere Freund kam in den Raum, wie immer im korrekten schwarzen Anzug mit Weste und Krawatte. Das Haar und der Bart waren weiß geworden.

Willkommen euch, sagte er, ich bin mit den meisten von euch im vertraulichen Du verbunden, das aus früher Zeit sich erhalten hat; ein Willkommen auch Ihnen, die erst später mit Anteilnahme und Zuspruch mich in meiner Forschung unterstützt haben. Ich kann wohl sagen und ihr wisst es, die wissenschaftliche Arbeit des letzten Jahrzehnts, die Versuche, die Statistiken, die begleitenden Vorträge, haben ihren Nutzen gefunden. Haben, dank dem jetzigen politischen Willen, ihre tätige Wirkung gehabt. Sind auch ins Ausland gedrungen, lieber Lundborg, wir können sagen, es ist vieles erreicht, was wir vor vierzig Jahren überlegt hatten; was wir immer wieder gefordert haben, ist jetzt Ereignis geworden. Die Rassenhygiene hat ihre Anerkennung gefunden und ist aus der deutschen Wissenschaft nicht mehr wegzudenken. Heute aber habe ich Sie und euch nicht eingeladen, diesen Erfolg zu feiern, sondern es gilt, ein Versagen zu bekennen.

Er schwieg, und eine spürbare Unruhe breitete sich unter den Versammelten aus. Ich sah das ratlos fragende Gesicht von Ernst Rüdin.

Für mich, fuhr Ploetz fort, ist eine Schlacht verloren gegangen. Meine langjährigen Begleiter, ihr wisst, dass ich mir die letzten Jahre recht sauer gemacht habe, um durch praktische Versuche, dieses zu zeigen: dass Alkohol, der verderbliche, zerstörerische, nicht nur den Körper der Trinker ruiniert, sondern gleichzeitig auch die Körper der Nachkommen. Dass seine verderblichen Folgen sich heimtückisch einschleichen in die Keimblätter, in das Sperma, in das Ovulum, um dort ihre schädigende Wirkung für alle die noch Ungeborenen zu – wie sage ich …

Ich, der ihn so lange kannte, bemerkte seinen hilflos suchenden Blick und sagte: Zu entfalten. Richtig, ja. Willkommen, du Freund des fernen Pacific, willkommen, wenn auch der Zeitenlauf dich in eine ganz andere Richtung geführt hat. Wir haben uns bemüht, das darf ich wohl sagen, und ich habe mich bemüht, redlich, und nicht Geld und Zeit gespart, denn das muss gesagt sein, dank dir, und er wandte sich der Griechin zu, wären alle Versuchungen – Schaller unterdrückte ein glucksendes Lachen, bemühte sich, es mit einem Husten zu überdecken –, alle Versuche nicht möglich ge-

wesen, und darum habe ich euch eingeladen, um das zu feiern, was man normalerweise nicht feiert, eine Niederlage. Denn meine Annahme konnte nicht bewiesen werden. Ich konnte sie nur widerlegen. Ich habe mich lange selbst getäuscht, habe mich täuschen lassen von der Hoffnung, kurz vor dem Durchbruch zu stehen. Die Arbeit der letzten Jahre war umsonst. Aber, liebe Freunde, es ist doch nicht ganz umsonst, denn auch die Negation schafft Wahrheit. Nein, der Alkoholkonsum, egal in welcher Menge, verändert nicht das Keimblatt. Er bewirkt keine weitervererbbaren Schäden. Darauf können wir trinken.
Wein wurde hereingetragen und in die Gläser gefüllt. Man griff zu, und da geschah das schier Undenkbare, ein Raunen ging durch die Versammelten, auch er, der alte Freund, nahm sich ein Glas Wein, hob es und sagte: Auf den Irrtum. Und er trank einen Schluck. Sein Schmecken zeichnete sich im Gesicht ab, in diesem vom weißen Bart gerahmten Gesicht, Nachdenklichkeit zeigte sich darauf, ja ein nachdenkliches, fünfzig Jahre zurückführendes Schmecken.
Ich hatte keine Gelegenheit mehr, mit ihm zu reden. Er war umlagert von Graubärten, die auf ihn einredeten. Ich bin dann zu Fuß durch den finsteren Tannenwald ins Dorf und zum Bahnhof gegangen und nach Hause gefahren.
- *unverständlich* -
Drei Wochen später hörte ich von seinem Tod. Im Antiquariat wurde angerufen, und Axthelm sagte: Für Sie, ein Herr.

Das war höchst ungewöhnlich, dass ich angerufen wurde. In meiner Dachwohnung gibt es, wie Sie wissen, kein Telefon. Und in dem Antiquariat hat, abgesehen von der Griechin, nie jemand telefonisch nach mir verlangt. Eine Stimme, eine männliche, nannte den Namen der Griechin.
Wer spricht?, fragte ich. Die Stimme nannte einen Namen, den ich nicht verstand, und sagte dann: Er ist tot. Ich wusste sogleich, dass nur er, der frühere Freund, gemeint sein konnte, und fragte, wann? Gestern. An seinem Lungenemphysem. Es war kein leichter Tod. Wie bei allen Asthmatikern, die bei einem Anfall sterben, ein Tod, der einem Ersticken gleichkommt. Und dann entstand eine Pause.
Es kam einem Erwürgen gleich, sagte die Stimme.
Ich fragte nochmals nach dem Namen des Anrufers, denn diese Beschreibung des Todes erschien mir von einer merkwürdigen Brutalität. Und wieder war der Name nicht verständlich, ging in einem atmosphärischen Rauschen unter. Dann wurde eingehängt. Ich hielt die Muschel ans Ohr und hörte das monotone Freizeichen.
Ich muss eine lange Zeit so dagestanden haben, den Hörer in der Hand.
Axthelm fragte, was ist los?
Er ist gestorben.
Wer?
Nun er, der Doktor.
Einige Stunden später rief sie, die Griechin, an. Und Axthelm hielt mir wortlos den Hörer hin. Sie weinte. Ja, noch bevor sie etwas sagte, erkannte ich sie an dem

Weinen. Sie werden sagen, diese Gewissheit sei nach dem vorangegangenen Anruf naheliegend gewesen. Nein, ich erkannte sie, obwohl ich sie nie hatte weinen hören, sofort. Und dann sagte sie mir: Er ist tot.

Ich habe ihr erzählt, dass ich es schon durch einen Anrufer erfahren hätte.

Das verwunderte sie. Wer war es?

Ich weiß nicht, ich habe den Namen nicht verstanden.

Vielleicht, sagte sie, war es der Arzt, den man zu dem behandelnden Doktor Schmidinger als Konsultanten hinzugezogen hatte. Aber woher kannte er dich? Vor allem, wo du zu finden bist? Du warst ja da, sagte die Griechin, hast ihn gehört, wie er sagte, dass seine mit so großer Energie und Rücksichtslosigkeit sich selbst und der Familie gegenüber evaluierte Hypothese falsch sei. Ich denke oft an unser letztes Gespräch.

Gezögert habe ich, auch ihretwegen, zu seiner Beerdigung zu gehen, denn man wusste, wo ich gewesen war. Und in der Gesellschaft eines solchen Urlaubers gesehen zu werden, war nicht förderlich, um es vorsichtig auszudrücken. Andererseits, sagte ich mir, waren er und seine Familie längst zu den Nichtbelangbaren geworden. Ich weiß nicht, ob er womöglich zu den sogenannten Gottbegnadeten gehörte, die, wie der Schauspieler Gründgens, der Dichter – na ja, Dichter – Hanns Johst und der Bildhauer Arno Breker, nach Hitlers Willen um jeden Preis geschont werden sollten. Sie wurden vom Militär freigestellt und sollten an Orten leben, wo sie vor Bomben und jeder anderen Kriegseinwirkung geschützt wären.

Es war ein kalter Tag im März. Die Sonne schien wie durch Milchglas. Schneereste lagen am Wegesrand des kleinen Friedhofs. Ich dachte, der Boden wird hart gewesen sein für den Spaten. Viel Prominenz hatte sich am Grab versammelt. Schwarze Mäntel. Zylinder. Grau die Haare, grau die Bärte. Viele Doktores, viele Privatdozenten, Professoren, viele Emeriti. Ein paar Männer in Uniformen, graue, schwarze und braune. Ehrendolche. Hakenkreuzbinden. Gewichste Langschäfter blitzten. Wahrscheinlich schien doch die Sonne. Ein wahrer Berg an Kränzen und Gebinden türmte sich auf. Im Vordergrund lagen die pompösen Kränze vom Führerstellvertreter Rudolf Heß und vom Reichsinnenminister Dr. Frick. Irgendein Reichsleiter redete, von Ariern und der Reinheit der Rasse und den nordischen Tugenden wie Tapferkeit und Treue. Professor Rüdin, sein Freund, Schwager und Mitstreiter, ließ ihn mit seinem Lebenswerk der *Fahne Adolf Hitlers mit tiefstem Ernst und freudiger Hoffnung für eine glückliche Zukunft des deutschen Volkes* folgen. Professor Lenz fasste sich kurz: *Dieser Mann, der hier zu Grabe getragen wird, hat durch seine verdienstvollen Leistungen ganz wesentlich zum Aufbau unserer nationalsozialistischen Weltanschauung beigetragen.*

Der in einen abgetragenen schwarzen Mantel mit zu kurzen Ärmeln gekleidete Schaller hatte wieder meine Gesellschaft gesucht und flüsterte, die Asen werden ihn schon aufnehmen, und er zwinkerte mir zu.

Ich hatte keinen Kranz, keine Blumen mitgenommen, nichts. Die Urne wurde in einem ausgehobenen Loch

versenkt. Danach kondolierte ich ihr, der Griechin, die schwarz verschleiert dastand.
Sie sagte: Danke, dass du gekommen bist.
Ich bin nach der Beerdigung nicht, obwohl eingeladen, zum Leichenschmaus gegangen, sondern nach München zurückgefahren. Ich bin in den Keller gestiegen und habe mich in meinen Sessel gesetzt. Oben ging die Ladenglocke, und ich habe den Schritten eines Kunden über mir gelauscht. Sie führten zu den Buchregalen, wo die deutsche Prosa stand, und dann weiter nach rechts, zu Erstausgaben von Hanns Johst, Kolbenheyer, Blunck und, ja, auch von ihm, Gerhart Hauptmann, signierte und unsignierte. Damals schien es, das selbst ernannte Reich würde, wie schon gesagt, wirklich tausend Jahre dauern. Ich bereute, 1912 bei meiner zweiten Reise nach Amerika nicht einfach dort geblieben zu sein. Aber ich wollte damals zurück, sah es als meine Pflicht an, in meinem Land, in Deutschland, zu arbeiten und mitzuhelfen, die Dinge zum Besseren zu wenden, zu mehr Gerechtigkeit, zu mehr Gleichheit. Können Sie das verstehen? Deutschland, dieses industrialisierte Land mit seiner politisch gebildeten und organisierten Arbeiterschaft, der starken Sozialdemokratischen Partei, könnte, so hoffte ich, wenn es zu einer Revolution käme, zu einem Beispiel für andere Länder werden, nicht dieser asiatische Despotismus wie im Russland der Bolschewiki.
Die Schritte oben gingen weiter, in die Richtung, wo Axthelm an seinem Biedermeiersekretär saß. Dort wurde jetzt gezahlt. Vielleicht die signierte Erstausgabe

des Adolf Hitler gewidmeten *Schlageter* von Hanns Johst. Ich dachte daran, wie ich den ehemaligen Freund das letzte Mal hier gesehen hatte. Die Schuhe, in deren einen ein kleines Loch geschnitten war. Und versuchte dabei, mir das Bild vor Augen zu führen, als ich ihn das erste Mal gehört habe und er von der Ungerechtigkeit in der Welt geredet hat. Als er gegen die Fabrikherren wetterte, gegen die Reichen und gegen die Ungerechtigkeit der Natur, die dem einen einen schwachen Kopf mitgibt und dem anderen die schöne Gabe der Klugheit. Wie kann man das Ungleiche ausgleichen? Wie kann man die Laune der Natur korrigieren? Und wenn es schon Ungerechtigkeit gibt, dann darf es nicht auch noch zusätzlich die in der Gesellschaft geben. Das ist empörend. Wehrt euch! Steht auf!

Und ich dachte in meinem Keller an die junge Frau, seine Assistentin, mit dem so auffallend sanften Gesicht, den von langen dunklen Wimpern beschatteten Augen, wie sachte sie die langen Ohren des Kaninchens streichelte, woraufhin es ein Ohr zutraulich ein wenig abknickte und hängen ließ. Und ich dachte an die Zange, die dem Tier an den Kopf gesetzt wurde, und wie ein krampfhafter Ruck den Körper erfasste. Eine kurze Starre. Dann sank der Kopf zur Seite.

Feindaufklärung

Hansen war wieder in die Kommandantur befohlen worden. Ein Captain der Militärverwaltung befragte ihn zu dem requirierten Kabriolett. Und zu dem Haus. Ein Haus am See. Sechs Zimmer, das sei doch wohl ein Witz. Das hatte sich inzwischen herumgesprochen. Für zwei Leute, für den Mediziner und Hansen. Überhaupt, was Hansen da treibe, sei niemandem mehr so recht klar.
Das Archiv des Eugenikers lagere dort. Die Unterlagen. Die histologischen Schnitte. Und er befrage einen alten Weggefährten dieses Eugenikers.
Ja, sagte der Captain, aber er habe sich bei der geschichtswissenschaftlichen Abteilung der Army erkundigt, und die Antwort sei gewesen, das Interesse an dem Fall Ploetz liege, wenn man es auf einer Skala von 1 bis 10 messe, allenfalls bei 3, eher bei 2.
Das Projekt ist noch nicht abgeschlossen.
Andere Projekte sind wichtiger.
Hansen musste eine Begründung schreiben, warum er den *Adler* requiriert hatte. Er, ein Lieutenant. So ein Kabriolett hätte einem Stabsoffizier zugestanden, also vom Major aufwärts.

Im Haus am See sagte George, Simply write that you would never, never ever have been taken seriously by this big wig if you had turned up on foot or riding a bike. And what's more the jeeps with drivers would have had to be requested every single time. How is one supposed to conduct research then? And the Nazi apothecary kicks you in the ass.

Zwei Tage später tauchte der Apotheker auf, kam zu Fuß, es regnete, er trug einen dunkelgrünen Gummimantel. So, dachte Hansen, als er ihn durch das Küchenfenster auf das Haus zukommen sah, müssen die Beamten ausgesehen haben, vor denen sich Wagner versteckt hat.

Es läutete an der Tür.

Hansen ließ ihn warten. Nach einer langen Pause abermaliges Läuten. Hansen öffnete. Was wollen Sie?

Den Autoschlüssel. Hier ist die Bestätigung Ihrer Kommandantur. Sie haben den Wagen sofort zurückzugeben.

Sofort? Warten Sie, befahl Hansen. Schloss die Tür und ließ den Bezirksapotheker im Regen stehen.

Er trank in Ruhe seinen Kaffee aus, rauchte eine Zigarette zu Ende, erst dann holte er den Schlüssel und hielt ihn dem Apotheker, der drei Stufen unter ihm im Nieselregen stand, hin wie dem Hund eine Wurst. Als der Apotheker zugriff, hob er den Schlüssel hoch. Aber dann fand er das Spiel zu dumm und warf ihm den Schlüssel zu.

Er sah ihm nach, dem Wagen, das schöne Tiefblau, das

hellgraue Verdeck, er entfernte sich auf dem Feldweg, noch sah er, wie, bevor der Wagen nach links auf die Landstraße abbog, der Winker ordnungsgemäß herausklappte, obwohl weit und breit kein Fahrzeug zu sehen war.

Am übernächsten Tag fuhr Hansen in einem von einem GI gesteuerten Jeep nach München. Er hatte sich mit Molly im Café verabredet: *And went on in sunlight, into the Hofgarten.* Wie immer kam sie pünktlich. Sie trug ein blaues klein gepunktetes Kleid und Schuhe mit hohen Absätzen, Seidenstrümpfe. Eine kurze Umarmung, dann setzte sie sich zu ihm an den Tisch und schlug die Beine übereinander, zog sich die dünnledernen dunkelblauen Handschuhe aus und legte sie auf den Tisch.

Der deutsche Kellner in einer zu weiten, an den Ärmeln ausgefransten weißen Jacke kam. Hansen wollte Gin bestellen.

Na. Hamma net.

Die Dinge normalisieren sich, dachte Hansen, die Kellner werden patzig. Was haben Sie denn?

Limonade.

Bier?

Aa net.

Gut, dann eben Limonade.

Das ist gut so, sagte sie. Jetzt keinen Alkohol, am frühen Nachmittag. The sun is not over the yard-arm.

Das sagen die Engländer, sagte er, nicht wir.

Sie nahm die Sonnenbrille ab, sah ihn mit ihren durch-

sichtig blauen Augen an, nahm seine Hand, was sie bisher nie getan hatte, und sagte ohne Zögern, ohne verbindliche Einleitung, Wir können uns nicht mehr sehen.
Warum? Und plötzlich spürte er sein Herz schlagen.
Ich habe jemanden kennengelernt.
Wen?
Keine Fragen, sagte sie. Ich frage dich auch nicht.
Kenne ich ihn?
Nein. Du kennst ihn nicht. Und es ist auch egal. Ich muss mein Geschäft voranbringen. Die Pension meines Mannes ist zu gering. Und im Augenblick bekomme ich gar nichts. Mein Junge soll es gut haben.
Der Kellner brachte Limonade, und sie sagte: Lass uns anstoßen. Auf die Zukunft. Auch auf deine.
Sie hat dann von ihrem Geschäft erzählt. Die ersten Kleider waren genäht worden, und sie hatte durch Beziehungen, wie sie sagte, die Genehmigung zur Herstellung der Kleider erhalten. Welcher Art diese Beziehungen waren, fragte er sich und konnte dem Geschäftsverlauf nicht recht folgen. Auch für den Vertrieb, Bestätigungen und nochmals Bestätigungen, die amerikanische Verwaltung war ebenso bürokratisch wie früher die deutsche, nur dass sich die Amerikaner nicht auskannten. Aber dann, durch eine Verbindung – welche, wollte er fragen, aber sie unterbrach ihn mit einer Handbewegung – sei alles ganz schnell gegangen, die Stempel sausten nur so nieder. Ja, ich kann anfangen. Die Kleider können weiter genäht werden. Auch die Verarbeitung der Fallschirmseide ist genehmigt worden. Sie, die Kühle, hatte sich in Hitze geredet,

die Wangen gerötet, ein geschäftlicher Glanz lag in ihren Augen. Sie strahlte. Und stell dir vor: Ich darf sogar in die britische Besatzungszone liefern.

Gratuliere.

Wann gehst du zurück?

Weiß nicht. Noch nicht.

Lass uns anstoßen, sagte sie abermals, immer noch das Limonadeglas in der Hand. Er stieß mit ihr an und trank gedankenlos. Und dann küsste sie ihn zum ersten Mal in der Öffentlichkeit auf den Mund. Man sah zu ihnen herüber, und es war gut, dass er keinem Regiment zugeordnet war, im Dienst nicht mit Kameraden zu tun hatte. Er war ja eher ein Zivilist in Uniform.

Sie hatten sich noch über dieses und jenes unterhalten, hatten einen Augenblick schweigend dagesessen und geraucht. Dann war sie aufgestanden, hatte die schmale blaue Lederhandtasche genommen. Sie gab ihm einen Kuss auf die Wange und sagte: Mach's gut und danke. Sie ging auf ihren Lederpumps, die er noch nicht an ihr gesehen hatte, durch den Kies unter den Kastanien in Richtung des in Trümmern liegenden Militärmuseums.

Er hatte sich wieder hingesetzt und gedacht, eigentlich müsste ich mich jetzt wohl betrinken. Aber das erschien ihm dann auch darum so albern, weil es ihm wie aus einem Film vorkam. Was hatte er erwartet? Eine feste Bindung? Was er vermissen würde, war dieses kühle, ästhetische Raffinement, mit dem sie ihm entgegenkam – ja, genau so: entgegenkam. Wahrscheinlich war das nur möglich, wenn nicht zu viel Empfindung im Spiel – Spiel, so konnte man sagen – war. Das Unberechenbare. Der Wechsel von Hingabe, kurz, rücksichtlos, haltlos, und dieser gleichgültigen Distanz, eine überraschende Ferne, Bindungslosigkeit. Kein Vergleich mit der Frau des Landmaschinen-Vertreters, die er, ohne dass deren Mann etwas wusste, über mehrere Wochen in St. Louis getroffen hatte und die immer anhänglicher geworden war und damit gedroht hatte, ihren Mann zu verlassen. War er in sie verliebt gewesen? Wohl eher nicht. Und Catherine? Mit der er eine Nacht kurz vor seiner Abreise verbracht hatte. Wohl eher ja. Und Molly? Auf eine ganz eigentümliche Weise ja, glaubte er. Wobei er sich sagen musste, dass sie ihm nicht nur zu Diensten war, sondern auch genoss, aber auf eine kühl berechnende, ichbezogene Weise.

Später, im Haus am See auf der Terrasse sitzend, rauchend und ein Glas Bourbon trinkend, hatte er das deutliche Gefühl, auch in ihm sei etwas zu einem Ende gekommen, vielleicht meine Unschuld, dachte er. Aber warum? Nein, etwas anderes, die Zukunft hat sich verengt. So etwas ging ihm durch den Kopf, und er vermisste George, mit dem er jetzt gern geredet hätte. Die enge Zukunft. The narrow future. Nein, das hört sich nach Grammatik an. Das Englische mit seiner Verbenfülle, aber so etwas wie Zu-kunft gibt es nicht, dachte er, da hatte er schon das zweite Glas auf nüchternen Magen getrunken. Es ist Ankunft darin. Was kommen wird – das College oder eine Universität. Unterricht in deutscher Geschichte und deutscher Literatur.

Nicht Columbia oder Harvard. Er kannte seine Grenzen. Evansville. Dorthin hatte sein Meister gute Kontakte. Eine kleine Universität mit gutem Ruf.
Er war einmal dort gewesen, als er Kuppitsch zu einem Vortrag begleitet hatte, mitten im Krieg, wie er jetzt sagen konnte, die Amerikaner waren gerade in Nordafrika gelandet, kämpften um Guadalcanal, da hörte er den Vortrag über Heinrich Heine und Karl Kraus, diese abstoßende, wie Professor Kuppitsch sagte, Kritik von Karl Kraus an Heinrich Heine. Hansen war am Nachmittag allein durch die Straßen gegangen, hatte die wehmütigen, sich hinziehenden Signale der über eine Brücke des Ohio fahrenden Züge gehört. Er ging vorbei an kleinen Häusern mit Vorgärten, Rasen, Rabatten, sauber, eine adrette kleine Stadt, Stille, nicht einmal von einem Hundebellen unterbrochen.

Wann gehst du zurück?, hatte sie gefragt.
Wer weiß das denn? Ich nicht, vielleicht bleibe ich.

13. Tag

Unser Gespräch geht ja langsam zu Ende. Können Sie mir noch von der zweiten Reise erzählen? In die Staaten. Meine Abteilung interessiert diese Reise besonders. Fragen Sie mich nicht, warum. Es wird irgendeinen Grund haben.

Fahren Sie zurück nach Amerika?

Vielleicht muss ich nach Berlin. Was ich dort zu tun habe, weiß ich noch nicht. Dürfte es wahrscheinlich auch nicht sagen. Auch wenn es kein Staatsgeheimnis ist. Das heißt, momentan ist alles Staatsgeheimnis. Plötzlich gibt es verstärkte Spannungen mit der Sowjetunion. Kommunisten, die spionieren und unterwandern. Eine merkwürdige Stimmung. Erzählen Sie doch von der zweiten Reise.

Meine zweite Reise in die Staaten hat nichts Geheimnisvolles. 1912 bin ich gefahren. Mein Vater war schon vor Jahren gestorben und hatte mir, wie gesagt, eine Erbschaft hinterlassen, die mir erlaubte, auch diese Reise selbst zu finanzieren. Nicht das Zwischendeck habe ich gebucht, sondern die zweite und doch höchst kommode Klasse. Es war eine stille Überfahrt, im Sommer.

Die *Kaiserin Auguste Viktoria*. Ein Schiff mit jedem nur erdenklichen Komfort. Auf der Fahrt lernte ich eine Opernsängerin kennen, eine Japanerin, Yu, eine zierliche Frau, von der man überhaupt nicht hätte annehmen können, dass in ihrem Körper ein derartiges Stimmvolumen steckte. Der Auftritt war, als ich sie in New York auf der Bühne hörte, ganz sensationell. Sie wissen, unsere Sängerinnen, insbesondere die Wagner-Sängerinnen, haben alle eine enorme Raumverdrängung, sind opulente Frauen. Die Japanerin war mir auf der Reise eine höchst kenntnisreiche Führerin in die japanische Kunst und Literatur.

Die Stadt hatte sich in den zwanzig Jahren verändert. Eine andere Stadt. Wie beeindruckend war beim Einlaufen in den Hafen die Freiheitsstatue mit der Fackel, ein Geschenk Frankreichs, wobei ich mich fragte, warum haben nicht wir Deutschen der Neuen Welt dieses schöne Symbol schenken können? Wäre es überhaupt denkbar gewesen? Nein. Wir haben den Exerzier- und Prügelstock gebracht. Dank des Generals Steuben. Gut, es gab auch Carl Schurz, den Revolutionär von 1848, der später in Amerika für die Befreiung der Sklaven gekämpft hat. Aber sonst?

- *unverständlich* -

Ja, ich bin nochmals zu den Ikariern gefahren. Zu der Kommune, zu diesem schönen Traum meiner Jugend. Es war nicht mehr viel zu sehen. Die alten Kommunarden waren gestorben. Anderen war das Land zugefallen. Sie waren, da es keine Verträge für eine Auflösung des Gemeinbesitzes gab – man hatte die Möglichkeit des Scheiterns für undenkbar gehalten –, plötzlich Millionäre. Eine Verkehrung der Idee. Die alten Verhältnisse, die überwunden werden sollten, hatten obsiegt. Lena und ihr Fred lebten noch in der Siedlung, sechs Kinder hatten sie bekommen. Sie arbeiteten als Angestellte, und zwar für den Advokaten. Er hatte einen Großteil der Ländereien an sich gerafft. Ein mieser Ausbeuter, der in einem neu erbauten Haus mit Bediensteten lebte. Er kam mir, als ich das Gelände betrat, in einem Einspänner entgegen, knallte mit der Peitsche und sagte: Das ist Privatgrund! Betreten verboten! Ich könnte, Sie wissen, welche Gesetze hier gelten, von der Schusswaffe Gebrauch machen.

Er sagte es genau so: von der Schusswaffe Gebrauch machen. Sein Deutsch war, vom Amerikanischen ein wenig breitgewalzt, in der Grammatik immer noch korrekt.

Ich hatte auf unserer ersten Erkundungsreise auch die Amana-Gemeinde besucht. Kurz, nur zwei Wochen. Während der Freund in der Bibliothek von Chicago saß und mit seinem kompromisslosen Fleiß die Geschichte der verschiedenen Kommunengründungen studierte, habe ich Holz gehackt. Während er sich Notizen machte, habe ich in der Mühle Korn ins Gewerk geschüttet, habe gemeinsam mit Menschen, die vor der Mahlzeit beteten, gegessen. Mir ist der Glaube nicht gegeben. Niemand zwang mich zum Gebet. Allerdings häuften sich die sorgenvollen Gespräche, in denen man mir die Leiden Christi beschrieb, in denen mir gesagt wurde, wie wichtig es sei, am Gebet teilzunehmen, um

der Inspiration teilhaftig zu werden. Man müsse auf die innere Stimme hören. Diese müsse von einer anderen Stimme von außen angemahnt werden. Hörst du? Ich, sagte der Rundbärtige, möchte dich, er blickte mir treuherzig in die Augen, nach unserem kurzen Erdendasein wiedersehen. Im Leuchten unseres Herrn, des Herrn Jesu Christ. Amen.
Ich war in die Amana-Gemeinde gegangen, von der es hieß, sie blühe, wachse und gedeihe. Und das schon seit Jahrzehnten. Warum waren die politischen, sozial ausgerichteten Kommunen untergegangen? Warum hielten sich die religiösen, wie die Shaker, länger? Oder die der Mennoniten, der Amish-Gemeinden? War, was unsere Erfahrung zu lehren schien, die ikarische Bewegung zwangsläufig in dieser kleinbürgerlichen Landkommune geendet?
Ich wurde abermals freundlich, ja herzlich aufgenommen. Ein Unterschied, der mir schon damals aufgefallen war: Die Amana sprachen deutsch, während in der Ikarischen Siedlung eine babylonische Sprachverwirrung herrschte. Und das Deutsche der Amana-Gemeinde war nicht etwa das der Nation oder des Volks, sondern eine Sprache der Inspiration. Sie diente nicht nur der Mitteilung des Gewöhnlichen, sondern in ihr sprach Gott zu ihnen. Der Geist benutzte seine Werkzeuge, die Inspirierten. Die Amana waren nicht ganz von dieser Welt. Die Ikarier-Siedlung hingegen war Europa, ein nach Illinois verlegtes Klein-Europa, in dem Französisch, Deutsch, Schwedisch, Italienisch, Spanisch und Englisch gesprochen wurde. Die Lingua

franca war Englisch. Natürlich führte das zu Missverständnissen, weil nicht alle im gleichen Maße des Englischen mächtig waren. Das ideelle Ziel, die Gleichheit, war schon in der Sprache nicht gegeben. Die Gleichheit ist aber ein abstraktes, durch ständige Gespräche und praktische Bemühungen nur annäherungsweise zu erreichendes Ziel, das immer wieder neu durch und mit der Sprache justiert werden muss. Sie merken, ich habe das früher mehrmals vorgetragen und auch formuliert. Anders bei den religiös ausgerichteten Kommunen. In ihnen, wie in der Amana-Gemeinde, wirkt das Spirituelle als das innig einende Band, weit mehr, als es das streng rationale Konstrukt kann. Das Religiöse, mehr noch die betont spirituellen Formen des Umgangs miteinander, das gemeinsame Beten, das Warten auf die Inspiration, also eine immer auf Zukünftiges gerichtete Stimmung, bilden eine ausgleichende, harmonisierende Kraft. Sie trägt in sich das Versprechen, im gelebten Zusammensein eine Oase in der Wüste zu sein, das Elim, das mit seinen zwölf Wasserquellen und siebzig Palmen Kraft spendet für die weite Wanderung zum Garten Eden. All das hat den damaligen Freund nicht interessiert. Er war Materialist. Religion war Mumpitz, wie der Mann im Mond, von dessen Nichtexistenz man spätestens seit der Entdeckung des Fernrohrs wusste. Die Amana aber sind durch ihre Inspiration, durch die Sprache, die Engelsprache, wie sie die nennen, verbunden.
Engelsprache? Und die ist zu hören?
Wenn es Sie interessiert, ich kann …

Wir haben Zeit. Jedenfalls noch. Danach unverständliches Murmeln.
Ich empfehle Ihnen den Bericht des Ökonomen Robert Liefmann aus Freiburg, der die Amana-Gemeinde nach dem ersten großen Krieg besuchte. Wir haben ein Exemplar hier im Antiquariat. Sie können darin nachlesen, wie die Inspirierten geredet haben, der Gemeinde Ratschläge erteilten, ein Pfingsterlebnis, sie sind göttliche Werkzeuge, und die Schreiber sind die Evangelisten, sie notieren das Wort. Und ganz bedeutend ist, wie der Kommunismus nicht durch lange gesellschaftliche Studien als notwendig entwickelt wird, sondern durch eine Inspiration ihnen empfohlen wurde.
Mein Interesse richtete sich auf ebendiesen Aspekt des Spirituellen, das bei den Amanen etwas Magisches – der ehemalige Freund würde sagen: Spinöses – hat. Erstaunlich ist jedenfalls, dass durchaus etwas Vernünftiges entstehen konnte, während in der ganz auf Vernunft gegründeten, dem Irrationalen keinen Platz lassenden Kommunen der Ikarier das Vernünftige zerstört wurde. Ihnen fehlte auf eine eigentümliche Weise die Kohäsion. Das Glücksversprechen der Harmonie ist nicht dem Verstande allein abzuringen, die Seele gehört dazu, eine Vorstellung, die wir in unseren Wissenschaften verloren haben, die Seele als ein zwischen dem Gefühl und dem Verstand Vermittelndes.
Also die Engelsprache, schön und gut. Aber das Ökonomische? Das Kommunistische?
Übrigens umfasst die volle Gleichberechtigung unter den Mitgliedern auch die Kinder. Der Unterricht

hat etwas Spielerisches, und die Schulgemeinschaft erscheint mehr wie eine große Familie.

Während meines Aufenthalts habe ich es nie erlebt, dass ein Kind geschlagen wurde. Und auffallend ist der ruhige Umgang miteinander, die Arbeit geht nach dem Motto vonstatten: Auch die Welt ist nicht an einem Tag erschaffen worden. Das gilt für die Getreidemühlen, die Webereien, Kaliko-Druckereien. Abgesehen von den langen Mittagspausen und dem jederzeit guten Essen, das zur Hand ist, hat jeder einen Stuhl an seinem Arbeitsplatz. Ich erzähle das so ausführlich, weil ich hier einen Teil jener Hoffnungen eingelöst fand, die wir damals in die ikarische Kommune gesetzt hatten. Denn das war sogleich auffallend: Die Arbeit unterscheidet sich ganz entschieden von dem hektischen, nervösen Getriebe in den üblichen Fabriken und Werkstätten und ganz und gar von dem Takt der Massenproduktion. Auch diese Beobachtung ist wichtig: Ich konnte bei der Arbeit keine Faulen oder Pfuscher beobachten. Wohl waren einige langsamer, andere schneller, nach Maßgabe ihrer Fähigkeiten. Aber keinen, der es sich auf Kosten der anderen gemütlich machte, was immer zu Ärger und Zwist führt. Erfindungen und Verbesserungen werden übrigens nicht patentiert, sondern sie sollen allen zugutekommen, auch denen, die außerhalb der Gemeinschaft leben und arbeiten. Es geht um die Verbesserung der Arbeitsbedingungen und der Produkte und nicht um die Erzielung eines höheren Gewinns. Wäre das nicht, Sie werden mir vielleicht zustimmen, für jede Gesellschaft wünschenswert? Es würde allerdings die kapitalistische Wirtschaftsform grundsätzlich infrage stellen.

- unverständlich -

Das frage ich mich auch. Braucht es den religiösen Kitt, um eine kommunistische Gesellschaft aufzubauen? Ich persönlich bin davon überzeugt, dass dies nicht notwendig ist, aber es braucht ein ästhetisch-ethisches Wollen. Eine Schulung der Gefühle. Grundlage müsste die Entwicklung von Mitempfinden sein, auch eine Schule der kritischen Rede und Gegenrede, die Verletzung und persönliche Herabsetzung vermeidet. Man muss sich im Anderen und den Anderen in sich sehen.

Sie meinen: Solidarität.

Ja. Können wir für heute Schluss machen?

Going home

Der Jeep wartete vor dem Haus. Der Fahrer, ein Schwarzer, stand neben dem Wagen und rauchte. Er hatte Hansens Kiste und Koffer auf die Rückbank gestellt und dann, im Westen zog eine dunkle Wolkenwand hoch, das Verdeck zugeklappt.

Ein Verwandter des Hausbesitzers, ein junger Mann, war gekommen, um den Schlüssel abzuholen. Er ging im Haus umher, als wäre er der gnädige Vermieter, hatte eine Liste des Inventars mitgebracht, stocherte mit der Fußspitze am Parkett zur Terrassentür herum. Das ist nass geworden. Aufgequollen. Sehen Sie. Da hat es reingeregnet. Wer bezahlt die Reparatur?

Ja, ja, sagte Hansen, wir kennen in Amerika keine Türen. Dieses Haus wurde beschlagnahmt, nicht gemietet.

Der junge Mann mit einer dramatisch fliehenden Stirn sah Hansen verständnislos an. Fragte dann, von welcher Dienststelle er die Entschädigung für das Abwohnen bekomme.

So sehen sie aus, dachte Hansen, die arischen Übermenschen. Abwohnen. Kleine knauserige Wichte. Er hätte dem jungen Mann in den Hintern treten mögen.

Er übersah ihn so, wie Molly es beschrieben hatte: Den Bediensteten sieht man auf den Haaransatz, nicht in die Augen. Sie behauptete, das sei ein Verhaltensgebot der englischen Kolonialherren gewesen. Man sieht dann keinen irritierenden Hass in den Augen.
Allerdings, hatte er geantwortet, sieht man auch nicht, ob dir im nächsten Moment der Hals durchgeschnitten wird.
Hansen rief Frau Sachs, bedankte sich und gab ihr, der Übermensch sollte es, wenn er denn nicht unter Rechenschwierigkeiten litt, sehen, fünfzig Dollar. Frau Sachs wollte ihm die Hand küssen. Hansen verhinderte es.
Er und George hätten sich hier, dank ihrer Arbeit, wohlgefühlt. Nun sei der Auftrag erfüllt.

Er zog in ein von der Army beschlagnahmtes Hotel in München, ein ehemaliges Nobelhotel, allerdings war ein Teil des Dachs durch eine Sprengbombe aufgerissen und provisorisch abgedeckt worden. Da nicht gelöscht werden musste, hatte es aber auch keine Wasserschäden gegeben.
Die Flure waren mit schweren Teppichen ausgelegt, an den Wänden hingen die Porträts der Wittelsbacher, auch Bismarck sah ihm wasserblau und basedowsch entgegen.
Der Hoteldiener, ein alter, aber noch kräftiger Mann in einer dunkelblauen ausgewaschenen Schürze, begrüßte Hansen mit einem Grüß Gott, das Hansen mit einem Hallo beantwortete, und trug ihm den Koffer in den Lift. Die Kiste wollte er anschließend holen. Wenn

er denn das bairische Deutsch richtig verstanden hatte. Das Zimmer war groß, die Fenster reichten bis zum Boden. Für diese Nacht musste er das Zimmer wieder mit George teilen, der am nächsten Tag mit seinen gesammelten Unterlagen nach Nürnberg fahren sollte. George war dorthin versetzt worden, wo er als einer der Assistenten an der Vorbereitung der Anklage gegen die Ärzte in den Lagern und in den Euthanasiekliniken arbeiten sollte.
Medizin hätte ich studieren sollen, dachte Hansen, tätig werden.

Er war in die Kommandantur gefahren und hatte sich beim Colonel gemeldet.
Middleton wirkte wie ein Fakir, graubärtig und ziemlich hager, er saß in einer konzentrierten Ruhe da, bot Hansen einen Sessel an.
Und Ihr Eugeniker?
Die Befragung ist genau genommen abgeschlossen, sagte Hansen, aber dieser alte Mann wollte mich nochmals sprechen. Das Material wird gerade abgeschrieben. Wir haben eine deutsche Sekretärin gefunden. Die war früher in der Schmuckindustrie angestellt. Gablonz. Glasschmuck. Geflohen aus dem Sudetenland. Die hat fleißig gearbeitet. Die Hälfte liegt schon vor. Haben Sie einen Blick hineinwerfen können?
Ja, sagte der Colonel, ich habe reingelesen, ist etwas viel von diesem, wie heißt er, Wagner, die Rede. Eher eine Doppel-Biografie. Wird ein bisschen viel erzählt. Alle möglichen Seitenpfade. Beim CIC, der auch gelesen

hat, gab es einige Aufregung. Die fragten, was das soll. Die Vererbungsgeschichte interessiert die nicht, die interessieren sich für diese Pacificer. Die Kommunisten. Gibt es da noch irgendwelche Verbindungen? Misstrauen breitet sich bei denen schnell aus. Kurios, was diese Leute in ihrer Berufsparanoia alles sehen.
Hansen fragte, wohin mit dem Rest der Forschungskartei, mit den ganzen histologischen Schnitten, die noch im Schloss liegen?
Lassen Sie die erst mal dort, wo sie sind. Mein Nachfolger wird das entscheiden.
Und wo sind die anderen Teile gelandet?
Wo? Keine Ahnung. Vielleicht in Wiesbaden. Vielleicht schon drüben. Der Befehl kam von ganz oben. Scheinen jetzt aber kein großes Interesse mehr an diesem Kaninchenforscher zu haben. Middleton blies einen kleinen hellgrauen Rauchkringel in die Luft, der langsam zerfaserte.
Hansen rauchte seine Zigarette, Middleton seine Pfeife, so saßen sie schweigend nebeneinander und blickten aus dem Fenster, bewegtes herbstliches Laub, ein Baum, der hin und wieder bei starken Böen das Fenster mit den Ästen kratzend streifte.
Noch drei Wochen, sagte Middleton nach einiger Zeit, wissen Sie, was ich zuerst machen werde? Nach Brunswick fahren, zum Angeln.

Am Abend war er mit George im Offiziersclub im Haus der Deutschen Kunst verabredet. Ein später Septemberabend mit Föhneinbruch, Wind und einer Wärme,

die noch in die Dunkelheit reichte. Er dachte an den alten Mann, der jetzt Kopfschmerzen haben würde.
Hansen saß mit George in einem der Säle, in denen früher die monumentalen Bilder von pflügenden Bauern, Handgranaten werfenden Soldaten und nackten Frauen hingen, und sie tranken Bourbon. What an exciting night.
We were a good team, sagte Hansen, and the birds were simply wonderful.
Right.
Viel, sagte Hansen, habe er von George gelernt, über Vögel und damit auch über den Unterschied der Sprachen, und er begann, die Besonderheit, ja Schönheit der deutschen Sprache zu loben. Er sagte, ein wenig langsam und als müsste die Zunge die Vokale hinter sich herziehen, wie groß seine Enttäuschung über diesen so schlichten, geschichtenlosen englischen Namen *wren* sei. Im Gegensatz zu dem Wort Zaunkönig, das dem Vogel, wie er selbst beobachten konnte, gerecht werde, nämlich seinem Geschick, durch dicht geschichtete, verrottete Zaunpfähle mit rostigem Drahtgeflecht zu klettern, und vor allem seinem Auftritt – sein märchenhaftes Singen auf dem Wipfel eines Baumes. Wahrhaft königlich.

Nach einiger Zeit waren Hansen und George hinausgegangen, wo eine Big Band Swing spielte. Deutsche Kellner in weißen Jacken bedienten die amerikanischen Militärs, zwischen denen auch ein paar englische und französische Offiziere saßen. Es wurde gefeiert. Immer noch: Der Krieg war gewonnen. Die ersten Offiziere kehrten zurück nach Amerika. Die Kapelle spielte *Going Home.*

Hansen und George hatten nun schon einige Bourbons getrunken, Hansen, für ihn höchst ungewöhnlich, ein, zwei mehr als George, als Major Leo Alexander an den Tisch trat und sich zu ihnen setzte. Er fragte in seinem freundlich schleichenden Wiener Tonfall, wie es ihnen gehe.

Wenigstens das hat uns versöhnt, sagte George plötzlich in einem recht guten Deutsch, in den letzten Wochen und Monaten, das Haus, die Landschaft, die Vögel und ein paar Menschen. Das haben wir genossen, eine Entschädigung dafür, in diesem Schlamm, in diesem Dreck, in dieser Scheiße wühlen zu müssen. Für mich jedenfalls.

Er, sagte Alexander, wolle ihnen nicht den Abend verderben, aber das sei ihm heute wieder begegnet: Professor Dr. Werner Catel, Obergutachter für die Kinder-Euthanasie, ist auch noch der Erfinder einer neuen Rechtsform. Also auch Rechtsgelehrter. Er hat geschrieben: *Vollidiotische Wesen sind auch religiös betrachtet keine Menschen, da sie eben über keine Personalität verfügen. Die Auslöschung dieser Wesen bedeutet also weder Mord noch Tötung, sondern etwas Drittes, das bisher in der Rechtsprechung nicht berücksichtigt wurde. Ich gebrauche vorläufig dafür den Ausdruck »Auslöschung«.*

Ein Sophist, sagte Hansen, den bringen wir in den untersten Kreis der Hölle, dort sollen nicht die Verräter,

sondern die Auslöscher stecken, im Eis, kopfunter, allein schon wegen dieses Euphemismus Auslöschung. Die alte Ordnung kehrt wieder. Die Familie des obersten Nazirichters hat sich beschwert, weil ihr Motorboot ein paar Schrammen im Lack hat. Muss man sich mal vorstellen. Und wer weiß, was aus diesem Catel wird. Vielleicht kehrt er zurück auf seinen Lehrstuhl.
Nein, sagte Leo Alexander sehr bestimmt, das wird er nicht.
Sarah kam, sie hatte sich verspätet und setzte sich zu ihnen, ließ sich einen Whiskey Soda bringen und erzählte von einem Unfall, den ein GI verursacht hatte. Der war stark alkoholisiert in einen Milchladen gefahren und hatte die Kunden und die entsetzte Milchhändlerin mit dem Revolver bedroht.
Die Band sagte an: *One O' Clock Jump*.
Sarah wollte tanzen, versuchte Hansen hochzuziehen, aber der sagte, er habe zu viel getrunken, er sei nicht mehr trittsicher. Er sagte das auf Deutsch, was Sarah nicht verstand, aber Leo lachen ließ: Sehr schön, nie gehört. Trittsicher.
In diesem Moment sah Hansen Molly kommen, in Begleitung eines Colonels. Sie ging an den Tischen vorbei. Ein dunkelblaues Kleid und darüber – die Nacht würde kühl werden – trug sie eine Weißfuchsstola. Im kunstvoll zerzausten Blondhaar eingebunden ein Tuch in der Farbe des Kleides. Das schier Unfassliche aber waren ihre Schuhe, hochhackige Pumps aus grauem Schlangenleder. Ihr Auftritt war ein Schaulaufen. Von den Tischen wurde herüber- und hinter ihr hergeguckt.

Köpfe wurden gereckt. Am Nebentisch sagte jemand: Epic.
Look who's just arrived, sagte George. And she really has arrived. Up a whole four ranks. A Colonel. Cheers!
Sarah sagte: Is that her? Und ohne die Antwort abzuwarten: You've got good taste. I can vouch for that.
We've got a real hero at our table, sagte George, denn Hansen habe den Bronze Star mit Combat V bekommen.
Wofür?, fragte Alexander.
Er habe sich verfahren, sagte Hansen, sei plötzlich ins feindliche Feuer geraten, habe sich in den Straßengraben geworfen, dabei den Stahlhelm verloren und mit der Pistole in die Luft geschossen. Das war alles. Also unverdient.
Nichts, mein Lieber, ist im Leben unverdient.
Das neue Stück wurde von der Band angesagt, brand new. *Love Me Or Leave Me.* Sarah wurde aufgefordert, right away, und ging mit einem Lieutenant auf die Tanzfläche.
Nach einem Augenblick stand auch Hansen auf, ein wenig unsicher.
Come on. Sit down, sagte George. Please, no trouble.
Hansen ging mit schwerem Schritt zu dem Tisch hinüber, an dem Molly mit dem Colonel und einem Major saß. Hansen blieb vor ihrem Tisch stehen, schwankte ein wenig, machte eine vollendete Verbeugung und forderte Molly zum Tanzen auf. Der Colonel wedelte mit der Hand, sagte etwas leutselig Abwehrendes.
Hansen ließ sich nicht abweisen, sagte diesmal nicht

Sorry, sondern wiederholte: Darf ich bitten. Er sah sie an. Sah ihr in die Augen. Wir müssen tanzen. Wir haben alles Mögliche gemacht, aber nie getanzt. Now or never.
Und da bemerkte er, erstmals, wie sie, diese so beherrschte, gefasst kühle, stets ihrem Nachnamen von Stetten gerecht werdende Frau, die Fassung verlor. Sie stammelte: Nein, nicht. Bitte. Lass es, bitte.
Ich will es aber, sagte er, dem das mit schwerer Zunge und einer ziemlichen Wut Gesagte ganz richtig erschien, er durfte jetzt nicht zurückgewiesen werden, und wie zur Verstärkung des Gesagten und nicht nur wegen des Schwindels im Kopf stützte er sich, Molly entgegenkommend, auf den Tisch, der ihn nicht hielt, sondern kippte, Gläser fielen zu Boden, zersplitterten.
Verwirrt richtete Hansen sich auf und wusste nicht weiter. Seine Wut, seine Gekränktheit fielen in sich zusammen. Da kam der rettende Engel, wie George später sagte, Major Alexander, ein erfahrener Mann, sozusagen vom Fach, Psychiater, auch mit Hypnose vertraut, entschuldigte sich beim Colonel und sagte, der Lieutenant habe gerade gefeiert, er habe den Bronze Star mit Combat V bekommen. Und verständlicherweise habe er ein wenig zu viel getrunken. Und damit zog er Hansen vom umgekippten Tisch und den Scherben am Boden fort.

In der Nacht schlief Hansen im Army-Hotel wie narkotisiert, so tief, dass er das kräftige und anhaltende George-Schnarchen nicht hörte. Erst morgens wurde er durch lautes Klopfen an die Zimmertür geweckt. Der Fahrer, der George nach Nürnberg bringen sollte, war gekommen. George sah verwüstet aus und fragte, ob denn schon Montag sei. Als das bestätigt wurde, ging er ins Bad.

Der alte Hoteldiener trug Georges Kiste hinaus.

Hansen blieb liegen. Er hatte das Gefühl, sein Kopf sei mit Blei ausgegossen, so drückend schwer.

George kam aus dem Bad, die Krawatte umgehängt, die Uniformjacke über dem Arm, die Schnürsenkel nicht zugebunden, und sagte I'm still of this world, und auf Deutsch Du Zaunkönig und dann Good luck.

Von der Tür winkte er Hansen zu und ging hinaus in das schmerzende Licht.

14. Tag

Ja. Recht stark. Bis in die Nacht hinein.
Ich auch. Jedenfalls habe ich ziemliche Kopfschmerzen. Liegt vielleicht auch daran, dass ich den einen oder anderen Whiskey getrunken habe. Abschied. Sie wollten noch etwas über Schaller und die Religionen sagen.
Ja, das ist für Sie vielleicht von Interesse. Schaller hat mich in diesem Jahr im Antiquariat besucht, im Februar. Er hatte von der Griechin gehört, dass ich dort arbeite. Es schneite seit Tagen. Nur wenige Menschen waren auf der Straße. Axthelm war wegen des Schneetreibens zu Hause geblieben. Kunden waren in diesen Tagen, da sich der Untergang des Tausendjährigen Reiches abzeichnete, selten. Die Ladenglocke ging, Schaller betrat das Geschäft. Heil Hitler, sagte er und fügte hinzu, wenn Sie es können. Er streifte die Pelerine von der Schulter, schüttelte sie vorsichtig am Eingang aus und sagte, dieser Schnee erinnere ihn an einen Tag in Lhasa, als er beim Dalai Lama eine Audienz bekommen hatte, nach langem Warten, und mit seinem englischen Kollegen Williams, Rhys Williams, eigentlich Indologe, der sich dann auf die tibetische Kultur spe-

zialisiert habe, auf dem Weg dorthin war. Da zog Williams eine silberne Taschenflasche in einer Filzmanschette aus der Jacke und hielt sie mir hin. Twenty years old, sagte er. Und ich nahm einen Schluck. Was für ein Erlebnis. Unglaublich. Ein Schluck Whiskey auf dem Dach der Welt. Eine Kostbarkeit, denn die eine oder die beiden oder meinetwegen drei Flaschen mussten versteckt und hochgeschleppt worden sein, und zwar so, dass sie unterwegs nicht platzten. Gut, er wird etwas abgetrunken haben. Überhaupt interessant, wie aufgetauter Whiskey schmeckt.
Whiskey, sagte ich zu Schaller, könne ich ihm nicht anbieten, aber einen Tee, allerdings keinen Darjeeling.
Wunderbar.
Axthelm hatte von Fürst Mirski, einem russischen Emigranten, der sich seinen Lebensunterhalt mit einem kleinen Antiquitätengeschäft verdiente, einen elektrisch betriebenen Samowar gekauft. Dieses sachte Blubbern erinnere ihn, sagte Schaller, an seine Forschungsreise zu den Kalmücken in Russland. In den eisig dunklen Tagen sei, wenn man von draußen durchgefroren in die Holzhäuser kam, der Samowar ein Sinnkocher gewesen.
Sinnkocher?
Ja, das Leuchten der Kerzen auf dem Messing, die Wärme und das Brodeln, das steht für eine Glückserwartung, wie sie sonst nur der Anblick der Sonne gewährt. Ich glaube, ich habe nur Hm, hm gemacht.
Unter Schallers aus einem Seehundfell gefertigten, kajakähnlichen Schuhen hatte sich eine breite Pfütze auf

dem von einer polnischen Zwangsarbeiterin so sorgfältig geölten Parkett gebildet.
Schaller hielt den Becher in der Hand, wärmte seine Hände, sagte: Vorzüglich, fragte, ob wir vom Tibet-Schäfer Bücher im Antiquariat hätten.
Ernst Schäfer? Ja. *Berge, Buddhas und Bären*, ein Exemplar aus dem Jahr 1933, erste Auflage, vom Autor signiert.
Berge, Buddhas und Bären, eine Alliterationsorgie. Dieser Scharlatan. Dass ich nicht lache. Schaller holte seine Shagpfeife aus der erbsengelben, mit tiefbraunen Streifen im Karree durchwirkten Jacke. Ich war ein wenig enttäuscht, dass er von seinem vielfarbenen Tweedanzug gelassen hatte. Er musste meinen Blick bemerkt haben, denn er sagte, Tweed sei schier unverwüstlich, aber der Anzug, dreißig Jahre getragen, sei an zwei delikaten Stellen eingerissen, und einen entsprechend farbig gewebten Tweed zur Reparatur aufzutreiben, sei in dieser Kriegswirtschaft nicht möglich gewesen. Wie in Gedanken versunken wiederholte er: Dieser Scharlatan. Er fuchtelte mit seiner kalten Shagpfeife herum. Sie wissen, was Scharlatan heißt? Marktschreier, sagte er, ohne meine Antwort abzuwarten. Die Leute aus dem italienischen Ort Cerretano. Gaukler. Betrüger. Dieser Mann hat nicht nur meine damals geplante zweite Expedition verhindert, mit der üblen Nachrede, ich sei nie in Tibet gewesen. Aber woher kamen dann die mumifizierten Schweine, die ich dem Völkerkundemuseum in München geschenkt habe? Woher meine Fotografien? Er hat mit allen Mitteln verhindert, dass ich eine An-

stellung im Amt für Ahnenerbe der SS bekam. Ich versichere Ihnen, ich habe mich nie darum bemüht. Und wer weiß, wozu das gut war. Ich kenne Ihre Gesinnung. Sie waren ja mal schwer verreist. Darum will ich offen sprechen. Diese systematisch ausgestreuten Gerüchte, wie Teer hängen sie an meinen Sohlen. Ausgestreut von Schäfer und seinen Leuten, sie haben mir über die Jahre geschadet. Sie können es sich nicht vorstellen. Besonders dieses, ich sei nicht in Tibet gewesen. Es fehlten fotografische Beweise. Und die Fotos vom Palast des Dalai Lama? Die Aufnahme, die mich neben den flotzmäuligen Yaks zeigt? Die Fußstapfen des Yetis? All die Fotos sind einzusehen, für den, der mag. Gut, es fehlen Aufnahmen, jene, die mich mit dem Pantschen-Lama zeigen. Die sind in Königsberg verblieben, wie viele meiner Unterlagen. Sie wissen, die Russen haben Königsberg eingeschlossen. Es liegt unter dem ständigen Beschuss russischer Artillerie. Die Universität Kants ist zerstört. Verwüstet die alte, schöne Stadt, der gotische Dom. Was nicht von dem Bombenangriff der Engländer zerstört worden ist, fällt jetzt dem Beschuss der Artillerie zum Opfer. Die Bibliothek, die Archive, mein Archiv, ein Raub der Flammen. Was geblieben ist, wird von den Bolschewisten geplündert. Und nun, plötzlich, nach Jahren, lud mich, ich kenne ja Ihre Gesinnung und darf es so sagen, der Reichsheini zu sich ein. Sie verstehen, eine solche Einladung löst zuerst immer einen Schreck aus, zumal jetzt, in dieser Zeit. Ich fuhr nach Berlin, stieg in einem von der SS reservierten Zimmer im Hotel *Adlon* ab, wurde am nächsten Tag von einem Dienstwagen, einem Mercedes, abgeholt und in eine Villa außerhalb Berlins gebracht. Ich wurde in ein Raucherzimmer geführt, wo Himmler wartete. Er trug Zivil, eine graue Hose, eine Strickjacke. Er bot mir eine Zigarre an, die ich abgelehnt habe. Ein Diener in weißer Uniformjacke reichte Kaffee. Sandgebäck wurde hingestellt. Ein Cognac angeboten. Ich bedankte mich, sagte, ich trinke keinen Alkohol. Brav, sagte er, wie der Führer. Ich dachte, wie ich ihn da so sitzen sah, er müsste doch als Oberbefehlshaber der Heeresgruppe Weichsel mindestens in Frontnähe sein, denn die Weichsel war schon von den Russen überschritten, der Stoß richtete sich auf Berlin. Aber er sprach nicht von Abwehrschlachten oder Gegenangriffen, sondern fragte mich nach meinen Erfahrungen mit der Telepathie in Tibet. Denn der Tibet-Schäfer weiche, wenn er ihm diese Frage stelle, immer aus.

Ich nannte ihm einige erstaunliche Beispiele, etwa, wie ich in einem starken Schneesturm unrettbar verloren gewesen wäre, hätte mich nicht die Stimme eines alten Mönchs zu einer Hütte geführt, den ich am Tag zuvor getroffen hatte. Eine Stimme, die aus dem Schneetreiben kam, und zwar von oben. In Tibetanisch. Ich sprach es dem Reichsführer vor. Er bat mich, es aufzuschreiben. Ich tat es. Er zog an seiner Zigarre, trank den französischen Cognac und erzählte, die Helena Petrovna Blavatsky, Kennerin der uralten tibetischen Weisheitslehre, habe doch in einem direkten Kontakt zu tibetischen Lamas gestanden, die ihr das okkulte Wissen in die Feder diktiert haben. Er wolle meine Meinung hören, welche Indizien ich für die urarische Besiedlung in Tibet habe, denn er glaube, dort sei der Ort der Erlösung, ein Paradies, das Shangri-La. Der Mann sah krank aus. Die Haut käsig. Er hatte Ringe unter den Augen. An seinem Bärtchen hingen Kekskrümel. Stellen sie sich vor, ich überlegte während des gesamten Gesprächs, wie sag ich's ihm? Dem Herrn aller Konzentrationslager. Soll ich es überhaupt sagen? Herr Reichsführer, Sie haben Krümel am Bart. Unmöglich. Und schon griff er wieder zu einem dieser trockenen Kekse, bot auch mir einen an, ich nahm ihn, hielt ihn behutsam und ohne abzubeißen zwischen den Fingern hoch, während er mit dem Bart an dem Keks herumschnoberte und wieder ein Stück abbiss. Wie ein Eichhörnchen. Wir kamen sodann auf die Welteiszeit zu sprechen, von der er glaubte, sie habe einen kosmischen Eisbogen zum Himalaja gebildet, woraufhin dort vielleicht tatsächlich arische Wesen zurückgeblieben seien, die Schneemenschen. Er war entzückt, als ich ihm sagte, ich hätte aus der Ferne ein mächtiges Wesen gesehen, das sich aber scheu zurückgezogen habe. Eindeutig aber seien die übergroßen Fußstapfen gewesen, die es im Schnee zurückgelassen und die ich fotografisch festgehalten habe. Dass die Aufnahmen in Königsberg, vermutlich bei der Bombardierung oder aber beim Geschützfeuer der Russen, verloren gegangen waren, mochte ich ihm nicht sagen.

Er wollte meinen Bericht lesen, sofort.

Dieser Bericht konnte damals, 1914, nur in einer sehr kleinen Zahl im Selbstverlag gedruckt werden.

Sie ahnen, warum ich zu Ihnen gekommen bin. Sollten Sie – der Zufall, der zuweilen ja ein glücklicher ist –, also sollten Sie par hasard ein Exemplar in ihrem Lager haben?
Ich sagte, Nein, ich kenne unseren Bestand. Ich muss Sie enttäuschen, wir haben kein Exemplar. Mir ist auch nie eins unter die Augen gekommen.
Schaller hat sich für den Tee bedankt, hat sich die Pelerine umgehängt und ist hinaus ins Schneetreiben gegangen.
- *unverständlich* -
Nein. Oder vielleicht doch. Ich habe Ihnen diese Geschichte von Schaller erzählt, damit Sie verstehen, dass dieser Herr des Schreckens nicht ein geflügeltes Ungeheuer war, sondern ein spintisierender Spießer. Er sah nach dem aus, was er war, ein Buchhalter. Wir haben zuerst über ihn gelacht, bis er den Polizeiapparat in die Hand bekam, da ist uns das Lachen schnell vergangen. Auch den Terror kann man bürokratisch effektiv verwalten. Ein Buchhalter des Schreckens.
Übrigens habe ich mir von Schaller aufschreiben lassen, was die Stimme gesagt hat: Hier, sehen Sie. Diese Schriftzeichen hätten Lisaweta gefallen, zierlich wie Vogelspuren.
Wo lebt Ihre Frau jetzt?
Ich weiß es nicht. Sie ist, nachdem ich verhaftet wurde, nach Frankreich geflohen. Und von dort über Uruguay nach Argentinien zu einem Onkel, der schon 1920 dorthin ausgewandert war. Nach meiner Entlassung habe ich drei Briefe von ihr erhalten. Sie lebte in Bue-

nos Aires und hoffte, als Theaterschneiderin eine Beschäftigung an der dortigen Oper, dem Teatro Colón, zu bekommen. Dann, ich hatte Ihnen davon erzählt, musste ich für einige Monate in den Keller des Antiquariats umziehen. In der Zeit wurde meine gesamte Post kassiert. Und Briefe aus dem Ausland waren für die Gestapo besonders verdächtig. Ich habe ihr dann nach Monaten an die Adresse ihres ersten Briefes geschrieben. Der Brief kam nach fast vier Monaten zurück. *Destinatario desconocido.* Sehen Sie, so sieht ein Brief aus, der zweimal den Äquator gekreuzt hat. Ein langer Weg. Ich glaube, nehme ich ihn in die Hand, das Schaukeln der Schiffe zu spüren. So rätselhaft, dass er überhaupt zurückgekommen ist, nicht geöffnet, auch nicht hier, von einem der bezahlten Postschnüffler. Und auch ich habe ihn nicht geöffnet. Wer weiß, vielleicht findet er doch noch einmal die ihm zugedachte Adressatin, jetzt, nachdem sich die Dinge zum Besseren gewendet haben.

- *unverständlich* -

Doch, die Griechin habe ich zuletzt im Spätsommer 1944 gesehen. Sie besuchte mich wieder einmal im Antiquariat. Ich war damit beschäftigt, die Insel-Bücherei zu ordnen, die ein Sterbefall uns zugetragen hatte. Ein Enkel des Verstorbenen, eines Professors für Numismatik, trug uns in einem Wäschekorb diese bibliophile Sammlung ins Haus. Darunter fanden sich kleine widerständige Kostbarkeiten, die den Horizont möglicher Prüfer der Partei wohl überstiegen hätten. Stefan Zweig war darunter und Aldous Huxley. Sie zu verkaufen, war natürlich verboten. Wir hatten eine Verbotsliste, darauf standen 28 Bände der Insel-Bücherei. Ich habe mich gefragt, wer – und ich vermute, es war ein Mann und Literaturwissenschaftler – diese Liste der auszusondernden Bücher erstellt hatte. Welche Bürokraten taten so etwas? Saß er in einem Büro des Innenministeriums, oder saß er im Kultusministerium? Hatte er gerade die Stullen aus einer Blechdose in Brotform geholt, biss ab – die gute Leberwurst! –: Brecht, Heinrich Mann, Alfred Döblin, Feuchtwanger, das war klar, die Juden sowieso, Stefan Zweig, Jakob Wassermann, Heinrich Heine, da war kein Überlegen, aber was machte man mit der *Loreley* von Heine? Und dann die Heine-Texte, die Schubert vertont hat. Fragen über Fragen. Und den ihm vorgesetzten Amtsleiter konnte er nicht fragen, der hatte nie Schubert gehört, nie Heine gelesen. Früher Fleischhauer, war dann aber mit zur Feldherrnhalle marschiert. Träger des Blutordens. Er war von der Partei eingesetzt worden. Treue für Treue. Er wird seine Stulle zurück in das Pergamentpapier gelegt und dann den Namen auf die Liste geschrieben haben. Besser ein Buch mehr aussondern als eins übersehen. Das ist Gehorsam, der auf Zukunft baut.

Ich wollte von der Griechin erzählen. Es war Ende August, ein warmer Tag, die Ladentür stand offen, als sie hereinkam. Hin und wieder besuchte sie mich. Axthelm küsste ihr dann die Hand und sagte, es sei ihm ein Vergnügen, sie zu sehen, und er sei immer ein wenig eifersüchtig, wenn er mir ihre Gesellschaft gönnen müsse. Er machte seine chevaleresken Bemerkungen mit einem leichten Lächeln, wobei er sein blaugraues Einstecktuch aus dem Jackett zog und uns nachwinkte. Wir gingen dann meist in das nahe gelegene *Café Luitpold*, das leider vor einigen Monaten durch Bomben zerstört worden ist. Sie brachte mir jedes Mal Honig mit und eine Seite Speck, auch einen Brotlaib. An dem Tag trug sie den zur Brosche verarbeiteten, mit Diamanten besetzten Halbmond. Die Geschichte habe ich Ihnen erzählt. Axthelm war nicht da, er war zu einer Witwe gefahren, die eine von ihrem Mann hinterlassene Bibliothek verkaufen wollte. Mittagszeit, wir, die Griechin und ich, saßen an einer Ecke des Walnusstischs, ich hatte uns einen Tee gemacht, einen ziemlich schwachen, nur noch von fern an den ostfriesischen Tee erinnernd, der einmal in der Dose gewesen war. Sie nahm Zucker, und sie, die sonst nie über Politik sprach, begann ein Gespräch darüber, wie es jetzt, nach der Invasion der Amerikaner und Engländer in der Normandie, weitergehe. Und die Sommeroffensive des Russen? Die Heeresgruppe Mitte sei doch von den Russen überrannt worden. Hunderte Kilometer Raumgewinne. Welche Worte ihr da aus dem Mund kamen, nie zuvor von ihr gehörte militärische Begriffe: Sommeroffensive, Stoßkeile, fehlende Reserven, Raumgewinne. Frau Sorge hatte also auch das Schloss erreicht. Der Russe, sie sprach von ihm immer im Singular, stehe doch nicht mehr weit von der deutschen Ostgrenze. Müsste man sich jetzt nicht um einen Verhandlungsfrieden bemühen?

Ich sagte, ein Verhandlungsfriede wäre eine Katastrophe, denn dann würde es, beim Stand der Dinge, abermals nach dem Friedensschluss zu einem Unfrieden im Inneren kommen, so wie nach dem Ersten Weltkrieg geschehen. Die Lüge vom Dolchstoß der Linken, der SPD, der Gewerkschaft, in den Rücken des heldenhaften, ungeschlagenen Heers. Tatsächlich hat doch der große deutsche Held Hindenburg auf einen sofortigen Waffenstillstand gedrängt. Aber dann war plötzlich der Erfüllungsgehilfe Erzberger der Schuldige. Das Zentrum, die Sozialdemokraten. Die vaterlandslosen Gesellen. Das unbesiegte deutsche Heer. Nein, diesmal muss die Niederlage total sein, wie der totale Krieg, den die Nazis ausgerufen haben. Nur so könne dieses Gift, das sich im Denken und Handeln Deutschlands angesammelt habe, ausgebrannt werden.

Welches Gift?

Das Gift der erwählten Rasse, der Vorstellung von Größe, Kraft und Heldentum, Pflicht, Gehorsam und nochmals Gehorsam, das Gift von: Unsere Ehre ist Treue, das Nibelungen-Gift, Armin der Cherusker, das Gift vom Herrenmenschen, die Arier, die Goten, die Vandalen, Widar, die blonden Friesen, ja, es brach aus mir hervor, keineswegs durch den Tee forciert, von dem ich nur eine Tasse getrunken hatte, nein, der Tee war zu dünn, es war die seit Langem aufgestaute, immer weiter gewachsene Wut über das, was ich ihr sonst nur vorsichtig und mit Umschreibungen angedeutet, was ich immer wieder aus Takt und Rücksichtnahme, ja, auch aus dieser Erinnerung an mein jugendliches Verliebt-

sein, zurückgehalten hatte, die Wahrheit über ihn, den großen bärtigen Denker, den Vordenker einer Höherentwicklung der Menschheit. Der Mensch muss über sich hinausgehen. Die Westarier. Die Germanen. Die Deutschen.
Sie, die nie Interesse für Politik gezeigt hatte. Der öffentliche Bereich, in dem sich Meinungen bilden, in dem Kooperationen, Parteien, Vereine wirken, all das war ihr fremd. Einmal von mir auf die politische Macht angesprochen, lange vor dem, was die Nazis Machtergreifung nannten, sagte sie, Macht besitzen und Machthaben-Wollen seien ihr fremd. Ich halte, sagte sie mit einer netten Untertreibung, die Haushaltskasse zusammen. Damit er seiner Forschung nachgehen kann. Auch das ist Macht. Aber was er forschte, das konnte sie nur ungefähr sagen, auch das interessierte sie nicht. Da musst du Alfred fragen war die sich wiederholende Antwort, wenn man nach seiner Arbeit fragte. Sie war kein spekulativer, analytischer Kopf, aber natürlich – ich gebrauche hier einmal dieses Wort – klug genug, um das Ziel der Forschungen in seiner tiefen Fragwürdigkeit zu verstehen. Sie weigerte sich hinzusehen, nachzufragen, nachzudenken, aus der Ahnung, dass dort mit Menschen experimentiert wurde, auch wenn es momentan nur Kaninchen waren. Damals.
Da saß ihr Mann wie in einem alchimistischen Labor, umgeben von kleinen Flaschen mit den in Alkohol eingelegten histologischen Schnitten von Hirnen und Keimblättern der Kaninchen, 1600 an der Zahl, die von Helfern gefüttert und getränkt wurden, getränkt auch

mit Alkohol, den sie mittels einer Maulsperre und eines Trichterchens eingeflößt bekamen, so alkoholisiert wurden sie zur Paarung gebracht, und die Nachkommenschaft wurde auf Schäden in Keim und Hirn untersucht. Die Versuchsreihe hatte ja zum Ziel, schadhafte und damit minderwertige Erbanlagen zu erkennen und sodann auszujäten.

Nein, sagte sie, um zu verhindern, was ich sagen wollte. Doch. Dafür hat er gearbeitet, und er war ein fleißiger wissenschaftlicher Arbeiter, dafür hat er diese Gesellschaften gegründet, den geheimen Nordischen Bund, den geheimen Nordischen Ring, den Bogenklub München, den deutschen Widar-Bund, das Wort nordisch, starke, große Menschen, möglichst blond, möglichst blauäugig, gute sexuelle Partnerwahl, wie er das nannte, das meint doch Rassenhygiene, da ist deine Erbschaft reingeflossen, in die Zeitschrift und in das Forschungsinstitut für Rassenhygiene, das Kaninchenprojekt, und dann kommt er und sagt, sichere Ergebnisse könne man nicht vorweisen, nein, er müsste sagen, da war nichts, nichts, alles Mumpitz, das Geld auf den Kopf gehauen, Tausende von Tieren gequält und getötet, alles umsonst. So ist die Wissenschaft.

So ist die Wissenschaft. Nein, das ist nicht Wissenschaft, das ist Hokuspokus mit tödlicher Folge. Putzige Vorschläge hat er zur Aufzucht des Übermenschen gemacht. Langschädel sollten mit Langschädeln zusammengebracht werden. Die Rundschädel, das waren eher die Arbeiter, niederes Volk, klein, hässlich, und gar nicht zu reden von den Juden. Dazu könnte ich, wenn ich bedenke, was ein Oberstleutnant im Generalstab preisgegeben hat, etwas sagen, aber das ist das Unsagbare, das hieße von der Hölle reden, nicht der gemütlichen Hölle mit Kessel und einem netten Unhold mit Hörnern und Fleischforke, um die Verdammten zu schmoren, sondern einer technischen, einer mit Stacheldraht und Kacheln und Öfen. Diese Hölle gab es, als er starb, noch nicht. Aber es gab schon die Vorhöllen, dort haben sie geübt, brachten die Kranken, die Verstörten, die Beschädigten um, und zu der gemütlichen Vorhölle gehört dieses: Junge, männliche Langschädel sollten mit jungen Langschädelinnen in Seebädern zusammengeführt werden. Du schüttelst den Kopf? Du kannst es nachlesen. Dort sollten die Langschädel zusammenkommen, locker beim Kurkonzert, bei der morgendlichen Gymnastik, beim Frühstücksei, dürfte ich Sie um das Salz bitten, Sturmbannführer. Danke, und nachmittags der Tanztee, Foxtrott, oder ist das für den Langschädel zu amerikanisch, also Wiener Walzer, und abends am Ostseestrand der Sonnenuntergang, die Strandkörbe, und in einem wird gerade der Übermensch gezeugt, ein kleiner Langschädel, natürlich nach vorheriger Prüfung des Ahnenpasses und eines Gesundheitsausweises – es war gemein, was ich da mit ihr, die ich mochte, in die ich verliebt gewesen war, machte –, das ist die Aufzucht, und was ein wenig rundköpfig, ein wenig plattfüßig ist, ein wenig stottert, ein wenig melancholisch ist, das wird – ausgejätet. Wir sind im Garten Eden der Rassenhygiene. Der Übermensch wird gezüchtet, gehegt und gepflegt: Entweder wir lassen unser Mitleid siegen, gewähren den Schwachen Schutz und gefährden die Tüchtigkeit und Schönheit unserer Rasse, oder wir halten diese über alles hoch und nehmen das Elend als unvermeidlich in Kauf. Die Tüchtigkeit und Schönheit unserer Rasse. Und was dem nicht entspricht, wird sterilisiert, und der nächste Schritt, für die nutzlosen Esser, die Missgestalteten, Abnormen, ist der Gnadentod, Kinder eingeschlossen, die, weil sie nicht der Norm entsprechen, von einem dieser weißen Götter, die über Tod und Leben entscheiden, mit einem Kreuz in der Akte zum Töten bestimmt werden und zur Beruhigung vor der Vergasung ihre Spritze mit Morphium-Skopolamin bekommen.

Sie saß, ich kann es nicht anders sagen, versteinert da. Das Blut war aus ihrem Gesicht gewichen, und in einer ersten Regung, einer falschen, geradezu lächerlichen Reaktion, fragte ich sie, ob sie ein Glas Wasser haben wolle.

Nein, sagte sie, nein, ich weiß es, er hat das nie gemacht. Nein.

Nein, das hat er nie gemacht, aber seit der Rückreise aus Ikarien hat er daran gearbeitet, hat alles zusammengetragen, Statistiken, Reden, Aufsätze, das war noch in Berlin, noch kanntest du ihn nicht. Vielleicht hast du ihn nie gekannt, gar nicht kennen wollen.

Daraufhin ist sie aufgestanden und zur Tür gegangen, hat einen Augenblick gezögert und ist hinaus, in diesen warmen Sommertag, auf der Straße drehte sie sich noch mal um, und ich sah sie in diesem Augenblick nur

als Schemen, wie ausgeschnitten, dunkel, aber in dem Halbmond, den sie am Kleid trug, blitzten durch einen zufällig von einem Fenster reflektierten Sonnenstrahl die zahlreichen kleinen Diamanten auf. Ein kleines Feuerwerk. Sie stand da, wollte wohl noch etwas sagen, schüttelte den Kopf, drehte sich um und ging.
Nun ja. Die Arbeit ist getan. Ich komme noch mal vorbei. Alles Gute.
Danke. Ihnen auch alles Gute.

Der letzte Besuch

Hansen stieg die enge Treppe zu der Dachwohnung hinauf. In einer großen Leinentasche der Army hatte er Pakete: zwei Pfund Zucker, zwei Pfund Kaffee, zwei Stangen Zigaretten, eine Dose Kakao und mehrere Dosen Thunfisch, Butter und Schmalz, ebenfalls in Dosen. Alles Dinge, die man gut tauschen konnte, wenn man sie nicht selbst verzehren wollte. Und Hansen hatte Wagner einen Winterpullover im PX gekauft, ein helles Grau, Lambswool, dreifädig. Der sollte im Winter wärmen. Packen Sie es später aus, sagte Hansen.

Wieder und zum letzten Mal saß er auf dem knarzenden Stuhl in der Dachkammer Wagner gegenüber.

Wagner wollte wissen, was Hansen machen werde.

Er wisse nicht, ob er noch bleiben könne oder nach Berlin versetzt werde. Wer weiß, vielleicht geht es auch zurück in die Staaten? Demobilisierung.

Und dann?

Dort wartet die University of Evansville. Eine Kleinstadt am Ohio River.

Lust?

Nein, die Lust ist nicht groß, sogar nur klein, sehr klein

sogar. Vielleicht gibt es noch eine andere Aufgabe. Ich habe einen Lesesaal mit amerikanischen Zeitschriften und Literatur vorgeschlagen, hier in München. Deutsche könnten sich dort informieren über Politik und Kultur. Vielleicht auch Nachschlagewerke. Wörterbücher. Sein Vorgesetzter habe Interesse gezeigt. Allerdings gehe Colonel Middleton bald zurück nach Boston.

Wagner wollte Hansen hinunterbegleiten, aber der sagte, bleiben Sie bitte. So gaben sie sich an der Tür zur Mansardenwohnung die Hand.

Ich danke Ihnen sehr, für den Kaffee und die anderen exquisiten Dinge, vor allem aber für Ihr Interesse an meiner Geschichte. Und für Ihre Geduld. Noch eine Bitte. Ich wäre Ihnen sehr dankbar, wenn Sie, nach Ihrer Rückkunft in die Vereinigten Staaten, vielleicht einmal die Amana-Gemeinde besuchen und mir einen kurzen Bericht über deren jetzige Verfassung schicken könnten. Ich wünschte, diese kleine, wirklich gewordene Utopie wäre nicht von der Gier der Bodenspekulation aufgefressen worden. Und das mit diesen Lesesälen hört sich gut an. Wenn es denn im Sinn der Gründungsväter ist, freedom of speech, sagte Wagner, dann wäre das eine gute Sache. Es würde dieses Deutschland ein gutes Stück weit nach Westen rücken. Und wer weiß, vielleicht gibt es einen neuen Anfang, eine Gesellschaft, die auf Gleichheit, Freiheit und Brüderlichkeit aufbaut. Wenn die naive Fahne des Allgemeinen Deutschen Arbeitervereins Nationalflagge würde, eine Meerjungfrau, die das Schwert der Gerechtigkeit in den Himmel hebt – vieles wäre dann erreicht. Dieser Lesesaal – wollen Sie sich dafür bewerben? Ja, ich würde mich bewerben, wenn man sich denn bewerben kann, denn wir werden ja berufen und das meint, abkommandiert. Ich, sagte Hansen, würde gern noch hierbleiben.

Krähen

Hansen war von der Griechin zur Hochzeit ihres jüngsten Sohnes eingeladen worden. Vielleicht sollte es ein Dank dafür sein, dass Hansen das Schloss nicht hatte beschlagnahmen lassen. Auch Wagner war gekommen und saß auf einer weißen Gartenbank, von der er behauptete, darauf schon bei seinem ersten Besuch gesessen zu haben. Hansen war mit Sarah gekommen. Das Fraternisierungsverbot war aufgehoben worden, und beide konnten, ohne um Erlaubnis zu fragen, Zivil tragen. Er hatte sich einen hellgrauen Anzug aus einem Speziallager des PX besorgt. Sarah hatte sich in ihr schwarzes Seidenkleid mit weiß geklöppeltem Kragen gezwängt. Es kniff an der Seite, dort, wo ihre love handles saßen, wie Hansen die kleinen Fettpolster oberhalb der Taille nannte, auch der Busen drängte – das tat er bei jeder ihrer Blusen – die Knopfleiste wellenförmig auseinander. Und kurz war das Kleid. Sie saß neben Wagner, unterhielt sich mit ihm auf Englisch. Als sie mit Hansen zum Buffet ging, sagte sie: What an interesting old guy. Now I understand why you gave him so much of your time.

Das Buffet war bescheiden, aber gemessen an der sonst im Lande herrschenden Not doch recht üppig. Es gab Kartoffelsalat und Würstchen. Eine Kapelle spielte Ländler. Dann Walzer. Eine große Bowle war angesetzt worden, vor Jahren eingemachte Früchte, Kirschen, Birnen, Himbeeren, Brombeeren, waren mit einem Gummischnalzen aus ihren Gläsern befreit und in den Alkohol geworfen worden. Stark war die Bowle, stark durch den Alkohol. Die Gäste tranken, es wurden Gedichte auf das Brautpaar vorgetragen. Dem Paar wurden ein langes Leben gewünscht und viele gesunde, kräftige, hochbegabte Kinder. Der Alte hätte sich gefreut.

What good punch, sagte Sarah, tastes great. Und auch Hansen trank, und der Himmel schien sehr weit und lud wunderbarerweise zum Fliegen ein. Die Kapelle machte eine Pause, die Musikanten tranken das Bier, rülpsten, da legte irgendjemand aus der Jugend dieser Germanenfamilie eine Platte auf: The Glenn Miller Band *In The Mood*, und Hansen sprang auf und ergriff Sarahs Hand, die ihr kneifendes schwarzes Kleid ein wenig runterzog, so gingen sie auf die Tanzfläche, und sie sagte, Wow, fantastic, Was für ein Tag, sagte er, was für ein Abend, diese Bowle ist wunderbar, und sie tanzten und sprangen umher, hatten sonderbare Bilder vor Augen und ließen sich atemlos fallen, lagen in dem taufeuchten Gras. Hansen stand wieder auf, ging beiseite und pinkelte. Da sah er im Abendlicht zwei Krähen, die an etwas pickten und fraßen.

Hello crows, rief Hansen ihnen zu. Er hatte viel ge-

trunken und den Tag über mit Sarah englisch geredet. Crows, what are you doing on this holy night? So ging er auf die Krähen zu, die krächzten, aber nein, das war nicht das hart-trockene Krächzen, es war etwas Melodisches, eher ein raues Singen. Kein Zweifel, sie sangen. What did you say?, fragte Hansen die Krähen ernst. Ja, sie sangen: *When Jenny Wren Was Young.* Zaunkönige, rief Hansen, ihr seid ja Zaunkönige. Die beiden Krähen sangen, sie liefen und fielen um, liefen, plumpsten hin, aber sie sangen. Hansen rief: Hello crows, ihr alten Plumpsäcke. Sie flogen ein Stück hoch, kippten dann mit einem unrhythmischen Flügelschlagen zur Seite, ein Flattern, und landeten wieder auf dem Boden. *Beat the hell out of it, and eat it.* Und dann endlich erhoben sie sich so weit in die Luft, dass sie über den Zaun torkelnd in den Wald fliegen konnten.
Er setzte sich neben Sarah auf die Bank, ließ sich abermals von der Bowle nachschenken und auch Sarah nahm noch ein Glas und sie stießen an. Ask him, how they made this fantastic punch. Und er fragte, woher sie so viel Alkohol in diesen doch knappen Zeiten bekommen hätten.
Da ward ihm zur Antwort, der Alkohol stamme, das habe er, Wagner, gerade gehört, aus den Gläsern, in denen die Hirnpräparate der Kaninchen eingelegt waren. Alles nochmals sauber destilliert. Die Hirnpräparate habe jemand, vermutlich ein ahnungsloser Städter, dann aber auf den Kompost geworfen, ohne diese Faustregel zu kennen: Kein Fleisch auf den Kompost. Rattengefahr!

Bemerkt habe man das erst, als die Krähen betrunken umhergehüpft seien.

What did he say?, fragte Sarah, tell me what he said.

He told me, that the crows picked up some pieces of fruit, got drunk, and then started to sing, and would you believe it, the crows sang like wrens.

Aber dann kam einer der Gäste, der so beflissen stolz auf sein Schulenglisch war, und erzählte Sarah, woher der Alkohol kam.

Sarah saß einen Augenblick da, als überlege sie, sah Hansen Hilfe suchend an, stand abrupt auf und konnte noch einen Schritt beiseitetun, bevor in einem gewaltigen Schwall die halb verdauten Würstchen, der Schleim aus Kartoffelsalat, Essig und Senf und all den eingelegten Früchten aus ihrem Mund schoss.

Hansen suchte nach einer Serviette, holte Wasser, wischte ihr den Mund ab, tupfte das Kleid ab.

Keinen Augenblick länger wolle sie an diesem Ort bleiben.

Yes, I'm superstitious.

Hansen fuhr nach München. Neben ihm saß Sarah und schlief. Er hatte viel getrunken, und selbstverständlich hätte er nicht mehr fahren dürfen, immerhin fuhr er langsam, geradezu meditativ durch die in tiefer Dunkelheit liegende Landschaft, durch Dörfer und Vororte, die Ruinen der Stadt tauchten auf, kein Licht, entweder gab es eine Stromsperre, oder die Leitungen waren wieder überlastet. Durch die leeren Fenster der stehen gebliebenen Fassaden war der Nachthimmel mit seinem

Mond zu sehen, und hin und wieder war in den Ruinen ein Feuer zu erkennen. Dort saßen Menschen und wärmten sich. So muss es am Anfang der Zeiten ausgesehen haben, als das Feuer noch gehütet wurde.

Nachtrag 1

Im Oktober 1945 wurde im Rahmen der *Reeducation* die erste amerikanische Bibliothek in der Medizinischen Lesehalle am Münchner Beethovenplatz eingerichtet.
In der Folge wurden weltweit 57 Amerika-Häuser gegründet.

Nachtrag 2

Die von der U.S.Army verkauften eisernen Rationen kamen aus einer anderen Welt. 30 Pfennige kostete ein Päckchen. Darin: Kekse, Marmeladedosen, Brausepulver, Honig, Kaugummi, Käse und hin und wieder zwei Zigaretten. Vielleicht war es dieser so ganz andere Geschmack, vielleicht war es aber auch der Jeep oder die Soldaten, die sich so anders bewegten und rochen, ja, sie rochen anders, ihr Benzin, ihre Zigaretten. Und vielleicht auch das, dieses staunenswerte Okay, das so ganz anders klang als das Jawoll und das Zackzack. Wahrscheinlich reichte es aus, dass die Autorität des großen Vaters infrage gestellt wurde, der die Amerikaner, die Sieger, ihre Sprache und Kultur, ablehnte, aber so gar nichts gegen sie tun konnte. Ich ging, ohne dass es mir jemand empfohlen, geschweige denn mich dazu angehalten hätte, in das an der Binnenalster gelegene Amerika-Haus, dort saß ich und las mithilfe eines ausliegenden Wörterbuchs Hemingways *The Old Man and the Sea.*

Ende

Danksagung

Die Anfänge des Projekts »Ikarien« reichen zurück in das Jahr 1978, als ich den Roman »Morenga« abgeschlossen hatte. Die damals begonnene Arbeit wurde unterbrochen – es wollte sich keine den Stoff fassende epische Struktur finden, und nicht zuletzt fehlte es, um für längere Zeit ausschließlich an diesem Roman zu schreiben, am nötigen Geld. Die lange Zeit des Planens und Entwerfens und Verwerfens wie dann auch des Schreibens brachte es mit sich, dass viele Stimmen, ferne literarische und nahe mündliche, in die Arbeit eingegangen sind. Auch Stimmen, die sich aus Dokumenten, Aufsätzen, Büchern und Interviews Gehör verschafften.

Mein Dank gilt vor allem Dagmar, die den Entstehungsprozess über die Jahre mit Kritik und Zuspruch begleitet hat, sodann einer Reihe von Freunden: Keith Bullivant für die Unterstützung bei der historischen Recherche und die Übersetzung einiger Dialoge ins Amerikanische; Martin Hielscher, der in den letzten Jahren ein wichtiger Gesprächspartner war und dessen Anregungen in den Text eingegangen sind; dem steten Lektor Olaf Petersenn; Roman Ritter für das Endredigat des Manuskripts; und natürlich dem Verleger Helge Malchow.

Michael von Cranach, Paul Michael Lützeler, Norbert Mecklenburg, Egon Schwarz, Patricia Reimann, Mary Rodena, Peter Sprengel und Ulrike Wegner verdanke ich wichtige Hinweise, und Laura Velten hat bei der Beschaffung von Büchern und Dokumenten geholfen.
Zuletzt gebührt den Mitarbeitern des Verlages Dank, die dafür Sorge tragen, dass dieser Roman seine Leser findet.

Literaturverzeichnis

Ein Roman ist keine Dissertation, dennoch sollen einige Werke, die für die Recherche wichtig waren oder aus denen zitiert wurde, erwähnt werden.

Peter-Emil Becker: Zur Geschichte der Rassenhygiene. Wege ins Dritte Reich. Stuttgart 1988
Dieser Arbeit ist anzumerken, dass ihr Autor, Professor für Humangenetik (ab 1957) in Göttingen, schon 1934 Oberscharführer der SA war.

Karl Binding/Alfred Hoche: Die Freigabe der Vernichtung lebensunwerten Lebens. Ihr Maß und ihre Form. Leipzig 1920

Johanna Bleker/Svenja Ludwig: Emanzipation und Eugenik. Die Briefe der Frauenrechtlerin, Rassenhygienikerin und Genetikerin Agnes Blum an den Studienfreund Alfred Ploetz aus den Jahren 1901–1938. Husum 2007

Gilbert Keith Chesterton: Eugenik und andere Übel. Berlin 2014

Michael von Cranach/Hans-Ludwig Siemen (Hrsg.): Psychiatrie im Nationalsozialismus. Die Bayerischen Heil- und Pflegeanstalten zwischen 1933 und 1945. München 2012
Diesem Werk mit einer ausführlichen Literaturangabe zum Problem der Euthanasie sind auch die Fakten zum Tod von Ernst

Lossa entnommen (über Lossas Schicksal hat Ulrich Limmer den eindrucksvollen Film »Nebel im August« produziert).

Werner Doelcke: Alfred Ploetz (1860–1940). Sozialdarwinist und Gesellschaftsbiologe. Frankfurt 1975

Gerhart Hauptmann: Die großen Beichten. Berlin 1966

Stefan Heym: Nachruf, München 1988

Ernst Klee: »Euthanasie« im Dritten Reich. Die »Vernichtung lebensunwerten Lebens«, Frankfurt am Main 2010

ders.: Das Personenlexikon zum Dritten Reich. Wer war was vor und nach 1945. Aktualisierte Auflage Frankfurt am Main 2005

ders.: Was sie taten – Was sie wurden. Ärzte, Juristen und andere Beteiligte am Kranken- oder Judenmord. Frankfurt am Main (13. Auflage) 2012

Victor Klemperer: Man möchte immer weinen und lachen in einem. Berlin 2015

Gustav Landauer: Nation, Krieg und Revolution. Ausgewählte Schriften. Band 4. Lich/Hessen 2011.

ders.: Die Revolution. Münster 2003

Melvin J. Lasky: Und alles war still. Deutsches Tagebuch 1945. Berlin 2014

Robert Liefmann: Die Kommunistischen Gemeinden in Nordamerika. Jena 1922

George L. Mosse: Die Geschichte des Rassismus in Europa. Frankfurt am Main 2006

Medizin ohne Menschlichkeit, Dokumente des Nürnberger Ärzteprozesses. Herausgegeben und kommentiert von Alexander Mitscherlich und Fred Mielke. Frankfurt am Main Originalausgabe 1948, durchgesehene Neuausgabe 1995

Benno Müller-Hill: Tödliche Wissenschaft. Die Aussonderung von Juden, Zigeunern und Geisteskranken 1933–1945: Reinbek 1984
Diese umfangreiche Arbeit des Kölner Professors für Genetik dokumentiert auch die Gespräche, die er mit Medizinern und Anthropologen aus der NS-Zeit sowie deren Kindern und Mitarbeitern geführt hat.
Es wäre wünschenswert, dass dieses auch wegen seiner Mentalitätsstudien wichtige Buch wieder aufgelegt würde.

Alfred Ploetz: Die Tüchtigkeit unserer Rasse und der Schutz der Schwachen. Ein Versuch über Rassenhygiene und ihr Verhältnis zu den humanen Idealen, besonders zum Sozialismus. Grundlinien einer Rassen-Hygiene, 1. Teil. Berlin 1895

ders.: Ziele und Aufgaben der Rassenhygiene. Braunschweig 1911

ders.: Volksaufartung. Erbkunde. Eheberatung. 1930

ders.: Archiv für Rassen- und Gesellschafts-Biologie. 1904–1944. Herausgegeben bis 1939 von Alfred Ploetz

Richard Saage: Ikarischer Kommunismus. Zu Étienne Cabets utopischem Roman »Reise nach Ikarien.« UTOPIEkreativ, H. 108 (Oktober 1999), S. 73–85

Hans-Walter Schmuhl: Rassenhygiene, Nationalismus, Euthanasie, 1890–1945. Göttingen 1987

Stephen Spender: Deutschland in Ruinen. Heidelberg 1995

Peter Sprengel: Gerhart Hauptmann. Bürgerlichkeit und großer Traum. München 2012

Peter Weingart/Jürgen Kroll/Kurt Bayertz: Rasse, Blut und Gene. Geschichte der Eugenik und Rassenhygiene in Deutschland. Frankfurt 1992

Ludger Weß (Hrsg.): Die Träume der Genetik. Gentechnische Utopien von sozialem Fortschritt. Frankfurt (2. Auflage) 1998

Wikipedia. Die freie Enzyklopädie.
Dort sind die Biografien der an der Euthanasie Beteiligten nachzulesen, auch ihre späteren wissenschaftlichen Karrieren in der Bundesrepublik.

Der Autor dankt der Archivleitung der Akademie der Künste Berlin für die Einsicht in den Briefnachlass von Carl Hauptmann, und er dankt der Autografensammlung der Handschriftenabteilung Staatsbibliothek Berlin für die Einsicht in den Briefwechsel Alfred Ploetz – Gerhart Hauptmann.

»MAGRIS ist ein scharfer Beobachter und analytischer Geist, dem neben einem glasklaren Geschichtsbewusstsein die Gabe des Erzählens verliehen wurde.«

Kristina Maidt-Zinke in >Die Zeit<